Bernhard Hennen
Der Ketzerfürst

Zu diesem Buch

Volker von Alzey, Ritter und Spielmann, weilt nach seinen Abenteuern in den Gefilden des Nachtvolks wieder am Hof von Worms. Eines Tages trägt ein Barde das Lied vom Feuervogel vor. Volker erahnt die mystische Botschaft hinter den Worten und bricht nach Norden auf, um jene Frau wiederzufinden, die er über alles liebt. Im Land der Franken begegnet er Fürst Ricchar, einem Anhänger des Mithraskults, der ein unheimliches Heer um sich schart. Dieser will das verhaßte Christentum ausrotten und dem Römischen Reich zu neuem Ruhm verhelfen. Nachdem Volker die Bardin Belliesa vor dem Scheiterhaufen gerettet hat, muß er fliehen. Zurück in Burgund, behauptet Belliesa, Volker sei die Lichtgestalt, die den Ketzerfürsten Ricchar vernichten soll. König Gunther ist begeistert von diesem Gedanken, zumal sein Gegner im Norden immer mächtiger wird. Es kommt zum verheerenden Krieg …

Bernhard Hennen, geboren 1966, ist einer der erfolgreichsten deutschen Fantasy-Autoren. Nach dem Studium war er als Rollenspielautor und Radiomoderator tätig und bereiste als Journalist den Orient und Mittelamerika. Seine phantastischen und historischen Romane wurden mehrfach mit Preisen ausgezeichnet. Zuletzt erschienen sein Roman »Nebenan« sowie »Der Wahrträumer«, der erste Band des Fantasy-Epos »Die Gezeitenwelt«.

Bernhard Hennen

DER KETZERFÜRST

Ein Nibelungen-Roman

Piper München Zürich

Von Bernhard Hennen liegt in der Serie Piper vor:
Nebenan (3678)
Das Nachtvolk (6511)
Der Ketzerfürst (6516)

Ungekürzte Taschenbuchausgabe
Oktober 2003

Erstausgabe: Econ Taschenbuch Verlag, Düsseldorf 1997
Umschlagkonzept: Büro Hamburg
Umschlaggestaltung: Nele Schütz Design, München
Umschlagabbildung: Ian Miller/Fantasy & Science Fiction Artworks
Autorenfoto: Peter Hundert
Satz: Josefine Urban KompetenzCenter, Düsseldorf
Druck und Bindung: Clausen & Bosse, Leck
Printed in Germany ISBN 3-492-26516-2

www.piper.de

Prolog

.... und ein eisiger Winter lag über dem Land. Drei Jahre und drei Tage war der junge Prinz durch die Berge geritten, um nach seiner Liebsten zu suchen. Er hatte in jener Zeit weder sein Haar noch seinen Bart geschoren. Ein großer grauer Wolfshund, der ihm zugelaufen war, als er die Burg seines Vaters verlassen hatte, war sein einziger Begleiter auf der Suche gewesen.

Der junge Prinz spürte, daß er nun an das Ende seines Weges gelangt war. Das Feuer vor ihm brannte nieder, und die Kälte kroch ihm die Glieder hinauf und hatte fast schon sein Herz erreicht. Der große Hund hob seinen Kopf und blickte zum Prinzen, so als könne er spüren, wie der Tod sich dem Eingang der Höhle näherte.

»Wo bist du, Feuervogel? Ich weiß nicht mehr, wo ich dich suchen soll«, flüsterte der Königssohn leise. »Du allein weißt, wo meine Liebste verborgen ist, doch nicht einmal dich konnte ich finden.«

»Du hättest mich rufen sollen, mein Prinz. Ich war bei dir, seit

du die Burg deines Vaters verlassen hast«, erklang eine warme Stimme, und als der Königssohn sein müdes Haupt hob, war die Höhle von goldenem Licht erfüllt, und dort, wo eben noch der Wolfshund gelegen hatte, saß ein Vogel, so schön, daß Worte ihn nicht zu beschreiben vermochten. Sein Gefieder war aus lodernden Flammen, und seine Augen funkelten wie Rubine.

»Sag mir, Feuervogel, wie werde ich meine Liebste wiederfinden?«

»Es ist die Kälte in dir, die auf das Land gefallen ist. Die Prinzessin findest du in einem Turm aus weißem Marmor, der auf dem Gipfel des höchsten aller Berge steht, doch kein Sterblicher kann seine eisigen Abhänge erklimmen. Dort liegt sie, in einem Sarg aus Diamant, und nur eine Träne, in glühender Sehnsucht vergossen, vermag sie zu befreien.«

Das Feuer zu Füßen des Prinzen war verloschen, und der Königssohn spürte, wie die Kälte nun mit eisigen Fingern nach seinem Herzen griff. So breitete er die Arme aus und hauchte mit ersterbender Stimme: »Trag mich zum weißen Turm, Feuervogel.« Und die Flügel aus Flammen schlossen sich um den Prinzen, und er ritt hoch über den dunklen Schneewolken bis fast in den Himmel hinein. Die Wächter des Turms aber konnten ihn im strahlenden Licht der Vogelschwingen nicht sehen, und so gelangte er vor den Sarg aus Diamant.

Lange Zeit stand er still und sah die Sommerkönigin einfach nur an. Ihre Haut war so weiß wie Kirschblüten im Frühling, ihr Haar rotgolden wie der große Fluß bei Sonnenuntergang. Er erinnerte sich an jenen Tag, an dem seine unbedachten Worte ihr Glück zerstört hatten. Und er hatte gewußt, was geschehen würde, noch bevor er es aussprach, und dennoch konnte er damals seine Zunge nicht im Zaume halten. Eine Träne perlte von seiner Wange und zerstob auf dem diamantenen Sargdeckel. Es war die erste Träne seit drei Jahren und drei Tagen. In den Bergen ringsherum erklang es wie Donner. Der Diamant, den kein Schwert der Welt hätte zerbrechen können, zerbarst in tausend Stücke. Unsichtbare Hände hoben die Sommerkönigin auf, und sie wurde davongetragen auf die Insel, die sie vor so langer Zeit verlassen hatte.

Mit ihr kehrte der Frühling ins Land zurück, und bald trugen die Kirschbäume an den Ufern des großen Flusses wieder schneeweiße Blüten. Die Hirten trieben ihre Herden in die Berge, und das Lachen und die Liebe kehrten in das Land zurück, in dem es so lange Winter gewesen war. Der Königssohn jedoch ward nicht mehr gesehen.

Drei Jahre und drei Tage vergingen, bis ein Hirte vor die Prinzessin trat und ihr von einer Höhle hoch in den Bergen berichtete, wo er einen Mann mit einem Bart aus Eis gefunden hatte, der mit toten Augen, doch einem Lächeln auf den Lippen, in eine verloschene Feuerstelle starrte. Und inmitten der kalten Asche hatte eine Feder gelegen, so rot wie der Sonnenuntergang.

Geron, der Märchenerzähler, verneigte sich vor dem König. Noch war es ganz still im großen Saal der Burg. Schließlich hob Gunther die Hände und begann zu klatschen. So als sei ein Bann gebrochen, taten die anderen Adligen und Höflinge es ihm gleich. Nur einer blieb unfähig sich zu rühren und starrte den Märchenerzähler an. Es war Volker von Alzey, der Spielmann des Königs. Ein junger Ritter mit schulterlangem, blondem Haar und verträumten Augen. Er hatte ein feiner geschnittenes Gesicht als die anderen Krieger bei Hofe, und auch sein Körper schien nicht so massig und gedrungen. Der erste Eindruck mochte täuschen, denn mit seinen schlanken Fingern verstand er ebenso geschickt, das Schwert zu führen wie die Laute zu schlagen.

Nachdenklich blickte der Barde in die Flammen der Feuergrube in der Mitte des Festsaals. Er wußte nicht zu sagen, woher es kam, daß dieses Märchen ihn so aufwühlte. War es vielleicht der Feuervogel? Wenn er ihm begegnete, wüßte er jedenfalls, was er ihn fragen würde.

»Ich danke dir für das schöne Märchen, mit dem du mich und meinen Hof unterhalten hast, auch wenn ich dir gestehen muß, daß ich Geschichten, die ein glückliches Ende nehmen, bevorzuge. Doch ihr Barden scheint da einen anderen Geschmack zu haben ...« König Gunther warf einen Seitenblick zu Volker und lächelte. »Auf jeden Fall heiße ich dich willkommen in meiner Burg. Nimm Platz an meiner Tafel und verweile, solange du dem Ruf der Ferne zu widerstehen vermagst.«

Einen Augenblick lang hatte Volker den Eindruck, als wolle der Fremde dem König etwas erwidern, doch dann schien der Märchenerzähler es sich anders überlegt zu haben und verneigte sich. »Ich danke für Eure Gastfreundschaft und erkenne in Euren Worten den Poeten.«

Mit gesenktem Haupt ging der Mann rückwärts auf das hohe Tor zum Festsaal zu und ließ sich an einem der Tische am Ende der Festhalle nieder, die dem niederen Gefolge vorbehalten waren.

Gunther hatte sich zu Hagen gewandt. Der düstere Krieger zeigte nicht die geringste Emotion. Viele der Ritter bei Hof waren der Meinung, daß das Gemüt des Recken mindestens genauso düster wie seine Gewandung war. Mit seinem schwarzen mit Rabenfedern verzierten Umhang, dem schwarzen Bart und Haupthaar und der schwarzen Binde, die sein zerstörtes Auge verdeckte, sah der Tronjer fast aus wie einer der Helden aus den Geschichten über die heidnischen Götter, zu denen ihre Ahnen einst gebetet hatten.

»Nun, mein Freund«, fragte der junge König in aufgeräumten Tonfall, »wie hat dir die Geschichte gefallen?«

Der düstere Recke lächelte dünn. »Wenn man den Feuervogel und diesen diamantenen Sarg vergißt, könnte es ein wahre Geschichte sein. Ein Mann liebt eine Frau und verliert sie. Er ist verzweifelt und reitet in die Berge ... Zur Jagd vielleicht ... Dort wird er vom Winter überrascht. Er ist auf die Kälte nicht vorbereitet und erfriert. Der Rest ...« Hagen machte eine wegwerfende Bewegung. »Das ist halt, was Dichter aus solchen Geschichten machen ...«

Gunther lachte und wandte sich zu Volker. »Und du mein Dichter … Denkst du genauso wie mein Waffenmeister?«

»Es ist müßig, über die Wahrheit einer Geschichte zu debattieren, die ein Mann erzählt hat, den niemand kennt. Was ich zu beurteilen vermag, ist die Form, die er gewählt hat. Er versteht es, seine Worte wohl zu setzen, obwohl ihm der letzte Schliff zu fehlen scheint. Er wird den Gesetzen des Märchens gerecht. Es gibt ein Tier mit wunderbaren Fähigkeiten, eine magische Reise, einen Helden auf der Suche … Und für Märchen, die von *Dichtern* ersonnen werden, ist es auch üblich, daß sie tragisch enden.«

»Jetzt ist es aber genug!« Königin Ute erhob ihre Stimme. Sie saß an Gunthers Seite und hatte bislang schweigend mit dem Messer in dem Fisch herumgestochert, den man ihr aufgetragen hatte. »Ich mag nichts mehr von düsteren Geschichten hören. Ich hasse Erzählungen, die ein trauriges Ende haben. Sie trüben nur das Gemüt des Zuhörers … Da sind mir ja die frechen und unmoralischen Minnelieder der fahrenden Sänger noch lieber. Ich für meinen Teil möchte niemals in eine solch tragische Geschichte verwickelt sein. Ich kann solchen Märchen nichts abgewinnen.«

Geron, der Märchenerzähler, hatte sich auf einer Bank im kleinen Kräutergarten der Königin niedergelassen. Er streckte seine Glieder und lehnte sich gegen die Burgmauer, die von der Mittagssonne erwärmt wurde.

Volker beobachtete den Fremden eine Weile. Geron hatte nicht das Format, um ihm bei Hof seinen Ruf als Dichter und Epiker abspenstig machen zu können. Er schien ein schlichter Bursche zu sein. Doch gerade diese Schlichtheit gab seinem Märchen Kraft.

Der Spielmann war sich nicht sicher, wie alt Geron wohl sein mochte. Das Haar des Märchenerzählers war bereits von grauen Strähnen durchsetzt, und graue Stoppeln standen gleich Dornen auf seinen hohlen Wangen. Der Mann war hager, fast ausgezehrt, so als habe er lange Zeit nur schlechten Lohn für seine Kunst erhalten. Seine Bundschuhe waren löchrig, die schlichte Hose von Staub bedeckt... Er war sicher lange gewandert. Was hatte ihn wohl hierher an den Burgundenhof geführt? War es ein Zufall, daß er hierher kam? Es gab nur einen Weg, dies herauszufinden... Volker schlenderte in Richtung der Bank.

Geron hatte seine Augen geschlossen. Wie eine Eidechse, die sich auf einem Stein sonnte, schien er die spätsommerliche Hitze zu genießen. Selbst als der Spielmann schon dicht neben ihm stand und sich leise räusperte, öffnete der Märchenerzähler seine Augen nicht.

»Ihr müßt Volker der Spielmann sein...« Der Fremde lächelte einen Augenblick, so als sei ihm ein besonderer Streich geglückt. »Ich habe bemerkt, wie Ihr mich vorhin im Rittersaal angesehen habt. Hat Euch an meinem Vortrag etwas nicht gefallen?«

Volker ließ sich auf der Bank nieder. Er wartete einige Augenblicke mit seiner Antwort. Der Spielmann konnte sich nicht vorstellen, daß Geron wirklich so ruhig war, wie er tat. Offenbar wollte er irgendein Spiel mit ihm treiben. Nur zu! Der Burgunde grinste. Was das anging, war er einem Fahrenden wie Geron gewiß überlegen. »Ich würde nicht direkt sagen, daß mir etwas nicht gefallen hätte. Obwohl... du hast das Wunderbare vielleicht ein wenig überbetont. Dieser weiße Turm, der natürlich auf dem *höchsten* Berg der Welt stand, der Sarg aus Diamant...«

»Na und! Es war ein Märchen! So etwas gehört dazu!« wetterte Geron aufgebracht. Der Märchenerzähler hatte sich vorgebeugt und musterte nun seinerseits Volker.

Der Burgunde blinzelte vorsichtig und lächelte. Es war,

wie er gedacht hatte. Geron war leicht aus der Fassung zu bringen!

»Gibt es sonst noch etwas, was Euch an meiner Geschichte gestört hat, *großer Spielmann*?«

Volker hatte den Eindruck, als warte Geron auf einen ganz bestimmten Einwand. Der Barde zuckte mit den Schultern. »Das war eigentlich alles. Im Grunde fand ich die Geschichte sogar recht hübsch. Wo hast du sie her? Ich habe noch niemals von einem Feuervogel erzählen hören. Ich weiß nur vom Phönix der Araber, doch dies ist eine gänzlich andere Gestalt.«

»Der Feuervogel ist nicht nur eine *Gestalt*! Es gibt ihn wirklich!«

Volker schlug nun vollends die Augen auf und starrte Geron unverhohlen an. Offenbar war der gute Mann verwirrt. »So ... Es gibt diesen Vogel mit den Flammenschwingen also wirklich. Womöglich bist du ihm sogar höchstselbst begegnet.« Kaum daß ihm die Worte über die Lippen gekommen waren, bedauerte Volker den ironischen Tonfall, in dem er gesprochen hatte, doch Geron schien dies gar nicht bemerkt zu haben. Er nickte aufgeregt.

»Ja, ich habe ihn wirklich gesehen! Von Ferne freilich nur, und ich glaube nicht, daß er mich bemerkt hat, doch weiß ich seit jenem Tag, daß ich dazu auserkoren bin, die Geschichte vom Feuervogel in die Welt zu tragen. So habe ich meine heimatlichen Berge verlassen und bin zum fahrenden Märchenerzähler geworden.«

»Und was warst du, bevor das Schicksal dich erwählte?« fragte der Spielmann ein wenig herablassend.

»Seit ich laufen kann, war ich ein Hirte in den Bergen. Mir wuchs kaum der erste Flaum auf den Wangen, als ich meine erste Begegnung mit dem Feuervogel hatte. Obwohl ich damals noch nicht zu erkennen vermochte, daß ich auf ihn oder, besser gesagt, auf sein Wirken gestoßen war. Es war drei Jahre nach dem schrecklichen Winter, und ich war mit den Ziegen aus meinem Dorf so hoch wie noch nie zuvor in die Berge gestiegen. Damals habe ich die Grotte mit dem erfrorenen Ritter gefunden und ...«

»Du willst mir wohl einen Bären aufbinden!« Volker schüttelte verärgert den Kopf. Offenbar wußte der Kerl nicht mehr zwischen Dichtung und Wirklichkeit zu unterscheiden. »Am Ende willst du gar noch behaupten, dein Märchen sei wahr!«

»Ja, Ihr habt recht, Herr Volker! Ich bin der Hirte aus dem Märchen. Freilich ist das meiste aus meiner Geschichte erfunden, doch gibt es den Feuervogel wirklich, und es ist auch nicht gelogen, daß ich vor der Sommerkönigin gestanden habe, um ihr von dem erfrorenen Ritter zu berichten. Sie hat ihn an den Waffen, die ich zu beschreiben wußte, als ihren verschollenen Liebsten erkannt. Es hat mir später leid getan, ihr mit meinem Bericht jede Hoffnung genommen zu haben. Ich konnte ja nicht ahnen, daß sie es so aufnehmen würde. Nur wenige Wochen darauf ist sie spurlos verschwunden, und ich fürchte, es war meine Nachricht, die sie vertrieben hat.«

»Erzähl mir kein neues Märchen, um die Glaubhaftigkeit einer unglaublichen Geschichte zu unterstreichen.«

Geron seufzte. »Ich hätte nicht erwartet, daß auch Ihr an meinen Worten zweifelt.« Er öffnete den faustgroßen Lederbeutel, den er an seinem Gürtel trug, zog ein schlankes, kleines Holzkästchen daraus hervor und hielt es Volker hin. »Öffnet dies! Danach werdet Ihr mir Glauben schenken, Herr Spielmann!«

Der Burgunde strich vorsichtig über den polierten Deckel aus altersdunklem Rosenholz. Das Schmuckkästchen war schön gearbeitet, und die Seiten waren mit Schnitzereien verziert, die Efeuranken zeigten. Mit dem Daumennagel klappte Volker den Verschluß zurück. Das Kästchen war mit dunkelblauem Samt ausgeschlagen, auf dem eine feuerrote Feder lag. Kein Vogel, den er je gesehen oder von dem er auch nur gehört hatte, trug ein solches Federkleid!

»Nun, Herr Spielmann, zweifelt Ihr noch immer an meinen Worten?«

»Woher hast du das?« flüsterte der Barde ehrfürchtig.

»Erinnert ihr Euch nicht mehr an das Märchen? Ich habe die Feder in der verloschenen Feuerstelle vor dem erfrorenen Ritter gefunden.«

Vorsichtig berührte Volker die Feder, halb darauf gefaßt, daß er sich die Finger verbrennen würde. Doch das Kleinod fühlte sich an wie jede andere Vogelfeder auch. »Woher weißt du, daß sie vom Feuervogel ist? Ich meine... Du hast ihn doch nicht gesehen! Und warum verbrenne ich mich nicht an ihr? Du sagtest doch, sein Gefieder sei wie Flammen.«

Geron nickte. »Gewiß, doch sind es Flammen, die Eure Seele verbrennen werden, wenn Ihr dem Feuervogel in seiner wahren Gestalt zu nahe kommt. Nur eine Feder bei sich zu tragen ist ungefährlich... Zumindest glaube ich das.«

Volker musterte den Fahrenden einige Augenblicke schweigend. Geron schien sich nicht darüber im klaren zu sein, wie sehr er sich irrte. Es lag ein Zauber in der Feder, und ihr Fund hatte sein Leben verändert. Er war vom Hirten zum wandernden Märchenerzähler geworden und hatte sich ganz dem Feuervogel verschrieben.

»Woher hast du all dein Wissen über diesen seltsamen Vogel, von dem du erzählst.«

Der Märchenerzähler grinste schief. »Ich weiß, wo ich ihn suchen muß. Und selbst wenn ich den Feuervogel nur einmal von Ferne selbst gesehen habe, so bin ich doch vielen begegnet, die ihm näher waren und von ihm erzählen konnten. Den Feuervogel findet man stets dort, wo Dunkelheit und Unrecht regieren. Die Gebete der Verzweiflung scheinen ihn herbeizurufen. Er bringt das Licht und die Hoffnung. Man sagt, er kann vielerlei Gestalt annehmen, und daß jene, die ihm begegnen, es meist erst begreifen, wenn er sie wieder verläßt, ganz so wie der Königssohn in meinem Märchen. Es heißt, daß der Feuervogel auf jede Frage eine Antwort kennt.

Er spricht alle Sprachen dieser Welt, und kein Geheimnis kann vor ihm verborgen bleiben.«

»Und wo bist du ihm begegnet?«

»Ich habe ihn über einem Tal in den Bergen westlich von Castra Bonna fliegen sehen. Dies ist Frankenland, und der grausame Graf Ricchar herrscht dort. Er steht mit finsteren Mächten im Bunde, die ihm in jeder Schlacht zum Siege verhelfen. Für ihn haben sich die Pforten der Hölle geöffnet, und der Gottseibeiuns hat ihm hundert Ritter geschickt, deren Leiber aus Eisen sind, so daß keine Waffe sie zu verwunden vermag. In den Adern dieser Krieger aber fließt flüssiges Feuer, und wer immer ihnen zu nahe kommt, muß in Flammen aufgehen. Wo sonst als in einem solchen Land sollte man den Feuervogel fliegen sehen?«

Der Spielmann nickte bedächtig. »Krieger aus Eisen, in deren Adern flüssiges Feuer fließt... Du verstehst es, deine Zuhörer immer wieder zu überraschen.«

»Ihr wollt mir nicht glauben, Herr Volker. Beendet Euer Spiel mit mir. Ich werde Worms noch in dieser Nacht verlassen und mir einen Ort suchen, an dem man einem Fahrenden, der so viel gesehen hat wie ich, mehr Respekt entgegenbringt. Nun gebt mir meine Feder zurück. Ihr müßt blind sein, wenn Ihr mir mit dem Beweis für die Wahrheit meiner Worte vor Augen noch immer nicht zu glauben vermögt.« Fordernd streckte der Märchenerzähler die Rechte vor.

Volker klappte das kleine Schmuckkästchen zu und reichte es Geron.

»Ich hoffe, daß Euch Euere Zweifel niemals zum Verhängnis werden, Spielmann. Ich habe die Gabe des zweiten Gesichtes. Wisset, daß Ihr eines Tages mit Euerem König in einem brennenden Festsaal stehen werdet, und alle Tore sind Euch verschlossen. Das Feuer bestimmt Euren Weg...« Der Märchenerzähler steckte das Kästchen in den Lederbeutel an seinem Gürtel zurück, griff nach seinem Wanderstab, der an der Mauer des Turms lehnte, und schritt eilig über die staubigen Wege des sonnendurchfluteten Kräutergartens davon.

Lange blickte Volker ihm nach. Er wußte nicht, ob Geron nur ein harmloser Verrückter war oder ob er tatsächlich dem Wunderbaren begegnet war. Schließlich fragte sich der Spielmann auch, ob ihn nicht viele bei Hof für mindestens ebenso verrückt hielten. Er hätte Geron nicht verspotten sollen! Wenn es den Feuervogel tatsächlich gab, würde dieser ihm verraten können, wo er die Morrigan finden konnte, jene Heidenpriesterin, an die er im vergangenen Jahr sein Herz verloren hatte.

Volker fluchte leise. Dann machte er sich auf den Weg, den Märchenerzähler zu suchen. Doch im Garten war er nicht mehr zu finden. Als der Spielmann schließlich an das Tor der Königsburg gelangte, erklärten ihm die Wachen, daß der Fremde erst vor wenigen Augenblicken gegangen sei. Auf der Straße vor der Burg jedoch war niemand mehr zu sehen.

Der Barde eilte zu den Ställen und ließ sein Pferd satteln. Er ritt zur Stadt hinab und fragte in jeder Schenke und in jedem Gasthaus nach dem Märchenerzähler, aber keiner hatte Geron gesehen. Auch auf den Straßen, die von Worms fort führten, war der merkwürdige Wanderer nicht zu finden, und fast schien es, als habe es den Fahrenden niemals gegeben.

Lange nach Einbruch der Finsternis kehrte Volker zur Königsburg zurück. Er war sich jetzt sicher, daß Geron ihn nicht belogen hatte. Ein Mann, der es schaffte zu verschwinden, ohne auch nur die geringste Spur zu hinterlassen, war mehr als nur ein Hirtenjunge, der eines Tages beschlossen hatte, als Fahrender durch die Lande zu ziehen!

Wenigstens hatte Geron ihm eine Spur gewiesen. Er mußte nach Norden ziehen, überlegte Volker. Der Feuervogel würde wissen, wo die Morrigan zu finden sei. Es verging kaum eine Stunde, in der er nicht an die Herrscherin des Nachtvolks dachte. Mit Hilfe des Feuervogels würde er sie wiederfinden! Oder würde er nur einer Märchengestalt nachlaufen und sich lächerlich machen?

Volker lächelte müde. Er war wohl der einzige Ritter im Gefolge König Gunthers, der auf die Idee kommen würde, nach dem Funken Wahrheit zu suchen, der sich hinter einem Märchen verbergen mochte.

1. KAPITEL

Golo hatte gewußt, daß es ein Fehler war, mit dem Spielmann zu reiten. Man folgte niemandem, der verrückt geworden war! Volker hatte sich tatsächlich in den Kopf gesetzt, den Feuervogel zu finden, ein Geschöpf, das der Phantasie eines Märchenerzählers entsprungen war... Verwechselte der Spielmann jetzt sein Leben mit dem der Helden aus den romantischen Liedern, die er seinen Damen sang? Wie konnte Volker nur an so etwas glauben? Golo erinnerte sich noch gut daran, wie sein Gefährte ihm seinen Glauben an die Feen hatte ausreden wollen. Mehr als ein Jahr war seitdem vergangen...

Man hatte den Spielmann freundlich am Hof von Worms aufgenommen, als sie zum Weihnachtsfest zurückgekehrt waren. Volker hatte ein neues Lied von seiner Reise mitgebracht, so wie es alle erwartet hatten. Die traurige Geschichte vom Nachtvolk hatte ihn noch berühmter gemacht, als er ohnehin schon war, und ganz besonders die Frauen bei Hof schienen wie verzaubert von ihm zu sein. Natürlich hielten alle das Epos um die Morrigan für erfunden. Und doch spürten gerade die Frauen, daß sich hinter dem Lied eine wahre Liebesgeschichte verbergen mußte. Es hatte mehr als eine gegeben, die versuchte, die Melancholie des Spielmanns zu vertreiben, und Volker war nicht der Mann, der sich den Wünschen von Frauen widersetzte... Doch keine hatte es geschafft, ihn die Heidenpriesterin vergessen zu lassen.

Der Gefährte des Ritters rutschte unruhig auf dem Sattel hin und her und suchte nach einer Position, die auch nur halbwegs bequem war. Obwohl er jetzt ein Ritter war, hatte er sich mit dem Reiten nie wirklich anfreunden können. Er war ein gutes Stück kleiner als Volker und sehr viel stämmiger. Nicht, daß er von sich sagen würde, er wäre dick... Das waren Muskeln! Und Rücklagen für schlechte Zeiten.

Mit seinen kurzgeschorenen, braunen Haaren und dem breiten, offenen Gesicht unterschied er sich sehr von dem Spielmann, an dessen Seite er ritt. Vor ein paar Tagen erst hatte einer der Ritter bei Hof seine Nase mit einer Gurke verglichen. Eine Frechheit! Sie war vielleicht groß, aber grün war sie nicht! Und überhaupt... Hieß es nicht, an der Nase eines Mannes erkennt man den Johannes? Der junge Ritter blickte verstohlen zum Spielmann und grinste. Wenn das auf alle Männer zutraf, dann konnte er nicht begreifen, was die Frauen an Volker fanden. Die Nase seines Gefährten war gerade und von edler Form, doch alles andere als groß. Wieder einmal merkte der Spielmann nicht, daß Golo zu ihm herüberblickte. Volker hatte sich in letzter Zeit sehr verändert. Golo hatte schon vor zwei Wochen gespürt, daß er den Entschluß gefaßt haben mußte, die Königsburg zu verlassen. Nicht daß er davon gesprochen hätte, doch der junge Ritter kannte seinen früheren Herren zu gut, um nicht zu bemerken, wie sich der Blick des Barden wandelte. Selbst wenn man direkt vor ihm stand und mit ihm sprach, schien er durch einen hindurchzusehen. Oft hatte Volker abends auf dem Söller gestanden und nach Westen geblickt, dorthin, wo Hunderte Meilen entfernt die Sümpfe Aquitaniens lagen. Dort hatte sich die Spur der Priesterin verloren. Golo wußte nur aus Volkers Erzählungen, was mit der Morrigan geschehen war, als der Bischof von Saintes die verborgene Stadt in den Sümpfen eroberte. Die Priesterin war tödlich verletzt gewesen, als ihre Getreuen sie in einem kleinen Boot tiefer in die Sümpfe gebracht hatten. Wahrscheinlich wollten ihre Anhänger verhindern, daß der Leichnam der Hohen Priesterin dem Bischof und seinen Söldnern in die Hände fiel.

Viele Wochen lang hatte er damals gemeinsam mit Volker nach der Insel in den Sümpfen gesucht, zu der die letzten aus dem Nachtvolk fliehen wollten. Doch all ihre Mühen waren vergebens gewesen. Vermutlich hatten die Getreuen der Morrigan die Leiche ihrer Hohepriesterin in den dunklen Fluten versenkt und sich danach in alle Winde zerstreut.

Für Volker aber lebte die Priesterin noch. Er war wie besessen von der Vorstellung, daß er sie wiederfinden würde. Hätte der fremde Barde nicht die Geschichte vom Feuervogel erzählt, dann wären sie jetzt wahrscheinlich auf dem Weg nach Aquitanien ... Golo lächelte versonnen. So gesehen sollte er dem Mann sogar dankbar sein. Alles war besser, als den Spätsommer in den mückenverseuchten Sümpfen zu verbringen.

Im Grunde war Golo froh, Worms verlassen zu haben. Auf der Königsburg hatte er sich nicht mehr recht wohl gefühlt, seit sie im Winter aus Aquitanien zurückgekehrt waren. Er war vom Knecht zum Ritter geworden, doch die anderen Ritter bei Hof betrachteten ihn nicht als ihresgleichen und ließen es ihn überdeutlich spüren ...

Golo seufzte. Die Zeiten, daß er sich des Nachts mit leerem Bauch zu Ruhe legen mußte, waren vorbei. Er durfte wie die Adligen und Lehnsmänner an der Tafel des Königs sitzen und ein Schwert an seiner Seite tragen. Der Preis dafür war Einsamkeit. Nur Volker behandelte ihn anständig. Die anderen machten hinter vorgehaltener Hand Späße über ihn und nannten ihn heimlich noch immer einen Knecht. Und die Freunde, die er einst unter dem Gesinde gehabt hatte, behandelten ihn je nach ihrem Charakter höflich oder unterwürfig. Doch spürte er bei allen den Neid. Ein Weg, wie er ihn gegangen war, stand den Unfreien nicht zu. Kein Bauerssohn und Knecht war jemals zu einem Gefolgsmann des Burgundenkönigs aufgestiegen. Heimlich tuschelte man darüber, auf welch hinterhältige Art er sich wohl die goldenen Sporen der Ritterschaft verdient haben mochte.

Golo stieß seiner Stute die Hacken in die Flanken und schloß dichter zu Volker auf, der jetzt ein kleines Stück vor ihm ritt. Selbst mit einem Verrücktem einem Vogel nachzujagen, der nur im Kopf eines Märchenerzählers existierte, war besser, als länger auf der Königsburg zu verweilen. Das Wetter war ihnen gnädig, und die Reise am Rhein entlang war ohne nennenswerte Zwischenfälle verlaufen.

Wieder blickte der junge Ritter zum Spielmann hinüber. Volkers Gesicht war wie versteinert. Schweigend folgten sie dem Treidelpfad am Ufer. Seit zwei Tagen ritten sie nun schon durch das Frankenland. Letzten Sommer erst hatte König Gunther eine blutige Fehde mit Merowech, dem König der Franken, ausgefochten und ihm die reiche Stadt Treveris entrissen... Seitdem war das Verhältnis zwischen Burgund und dem großen Königreich im Norden alles andere als gut. Wahrscheinlich lag es nur daran, daß Volker ein Barde war, daß man sie bislang stets freundlich aufgenommen hatte. Spielleute galten als unberührbar, und sein Ruf war weit über die Grenzen des Burgundenreiches bekannt. Dennoch hielt es Golo für alles andere als eine gute Idee, ausgerechnet im Königreich der Franken nach einem Abenteuer zu suchen.

Sie waren nicht mehr weit von Castra Bonna entfernt.

Vermutlich würden sie die Stadt schon vom nächsten Hügelrücken aus entdecken können. Golos Blick schweifte über die weite Flußlandschaft. Es war kein Mensch zu sehen. Zwischen zwei Weiden am sumpfigen Ufer lag ein altes Fischerboot. Das Holz war grau und verschossen. Ein zerrissenes Netz hing in einem Busch. Zwei Reiher staksten auf ihren langen Beinen durch den Schlamm und spähten nach Fröschen.

Obwohl die Sonne schon tief am Himmel stand, war es noch immer sehr heiß. Dabei war der August nun fast schon zu Ende. Golo mußte an sein Heimatdorf denken und an seinen Onkel. Der alte Mann besaß einen steinigen Hügel, auf dem die Familie schon seit undenklichen Zeiten Wein zog. Bei dem Wetter würden prächtige Trauben heranreifen. Der Sommer war heiß gewesen, und doch hatte es auch genügend Regen gegeben. An den Wein dieses Jahres würde man sich noch lange erinnern ... Golo seufzte. Manchmal malte er sich aus, was mit ihm geschehen wäre, wenn Volker ihn nicht zu seinem Knappen erwählt hätte.

Der junge Ritter schüttelte ärgerlich den Kopf. Es war müßig, über solchen Unsinn nachzudenken. Von dem Weg, den er beschritten hatte, gab es kein Zurück! Schwer spürte er das Schwert an seiner Seite. Nie wieder würde er einem Pflug über das Feld seines Vaters folgen. Zum Pfingstfest hatte er König Gunther den Treueeid geleistet. Er war nun ein Krieger, und wenn der König seine Lehnsmänner zu den Waffen rief, dann würde er mit ihnen reiten, ganz gleich, ob die anderen Ritter ihn heimlich verspotteten oder nicht. Man hatte ihn gelehrt zu töten. Auch wenn er kein sonderlich geschickter Schwertkämpfer war, so hatte er sich doch insgesamt als begabter Schüler erwiesen. Im Kampf mit der Lanze und der Streitaxt brauchte er nur wenige von Gunthers Rittern zu fürchten. Bei Hof sprach man viel darüber, daß es wohl bald wieder Krieg mit den Sachsen geben würde ...

Golo blickte zu Volker hinüber, doch sein ehemaliger Herr bemerkte ihn nicht. Vielleicht dichtete der Spielmann in Gedanken ein neues Lied?

Dreihundert Schritt von ihnen entfernt erhoben sich auf einem Hügel nahe dem Ufer drei große schwarze Weiden. Raben kauerten dort im Geäst. Vom Stamm des mittleren Baumes hing etwas Helles hinab. Golo konnte es nicht genau erkennen, doch schienen sich die Raben sehr dafür zu interessieren. In dunklem Rot erglühende Wolken hatten sich vor die Sonne geschoben. Ein leichter Windhauch wehte vom Fluß herüber. Die Brise ließ Golo erschauern. Irgend etwas hatte sich verändert. Unsicher musterte er die Bäume, und einige Augenblicke verstrichen, bis er wußte, was plötzlich anders war. Es war still. Die Vögel im Uferdickicht, die sie den ganzen Tag über mit ihrem Konzert begleitet hatten, und die Grillen im hohen Gras, sie alle waren verstummt. Seine Stute hatte die Ohren steil aufgerichtet und schnaubte leise. Selbst Volker hob jetzt den Kopf, so als habe ihn etwas aus seinen Gedanken aufgeschreckt.

Ein Vogelschrei beendete das Schweigen. Es war einer der Raben auf der Weide vor ihnen. Mit heiserem Krächzen hatte er sich von dem dicken Ast abgestoßen, drehte einen Kreis über dem Hügel und flog dann dem jenseitigen Ufer entgegen. Einen Atemzug später folgten ihm die anderen Raben mit schwerem Flügelschlag.

Der Hügel vor ihnen war jetzt nur noch wenig mehr als hundert Schritt entfernt, und als Golo den Blick vom Himmel wandte, konnte er erkennen, was vom Stamm der mittleren Weide hing. Es war eine Frau, die man mit dem Kopf nach unten an den Baum gebunden hatte. Deutlich sah er die großen dunklen Flecken auf ihrem Gewand, und wie krumme Spinnenbeine ragten zerbrochene Pfeilschäfte aus ihrem Leib.

Hinter dem Hügel erklang das Donnern von Hufen. Unwillkürlich glitt die Hand des jungen Ritters zum Schwert an seiner Seite.

»Laß das!« zischte Volker scharf. »Das werden zu viele für uns sein. Vergiß nicht, daß ich als Barde unberührbar bin. Jedenfalls solange ich nicht mit der Waffe in der Hand angetroffen werde. Du wirst unter meinem Schutz stehen. Vertrau mir...«

»Ich glaube nicht, daß eine Horde plündernder Sachsen sich darum schert, daß du dich darauf verstehst, die Laute zu schlagen. Die verstehen nur eine Sprache.« Golo zog blank und griff nach dem Schild, der von seinem Sattel hing. »Ich möchte nicht so enden wie die Frau dort oben am Baum.«

»Du hältst dich zurück!« Der Spielmann zog die Laute von seiner Schulter und löste die lederne Schutzhülle, in die das Instrument eingeschlagen war.

Auf der Hügelkuppe erschien ein einzelner Reiter. Ein großer Rundschild deckte seine linke Seite von der Schulter bis zu den Knien. In der Rechten hielt er eine Drachenstandarte, ein Feldzeichen, gekrönt von einem goldenen Drachenkopf, hinter dem ein langer Stoffschlauch flatterte, so daß man glauben mochte, daß es sich nicht um ein Banner, sondern um ein lebendes Wesen handelte. Das Zaumzeug und die Rüstung des Reiters funkelten, so als seien sie aus Gold und Silber gefertigt. Golo kniff die Augen zusammen, um den Mann besser erkennen zu können, und erstarrte wie vom Donner gerührt. Das Gesicht des Reiters war blauschimmerndes Eisen, sein Haar und seine Augenbrauen lauteres Gold!

»Bei allen Heiligen, was ist das, Volker?«

»Die Männer aus Eisen, in deren Brust ein Herz aus Flammen lodert«, murmelte der Barde leise. Volker zügelte sein Pferd und starrte zu dem Reiter auf der Hügelkuppe hinauf.

Hinter dem Standartenträger erschien eine Phalanx von Reitern. Sie alle sahen aus wie Statuen aus Erz. Jeder der Männer mußte zwei Schritt oder mehr messen, und ihre Pferde waren so riesig wie Kutschrösser.

Golo flüsterte ein Gebet. Wenn sie jetzt die Zügel herumrissen und im gestreckten Galopp davonjagten, würden sie diesen Dämonen vielleicht entkommen können.

»Seid Ihr Volker von Alzey, der Barde des Königs von Burgund?« Der Mann mit der Drachenstandarte hatte gesprochen. Seine Stimme war dunkel und klang seltsam unnatürlich.

»Wer will das wissen?« entgegnete Volker kühl.

Golo verfluchte den Spielmann innerlich. Wie konnte er diesen Dämon auch noch reizen? Wenn er den Tod suchte, war das seine Sache, doch es wäre eine nette Geste, wenn er auch einmal an ihn denken würde. Unauffällig spähte der junge Ritter über seine Schulter. Der Treidelpfad hinter ihnen war frei. Einer Flucht stand nichts im Wege und ...

Volker trieb seinen Hengst den Hügel hinauf. Golos Mund war so trocken, als hätte er einen ganzen Eimer voll Staub geschluckt. Was tat dieser verrückte Kerl da nur! Einige Herzschläge lang zögerte der Ritter, dann folgte er seinem Freund.

»Mich schickt mein Herr, Graf Ricchar, Heermeister des Königs Merowech und Gebieter über alles Land von hier bis zu den Mauern von Treveris. Er entbietet Euch seinen Gruß, Herr Volker, und lädt Euch und Euren Begleiter ein, ihm die Ehre zu erweisen, mit ihm an seiner Tafel zu speisen.«

»Wir nehmen diese Einladung mit Freuden an.«

Golo hatte inzwischen die Kuppe des Hügels erreicht. Mißtrauisch musterte er den Bannerträger. Der Mann hatte kalte graue Augen. Seine ehernen Lippen waren zu einem Lächeln erstarrt. Er trug eine Maske! Um seinen Hals war ein roter Schal geschlungen, über dem ein schmaler Streifen heller Haut schimmerte. Doch das hieß noch nicht, daß er kein Dämon war! Der Kerl überragte ihn um mehr als Haupteslänge. Kein gewöhnlicher Mensch war so groß! Golo beschloß, den Bannerträger nicht aus den Augen zu lassen.

»Wird das Land Eures Herren von Sachsenhorden heimgesucht?« Volker nickte in Richtung der Frau. Sie hing mit dem Kopf nach unten am Stamm, doch hatte man sie nicht gebunden, so wie Golo zuerst geglaubt hatte, sondern an den Baum genagelt. Ihre Arme waren dabei weit ausgebreitet, und es schien, als hätten Heiden den Tod verhöhnen wollen, den der Heiland einst am Kreuze gestorben war. Wohl zwei Dutzend Pfeile hatten ihren Körper durchbohrt, und das Gesicht des Weibes war bis zur Unkenntlichkeit verstümmelt, was wohl das Werk der Raben war, die hier ihr Mahl gefunden hatten. Geronnenes Blut hatte das goldene Haar der Frau dunkel gefärbt. Sie war schlank und von zierlicher Statur gewesen. Der junge Ritter schätzte, daß sie kaum mehr als zwanzig Sommer gesehen haben mochte.

»Die Sachsen wagen sich hier nicht über den Rhein«, tönte die dunkle Stimme hinter der Maske. »Das Weib hat mit seinen Reden den Namen des Grafen besudelt. Der Elenden ist dafür die gebührende Strafe widerfahren! Man hat sie heute morgen gerichtet.«

»Dein Herr regiert seinen Gau mit strenger Hand, und mir scheint, es ist leicht, seinen Zorn zu erwecken.«

Golo zuckte zusammen. Wenn Volker so weitermachte, würden sie auch noch an irgendwelche Bäume genagelt werden.

»Das Urteil mag Euch zu streng erscheinen, Herr Volker, doch glaube ich nicht, daß Euer König Gunther Gnade walten ließe, wenn man ihn den Bastard einer Magd nennen würde. Dies Weib war von der Finsternis durchdrungen... Doch im Tod hat sie das Licht des Mithras erblickt und ward erlöst.«

»Ihr sagtet, Ihr sollt uns an den Hof Eures Fürsten geleiten...« Volker musterte den Standartenträger kalt. »Wir werden Euch folgen.«

Der Krieger mit der eisernen Maske wendete wortlos sein Pferd. Dann gab er den anderen Reitern ein Handzeichen, und sie nahmen die beiden Burgunden in ihre Mitte.

Voller Mißtrauen verfolgte Golo die Bewegungen der

Krieger. Sie alle waren außergewöhnlich groß. Die eisernen Masken, die immer dasselbe jugendliche Gesicht zeigten, ließen die Männer wie Brüder aussehen. Mit geradezu unheimlicher Präzision teilte sich ihre Formation in zwei gleichlange Reihen. Sie formierten sich rechts und links des Weges, der über den Hügel führte. Ob sie vielleicht doch Dämonen waren, die alle von einem Geist beherrscht wurden? Keiner der Krieger sprach oder neigte auch nur den Kopf, um Volker und ihn zu mustern. So verhielten sich keine gewöhnlichen Männer! Und wer war Mithras? Ein heidnischer Götze? Ein Diener Satans vielleicht?

Die Eskorte brachte sie zwei Meilen weiter den Rhein hinauf. Seitlich des Weges gab es nun einige Äcker, doch kein Mensch war zu sehen. Das Land wirkte wie tot. Zur Linken lagen Hügel, die langsam in niedrige Berge übergingen. Auf einem der Hügel stand ein großes ausgebranntes Steinhaus, aus dessen Fenstern die Äste junger Eichen wuchsen.

Der Ritt verlief schweigend. Die Stille wurde nur durch den dumpfen Klang der Hufe und die Rufe der Vögel im Uferdickicht des großen Flusses gestört. Endlich führte der Weg sie auf einen zweiten Hügel, von dem aus sie Castra Bonna vor sich liegen sahen. Dicht entlang des mit steinernen Kais befestigten Ufers verlief die Mauer des Legionslagers aus alter Zeit. Sie war an die zehn Schritt hoch und zusätzlich durch zahlreiche Türme gesichert. Golo war von der Größe der Stadt überrascht. Die quadratische Festungsanlage hatte eine Seitenlänge von fast einer halben Meile. Auch außerhalb der Mauern lagen viele Häuser, doch selbst von weitem war zu erkennen, daß sie verfallen und verlassen waren. Nicht einmal innerhalb der Wälle waren alle Wohnhäuser in einem guten Zustand. Hier und dort konnte man eingestürzte Dächer erkennen, und zwischen den alten Steinbauten erhoben sich Dutzende von Fachwerkhäusern mit lehmverputzten Wänden und breiten Rieddächern.

Am nördlichen Ende der Stadt war ein kleiner Palast mit

Säulengängen und weiß getünchten Mauern zu sehen. Davor lag ein großer Platz, auf dem Krieger in schimmernden Waffen aufmarschiert waren. Golo schluckte. Was für ein Empfang! Man konnte meinen, der Gaugraf erwarte ein burgundisches Heer und nicht nur zwei Ritter.

Graf Ricchar war viel jünger, als Volker ihn sich vorgestellt hatte. Der Reitergeneral gehörte zu den einflußreichsten Männern im Frankenreich. Er kommandierte die Reiterei des Königs, und es hieß, er habe noch niemals eine Schlacht verloren. Obwohl Ricchar schon der Held vieler Bardenlieder war, mochte er höchstens fünfunddreißig Sommer zählen. Sein Gesicht war von der Sonne gebräunt, und erste schmale Falten zeigten sich um seine klaren blauen Augen. Sein hellblondes gelocktes Haar trug er kurzgeschoren, wie es unter Kriegern üblich war. So wie die Reiter, die der Graf ihnen als Eskorte entgegengeschickt hatte, war auch Ricchar auffällig groß. Vom Scheitel bis zur Sohle mochte er knapp zwei Schritt messen.

Die Rüstung und Kleidung des Kriegers waren für einen Franken außergewöhnlich. Über einer dunkelroten Tunika, die bis zur Mitte der Oberschenkel reichte, trug der Fürst einen weißen Leinenpanzer, dessen Bruststück mit einer aufgestickten Sonnenscheibe mit breitem Strahlenkranz verziert war. Seine Füße steckten in Bundschuhen aus feinem Leder, deren Verschnürung hinter feinziselierten Beinschienen verschwand. An der linken Seite trug der Graf ein langes Reiterschwert, das er ungewöhnlich hoch gegürtet hatte.

Entlang des gepflasterten Platzes vor dem Palast waren mehr als hundert Soldaten aufmarschiert. Sie alle waren einheitlich ausgerüstet. Ricchar mußte ein reicher Mann sein, denn die Kämpfer waren ohne Ausnahme mit Kettenhemden und eisernen Helmen gewappnet.

Ein wenig beschämt blickte Volker an sich herab. Auch er trug ein Kettenhemd, doch das war hier ja nichts Besonderes. Sein flammend roter Umhang und sein weißer Waffenrock waren vom Staub der Reise beschmutzt. Auf dem schönen Platz und zwischen all den Kriegern in schimmernder Wehr kam er sich unscheinbar und unbedeutend vor. Die Reiter ihrer Eskorte waren zu den Seiten des Platzes hin abgeschwenkt. Volker zügelte seinen Hengst und schwang sich aus dem Sattel. Ricchar kam ihm mit ausgebreiteten Armen entgegengeeilt, ganz so, als seien sie alte Waffengefährten.

»Volker von Alzey! Endlich ist es mir vergönnt, Euch zu begegnen. Ihr seid mir ein *Licht* in dieser dunklen, zerstörten Stadt am Ende der Welt. Kaum wage ich zu hoffen, daß Ihr länger als eine Nacht verweilen werdet, weiß ich doch nun den größten Schatz des Burgundenkönigs in meinen Mauern.«

Der Spielmann räusperte sich verlegen und verneigte sich. »Die Ehre ist ganz auf meiner Seite. Wenn man den Erzählungen über Eure Taten lauscht, so will man glauben, ein Held aus alten Zeiten sei wiedererstanden.«

Ricchar schloß ihn in die Arme. Obwohl der Franke eher schlank war, hatte er die Kräfte eines Bären. »Lassen wir die Förmlichkeiten, Volker. Ich kenne deine Lieder und ahne in dir einen Verwandten im Geiste. Erlaube, daß ich offen zu dir rede, so wie Freunde es tun. Dieselbe Offenheit erwarte ich auch von dir. Ich kann mir sehr wohl denken, wie man am Hof zu Worms von mir spricht. Immerhin habe ich den Rittern des Königs im letzten Herbst manche Schlappe beigebracht, auch wenn ich zu spät kam, um zu verhindern, daß Hagen Treveris eroberte. Ich weiß, daß du keinen Anteil an diesem Krieg hattest und zu jener Zeit im fernen Aquitanien weiltest.« Der Graf lächelte. »Du siehst, ich kenne dein Epos über das Nachtvolk... Und ich bin gespannt, deine neuen Lieder zu hören, wenn du mir dann die Ehre erweisen magst, das *Licht* der hohen Dichtkunst in meine Festhalle zu tragen. Sei gewiß, daß niemand dich und deinen Begleiter hier in meinem Gau als einen Feind betrachtet, auch wenn meine Krieger darauf brennen, erneut gegen die Burgunder ins Feld zu ziehen und über den Mauern von Treveris wieder das Banner unseres Königs aufzupflanzen.«

»Eure Worte erfüllen mich mit Stolz, und doch macht es mich auch zugleich verlegen, Euch in dieser Weise von meiner Dichtkunst sprechen zu hören, die allzuoft nur unvollkommen und ...«

»Willst du mich beschämen, mein Freund? Ich habe dir angeboten, mit mir wie mit einem Kameraden zu reden. Ich halte nichts von dem förmlichen Geschwätz von Gesandten und Höflingen. Ich ziehe jederzeit das offene Wort irgendwelchen nichtssagenden Floskeln vor. Und was die Dichtkunst angeht, Volker, so muß ich gestehen, daß auch ich mich darin schon versucht habe und kläglich gescheitert bin. In Stabreimen, wie sie die Alten pflegen, bin ich zwar wohlbewandert, aber deine neue Reimtechnik des Langzeilenverses vermag ich nicht zu kopieren.«

Der Spielmann starrte den Fürsten verblüfft an. Nach allem, was er über Ricchar gehört hatte, hatte er einen blutdürstigen Barbaren erwartet. Doch vor ihm stand statt dessen ein Mann, der, obwohl er zum höchsten Kriegeradel des Frankenreiches gehörte, ihm kaum, daß sie sich begrüßt hatten, zu vertrautestem Umgang einlud und der obendrein auch noch in der Dichtkunst bewandert zu sein schien.

»Du schätzt das offene Wort, Ricchar? Dann laß dir gesagt sein, daß du mich erstaunst. Du bist in der Tat nicht der Mann, den ich hier anzutreffen glaubte.«

Der Fürst lächelte und nickte in Richtung des Palastes. »Laß uns hineingehen. Ich habe heute morgen eine Wildsau erlegt, und meine Köche haben sie einen halben Tag lang gebraten, weil ich ihnen für den Abend einen besonderen Gast angekündigt habe. Wir sollten uns zur Tafel begeben, bevor man in der Küche anfängt, sich die Haare zu raufen, weil die Schwarte langsam so schwarz wie Holzkohle wird. Ich muß gestehen, ich hatte schon früher mit dir und deinem Freund gerechnet. Seid ihr aufgehalten worden?«

Volker schüttelte den Kopf. »Wir ahnten nicht, daß man uns erwartet. Darf ich dir meinen Freund und Weggefährten Golo vorstellen?«

Der Graf bedachte den jungen Ritter mit einem kurzen Blick und führte die beiden dann die Stufen zum Palast hinauf. Hinter ihnen auf dem Hof erschollen einige scharfe Kommandorufe, und die Krieger rückten in geordneten Kolonnen zu ihren Quartieren ab. Stallburschen eilten herbei, um die Pferde der Reiter fortzuführen. Aus den Augenwinkeln sah Volker, wie einer der Kämpen offensichtlich erleichtert seine eiserne Gesichtsmaske abschnallte. Es war ein junger Kerl, der sich nun, da er seinen Helm abgenommen hatte, zumindest äußerlich in nichts von den anderen Kriegern unterschied, die auf dem Platz versammelt gewesen waren.

Ricchar führte sie durch einen langen Flur auf einen Hof mit einem prächtigen Mosaikboden. Es gab hier auch einen kleinen Brunnen, durch den es trotz der spätsommerlichen Hitze angenehm kühl war. Es waren niedrige Tische aufgestellt worden, um die herum breite gepolsterte Liegen standen.

Ricchar verharrte und wies mit ausgebreiteten Armen auf die Klinen. »Nehmt Platz, meine Freunde! Es soll ein römisches Gastmahl werden, zu dem ihr geladen seid. Wir werden unser Essen im Liegen einnehmen, und ich muß euch warnen, nehmt nicht zuviel von den ersten Gerichten, die aufgetragen werden, denn sonst werdet ihr nicht bis zum Ende des Mahls durchhalten. Meine gallischen Köche haben etliche erlesene Köstlichkeiten vorbereitet, wie sie kaum ein Germane mehr kennt, seit die Römer das Land verlassen haben.« Der Fürst klatschte in die Hände, und zwei Diener mit silbernen Trinkpokalen und einem mächtigen Tonkrug erschienen aus einer der zahlreichen Türen, die auf den Hof führten.

»Zunächst möchte ich euch von einem Wein kosten lassen, der aus dem fernen Kreta stammt. Ein Roter, in dem die Glut der südlichen Sonne gefangen ist und mit dem sich auch die besten und ältesten Weine aus meinem Gau nicht messen können.«

Bewundernd drehte Volker den kostbaren Silberpokal zwischen den Fingern und trank in kleinen Schlucken von dem weitgereisten Wein. Kreta... Jene Insel, auf der einst der legendäre König Minos und sein stierköpfiger Sohn herrschten. Volker dachte an Hafenstädte mit weißen Häusern und den Duft des Meeres. Ob es ihm bestimmt war, auch einmal so weit zu reisen?

»Einige meiner Freunde werden uns bei dem Mahl Gesellschaft leisten.« Ricchar hatte sich auf einer Liege niedergelassen. Er lag seitlich, auf den linken Ellenbogen aufgestützt, und wies ihnen mit der Rechten die Liegen an seiner Seite zu.

»Was sagt der Bischof des Gaus zu diesem heidnischen Luxus, Fürst Ricchar?« fragte Golo, der eine Miene schnitt, als habe man ihm schimmeliges Brot serviert.

Der junge Graf lachte. »Wir wissen doch alle, daß es sich die Äbte und Kirchenmänner in ihren Klöstern und Palästen selber recht gutgehen lassen. Warum sollte ich ein schlechtes Gewissen haben, nur weil ich meine Freunde mit einem köstlichen Mahl verwöhne. Ich kann daran nichts Schlimmes finden. Im Gegenteil, ich beweise doch nur, daß ich meinen Reichtum gerne mit anderen teile. Ist dies nicht sogar eine *christliche Tugend*?«

»Nur dann, wenn man teilt, um sich mit seiner Freizügigkeit nicht über die anderen zu erheben.«

»Hat man deinen Gefährten in einer Klosterschule großgezogen, Volker?« Ricchar schüttelte den Kopf und gab einer

Dienerin ein Zeichen, ihm seinen Weinpokal nachzufüllen.

Volker warf Golo einen ärgerlichen Blick zu. Was war nur in ihn gefahren? Bislang hatte der junge Ritter noch nie ein Festmahl verschmäht? »In der Tat muß ich gestehen, daß er nicht an einem Fürstenhof aufgewachsen ist. Das mag erklären, warum er manchmal ein wenig befremdlich dem Weltlichen gegenübersteht.«

Der Frankenfürst seufzte. »Ich kenne das Problem nur zu gut. Es sind die Kirchenmänner, die uns in den engen Grenzen ihrer knapp bemessenen Horizonte gefangen halten und den freien Flug des Geistes verhindern wollen, indem sie diesem schillerndsten aller Vögel seine Schwingen beschneiden.« Ricchar schüttelte den Kopf. »Entschuldige, wenn ich mich ereifere, läßt meine Rhetorik an Schliff vermissen, und ich neige dazu, meine Rede mit allzu üppigen Bildern zu schmücken.«

»Nicht doch, mein Freund!« Volker setzte den Weinpokal vor sich auf den Tisch und nahm auf einer der Liegen Platz. »Es ist eine Freude, einmal einem Krieger zu lauschen, dessen Rede nicht so hart und spröde wie eine Felslandschaft ist.«

Eine Gruppe von Offizieren und Amtmännern trat auf den Hof. Sie grüßten den Fürsten und ließen sich so selbstverständlich auf den Klinen nieder, als seien sie es schon lange gewohnt, auf diese ungewöhnliche Art zu tafeln. Volker dachte an den Hof zu Worms und daran, was Königin Ute wohl dazu sagen würde, wenn er ihr vorschlagen würde, ein solches Festmahl nach römischem Vorbild abzuhalten. Der Spielmann grinste. Vermutlich würde sie noch wesentlich drastischere Worte für diese heidnischen Verrücktheiten finden, als Golo es getan hatte.

Volker griff nach seinem Pokal und nahm einen tiefen Schluck. Dabei fiel sein Blick auf das Mosaik unter dem Tisch. Es zeigte einen Krieger mit Schwert, der einen mächtigen Stier niederstach.

Kretischer Wein, Stiermosaiken ... War er wirklich noch in einer kleinen, halb verfallenen Stadt am Rhein? Der Spielmann dachte an die Reiter mit den eisernen Masken und die Truppenparade auf dem Platz vor dem Palast. Alles hier war fremd, so als sei er in eine andere Welt hineingeraten. Doch war dies nicht ein gutes Omen für die Suche nach einem wunderbaren Vogel, von dem jeder *vernünftige* Mensch behauptete, daß er nur in den Geschichten der Märchenerzähler existierte.

»Wir sollten hier so schnell wie möglich verschwinden«, flüsterte Golo heiser.

»Warum? Das war doch ein wunderbares Fest!« Volker stützte sich an der Wand des langen Flurs ab. Er hatte Mühe, sich noch auf den Beinen zu halten. Soweit Golo gesehen hatte, mußte sein Freund mindestens zwei Krüge von dem schweren, kretischen Wein getrunken haben.

»Leise!« zischte der junge Ritter ärgerlich. Der Diener, der sie zu ihren Gemächern bringen sollte, hatte sich bereits nach ihnen umgedreht. Es war ein kleiner untersetzter Mann, der ihnen mit einer Öllampe, auf der drei Flammen brannten, in dem dunklen Gang voranging.

»Warum sollte ich leise sein?« grölte der Spielmann. »Die ganze Welt darf wissen, was ich von diesem Fest halte! Es war ...« Volker hob seine Arme in großer Geste zur Decke hin. »Es war ... großartig. Bacchos selbst hätte kein prächtigeres Fest ausrichten können, obwohl ich sagen muß, ... daß ich Mänaden und Flötenspielerinnen ... vermißt habe. Ein wenig Tanz wäre auch ...« Der Spielmann versuchte, auf einem Bein den Gang hinaufzuhüpfen, verlor das Gleichgewicht und torkelte krachend gegen eine Tür.

Golo fing ihn auf, bevor Volker zu Boden stürzte. »Wir

reden morgen weiter, du Stolz der christlichen Ritterschaft.«

»Stolz... Jawohl, das bin ich.« Volker rollte mit den Augen und fing dann an zu lachen. »Weißt du, was das Problem mit dir ist? Du kannst dich einfach nicht amüsieren, Golo. Den ganzen Abend hast du ein Gesicht gemacht, als würdest du am Totenbett deiner Mutter sitzen... Du beleidigst unseren Gastgeber...«

»Dafür hast du meine Verfehlungen dann ja mehr als ausgeglichen. Hast du die Frau an der Weide vergessen? Ricchar mag dich vielleicht mit gelehrten Reden umgarnen, aber in meinen Augen ist er immer noch ein blutdürstiger Barbar. Wir sollten diese Stadt so schnell wie möglich verlassen. Ist dir aufgefallen, daß nicht ein einziger Geistlicher bei dem Fest zugegen war? Das ist kein gutes Zeichen!«

Volker kicherte. »Das war ja auch nicht gerade ein Kirchenfest. Stell dir vor, der Bischof zu Worms hätte so einem Fest am Hof von Gunther beiwohnen müssen... Dem wären die Perlen aus seiner Mitra gefallen vor Entsetzen. Der gute Fredegar... Jeder weiß, daß er ein Säufer ist, aber von der Kanzel predigt er so ergreifend gegen dieses Läster, als habe er noch niemals einen Weinpokal in Händen gehalten. Dabei läßt er sich den Meßwein mit Schnaps versetzen, weil er ihm sonst zu fade ist. Ricchar hat solche doppelzüngigen Kleingeister von seinem Hof verbannt. Ich kann darin nichts Falsches sehen.«

»Hier ist das Gemach für den erlauchten Barden«, murmelte der Diener, öffnete eine Tür und wies mit dem Licht in eine große Kammer, in der ein Bett, ein mit prächtigen Intarsien verzierter Tisch und zwei hochbeinige Stühle standen. »Für den Herrn Ritter gibt es ein zweites Gemach, das an dieses hier angrenzt.«

Golo musterte den kleinen Kerl. Er hatte den Eindruck, daß etwas Heimtückisches in der Stimme des Dieners lag. Oder amüsierte der Kerl sich nur über den Zustand Volkers?

Der junge Ritter hatte sich Volkers rechten Arm um die Schulter geschlungen und brachte den Spielmann bis zum Bett. »Laß mich in Morpheus Schoß ruhen«, lallte der Barde. »Morgen werden wir weiterreden.«

»Schon gut.« Golo setzte Volker auf den Rand des Bettes und zog ihm die Stiefel aus.

»Brauchen die erlauchten Herren noch meine Dienste?«

»Bring einen Eimer und einen Krug mit frischem Wasser her! Ich glaube, mein Freund wird das diese Nacht noch brauchen. Und dann stell ein Licht auf den Tisch dort drüben, das bis zum Morgengrauen brennt. Er soll sehen können, wo er sich befindet, wenn er wach wird.«

»Wie Ihr befehlt, Herr!« Der Diener verbeugte sich knapp und verschwand auf den dunklen Gang. Seine Öllampe hatte er auf dem Tisch stehen lassen.

Volker war nach hinten auf das Bett gesunken und schnarchte leise. Golo betrachtete ihn eine Weile. Im weichen Licht der Öllampe waren die Falten in den Mundwinkeln des Spielmanns verschwunden. Er konnte Volker nicht lange böse sein. Seit den Ereignissen in den Sümpfen Aquitaniens hatte sich der Spielmann von Grund auf verändert. Golo wünschte ihm, daß er den Feuervogel finden würde, damit er endlich Gewißheit über das Schicksal der Morrigan erlangte. In der letzten Nacht, als sie am Ufer des Rheins schliefen, hatte er Volker den Namen der heidnischen Priesterin im Schlaf flüstern hören. Sie ließ ihn nicht mehr los... Vielleicht hatte sie ihn ja verflucht?

Vor der Tür erklangen Schritte. Der Diener kehrte zurück. Ohne ein Wort stellte er einen hölzernen Eimer und einen Wasserkrug neben das Bett. Dann trat er einen Schritt zurück und blickte Golo erwartungsvoll an.

»Du kannst gehen. Ich werde alleine den Weg in meine Kammer finden. Danke.«

Der kleine Mann verneigte sich knapp. »Wie Ihr meint,

Herr.« In der Tür blieb er noch einmal stehen und blickte zurück.

»Ja?« fragte Golo ärgerlich. Er wollte allein sein.

Der Diener räusperte sich verlegen. »Es geht mich ja nichts an, aber ich habe Euch eben über einen Bischof reden hören. Nicht, daß ich lauschen wollte, Herr... Ihr spracht so laut, daß es mir unmöglich war, das Gesagte zu überhören.«

»Und?«

»Es wäre klüger, wenn Ihr in Gegenwart des Grafen und seiner Gefolgsleute nicht von Kirchenmännern sprecht.«

Golo richtete sich auf und musterte den kleinen Kerl mißtrauisch. Der Mann hatte flachsblondes Haar und ein breites, ehrliches Gesicht. »Was willst du damit sagen?«

»Nichts. Nur, daß man hier Kirchenmänner nicht sonderlich zu schätzen weiß und... Hütet Euch, daß Ihr in diesen Mauern Euer Seelenheil nicht verliert.« Der Diener blickte ängstlich auf den Gang hinaus.

Einen Moment lang glaubte Golo, ein Geräusch wie von leisen Schritten zu hören. Dann war es wieder still. »Wie meinst du das? Ein Gelage wie an diesem Abend ist zwar gewiß nicht gottgefällig, doch warum sollte unser Seelenheil in Gefahr sein?«

»Ich habe schon zu viel gesagt«, flüsterte der Mann ängstlich. »Ich muß nun gehen.« Er verneigte sich ein wenig linkisch und eilte dann mit langen Schritten den Gang hinab.

Golo deckte den Spielmann zu und ging zu seiner Kammer. Dabei klangen ihm immer wieder die Worte des Dieners in den Ohren. *Hütet Euch, daß Ihr in diesen Mauern Euer Seelenheil nicht verliert.* Was mochte der Kerl damit nur gemeint haben?

2. KAPITEL

Seht Euch das nur an!« Der Frankenfürst zeigte auf ein paar gemauerte Bögen, die im rechten Winkel auf die Stadtmauer trafen. »Sie haben meilenlange Brücken gebaut, auf denen sie das Wasser aus den Bergen in die Städte leiteten. Hunderte von Männern müssen ein Leben lang daran gearbeitet haben. Für sie war nichts unmöglich ...«

»Und dennoch haben unsere Ahnen sie von hier vertrieben.« Volker kannte die Bauwerke der Römer. Auch seine Heimatstadt Alzey war einst eine ihrer Garnisonen gewesen, und auch dort gab es noch viele Ruinen, die an die Pracht der vergangenen Zeiten erinnerten.

»Du hast recht, mein Freund. Sie sind schwach geworden. Deshalb konnten wir sie besiegen. Die ganze Welt hatte sich gegen sie erhoben. Und doch dauert selbst ihr Untergang schon mehr als ein Jahrhundert, und noch sind sie nicht endgültig besiegt.«

Golo schnaubte verächtlich. »Was ist von ihrer Größe schon geblieben? Heute winseln ihre Gesandten am Hof des Hunnenkönigs um Gnade, damit er Italien verschont. Was nutzt es, wenn man die Kunst beherrscht, Wasser viele Meilen über Brücken laufen zu lassen, aber nicht mehr in der Lage ist, seine Städte zu verteidigen.«

Ricchar lachte. »Du hast recht, Golo. Viele meiner Reiter denken ähnlich. Für das, was von ihnen geblieben ist, habe auch ich nur Verachtung übrig. Doch einst hat das römische Volk die ganze Welt beherrscht. Wenn nicht auch wir eines Tages vor Etzels Kriegern winselnd im Staub liegen wollen, dann müssen wir das Geheimnis von Roms verlorener Größe ergründen. Mein König hat Gesandte an den Hof der Hunnen geschickt. Sie berichten, daß Etzels Reiter so zahlreich wie die Kiesel am Ufer des Rheins sind. Wenn sie eines Tages beschließen sollten, in den Westen vorzustoßen, dann wird nichts und niemand sie aufhalten können. Es sei denn, wir könnten ihnen eine Armee entgegenstellen, wie sie einst Rom besessen hat. Doch das genügt noch nicht...« Der Krieger blickte zu den Bergen westlich der Stadt und schien plötzlich düsteren Gedanken nachzuhängen.

»Und was würde der Heermeister des Frankenkönigs tun, um Etzel zu bezwingen?« stichelte Volker.

»Den Krieg mit den Hunnen von langer Hand vorbereiten«, entgegnete Ricchar trocken. »Eines Tages werden sie hierher an den Rhein kommen, und dann müssen wir gerüstet sein. Doch dazu reicht es nicht allein, eine Armee zu haben. Hinter jedem Soldaten müssen mindestens fünf Männer stehen, die ihn unterstützen, wenn er erfolgreich im Krieg sein soll. Wir brauchen Schmiede, die nichts anderes tun, als Rüstungen und Waffen für unsere Kämpfer herzustellen. Köhler, die dafür sorgen, daß der Vorrat an Holzkohle neben den Schmiedefeuern niemals zur Neige geht. Bergarbeiter, die das Erz aus den Tiefen der Erde holen. Schuster, die die Stiefel der Soldaten schneiden. Rinderherden, damit meine Männer Fleisch auf ihren Tellern liegen haben und damit es Leder für Stiefel und Sättel gibt... So geht es endlos weiter. Eine gute Armee allein genügt nicht. Die Römer waren so mächtig, weil sie all dies hatten. Cäsar konnte einst in weniger als einem Jahr zehntausend Soldaten unter Waffen stellen. Kein König kann ihm das heute gleichtun und wäre er selbst so reich wie der legendäre Midas! Es gibt einfach keinen Ort, an dem man zehntausend Schwerter kaufen könnte...«

Volker schüttelte den Kopf. »Das ist es doch nicht allein. Rom hatte genügend Schuster und Schmiede. Trotzdem haben unsere Ahnen die Legionen vom Rhein vertrieben.«

»Weil die Römer ihren Glauben und ihren Kampfgeist verloren hatten.« Ricchars himmelblaue Augen blitzten im Sonnenlicht. »An beidem mangelt es meinen Kriegern nicht. Wenn ich ihnen auch den Rest verschaffe, dann werden sie unbesiegbar sein!«

»Und ihr erstes Ziel ist dann Treveris, nehme ich an?«

Der Frankenfürst zuckte mit den Schultern. »Vielleicht? Diese Entscheidung liegt bei meinem König.«

»Das heißt, wir würden uns vielleicht eines Tages als Feinde auf dem Schlachtfeld gegenüberstehen?« Volker musterte den Grafen, doch auf Ricchars Gesicht zeigte sich nicht die geringste Regung. Es war so kalt wie die eisernen Masken seiner Reiter.

»Ich vertraue darauf, daß sich die Gerechten niemals feindselig gegenüberstehen. Die Kräfte des Guten werden sich vereinen, um sich der Finsternis entgegenzustellen.«

»Und die burgundischen Truppen, gegen die du im letzten Jahr gekämpft hast? Verkörpern sie für dich die Finsternis? Wie kannst du uns dann an deiner Tafel empfangen?«

»Ein Dichter wie du steht immer für das Licht und die Weisheit. Es wird Zeit, daß die Fürsten den Weisen und den Epikern wieder die Achtung zollen, die ihnen zusteht. Außerdem warst du im letzten Jahr nicht in die Kämpfe verwickelt. Ich denke, daß dies nicht Zufall, sondern Bestimmung war.«

Volker lächelte. Er mochte den jungen Fürsten, auch wenn er ihm in vielem seltsam erschien. Doch war es nicht immer schon so, daß die großen Denker ihren Zeitgenossen seltsam erschienen? Ein Feldherr, der sich ebensosehr für die Dichtkunst wie für den Krieg interessierte, wo gab es so etwas in diesen Zeiten noch?

»Und was willst du mit deiner Armee?« warf Golo ein. »Was für ein Unterschied besteht zwischen Etzel und seinen Horden und euch Franken, wenn ihr erobernd und plündernd durch die Lande zieht? Die Bauern werden für euren Hochmut und eure prächtigen Kriegszüge bezahlen müssen. Wo ist der Unterschied, ob man den Zehnten an einen hunnischen Heiden entrichtet oder an einen dichtenden Frankenfürst?«

»Dein Freund hat eine scharfe Zunge, Volker. Doch ich schätze es, wenn Männer den Mut haben, mir ihre Meinung ins Gesicht zu sagen.«

Der Spielmann warf Golo einen zornigen Blick zu. Volker war sich nicht im klaren darüber, was seinen Freund an Ricchar störte, doch würde es noch ein schlimmes Ende nehmen, wenn er sich weiterhin derart im Ton vergriff. Die meisten burgundischen Adeligen, die Volker kannte, hätten angesichts solcher Frechheiten schon längst die Gesetze der Gastfreundschaft vergessen.

»Wenn der Burgundenkönig dir zuwenig Sold zahlen sollte, wärest du mir stets unter meinen Reitern willkommen. Ich brauche Männer wie dich, die frei denken und sich vor nichts fürchten. Ich würde dich im Rang eines Decurios in meine Truppen aufnehmen und eine Turma deinem Kommando unterstellen. Glaubst du, du könntest zweiunddreißig Reiter kommandieren?«

Golo räusperte sich verlegen. »Ich habe Gunther die Treue geschworen! Ich kann seinen Dienst ohne seine Zustimmung nicht verlassen. Willst du meine Treue auf die

Probe stellen? Warum machst du mir ein solches Angebot?«

»Weil ich einen Mann unter meinen Offizieren haben möchte, der die Rechte der Bauern achtet. Ich weiß, daß du mich nicht magst, Golo, aber es ist mir gleichgültig, was du denkst. Deine Dienste können mir nützlich sein, und das ist alles, was zählt. Ich will kein neuer Alexander oder Cäsar sein, so wie es mir meine Feinde am Königshof vorwerfen. Was heißt es schon, ein großer Eroberer zu sein ... Es geht um mehr! Das Reich der Römer ist zerschlagen, die germanischen Stämme untereinander zerstritten. Wir haben vieles falsch gemacht, als wir die Römer vertrieben haben. Sieh dir nur diese Stadt an. Hier haben einst viele tausend Menschen gelebt. Jetzt sind es nur noch ein paar hundert. So sieht es überall im Land aus. Wir brauchen eine starke Armee, sie ist der Schlüssel dazu, uns eine bessere Zukunft zu schaffen. Doch es geht nicht darum, irgendwelche Städte zu brandschatzen und mit reicher Beute hierher in die Ruinen zurückzukehren. Wir müssen wieder aufbauen, was unsere Ahnen zerstört haben. Merowech ist ein starker König. Mit der richtigen Armee könnten wir ein Frankenreich errichten, das sich, so wie einst das Reich der Römer, über die ganze Welt erstreckt. Nur wenn wir es wagen, groß zu denken, können wir auch große Dinge erreichen!

Jeder Bauer aber, der getötet wird, ist eine Niederlage. Jede Ähre, die auf dem Feld verdorrt, eine verlorene Schlacht. Es sind die Bauern und Handwerker, die letzten Endes darüber entscheiden, ob meine Vision von einem Reich, wie es einst bestanden hat, Wirklichkeit werden kann. Deshalb brauche ich Männer wie dich, Golo. Anführer, die stets auch das Wohl der Bauern im Auge haben und dafür Sorge tragen, daß nicht *ein* Gehöft geplündert wird, wo meine Soldaten ihre Schlachten schlagen. Wenn dies gelingt, dann werden auch wir eines Tages wieder Wasser über hundert Meilen aus den Bergen in die Städte leiten. Wir werden Theater haben, in denen Tausende den Werken unserer Dichter lauschen, und, was das wichtigste ist, kein Bauer in diesem Reich müßte sich fürchten, daß eines Tages die Hunnen oder irgendwelche anderen Plünderer den roten Hahn auf den Giebel seines Gehöfts setzen. Was ich will, ist eine Pax Germanica, die uns allen Frieden und Wohlstand bringt.«

Volker traute seinen Ohren kaum. Jeden anderen, der ihm solche Pläne dargelegt hätte, hätte er für wahnsinnig gehalten. Doch Ricchar machte den Eindruck, als wisse er, wovon er sprach. Er war kein Irrer, der irgendwelchen Phantasien nachhing. Der Frankenfürst galt als Merowechs bester Kriegsherr, und wenn er tausend Reiter haben wollte, dann würde der König sie ihm sicherlich überlassen. Welches Risiko ging Merowech dabei auch ein! Ricchar war noch niemals besiegt worden! Er hatte die Macht, seine kühnen Ideen zu verwirklichen! Ein Reich des Friedens zu errichten ... Welch eine Vision! Doch was würde mit den anderen germanischen Königreichen geschehen? Sicherlich wäre Burgund eines der ersten Opfer des fränkischen Eroberungszuges.

»Du sagtest, du willst ein Königreich wie das der Römer errichten«, meldete sich Golo zu Wort. »Und du willst so wie sie Wasser über fast hundert Meilen auf Brücken aus den Bergen hierherbringen, weil dies in deinen Augen eine große Tat war. Ich frage dich, Ricchar, was machte das für einen Sinn? Castra Bonna liegt an einem Fluß, der niemals versiegt. Wozu muß man solchen Aufwand treiben, Wasser hierherzu bringen, wenn es einem vor den Füßen fließt? Was war das für ein Volk, das so viel Kraft in so sinnlose Bauwerke steckte? Und tun wir wirklich gut daran, ihnen nachzueifern?«

Der Frankenfürst lachte. »Es ist gut, einen Mann an seiner Seite zu haben, der den Blick für das Wesentliche behält. Ein Aquädukt zu bauen ist sicherlich nicht unsere wichtigste Aufgabe. Ich denke, die Römer taten es, um ihre Überlegenheit zu demonstrieren. So wie Cäsar eine breite Brücke über den Rhein bauen ließ, um sie nur ein einziges Mal zu benutzen und dann wieder einreißen zu lassen. Er wollte damit unseren Urahnen zeigen, daß er zu jeder Zeit und an jeder beliebigen Stelle den Strom überqueren konnte. Es war eine Machtdemonstration! So ist es auch mit dem Aquädukt. Doch nun laßt uns weiterreiten. Ich will euch meine Truppen zeigen und wie geschickt meine Reiter im Kampf sind. Sie werden zur Mittagsstunde eine ganz besondere Art von Turnier zu euren Ehren abhalten.«

Unter dem Vorwand, er müsse sich erleichtern, hatte Golo das abendliche Gelage im Palast des Frankenfürsten verlassen. Das Essen, das aufgetragen wurde, war köstlich. Gebratenes Fleisch vom Rind gab es und frisch gebackenes Brot. Dazu wurde Obst gereicht, das aus den Hainen nördlich der Stadt stammte. Doch obwohl Golo für gewöhnlich gutes Essen sehr zu schätzen wußte, mochte ihm an diesem Abend kein Bissen munden. Ricchar machte ihm Angst. Volker schien ganz in den Bann dieses ungewöhnlichen Mannes geschlagen zu sein. Und wenn Golo ehrlich war, mußte selbst er sich eingestehen, daß es ihm nicht leicht gefallen war, das Angebot des Franken abzulehnen. Eine Reitereinheit kommandieren... Damit würde er, der Sohn eines unfreien Bauern, in den Adelsstand aufsteigen. Golo pfiff leise durch die Zähne und streckte sich.

Er war zur Säulenhalle an der Vorderfront des Praetoriums geschlendert und blickte über den weiten Platz, auf dem Ricchar sie gestern empfangen hatte. Die Reiterspiele, denen sie am Mittag beigewohnt hatten, waren sehr eindrucksvoll gewesen. Mehr als hundert Krieger hatten daran teilgenommen. Sie alle trugen Prunkrüstungen mit eisernen Masken. Der Graf hatte sie in zwei gleich große Reiterhaufen eingeteilt, die in Formationen gegeneinander anritten, um ihre

Fähigkeiten im Kampf mit Schwert und Lanze zu zeigen. Es war nicht das Waffengeschick der einzelnen Reiter, das den jungen Ritter beeindruckt hatte, sondern die Art und Weise, wie die fränkischen Reiter zusammen kämpften. Sie rückten in geschlossenen Formationen an oder bildeten mit ihren großen Rundschilden dichte Wälle, hinter denen sie vor den Wurfspeeren der anderen Reitergruppe Deckung fanden. Auf Hornsignale und die knappen Befehle ihrer Anführer waren sie binnen weniger Augenblicke in der Lage, die Formation zu ändern und von der Verteidigung zum Angriff überzugehen. Ja, sie schafften es sogar, die Pferde bei der Attacke in einer geschlossenen Front zu halten. So etwas hatte Golo noch niemals bei einem Reiterangriff gesehen. Wenn die burgundischen Ritter attackierten, dann löste sich ihre Formation während des wilden Galopps stets auf. Ob Ricchar tatsächlich Hunderte solcher Reiter aufzubieten vermochte?

Golo blickte zum rotglühenden Abendhimmel. Ein Königreich, so groß wie das Reich der Römer zu errichten ... Was für ein Plan! Dazu würden ein paar Reiter nicht ausreichen. Obendrein hatte noch niemand Ricchars Maskenritter in der Schlacht erlebt. An den Gefechten im letzten Sommer hatten sie nicht teilgenommen. Man hätte in Worms über sie erzählt, wäre auch nur einer dieser ungewöhnlichen Krieger gesehen worden.

Der junge Ritter zuckte mit den Schultern und wollte zum Festgelage zurückkehren, als er hinter sich einen Schatten zwischen den Säulen verschwinden sah. Die Hand am Dolch lief Golo den Gang hinauf. »Wer dort?«

Die schattenhafte Gestalt hielt sich dicht bei der Mauer und flüchtete in Richtung der Pferdeställe, die unweit des Palastes am Ende des großen Platzes lagen. Wer auch immer ihm gefolgt war, schien ungewöhnlich kleinwüchsig. Vielleicht sogar ein Zwerg.

Golo hatte die Gestalt fast eingeholt, als ein weiterer Schatten zwischen den Säulen erschien und sich ihm in den

Weg stellte. Es war der Diener, der ihn und Volker in der letzten Nacht zu ihren Kammern geleitet hatte. Der junge Ritter rannte den Mann fast über den Haufen.

»Laß sie! Ich habe ihr befohlen, dir zu folgen!«

»Was treibt ihr hier für ein Spiel?« keuchte Golo wütend. Noch immer ruhte seine Hand auf dem Griff des Messers in seinem Gürtel.

»Ich habe ihr befohlen, Euch und den Spielmann zu beobachten. Ich mußte Gewißheit über euch haben.«

Golo packte den Kerl bei seinem Wams und drückte ihn gegen die Mauer. »Gewißheit vorüber? Was soll das?«

Mit eisernem Griff schlossen sich die Hände des Dieners um die Arme des jungen Ritters. »Nicht hier! Laßt mich los, Herr. Wir werden vielleicht beobachtet. Ich kann jetzt nicht reden. Kommt eine Stunde nach Sonnenuntergang in das verfallene Römerbad. Ihr müßt der Straße am Ende des Platzes folgen. Haltet Euch dann nach zweihundert Schritt links. Ihr werdet die Ruinen des großen Bauwerks selbst im Dunklen erkennen. Dort werde ich auf Euch warten. Geht dort auf den Innenhof. Im Schatten des dritten Torgewölbes könnt Ihr mich finden. Und kommt ohne den Spielmann, sonst werde ich vor Euch flüchten. Dem Herrn Volker trauen wir nicht.«

»Wer ist *wir*? Und was soll das ganze Versteckspiel überhaupt?«

Der Diener löste sich aus dem Griff des jungen Ritters. »Nur soviel, gnädiger Herr. Hütet Euch vor Ricchar! Er ist der Versucher!« Bevor er ihn zurückhalten konnte, lief der kleine Mann davon. Ein kühler Wind wehte über den Platz vor dem Palast.

»Der *Versucher*!« Golo schüttelte den Kopf. Wußte der Diener etwa von dem Angebot, das ihm der Graf gemacht hatte?

Nachdenklich ging der junge Ritter zur Festhalle zurück.

»Laß uns das Mahl verlassen, mein Freund! Ich denke, es ist an der Zeit dir, etwas zu zeigen.« Ricchar hatte sich zu Volker hinübergebeugt und seinen Weinpokal zur Seite gestellt. Dem Spielmann war aufgefallen, daß der Fürst an diesem Abend fast nichts getrunken hatte. Überhaupt ging es auf den Festen der Franken wesentlich gesitteter zu, als er es von Kriegern erwartet hätte. Nicht einer der Männer schien betrunken. Es wurde nicht gegrölt oder lauthals mit nie begangenen Taten geprahlt. Selbst wenn sie feierten, wirkten die Vertrauten Ricchars noch diszipliniert.

»Willst du mich begleiten?« Der junge Fürst sah Volker fragend an.

»Wollen wir noch auf Golo warten?«

»Ich glaube, dein Gefährte hat in Wirklichkeit nur nach einem Vorwand gesucht, das Fest verlassen zu können. Heute werden wir ihn gewiß nicht mehr wiedersehen.«

Der Spielmann nickte. Auch ihm war aufgefallen, daß Golo sich nicht wohl fühlte, doch war ihm unbegreiflich, woran das liegen mochte. Der Bauernsohn konnte Ricchar nicht leiden. Aber das hieß nicht viel. Golo mochte kaum einen Adeligen. Er fand es nicht gerecht, wenn man Macht und Reichtum in die Wiege gelegt bekam, statt sie sich zu verdienen. Volker lächelte. So war der Lauf der Welt. Eines Tages würde auch Golo begreifen, daß sich daran niemals etwas ändern würde. Und war es nicht Gott selbst, der entschied, wer zum Regieren und wer zum Dienen geboren ward?

Ricchar erhob sich von seiner Kline. »In den Ställen warten zwei Pferde auf uns. Wir werden ein Stück aus der Stadt hinausreiten.«

»Und wohin willst du mich bringen? In spätestens einer Stunde ist es stockfinster.«

Der Graf lächelte. »Vielleicht will ich dir den Weg zum Licht weisen.«

Keiner der anderen Gäste erhob sich. Sie wirkten auch

nicht verwundert. Volker hatte fast den Eindruck, daß sie alle eingeweiht waren in das, was nun geschehen sollte. Der Spielmann schluckte. Zum ersten Mal, seit er an Ricchars Hof weilte, fühlte er sich nicht mehr wohl in seiner Haut.

Daß Volker und Ricchar nicht mehr beim Gastmahl weilten, als er zurückkehrte, hatte Golo nicht wirklich überrascht. Auch der junge Ritter zog sich bald auf seine Kammer zurück. Er lag auf seiner Bettstatt und beobachtete durch das schmale Fenster, wie die Finsternis langsam das Abendrot besiegte. Als es so dunkel geworden war, daß er die Möbel in seinem Gemach fast nicht mehr erkennen konnte, erhob er sich von seinem Lager und nahm den braunen Umhang, den er über die Lehne des Stuhls gelegt hatte. Er war eigentlich zu warm für diese Jahreszeit, aber die dunkle Farbe würde Golo in den Straßen der Stadt vor neugierigen Blicken schützen.

Einen Moment lang überlegte der Krieger, ob er sein Kettenhemd anlegen sollte, doch dann entschied er sich gegen die schwere Last. Er ritt schließlich nicht in eine Schlacht, sondern traf sich nur mit einem versponnenen Diener. Der lange Dolch, den er am Gürtel trug, war Schutz genug! So warf er sich den Umhang über die Schultern und verließ die Kammer.

Die Wachen im Palast ließen ihn passieren, ohne Fragen zu stellen. Niemand schien es ungewöhnlich zu finden, daß er im Finstern noch in die Stadt ging. Vielleicht glaubten sie, daß er sich nach irgendeiner billigen Dirne umsehen wollte. Nun, sollten sie ihn ruhig für einen Hurenbock halten ...

Ohne Eile überquerte er den weiten Platz vor dem Herrschersitz. Der Wind hatte nachgelassen, und es war drükkend schwül. Die Sterne lagen hinter mächtigen Wolkengebirgen verborgen. Vielleicht würde es in der Nacht noch ein Gewitter geben. Er spürte, wie ihm heißer Schweiß den Nakken und die Arme hinabrann. Dieser verfluchte Wollmantel! Er hätte ihn in seiner Kammer lassen sollen. Wahrscheinlich hielten die Palastwachen ihn für verrückt, daß er sich bei dieser Hitze derart vermummt hatte.

Als er das andere Ende des Platzes erreichte, warf Golo einen Blick über die Schulter. Niemand folgte ihm. Dennoch wählte er vorsichtshalber eine andere Straße als jene, die der Diener ihm benannt hatte. Der junge Ritter wollte ganz sichergehen, daß niemand ihm folgte! Schließlich schien sich der Diener vor irgend etwas zu fürchten. Etwas im Palast schien nicht ganz geheuer zu sein. Der Diener hatte von seinem Fürsten gesprochen, als sei Ricchar der Leibhaftige selbst. Der *Versucher* hatte er ihn genannt... Wenn Golo an das Angebot vom Nachmittag dachte, dann war dieser Titel für Ricchar zugegebenermaßen nicht ganz unangemessen.

Der junge Ritter folgte der Straße eine Weile und kauerte sich dann in einen dunklen Hauseingang, um zu warten. Aus keinem der Fenster ringsherum fiel Licht. Mit klopfendem Herzen lauschte Golo, ob ihm jemand folgte. Doch außer dem Fauchen zweier streitender Katzen war nichts zu hören. Als Golo ganz sicher war, daß niemand mehr kommen würde, verließ er sein Versteck. Es war so finster, daß man kaum zwei Schritt weit sehen konnte. Um nicht zu stolpern, tastete er sich an den Wänden der Häuser entlang.

Einmal kreuzte ein Trupp Soldaten eine Seitenstraße. Golo hörte ihren Marschtritt schon von weitem und versteckte sich in den Ruinen eines ausgebrannten Hauses. Die Krieger zogen vorüber, ohne ihn zu bemerken. Es waren acht Mann. Drei von ihnen trugen Fackeln. Eine ungewöhnlich starke Streife für eine Stadt, die nicht belagert wurde. Wovor fürchtete Ricchar sich, wenn er so viele Männer zum Wachdienst befahl? Ob der Diener ihm diese Frage beantworten würde?

Golo wartete, bis die Soldaten außer Sicht waren, und eilte dann, so schnell es in der Dunkelheit ging, den Thermen entgegen. Das verfallene Bad mußte einst so groß wie ein Palast gewesen sein. Vorsichtig tastete sich der junge Krieger die bröckelnden Marmorstufen hinauf. Ein gewölbter Gang führte auf den Innenhof des Gemäuers. Plötzlich bemerkte er in einer Nische einen Mann, der zu ihm herüberstarrte. Golo drückte sich mit dem Rücken zur Wand und zog seinen Dolch.

»Wer da?«

Es kam keine Antwort. War er in eine Falle getappt? Golo duckte sich leicht, bereit, den anderen anzuspringen, sobald er sich bewegte. Der Kerl schien allein zu sein. Etliche Herzschläge lang musterten die beiden schweigend einander.

»Bist du ein Gefolgsmann des Grafen?«

Nichts. Was wollte der Kerl? Warum redete er nicht? Worauf wartete er nur? Golo war es leid. Er hob den Dolch und machte einen Schritt nach vorne. In dem Moment trat der Mond hinter den Wolken hervor. Ein breiter Streifen silbernen Lichts fiel in den Gewölbegang, und Golo erkannte, wen er belauert hatte. Mit einem erleichterten Lachen schob er den Dolch in seinen Gürtel zurück. Es war eine Statue! Das Bildnis eines Kriegers in einer seltsamen Rüstung. Der Soldat trug einen Brustpanzer, der wie die Muskeln eines kräftigen Mannes geformt war, und ein breiter Umhang fiel von seinen Schultern.

Das Gerede des Dieners hat mich schon völlig durcheinandergebracht, dachte Golo ein wenig ärgerlich und setzte seinen Weg fort. Nach zehn Schritten mündete der Durchgang auf einen großen gepflasterten Hof. Nur undeutlich konnte er im schwindenden Mondlicht die Ruinen der angrenzenden Gebäudeflügel erkennen. Das Badehaus mußte einst riesig gewesen sein. Jetzt war der Prachtbau fast vollständig verfallen.

Mit zusammengekniffenen Augen spähte Golo in die Finsternis. Auf der rechten Seite des Hofes schien es drei nebeneinanderliegende niedrige Gewölbebögen zu geben. Vorsichtig schlich er über den mit Trümmern übersäten Platz. Endlich erreichte er den mittleren Bogen, doch der Diener aus dem Palast war nicht dort. Golo überlegte, ob er vielleicht zu früh war. Vielleicht war sein rätselhafter Freund auch aufgehalten worden. Mit einem resignierenden Seufzer ließ sich der junge Ritter, an die Gewölbewand gelehnt zu Boden sinken. Doch kaum, daß er saß, war er mit einem leisen Fluch auch wieder auf den Beinen. Der Boden war feucht. Vom letzten Regen hatte sich wohl eine kleine Pfütze gesammelt, die durch die Hitze des Tages fast völlig ausgetrocknet sein mußte.

Ärgerlich ging Golo unter dem Torbogen auf und ab. Hin und wieder verharrte er eine Weile und sah den treibenden Wolken am Himmel zu. Wo Volker jetzt wohl war? Womöglich war die ganze Geschichte mit dem Diener auch nur eine Intrige, die Ricchar ersonnen hatte, um herauszufinden, ob er mit Verrätern paktieren würde. Golo ballte die Fäuste! Und er war natürlich dumm genug, darauf hereinzufallen! Es reichte! Nach seiner Schätzung hatte er jetzt mindestens eine halbe Stunde gewartet. Der Kerl würde bestimmt nicht mehr kommen. Es war an der Zeit in den Palast zurückzukehren.

Wenn er daran dachte, was mit ihm geschehen würde, wenn er tatsächlich auf eine Intrige des Grafen hereingefallen war, wurde Golo ganz übel. Die Franken waren berüchtigt für ihre grausamen Hinrichtungen. Sie begnügten sich fast nie damit, einem Verurteilten einfach nur den Kopf abzuschlagen oder ihn zu erhängen. Vierteilen, aufs Rad flechten oder einem mit glühenden Zangen das Fleisch vom Leib reißen, das waren nur einige der widerlichen Todesarten, die sie für ihre Feinde parat hatten. Golo schauderte. Warum nur hatte er sich darauf eingelassen, in diese verfluchten Bäder zu kommen. Er kannte den Mann ja nicht einmal richtig, der ihn hierherbestellt hatte. Er gehörte geohrfeigt für seine Dummheit!

Einen Moment lang überlegte der junge Ritter, ob er nicht am besten gleich zu den Ställen schleichen sollte, um sich sein Pferd zu holen und zu türmen. Doch dann dachte er an Volker. Was sie dem Sänger wohl antun würden, wenn er sich einfach aus dem Staub machte? Dem Grafen war zuzutrauen, daß er seine Wut womöglich am Spielmann ausließ. Das konnte er nicht zulassen!

Mit gemischten Gefühlen überquerte Golo den großen Platz vor dem Palast. Schon von weitem konnte er die Torwachen erkennen. Es waren vier Mann, die unter dem Säulengang standen. Neben ihnen steckten in eisernen Halterungen einige Fackeln an der Wand. Sie tauchten den Eingang zum Palast in flackerndes gelbes Licht.

Golo straffte sich. Er sollte sich nichts anmerken lassen! Mit langen Schritten hielt er auf den Eingang zu und passierte. Die Männer musterten ihn knapp. Keiner machte Anstalten, ihn aufzuhalten. Er hatte Glück gehabt! Die Intrige und all seine dunklen Gedanken waren nichts als Hirngespinste! Vielleicht tat er dem Grafen Ricchar unrecht, wenn er so schlecht von ihm dachte.

Auch auf dem kleinen Innenhof, der ein Stück hinter dem Eingang lag, standen Wachen. Golo grüßte im Vorbeigehen und hielt dann auf sein Zimmer zu. Fast hatte er die Tür schon erreicht, als er hinter sich eilige Schritte hörte. Jetzt nur nicht umdrehen! Seine Hand legte sich auf den bronzenen Türring zu seiner Kammer.

»Herr Ritter!«

Golo fluchte innerlich. Was hatte er falsch gemacht? Langsam drehte er sich um. Er durfte sich nichts anmerken lassen. Wenn jemand fragte, wo er gewesen war, würde er behaupten, er habe nach einer Straßendirne gesucht.

»Was gibt's?« Der junge Ritter bemühte sich, möglichst gelassen zu klingen.

»Euer Beinkleid, Herr... Es ist voller Blut! Seid Ihr verletzt? Soll ich nach einem Heilkundigen rufen lassen?«

Verwirrt blickte Golo an sich herab. Tatsächlich! Seine Beinlinge waren von hinten mit dunklem Blut verschmiert. Auch seine rechte Hand war rot von geronnenem Blut! »Was bei allen Heiligen...« Der junge Ritter stützte sich gegen die Wand.

»Hat man Euch angegriffen, Herr? Ihr seid blaß wie der Tod!«

»Es ist schon gut. Ich bin gestürzt... Es ist nichts Schlimmes. Ich werde die Wunde waschen und verbinden.«

»Seid Ihr sicher, daß ich nicht doch nach dem Heilkundigen des Grafen schicken soll? Er kommt aus Byzanz... Er ist ein sehr guter Mann und...«

»Ich komme alleine zurecht! Hab Dank für deine Anteilnahme, doch gestatte, daß ich mich nun auf meine Kammer zurückziehe. Ich bin erschöpft...«

»Jawohl, Herr!« Der junge Krieger verneigte sich ehrerbietig.

Golo fühlte sich elend. Er stieß die Tür zu seiner Kammer auf und ließ sich auf den hochlehnigen Eichenstuhl sinken. Auf dem Tisch vor ihm brannte eine Öllampe. Zitternd hob er seine rechte Hand und starrte auf das Blut. Die feuchte Stelle unter dem Torbogen! Der Diener hatte ihn nicht versetzt. Er selbst war es, der zu spät gekommen war!

Vor den Stadtmauern ließ Ricchar seinen Hengst in leichten Trab fallen. Er wies auf einen steilen Hügel im Westen. »Dieser Berg war früher einmal der Venus geweiht. Heute birgt er ein anderes Geheimnis. In dieser Nacht, mein Freund, sollst du erfahren, was mich im Innersten bewegt, und wenn du willst, wirst auch du die erste Weihe auf dem Weg zum Licht empfangen.«

Volker schüttelte verwirrt den Kopf. »Wie meinst du das? Ich fürchte, ich habe den Sinn deiner Worte nicht ganz verstanden.«

»Nun, es ist ein wenig kompliziert. Ich möchte dir nicht zu nahe treten, doch denke ich, es ist an der Zeit, daß wir über gewisse Dinge reden. Dir ist vielleicht schon aufgefallen, daß es an meinem Hof keine Geistlichen gibt. Ich habe sie alle davongejagt, denn ich halte die Christen für Diebe und Lügner. Diese Worte mögen dich verletzen, ja vielleicht sogar abschrecken, aber ich bitte dich, gib mir Gelegenheit, dir zu erklären, warum ich so denke.«

»Ich gehöre nicht zu jenen, die glauben, das Christentum mit dem Schwert verbreiten zu müssen. Ich war sogar in eine heidnische Priesterin verliebt. Solange du nicht versuchst, mich dazu zu zwingen, meinen Glauben zu verleugnen, gibt es keinen Grund für mich, dir zu grollen.«

Ricchar nickte ernst. »Ich habe gewußt, in dir einem weisen Mann begegnet zu sein. Auch ich war einmal Christ, bis ich eines Tages erleuchtet wurde. Es ist erst drei Jahre her. Ich hatte mich mit Mönchen über die Geschichte der Römer unterhalten, und plötzlich begriff ich, daß von dem Moment an, in dem die Römer das Christentum zur Religion des Kaiserhauses gemacht haben, ihr Reich schwach geworden ist.«

»Soweit ich weiß, hat Konstantin im Zeichen des Kreuzes einen großen Sieg errungen«, entgegnete Volker kühl. Er war ein wenig enttäuscht. Bei ihrem Aufbruch hatte er darauf gehofft, daß Ricchar ihm etwas Ungewöhnliches zeigen wollte, doch nun schien es so, als wolle der Fürst lediglich mit ihm allein sein, um in Ruhe ein Gespräch über den Wert des Christentums zu führen.

»Was hat dieser Sieg genutzt?« fragte Ricchar zynisch. »Es war nur eine Schlacht! Entscheidend ist, wie die letzte Schlacht endet. Und du weißt, daß die Römer ihr Reich Stück um Stück verloren haben. In den Zeiten, als ihre

Legionen noch von Sieg zu Sieg gezogen sind, beteten die Soldaten zu einem Gott, der Mithras geheißen wurde. Er kam aus einem Land weit im Osten, noch jenseits der Ufer von Euphrat und Tigris. Mithras wurde meist als Soldat dargestellt. Er hat den Urstier getötet, aus dem die Welt erwachsen ist. Die Babylonier und viele andere Völker haben schon zu ihm gebetet, lange bevor Christus überhaupt geboren wurde. Mithras steht für das Licht, das die Finsternis besiegt, genauso wie der Christengott, der über Satan triumphiert. So wie dein Gott gilt er als Weltenschöpfer, und wie bei der Geburt Christi waren auch bei seiner Geburt Hirten als Zeugen zugegen. Und weißt du, an welchem Tag des Jahres er geboren wurde? Am vierundzwanzigsten Dezember, so wie dein Heiland. Die Priester des Christengottes haben all dies schamlos vom Mithrasglauben gestohlen. Es gibt Dutzende solcher Geschichten. Die mithrischen Symbole Löwe, Stier und Adler kehren bei den Christen als die Symbole der Evangelisten Markus, Lukas und Johannes wieder. Wie Moses mit seinem Stab Wasser aus dem Felsen schlägt, so zaubert Mithras durch einen Pfeilschuß in eine Felswand Wasser herbei. Und sieh dir die Rituale deines Christengottes an! Die Taufe mit Vollbad, so wie sie Johannes vollzieht, kennt auch die Mithraspriesterschaft. Weihwasser und das ewige Feuer spielen ebenso eine Rolle wie heilige Mahle und Gesang oder das Verdecken und Enthüllen des Altarbildes bei Schellengeklingel ...«

»Wenn dein Glaube dem Christentum aber so ähnlich ist, wie du behauptest, waren sollten dann die Christen dem römischen Reich den Untergang gebracht haben? So wie es scheint, hat sich doch kaum etwas geändert!«

»Ein kluger Einwand! Doch vermag ein Schwert aus Bronze gegen eines aus Eisen zu bestehen, auch wenn es eine noch so gute Kopie ist und vielleicht strahlender aussieht als das Original? Ich bin für mich zu dem Schluß gekommen, daß es den Christengott gar nicht gibt! Ich habe niemals erlebt, wie einer seiner Priester ein Wunder gewirkt hat! Mithras aber macht seine Anhänger unbesiegbar auf dem Schlachtfeld! Sein Beiname ist invictus, und jene Kaiser der Römer, die ihn verehrt haben, gehörten zu den strahlendsten Feldherren.«

»Und wie kommt es dann, daß der Mithraskult dem Christentum weichen mußte? Mir scheint, in dieser Schlacht haben seine Anhänger eine vernichtende Niederlage erlitten«, entgegnete Volker lakonisch.

Ricchar drehte sich im Sattel um. In der Finsternis konnte der Spielmann das Gesicht des Frankenfürsten nicht erkennen, doch klang die Stimme des Grafen düster und zornig. »Es gab keinen regelrechten Krieg zwischen den Mithrasanhängern und den Christen. Ich habe dir doch schon gesagt, daß ich die Christen für keine wirklich guten Kämpfer halte. Doch was man ihnen nicht absprechen kann, ist, daß sie geschickte Intriganten sind. Wer einen Bischof kennt und weiß, wie solche Männer in Amt und Würden kommen, der wird mir recht geben. Sie haben Mithras und seine Gläubigen verleumdet und zugleich aus ihrem Kult gestohlen, was ihnen brauchbar erschien. So ist der Gott des Lichtes in Vergessenheit geraten, obwohl noch keine fünf Generationen vergangen sind seit jenen Tagen, in denen in fast jeder Stadt hier am Rhein ein Heiligtum für Mithras gestanden hat. Anders als ihr Christen unterschieden die Mithrasjünger nicht nach Stand und Geburt. Selbst der niederste unter ihnen durfte seinen Kaiser, der ebenfalls zu Mithras betete, als Bruder ansprechen. Es war wie ...« Er hielt inne.

Ein leichter Wind ließ die schwüle Hitze einen Augenblick lang vergessen und zerriß die dichten Wolken am Himmel. Nördlich von ihnen flackerte ein großes Feuer zwischen Bäumen. Undeutlich konnte Volker den Schatten eines Hauses erkennen. Das Dach stand in Flammen ...

Ricchar riß sein Pferd herum und gab ihm die Sporen. Der Fürst preßte die Lippen zusammen, so daß sein Mund im fahlen Mondlicht wie eine breite Narbe aussah, die sein Gesicht in zwei Hälften teilte.

Auch Volker trieb seinen Hengst nun zur Eile an. Immer schneller trommelten die Hufe auf den ausgedörrten Boden. In der Ferne waren jetzt schattenhafte Gestalten vor dem brennenden Gebäude zu erkennen. Es war eine hohe Scheune, neben der sich ein niedriger Stall und ein heruntergekommenes Gesindehaus in die Schatten der Nacht kauerten.

Dicht über dem Sattel des Grafen sah der Spielmann ein silbriges Funkeln. Ricchar hatte seinen Dolch gezogen. Volker tat es ihm gleich. Der Gutshof war jetzt kaum mehr als zehn Schritt entfernt. Deutlich konnte man einen zusammengesunkenen kahlköpfigen Mann im unsteten Licht der Flammen erkennen. Zwei schwarze Pfeilschäfte ragten aus seiner Brust. Noch im Tod hielt er die Hände zu Fäusten geballt. Dicht daneben lag ein Kerl über einem Mädchen im Heu. Ihre Röcke waren heruntergerissen.

Ricchar sprang im Galopp aus dem Sattel. Leicht taumelnd, rannte er zu dem Kerl im Heu, riß ihm den Kopf nach hinten und zog ihm den Dolch über die Kehle. Das Mädchen im Heu war tot. Man hatte ihr mit einer Axt den Schädel eingeschlagen. Alles erschien Volker seltsam unwirklich, so als sei er in einem Traum gefangen, aus dem er nicht mehr erwachen konnte. Er wendete sein Pferd und ritt einen jungen Mann nieder, der den Grafen von hinten mit einem Speer angreifen wollte. Dann sprang auch der Burgunde aus dem Sattel. Er stolperte halb über einen kleinen Jungen, der mit dem Gesicht nach unten im Staub lag. Das goldene Haar des Kindes war von dunklem Blut verklebt.

Ein Kerl mit einer Nagelkeule kam auf Volker zugelaufen. Der Ritter duckte sich unter dem Schlag hinweg und rammte dem Angreifer seinen Dolch in den Bauch. Die Wucht des Aufpralls riß dem Spielmann die Waffe aus der Hand. Der andere rannte noch ein paar Schritt, bis er sich gefangen hatte. Es war ein großer, schlacksiger Kerl mit weit abstehenden Ohren. Jetzt fiel ihm die Keule aus der Hand. Er drehte sich halb um und starrte erst auf das Messer in seinem Bauch und dann zu Volker.

Ein gedrungener Mann mit gespanntem Bogen erschien im Tor der Scheune. Seine Hände waren mit Blut besudelt. »Genug, Fürst Ricchar!« Rings um ihn rieselten glühende Funken vom Dach. Aus der Scheune erklangen gellende Schreie.

Der Graf stand breitbeinig über einem zweiten Räuber, den er niedergemacht hatte. »Du wagst dich weit aus deinem Wald, Eber!«

Der Kerl unter dem Scheunentor lachte. Sein Gesicht war von roten Pockennarben entstellt. »Wer sollte mich auch daran hindern? Ein Götzenanbeter, der sich mir mit nichts als einem Messer in der Hand entgegenstellt?« Er hob den Bogen und zielte auf Ricchars Brust.

»Wenn du mich tötest, werden meine Brüder dich hinter jedem Busch von hier bis Treveris suchen, Bastard!« Der Graf ging langsam auf den Bogenschützen zu. Das Messer zum Stoß bereit.

»Ich weiß.« Der Pfeil schnellte von der Sehne und durchschlug Ricchars Oberschenkel. Der junge Fürst wurde von der Wucht des Aufschlags halb herumgerissen und strauchelte.

»Bleib, wo du bist!« Der Pockennarbige zog einen zweiten Pfeil aus dem Köcher an der Hüfte. Die Schreie in der Scheune waren verstummt. »Es lohnt nicht, für diesen räudigen Hund dort hinten zu sterben. Er hat zugesehen, wie sich meine Männer seine Frau und seine Tochter genommen haben, ohne zu verraten, wo er sein Silber vergraben hat. Erst als ich ihm einen Fuß abgeschnitten habe, ist er gesprächiger geworden.« Der Bogenschütze spuckte aus und beobachtete ruhig, wie Ricchar versuchte, wieder auf die Beine zu kommen.

»Ich werde dich für das bestrafen, was du getan hast. Mein Henker wird dich aufs Rad flechten, Mörder.«

Der Eber hatte seinen Bogen jetzt auf Volker gerichtet. »Bleib, wo du bist, Ritter, sonst wirst du für deinen Herrn in die Hölle fahren.«

»Laß von den Weibern in der Scheune ab, und ich schenke dir dein Leben, Räuber!« Volker hob die Hand mit dem Messer leicht. Sobald der Halsabschneider einen Augenblick unaufmerksam war, würde er mit dem Dolch nach ihm werfen.

Der Bogenschütze pfiff leise durch die Zähne. »Für jemanden, der jeden Augenblick mit einem Pfeil im Bauch vor mir im Staub liegen könnte, nimmst du dir viel heraus, Krieger. Was sollte mich davon abhalten, euch beiden jetzt gleich das Lebenslicht auszublasen?«

»Ich weiß, daß du ein kluger Mann bist«, stöhnte Ricchar. »Wenn du mich jetzt tötest, werden dich spätestens bei Morgengrauen meine Brüder verfolgen. Sie werden nicht ruhen, bis sie dich haben. Du weißt, wie viele es sind. Jeden Unterschlupf von hier bis zur Mosel würden sie durchstöbern, um dich zu finden. Läßt du mich leben, werde ich mich persönlich auf die Suche nach dir machen. Das heißt, du hast zwei oder drei Tage Vorsprung, bis ich wieder auf einem Pferd sitzen kann.«

»Wenn ich dich töte, beginnt der Streit um deine Nachfolge. Niemand würde mir folgen und ...«

»Wir haben es, Eber.« Ein junger Mann erschien unter dem Scheunentor und hielt einen schmutzverkrusteten Lederbeutel hoch. »Es war dort, wo er gesagt hatte. Er wird es nicht mehr brauchen!«

»Gut.«

Volker fluchte. Der Bogenschütze drehte sich nicht um. Dieser Eber schien genau zu wissen, was er vorhatte.

»Sag den Männern, sie sollen alles zusammenpacken und sich in den Wald davonmachen. Ich komme gleich nach.«

»Brauchst du Hilfe, Eber?« Der junge Kerl griff nach dem langen Dolch an seinem Gürtel.

»Ich habe meinen ersten Mann getötet, als du dir noch in die Hosen geschissen hast. Mit den beiden würde ich auch dann noch allein fertig, wenn sie mir in voller Rüstung gegenüberstünden und ich nichts als einen Eichenknüppel hätte, um mich zu wehren. Mach jetzt, daß du fortkommst, Mann!«

Volker schätzte die Entfernung zum Eber. Er war kein guter Messerwerfer. Wenn sich die Waffe in der Luft drehte und den Räuber mit dem Knauf statt mit der Spitze traf, dann würde ihn das sein Leben kosten. Der Barde leckte sich mit der Zunge über die Lippen. Seine rechte Hand war schweißnaß.

»Du willst also eine Fehde mit mir, Fürst.« Der Eber lachte leise. »Ich glaube nicht, daß du genügend Männer aufbieten kannst, um mich aus den Bergen zu holen. Dort herrsche ich! Dich und deine Krieger habe ich dort nur geduldet. Ich bin gespannt, wann ich das nächste Mal Gelegenheit haben werde, dir einen Pfeil in den Balg zu jagen. Für heute habe ich genug Zeit mit dir vertan.« Der bullige Kerl drehte sich auf dem Absatz um und lief in die Scheune. Im selben Moment schleuderte Volker seinen Dolch. Mit dumpfen Schlag bohrte sich die Klinge in die hölzerne Scheunenwand. Der Dolch hatte den Schurken um mehr als eine Elle verfehlt.

»Wir werden ihn kriegen«, stöhnte Ricchar. Der Graf hatte seinen Gürtel gelöst und um dem Oberschenkel geschlungen, um die Blutung zu stillen. »Sieh nach, ob drinnen noch jemand lebt!«

Der Spielmann nickte knapp und eilte geduckt zur brennenden Scheune. Vorsichtig spähte er um die Ecke des hohen Eingangstors. Von der Decke des Holzbaus regneten Funken. Ein Stück vor ihm lag ein alter Mann, der mit einer Heugabel niedergestochen worden war. Irgendwo zwischen den tanzenden Schatten, die die Flammen auf die Wände warfen, erklang ein leises Schluchzen. Ein bedrohliches Knacken ertönte im Gebälk der Decke. Eine Klappe zum Heuboden schlug auf, und eine Kaskade brennenden Strohs ergoß sich über den Mittelgang.

Volker biß sich auf die Lippen. Einen Atemzug lang zögerte er. Dann zog er seinen Umhang schützend über sein langes Haar und lief in die Scheune hinein.

»Wo bist du?« brüllte er aus Leibeskräften. Keine Antwort. Die Hitze brannte ihm auf Gesicht und Händen. Mit einem Gebet auf den Lippen drang der Spielmann weiter in die Scheune ein. Halb stolperte er über eine Frau, die am Boden lag. Ihr Kleid war zerrissen. Sie hatte sich ein Messer in den Leib gestoßen. Noch immer umklammerten ihre Finger den groben Holzgriff der Waffe. Volker kniete sich nieder und fühlte nach ihrem Herzen. Sie war tot. Er drückte ihr die Augen zu und zog ihren Rock über ihre Scham hinab. War sie es gewesen, die er wimmern gehört hatte? Suchend blickte er sich um. Von der Decke ertönte erneut ein bedrohliches Knacken. Es war an der Zeit zu verschwinden! Doch als der Barde aufsprang, hörte er erneut das klagende Schluchzen. Es kam aus der hinteren Ecke der Scheune. Undeutlich konnte er unter einem der Deckenbalken einen Schatten hin- und herpendeln sehen.

»Komm raus! Uns bleiben nur noch einige Augenblicke, bis die Scheune einstürzt! Schnell!«

Nichts rührte sich. Polternd stürzten einige glühende Bretter von der Decke herab. »Verdammt, komm endlich heraus!« Der Barde sprang auf und rannte dem Geräusch entgegen. Endlich fand er hinter einen Karren kauernd ein Mädchen. Die Kleine mochte vielleicht vierzehn Sommer gesehen haben. Sie hatte langes, braunes Haar, das ihr in wirren Strähnen ins Gesicht hing. Auch ihr Kleid war zerrissen. Sie hielte beide Hände fest vor die Brust gepreßt. Ihre Finger umklammerten etwas Helles. Mit weit aufgerissenen Augen starrte sie zu der schattenhaften Gestalt, die vom Deckenbalken hing. Es war ein Mann, dem das Brustbein gespalten war und dem man den Bauch aufgeschnitten hatte. Ganz so, wie es ein Fleischhauer tat, um ein Schwein auszuweiden. Am Boden lag ein blutiger Haufen Innereien.

Volker packte das Mädchen und zog ihm seinen Umhang über den Kopf. Mit dem Kind auf den Armen eilte er zum Mittelgang der Scheune zurück. Fast hatte er das Tor erreicht, als mit ohrenbetäubenden Bersten ein Teil der Decke hinabstürzte. Eine Wand aus Feuer versperrte den Ausgang.

»Bei allen Heiligen... Ich werde nie mehr eine Messe im Wormser Münster versäumen, wenn du mir jetzt hilfst, heilige Maria.« Verzweifelt blickte sich der Spielmann nach einem Fluchtweg um. Das Mädchen klammerte sich fest an seine Arme.

Der Karren! Volker blickte zurück. Der Einspänner, hinter dem das Mädchen gekauert hatte. Vielleicht könnte er damit eine Bresche durch die Flammen schlagen.

Keuchend stürzte er zurück und rammte mit der Schulter gegen den hoch mit Holz beladenen Wagen. Doch statt loszurollen, kippte er zur Seite weg. Ein Teil der Ladung fiel auf den gestampften Lehmboden. Fluchend rannte Volker auf die andere Seite des Karrens um zu sehen, was geschehen war. Eines der Räder war auf einen hölzernen Block aufgebockt gewesen. Es war zerbrochen! Offenbar hatte der Wagen repariert werden sollen.

Fluchend blickte Volker zu der Flammenwand, die den Weg zum Scheunentor versperrte. Sollte er es wagen? Die Luft war so heiß, daß er bei jedem Atemzug das Gefühl hatte, flüssiges Feuer rinne seine Kehle hinab. Ihm war schwindlig. Es schien, als würde die Hitze die Kraft aus seinen Beinen schmelzen. Mit jedem Herzschlag fühlte er sich schwächer...

»Dorthin. Du mußt dorthin... laufen!« Hustend zeigte das Mädchen in eine Ecke, in der sich Kisten und Weidenkörbe türmten. »Dort ist eine Tür ... Der dicke Mann hat die Körbe umgestoßen ...«

Dicht wie die Regentropfen eines Sommergewitters fielen die Funken von der Decke. Wie ein Gewicht aus Blei lag das zarte Mädchen in Volkers Armen. Müde stieß sich der Barde vom Karren ab und stolperte auf den Haufen aus Körben zu. Sie waren offenbar einmal zu ordentlichen Stapeln geschichtet gewesen. Ein Teil der Körbe war noch immer ineinandergeschoben.

Volker trat die Weidenkörbe zur Seite. Hinter ihnen lag eine niedrige Tür. Erschöpft stieß er mit der Schulter gegen das altersdunkle Holz, doch die Tür stand fest wie ein Fels. Sie war versperrt. Der beißende Rauch trieb dem Spielmann Tränen in die Augen. Vorsichtig setzte er das Mädchen auf den Boden. Die Kleine blickte ihn mit ihren großen, grünen Augen erwartungsvoll an ...

Wieder rammte der Barde seine Schulter gegen die Tür. Sie erbebte leicht, rührte sich aber nicht vom Fleck. Hinter ihm stürzten krachend weitere Balken ins Innere der Scheune. Die Luft schien in Flammen zu stehen. Seine Hände waren rot von der Hitze. Das Mädchen hatte wieder angefangen zu schluchzen.

Das also war das Ende, dachte der Barde. Er kniete neben der Kleinen nieder, schlang seinen Umhang um ihre Schultern und drückte sie fest in die Arme. Er spürte, wie ihr kleiner zerbrechlicher Leib bei jedem Seufzer erzitterte. Der Spielmann hätte seine Wut und Verzweiflung am liebsten laut herausgeschrien, doch er fürchtete, das Mädchen noch mehr zu verängstigen. So hielt er sie einfach nur fest umklammert.

Schwach hörte er zwischen dem Fauchen der Flammen und dem Krachen der nachgebenden Deckenbalken ein Geräusch wie von einem dumpfen Schlag. Ein Schauer glühender Funken prasselte auf sie nieder. Wie von Geisterhand bewegt schwang die verschlossene Tür auf. Aus den Augenwinkeln sah Volker, wie eine Flammenzunge aus der Mitte der Scheune auf die Tür zuschoß. Der Spielmann stieß das Mädchen zu Boden und warf sich schützend über sie. Wie glühende Krallen griff die Hitze nach seinem Fleisch. Er schrie auf vor Schmerz.

Nur einen Herzschlag lang waren die Flammen über ihnen, dann wichen sie wieder zurück. Eine Hand griff nach ihm. »Komm raus! Schnell! Die ganze Scheune kann jeden Augenblick zusammenbrechen.« Volker hob den Kopf und blickte in das schmerzverzerrte Gesicht Ricchars. Der Frankengraf stützte sich auf den abgebrochenen Schaft einer Mistforke. Aus der Wunde an seinem Bein sickerte ein dünner Faden Blut.

Stöhnend richtete der Barde sich auf. Das Mädchen hatte das Bewußtsein verloren. Vorsichtig nahm er die Kleine in die Arme. Über ihm knackte es drohend im Gebälk.

Humpelnd taumelten die beiden Krieger durch die niedrige Tür. Ricchar wies auf einen Balken, der dicht neben der Wand lag. »Der Eber hatte damit von außen die Tür verrammelt. Er wollte uns in den Flammen verrecken sehen. Wenn ich den Bastard bekomme, werde ich ihm mit meinen eigenen Händen das Herz herausreißen!«

Volker beachtete Ricchar kaum. Noch immer war ihm schwindelig und übel. Mit letzter Kraft schleppte er sich zu einer Eiche, die einen Steinwurf vom Bauernhaus entfernt stand. Hier war die Hitze der brennenden Scheune kaum noch zu spüren. Vorsichtig legte er das Mädchen ins hohe Gras und ließ sich dann erschöpft neben dem mächtigen Baumstamm nieder. Besorgt musterte er das Kind. Gesicht und Hände des Mädchens waren noch immer gerötet. Sie hielt die Arme vor die Brust verschränkt und hielt etwas ganz eng an sich gedrückt. Dunkles Blut besudelte ihr zerrissenes Wollkleid. Ob sie verletzt war? Der Spielmann beugte sich weiter vor, um sie näher zu untersuchen, und da erkannte er, was die Kleine mit ihren zierlichen Fingern so fest umklammert hielt. Es war ein blasser, blutverkrusteter Menschenfuß!

3. KAPITEL

Und ich sage dir, Ricchars Leute haben ihn umgebracht!« Golo hatte Mühe, seine Stimme im Zaum zu halten. Volkers Blindheit gegenüber den üblen Machenschaften des Frankengrafen war kaum zu fassen! Fast schien es, als verschließe der Barde absichtlich die Augen vor dem Offensichtlichen! Sie standen im Gang vor dem Quartier des Spielmanns. Durch die Tür, die einen Spaltbreit geöffnet war, konnte Golo das zweite Bett sehen, das man in Volkers Kammer gebracht hatte. Unter der zerknüllten Decke lugte ein dunkler Haarschopf hervor.

»Was heißt es schon, daß du Blut an deinen Beinkleidern hattest? Vielleicht war es sogar von einem Tier.«

»Unsinn!« knurrte Golo wütend. »Ich wollte mich dort in den Thermen mit dem Diener treffen, und seit gestern abend hat ihn niemand mehr gesehen. Er ist heute morgen nicht zu seinem Dienst hier im Palast erschienen!«

»Vielleicht waren es auch die Räuber des Ebers. Sie haben

gestern nacht die Gegend unsicher gemacht. Womöglich ist auch dein Diener eines ihrer Opfer geworden!«

»Wie sollten die Räuber denn unbemerkt die Stadtmauern überwunden haben?« entgegnete der junge Ritter sarkastisch. »Ich war heute morgen noch einmal in den Thermen, um bei Tageslicht nach Spuren zu suchen. Außer einer eingetrockneten Blutlache war nichts zu finden. Die Leiche ist weg! Irgendwelche Räuber hätten sich niemals die Mühe gemacht, einen Mann verschwinden zu lassen, den sie wegen der paar Kupferstücke in seiner Geldbörse umgebracht hätten. Ich sage dir, es waren die Männer des Grafen!«

»Und warum sollte Ricchar einen seiner Diener ermorden lassen? Ich kann keinen Sinn in deinen Verdächtigungen sehen? Ricchar ist ein vorbildlicher Gastgeber. Er ist ein Mann von Bildung, Anstand und ritterlichem Mut. Gestern nacht hätte er, ohne zu zögern, sein Leben gegeben, um eine Bauernfamilie gegen eine Bande von Halsabschneidern zu verteidigen. Ich werde nicht dulden, daß du den Namen dieses Mannes in den Schmutz ziehst!« Zwischen Volkers Augenbrauen zeigte sich eine steile Zornesfalte.

»Und wenn du ihn tausendmal einen Helden nennst, bleibe ich dabei, daß in dieser Stadt etwas nicht geheuer ist. Ich wollte heute mittag beten. Es gibt hier eine Kirche und eine Kapelle. Beide sind mit Brettern vernagelt. Weder am Fürstenhof noch in der Stadt findet sich auch nur ein christlicher Priester! Und wenn man die Leute auf der Straße nach einem Pater oder einem Mönch fragt, der einem die Beichte abnehmen kann, suchen sie ängstlich das Weite!«

»Ja, ich weiß ...« Volker wirkte zerknirscht. »Ricchar ist ein Heide. Aber warum sollte er deshalb ein Mörder sein? Und was die Kirchen angeht ... Es ist nicht ungewöhnlich, wenn das einfache Volk den Glauben seines Fürsten annimmt.«

Golo schnaubte wütend durch die Nase. »Auf alles kannst du eine kluge Antwort geben! Trotzdem stimmt hier etwas nicht! Ich spüre es. Weißt du, daß man selbst über dich schon redet?«

Der Spielmann zuckte lächelnd mit den Schultern. »Was schert mich das Geschwätz von Küchenmägden?«

»Sie sagen, du hättest das kleine Mädchen mit in dein Quartier genommen, um dich mit ihr zu vergnügen! Warum hast du sie nicht einfach im nächsten Dorf gelassen? Sie muß hier doch irgendwo Verwandte haben ... Jemanden, der sich um sie kümmert, und ...«

Der Spielmann schnellte vor, packte ihn am Wams und drückte ihn gegen die gegenüberliegende Wand. »Paß auf, was du sagst! Wir waren bisher Freunde, Golo ... Das muß nicht für die Ewigkeit so sein. Ich werde mir deine Beleidigungen nicht länger anhören. Und was Mechthild angeht ... Sie hat keine Verwandten! Es gibt niemanden, der sich um sie kümmern würde ... Sie alle sind tot! Du hättest sehen sollen, was die Räuber ihrem Vater angetan haben ... und ihr ...« Dem Barden versagte die Stimme.

»Es tut mir leid.« Golo löste sich vorsichtig aus dem Griff des Recken. »Ich wollte nicht ... Ich meine ... Du kannst sie doch nicht für immer beschützen. Willst du sie mitnehmen, wenn wir aufbrechen? Erinnerst du dich noch, weshalb wir hierhergekommen sind? Wir haben am Hof dieses Heidenfürsten nichts zu suchen. Den Feuervogel wirst du in den Bergen finden ...« Der junge Ritter machte eine Pause und starrte Volker in die Augen. »Wenn es diesen Vogel überhaupt gibt!«

»Laß mich in Ruhe. Geh! Ich will allein mit ihr sein!«

»Dann wird es noch mehr Gerede über euch beide geben. Begreif das doch! Du warst immer mein Vorbild! Du bist, wie Ritter sein sollen. Mutig und ohne Fehl, aber jetzt ...«

»Es hat sich nichts daran geändert! Nicht was die Leute sagen, ist wichtig! Ich bin noch immer ohne Fehl!«

Golo schüttelte den Kopf. Der Barde wollte einfach nicht begreifen. »Was nutzt deine Tugend, wenn keiner an sie glaubt. In der Küche und in den Ställen macht man schon Späße über dich.«

»Ich werde mein Leben nicht von Lügen bestimmen lassen! Es sind letzten Endes allein die Taten, die zählen.«

Golo gab es auf. Er würde diesem verbohrten Dickkopf wohl niemals begreiflich machen können, daß sie beide hier in der Falle saßen. Dieser Palast würde ihnen noch zum Verhängnis werden! Einen Moment lang überlegte der junge Ritter, ob Ricchar vielleicht einen Zauber über Volker gesprochen hatte, doch dann verwarf er den Gedanken wieder. Ricchar war ein Krieger und kein Magier... Doch vielleicht hatte er unter seinen Freunden einen Zauberer! Golo beschloß, sich die Männer aus dem Gefolge des Fürsten noch einmal genau anzusehen.

»Ich glaube, wie haben uns für heute nichts mehr zu sagen!« Volker trat in die Tür zu seiner Kammer. »Laß mich jetzt in Ruhe! Ich werde mich um das Mädchen kümmern... Sie ist noch immer ganz verängstigt.«

Golo nickte. Zerknirscht schritt er den Gang zum Atrium hinab. Er würde schon noch herausfinden, was für ein Spiel der Frankenfürst mit ihnen trieb! Und er würde Volker beschützen. Es mußte einen Weg geben, den Spielmann aus dieser unseligen Stadt hinauszubekommen!

Gedankenverloren schlenderte Golo den Gang hinunter, durchquerte das Atrium und bog in den Säulengang ab, der zum kleinen Garten führte. Es war schwül. Die Luft schien zu einer festen Masse erstarren zu wollen. Schweiß perlte von seiner Stirn, und sein leichtes Leinengewand klebte ihm am Körper. Den ganzen Tag über hatte sich ein Gewitter angekündigt. Dunkle Wolken waren über den Himmel getrieben, doch der erlösende Regenguß war ausgeblieben. Jetzt ertönte von den Bergen im Westen leiser Donner.

Das rote Licht der untergehenden Sonne ließ die Wolken aufglühen wie die Kohlenstücke eines fast verloschenen Lagerfeuers. Wenn nur endlich der befreiende Regen kommen würde! Golo betrat den Weg, der von den Säulen in den Garten führte. Einige merkwürdige Bäume mit noch merkwürdigeren roten Früchten wuchsen dort. Sie waren fast rund, kaum größer als kleine Kupfermünzen und rot wie Blut. Aus seinem Dorf kannte er Äpfel, Birnen und Pflaumen. So etwas jedoch hatte er noch nicht gesehen. Es paßte zu den verschrobenen Ideen des Frankenfürsten, daß er in seinem Garten Obstbäume stehen hatte, wie man sie sonst nirgends fand. Wie dieses Obst wohl schmeckte? Verstohlen blickte Golo sich um. Eine hohe Hecke teilte den Garten in zwei Hälften. Es war niemand zu sehen, der ihn beobachtete. Die Äste der Bäume bogen sich unter der Last der Früchte. Es würde niemanden auffallen, wenn er etwas naschte. Langsam streckte er die Hand aus und verharrte inmitten der Bewegung. Hinter der Hecke war leises Stimmengemurmel zu hören. Zwei Männer... Eine der Stimmen kam Golo bekannt vor. Es war der Graf!

Wieder blickte sich der junge Ritter um. Es war niemand da, der ihn beobachten konnte. Vorsichtig schlich er auf die Hecke zu. Es konnte nicht schaden, wenn er wußte, was der Graf mit seinen ketzerischen Freunden besprach.

»... unmöglich. Keiner der Jäger wagte es, ihm zu folgen. Hinter vorgehaltener Hand nennt man ihn den Herrn der Berge.«

»Ich weiß!« erklang die Stimme des Frankenfürsten gereizt. »Ich hätte ihn schon längst richten sollen. Aber diesmal ist er zu weit gegangen. Mein Heiler sagt, ich sollte mir wenigstens eine Woche Ruhe gönnen, doch ich denke, in drei Tagen bin ich wieder so weit bei Kräften, daß ich reiten kann. Bis dahin werden wir ihn doch wohl nicht aus den Augen verlieren!«

»Nein, Bruder. Ich habe ein Rudel Wölfe auf seine Spur gesetzt. Sie haben keine Angst vor dem Eber. Im Gegenteil, sie sahen in dem kleinen Jagdausflug eine willkommene Abwechslung.«

»Ich hoffe, daß den Wölfen meine Befehle klar sind! Ich will den Eber selbst zur Strecke bringen! Nicht, daß sie ihn vor mir reißen. Dieser räudige Hund hat es gewagt, auf mich zu schießen und mich zu verhöhnen. Dafür soll er mir büßen!«

»Sie wissen, daß du ihn lebend haben willst«, entgegnete der Fremde. »Die Wölfe werden nur auf seiner Fährte bleiben. Sonst nichts.«

Golo hätte zu gern gewußt, mit wem der Fürst dort sprach. Und was sollte dieses Gerede über Wölfe? Wen meinte der Fremde damit? Vielleicht Söldner? Der junge Ritter war inzwischen bis dicht an die Hecke geschlichen und bog vorsichtig einige der Äste auseinander. Auf der anderen Seite gab es ein kleines Wasserbecken, neben dem Marmorstatuen standen. Fürst Ricchar lag lang auf eine Kline gestreckt. Er trug eine kurze Tunika, unter der man deutlich sein bandagiertes Bein sehen konnte.

Hinter dem Grafen standen zwei Wachen mit eisernen Masken. Der Fremde, mit dem Ricchar sprach, hatte Golo den Rücken zugewandt. Es war ein hochgewachsener dunkelhaariger Mann. Er trug leichte Reitstiefel und einen staubbedeckten roten Umhang.

»Was ist mit dem Wesen mit dem Löwenkopf?« fragte der Fremde.

»Richte dem Bruder Heliodromus aus, daß er mit ihr verfahren kann, wie es ihm beliebt. Ich will es nicht mehr wiedersehen. Am besten ist, es verschwindet ...«

Der Mann mit dem roten Umhang nickte. »Und was ist mit den beiden Burgunden? Einige der Brüder machen sich Sorgen. Vielleicht hat König Gunther sie als Spitzel geschickt.«

»Was diesen Golo angeht, könnte das wohl durchaus möglich sein. Er schnüffelt meinen Dienern nach und versucht Unzufriedene zu finden. Wenn er anfängt wirklich Ärger zu machen, sollten wir uns für ihn vielleicht etwas überlegen... Volker aber ist für mich über jeden Zweifel erhaben. Er ist ein Ritter, wie man ihn sonst nur in romantischen Heldenliedern findet. Für niedere Spitzeldienste würde er sich niemals hergeben. Ich muß gestehen, er ist mir sympathisch, auch wenn er vom Irrglauben der Christen verblendet ist. Ich möchte versuchen, ihn für unsere Sache zu gewinnen. Wenn es gelingt, ihn zu überzeugen, könnte er noch sehr nützlich für uns werden.«

In der Pause, die auf diese Worte folgte, glaubte Golo sein Herz so laut wie eine Trommel schlagen zu hören. Er hatte recht gehabt! Der Frankenfürst benutzte Volker. Doch wie konnte er den Spielmann davon überzeugen? Vorsichtig schlich sich der junge Ritter von der Hecke fort. Er hatte genug gehört!

Ein Donnerschlag hatte Volker aus dem Schlaf gerissen. Einen Augenblick lang war die Kammer in gleißend helles Licht getaucht. Der hölzerne Fensterladen klapperte leise in seiner Verankerung. Die drückende Hitze war gewichen. Eine angenehm kühle Brise wehte durch das weit offene Fenster.

Schlaftrunken richtete sich der Spielmann auf seinem Lager auf und blickte zu Mechthild. Das Mädchen stöhnte leise im Schlaf. Sie hatte sich zusammengerollt und die Hände fest in die zusammengeknüllte Decke gekrallt. Wie ein Kranz aus Finsternis lag ihr Haar um ihr Haupt.

Wieder zuckte ein Blitz vom Himmel, und der Donner ließ das Zimmer erbeben. Volker hatte den Blitz nur aus dem Augenwinkel gesehen. Er war vielfach gegabelt gewesen und hatte ein wenig wie eine skelettierte Hand ausgesehen, die vom Himmel herabgriff. Den Spielmann fröstelte es, und er rieb sich über die nackten Arme.

»Nein! Tut ihm nichts!« Mechthild warf den Kopf zur Seite. »Bitte nicht! Das tut so weh...« Mit einem Schrei richtete sie sich auf. Sie hielt die Arme eng um ihre Brust geschlungen.

Volker sprang aus dem Bett. Sie schien ihn nicht zu erkennen. Mit schreckensweiten Augen starrte sie ihn an. »Bitte, tu mir nichts … Bitte …«

»Hab keine Angst! Erinnerst du dich nicht mehr?«

Das Mädchen rutschte vor ihm weg. Der Spielmann ließ sich am Fußende ihres Lagers nieder. Langsam streckte er ihr die Hand entgegen. »Niemand wird dir hier etwas tun. Ich paß auf dich auf, meine kleine Prinzessin.«

»Es tut so weh …«

Helles Licht durchflutete die Kammer. Etwas Gleißendes flog durch das Fenster. Eine leuchtende Gestalt mit weit ausgebreiteten Schwingen. Mechthild wollte aufspringen und davonlaufen, doch Volker packte sie und zog sie zu sich herüber.

»Was bist du?« flüsterte der Spielmann leise. Das Lichtgeschöpf war kaum größer als ein Menschenkopf. Es hatte Schwingen aus leuchtender Glut und erschien fast wie ein Vogel. Völlig lautlos glitt es dicht unter der Zimmerdecke entlang.

»Bist du gekommen, um mich auf meinen Weg zurückzuführen?«

Er erhielt keine Antwort.

»Hat Golo recht, habe ich mich verirrt?«

Ein seltsamer, fast metallischer Geruch lag in dem Zimmer. Für einen Augenblick verharrte die Lichtgestalt. Draußen auf dem Hof erklangen die Rufe von Wachposten. Mechthild klammerte sich so fest an Volker, daß ihre Fingernägel ihm tief ins Fleisch schnitten.

»Wenn du gekommen bist, um mich zu holen, dann verschone wenigstens das Mädchen.«

Die leuchtende Gestalt begann wieder, sich zu bewegen. Sie zog eine Schleife unter der Zimmerdecke und schwebte dann langsam in Richtung des Fensters.

»Willst du, daß ich dir folge?«

Stille.

Volker löste den Griff des Mädchens und erhob sich. Unsicher trat er ans Fenster. Der Feuervogel war auf den Hof hinausgeflogen. Steil stieg er in den Himmel hinauf, drehte einen Kreis über dem Palast und flog dann nach Westen in Richtung der Berge.

»Warum hast du nicht mit mir gesprochen? Zürnst du mir?« Die flammende Gestalt wurde immer kleiner. Ein gegabelter Blitz zuckte quer über den Himmel. Als das gleißende weiße Licht der Finsternis wich, war der Feuervogel nicht mehr zu sehen. Ein eisiger Luftzug wehte in das Zimmer. Noch immer roch es wie nach glühendem Metall.

»Ist die Kugel fort?« flüsterte Mechthild leise.

»Was für eine Kugel?«

»Das helle Licht... Ist es fort?«

Volker trat an das Bett des Mädchens. »Du meinst den Feuervogel?«

Die Kleine sah ihn verständnislos an. »Das helle Licht. Die Kugel...«

Der Spielmann schloß sie fest in die Arme. »Ja, das Licht ist fort. Es hat nichts Böses von dir gewollt. Es hat mich gerufen. Ich werde ihm folgen müssen.«

»Du wirst mich allein lassen, nicht wahr?«

»Nein, meine kleine Prinzessin. Du sollst mich begleiten. Egal, wohin ich auch reite. Das habe ich dir versprochen, und ein wahrer Ritter hält immer das Wort, das er einer Dame gibt.« Volker schob ihr zärtlich die Hand unter das Kinn und hob ihren Kopf, so daß sie ihm ins Gesicht blicken mußte. »Ich werde für dich sorgen, bis wir ein neues Zuhause für dich gefunden haben.«

Auf dem Gang vor dem Zimmer war der schwere Tritt genagelter Soldatenstiefel zu hören. Jemand klopfte energisch an die Tür. »Ist alles in Ordnung, Herr? Wir haben ein Licht gesehen, das vom Himmel gestiegen ist.«

»Es geht mir gut!« Mit Mechthild im Arm trat Volker an die Tür und öffnete. Wahrscheinlich war es am besten, sich den Soldaten kurz zu zeigen, damit sie beruhigt auf ihre Posten zurückkehrten. Als er aus der Tür schritt, wichen die Krieger ängstlich vor ihm zurück. Auch wenn sie schimmernde Kettenhemden trugen, waren es nur einfache Männer.

»Mithras hat ein Sternenlicht zu Euch geschickt, nicht wahr? Wir alle konnten es sehen, wie es in Euer Zimmer geflogen ist und wie Ihr es zum Fenster geleitet habt, als es wieder in den Himmel gestiegen ist.« Der Mann, der zum ihm gesprochen hatte, war der älteste unter den Kriegern. Sein dunkelbraunes Haar war von grauen Strähnen durchzogen. Er hatte ein offenes und ehrliches Gesicht, in dem sich nun abergläubische Furcht spiegelte.

»Es war ein Vogel aus Licht, der mich besucht hat. Seine Flügel waren lodernde Flammen.«

Der ältere Krieger sagte etwas, was Volker nicht verstand. Ein Wort wie *ater* oder etwas Ähnliches. Die Männer knieten nieder und senkten ehrfürchtig ihre Häupter.

Volker räusperte sich verlegen. »Steht auf! Laßt das! Es war kein Bote eures Gottes, der mich aufgesucht hat.«

»Doch, Herr! Der Lichtvogel ist ein Bote des Ormuz, der jeden Tag in seinem Flammenwagen über den Himmel fährt. Ihr seid ein Auserwählter des Lichtes. Das Augenmerk der Götter liegt auf Euch!«

4. KAPITEL

Es war ein Spätsommertag, an dem man den Atem des Winters schon in der Luft spüren konnte. Obwohl es nicht wirklich kalt war, war doch deutlich, daß die Hitze, die noch den vorherigen Tag bestimmt hatte, in diesem Jahr nicht mehr zurückkehren würde. Auf der gepflasterten Straße, die in die Berge führte, standen große Pfützen, und die Steine waren mit dem Laub bedeckt, das der Sturm der letzten Nacht von den Bäumen gerissen hatte.

Golo blickte zum Himmel, der halb von den Kronen der hohen Eichen verdeckt wurde, welche die breite Straße säumten. Der Wind trieb weißgraue Wolkengebirge über den Himmel. Fast alle Blätter an den Bäumen hatten schon braune Kränze an ihren Rändern. Bald würde der Herbst den Wald in Rot und Gold tauchen. Den jungen Ritter fröstelte es. Man hatte ihm in der Stadt erzählt, daß der Herbst in den Bergen nur kurz sei und daß schon lange vor dem Christfest

Schnee fallen würde, der die Straßen unpassierbar machte und die Dörfer und kleinen Städte voneinander abschnitt. Doch trotz dieser Aussichten war er froh, Castra Bonna hinter sich zu lassen. Jetzt, wo Volker dem intriganten Frankenfürsten entkommen war, würde alles wieder so werden, wie es einmal gewesen war.

Ein wenig mißmutig blickte er zu dem Mädchen, das der Spielmann vor sich auf den Sattel genommen hatte. Sie hielt die Zügel, und Volker spielte für sie ein ausgelassenes Lied auf seiner Laute. Was sollte nur mit ihr werden, wenn der Winter kam? Sie würde die Kälte und die Entbehrungen nicht überleben! Volker hatte sich sehr verändert. Golo dachte an das Mädchen, das sie im letzten Jahr an einem einsamen Wegkreuz in Aquitanien zurückgelassen hatten. Sie war nur zwei oder drei Jahre älter gewesen als Mechthild... Der Barde hatte ihr das Herz gebrochen. Eine einzige Liebesnacht nur hatte er mit ihr verbracht und sie dann, als sie aus ihrem Dorf ausgeschlossen wurde, in Stich gelassen. Was war in ihm vorgegangen, daß er sich nun so sehr um Mechthild sorgte. War es am Ende vielleicht Reue über das Leben, das er einmal geführt hatte?

Aber was zählte das schon! Das wichtigste war, daß sie diese verfluchte Stadt hinter sich gelassen hatten! Ricchar hatte Volker in der Nacht und noch ein zweites Mal am Morgen besucht. Golo wußte nicht, worüber die beiden gesprochen hatten, doch Volker war offenbar durch nichts von seinem Entschluß abzubringen gewesen, an diesem Morgen aufzubrechen. Was in der vergangen Nacht wohl in der Kammer des Spielmanns geschehen war? Jeder erzählte eine andere Geschichte darüber. Die Wachen und Krieger im Palast waren davon überzeugt, daß ihr Gott Mithras dem Barden ein Zeichen geschickt hatte. In ihren Augen war der Spielmann auserkoren, und es war ihm bestimmt, irgend etwas Ungewöhnliches zu tun. Ganz anders hörte sich die Geschichte an, die Mechthild zu erzählen hatte. Und sie mußte schließlich wissen, was geschehen war. Immerhin war sie dabeigewesen! Sie hatte nur ein kaltes blauweißes Licht gesehen. Eine Kugel, so groß wie ein Menschenkopf, die in das Zimmer geschwebt war. Sie hatte Angst vor dieser ungewöhnlichen Erscheinung gehabt.

Und Volker ... Golo schmunzelte. Der Spielmann glaubte, ihm sei der Feuervogel erschienen. Er hatte keine Kugel, sondern einen Vogel mit glühenden Schwingen gesehen. Doch ganz gleich, was auch immer es gewesen sein mochte, es hatte sie aus dem Bann des Ketzerfürsten Ricchar gelöst. Vielleicht war es ja ein Engel, den einer der Heiligen geschickt hatte, um Volker auf den rechten Weg der Tugend zurückzuführen und gegen die Versuchung Satans zu schützen.

Ob sie Ricchar wohl entkommen waren? Das weite Bergland vor ihnen gehörte bis kurz vor die Tore von Treveris dem Gaugrafen. Auch Ricchar wollte in den nächsten Tagen in die Berge reiten, um der Spur des Ebers zu folgen. Hoffentlich entkam ihm der Räuber. Wer immer sich gegen den Ketzer stellte, konnte im Grunde kein schlechter Mensch sein. Golo glaubte noch immer nicht daran, daß der verschwundene Palastdiener von Strauchdieben getötet worden war. Der Mord war auf Befehl Ricchars geschehen!

Wieder blickte Golo zum Himmel. Manchmal fiel es ihm schwer, die Geschichten der Priester zu glauben. Irgendwo dort oben lag das Reich Gottes. Das himmlische Paradies, ein Ort ewiger Glückseligkeit ... Doch was tat man dort eine Ewigkeit lang? Die Priester erzählten nie viel darüber, was da oben geschah. Die Geschichten der Heiden waren im Vergleich dazu wesentlich anschaulicher. Den Helden war es bestimmt, mit den Göttern zusammen an einer Tafel zu sitzen und auch weiterhin das Leben von ehrenhaften Kriegern zu führen ... Golo schüttelte energisch den Kopf. Was dachte er da nur! Mit solch stummen Zwiegesprächen gefährdete er sein Seelenheil! Bei nächster Gelegenheit sollte er einen Priester zur Beichte aufsuchen. Es war nicht gut, seine Seele mit solchem Schmutz zu besudeln ... Doch wie lange mochte es wohl dauern, bis sie einen Christenpriester trafen? In Castra Bonna waren alle Kirchen vernagelt gewesen. Ob Ricchar die Christenpriester wohl auch schon aus den Bergen vertrieben hatte? Wie konnte ein Mann nur ungestraft solches Unrecht tun? Warum wurde dieser ruchlose Versucher nicht einfach von einem Blitz aus heiterem Himmel erschlagen? Oft schon war es Golo so erschienen, daß Gott gegenüber seinen treuesten Anhängern strenger war als gegenüber den Ketzern oder den Kleingeistigen, deren Christentum kaum mehr als ein Lippenbekenntnis war.

Mit jähem Schrecken wurde Golo bewußt, daß seine Gedanken blanke Ketzerei waren. Das mußte das schleichende Gift des Frankenfürsten sein. Seine süßen Worte und seine Lockungen ... Sie waren dazu angetan, jedem, der ihm begegnete, die Seele zu vergiften. Warum sah Ricchar nicht aus wie einer der Teufel, von denen die Priester erzählten? Warum stand ihm seine Verruchtheit nicht ins Gesicht geschrieben? Sicher hatte der Versucher selbst den Leib des Grafen aus dem blutbesudelten Lehm der Hölle geschaffen und ihm mit seinem fauligen Atem Leben eingehaucht. Das mußte auch der Grund sein, warum der Eber Ricchar nicht getötete hatte. Die Diener der Finsternis brachten einander nicht um!

Leise begann Golo ein Vaterunser zu beten. Er mußte vorsichtig sein! Die letzten Tage hatten ihn über einen schmalen Grad geführt, und wenn er nicht fest im Glauben war, dann mochte ihm auf dieser Reise Schlimmeres widerfahren, als nur sein Leben zu verlieren.

Blinzelnd erhob sich Volker und sog den Geruch des Feuers ein. Die Pferdedecke lag schwer und klamm auf seinen

Schultern. Keinen halben Schritt entfernt schwelte ein kleines Feuer. Jemand hatte ein wenig Reisig in die Glut vom Vorabend geschüttet und darüber kunstvoll dünne Äste aufgeschichtet. Zu seiner Linken lag sein zusammengeknüllter Umhang. Mechthild hatte die kleine Schutzhütte verlassen. Vermutlich suchte sie nach Holz für das Feuer oder ein paar Waldbeeren zum Frühstück.

Gähnend streckte Volker seine steifen Glieder und rutschte ein Stück näher zum Feuer. Die Narbe von dem Pfeil, der ihn letztes Jahr in den Sümpfen Aquitaniens erwischt hatte, schmerzte. Wenn der Rauch und das Feuer erst einmal die Feuchtigkeit aus seinen Kleidern vertrieben hatten, würde es besser werden. Er rieb seine schwieligen Hände über den Flammen und blickte zu Golo. Sein Gefährte hatte im Schlaf seinen Umhang zur Seite gestreift. Der Mund des jungen Ritters stand halb offen, und er atmete schwer. Was er jetzt wohl träumte? Ob es gut war, ihn auf diese Reise mitgenommen zu haben? Am Hof zu Worms fühlte er sich nicht wohl. Die Adligen und Ritter dort duldeten ihn mehr, als daß sie ihn als ihresgleichen akzeptierten. Als ehemaliger Bauernsohn würde er dort immer ein Außenseiter bleiben. Ihm war es allemal lieber, an der Seite Volkers in irgendwelche verrückten Abenteuer zu reiten. Der Spielmann lächelte melancholisch. Dennoch würde er Golo vielleicht bald zurücklassen müssen ... und auch das Mädchen. Gestern nacht, als die Kleine schon geschlafen hatte, waren sie auf die Lichtung hinausgegangen und hatten darüber gesprochen, wie es weitergehen sollte, und Golo hatte recht. Es wäre verantwortungslos, Mechthild einem Winter hier in den Bergen auszusetzen.

Wieder blickte Volker zu seinem schlafenden Gefährten. Vielleicht sollte er sich eines Nachts einfach davonschleichen. Er konnte sich auf Golo verlassen. Der junge Ritter würde sich um das Mädchen kümmern. Gewiß würde er nicht eher ruhen, bis er ein gutes Heim für die Kleine gefunden hatte. Auch wenn er gestern noch darüber geflucht hatte, daß sie Mechthild überhaupt mitgenommen hatten, war sich der Spielmann sicher, daß Golo sie nicht in Stich lassen würde. Das Grollen und sein brummiges Wesen waren halt seine Art, seinen Sorgen Ausdruck zu geben.

Volker seufzte. Heute mußte er noch keine Entscheidung treffen. Er würde noch ein paar Tage warten. Langsam wurde ihm wärmer. Sie hatten Glück gehabt, daß sie gestern abend noch kurz vor Einbruch der Dämmerung die verlassene Köhlerhütte entdeckt hatten. Sie lag keine zehn Schritt von der Straße unter ein paar hohe Kiefern geduckt am Rand eines weiten Kahlschlags. Es war nur eine schlichte Unterkunft mit Wänden aus ineinandergeflochtenen Zweigen und einem Dach aus dicken Grassoden, doch es war allemal besser, hier zu schlafen, als völlig ungeschützt unter einem Baum zu liegen. Die Hütte hatte nur drei Wände. Die ganze Vorderseite war offen. Man sah auf die Lichtung, die die Köhler in den Wald geschlagen hatten. Die Sonne war noch nicht aufgegangen, doch war der Wald schon in jenes graublaue Zwielicht getaucht, das den kommenden Tag ankündigt. Zerrissene Nebelschleier lagen über der Lichtung und wogten zwischen den schwarzen Wurzelstümpfen. Überall aus den Bäumen und Büschen ringsherum erklang das Zirpen und Zwitschern von Vögeln. Der Spielmann grinste. Jetzt fehlten nur noch eine schöne Jungfer und ein munter plätscherndes Bächlein, dann hätte man alle Bestandteile des *locus amoenus* aus der Theorie der Minnedichtung beisammen. Er hatte nie sehr viel von den ehernen Regeln der Dichtkunst gehalten. Ließ Schönheit sich in Gesetzmäßigkeiten fassen? Nein! Solche Regeln waren etwas für jene Dichter, denen wahre Kunst auf immer verschlossen blieb ...

Ein Schrei riß Volker aus seinen Gedanken. Mechthild! Mit einem Satz war er auf den Beinen und griff nach seinem Schwert, das gegen die Wand der Hütte lehnte. Mit einem Schlag waren alle Vogelstimmen ringsherum verstummt.

Der Wald wirkte jetzt dunkel und unheimlich. Immer wieder den Namen des Mädchens rufend, hastete Volker durch das dichte Unterholz. Wie die Hände von Kobolden griffen Dornenranken und verschlungene Wurzeln nach seinen Beinen und Füßen. Rechts von ihm war plötzlich das Geräusch brechender Äste zu hören. Er riß das Schwert aus der Scheide und warf sich herum. Er hatte ein Rudel Rehe aufgescheucht, das mit weiten Sprüngen in Richtung der Rodung davoneilte. Dann wechselten sie abrupt die Richtung, als Golo mit dem Schwert in der Hand aus dem Morgendunst trat.

»Was ist passiert?«

»Mechthild. Sie hat geschrien. Sie muß hier irgendwo ganz in der Nähe sein.« Ohne ein weiteres Wort zu verlieren, wandte Volker sich ab. Warum antwortete das Mädchen nicht? Was mochte ihr nur geschehen sein? Wenn sie ein wildes Tier angefallen hätte, würde man Schreie oder das Knurren der Bestie hören. Diese Stille... Volker schluckte und beschleunigte seine Schritte. Das Unterholz wurde lichter. Der Wald bestand hier fast ausschließlich aus Buchen. Ihre schlanken Stämme wirkten fast wie die Säulen eines Tempels. Die Dunstschwaden waren hier dichter. Einen Moment lang glaubte Volker, ein leises Wimmern zu hören. Dann war es wieder still.

Der Barde gab Golo ein Handzeichen, sich etwas links von ihm zu halten. Das Schwert bereit zur Verteidigung gehoben, trat Volker weiter in den Buchenforst. Seine Nakkenhaare richteten sich auf. Ein Schauer lief ihm über Rükken und Arme. Er hatte das Gefühl, beobachtet zu werden. Sein Mund war wie ausgetrocknet. Vorsichtig drehte er sich einmal um die eigene Achse. Das graue Licht und der Nebel erlaubten kaum weiter als zwanzig Schritt zu sehen.

Jetzt konnte er ein Stück voraus eine Gruppe seltsam verwachsener junger Bäume erkennen. Wieder ertönte das leise Wimmern.

»Mechthild?«

Das Jammern wurde lauter. Volker hastete vorwärts. Ein gestürzter Baumriese versperrte den Weg. Die dichten erdverkrusteten Wurzeln der Buche hatten ein klaffendes Loch im Waldboden zurückgelassen. Dort kauerte Mechthild. Sie hatte sich zusammengerollt und verbarg den Kopf zwischen den Knien.

»Was ist gesch...« Dem Spielmann blieb das Wort im Halse stecken. Jetzt erkannte er, was das Mädchen erschreckt hatte. Die seltsam verwachsenen Bäume... Ein Stück voraus hatte jemand die Kronen von einigen jungen Buchen gekappt und auf den dünnen Stämmen die Leichen von sieben Kriegern gepfählt.

Volker stieg in die Grube hinab und nahm das Mädchen in die Arme. »Ist gut, meine Kleine. Ich bin jetzt bei dir und werde dich beschützen...«

Mechthild war verstummt. Sie krallte ihre Hände in seine Arme, so, als hinge ihr Leben davon ab, ihn nie wieder loszulassen. Eine ganze Weile verging, bis ein leises Räuspern Volker aufblicken ließ. Golo stand neben dem entwurzelten Baum und blickte zum ihm herab. »Da ist etwas, das du dir ansehen solltest.«

»Was denn...«

»Mir scheint, es sind Sachsen und... Es ist besser, wenn du das Mädchen nicht mitnimmst, weil...« Golo schluckte. »Ich glaube, einer von den Kerlen lebt noch.«

Der Spielmann löste sich sanft aus dem Griff des Mädchen. Noch immer gab Mechthild keinen Laut von sich. Ihre Zöpfe hatten sich gelöst, und ihr langes, braunes Haar hing ihr in breiten Strähnen ins Gesicht. Mit angstweiten grünen Augen blickte sie Volker an. Der Spielmann schluckte. Er fühlte sich elend. Wie hatte er darüber nachdenken können, sie und Golo im Stich zu lassen.

»Mein Freund wird bei dir bleiben... Ich komme gleich wieder.«

Mechthilds Blick war ein stummes Flehen, zu bleiben.

»Es dauert nicht lange.« Volkers Stimme klang heiser. Er kletterte aus der flachen Grube und trat zu den Toten. Mitten zwischen ihnen lag auf einem Baumstumpf ein abgetrennter Wildschweinkopf. Der Eber! Diese Morde waren sein Werk.

Die meisten der Männer mußten schon tot gewesen sein, als man sie auf die jungen Baumstämme gespießt hatte. Sie trugen Wunden von Pfeilen. Man hatte die Geschosse wieder aus ihren Körpern gezogen, um die kostbaren eisernen Pfeilspitzen zurückzugewinnen. Nur einem der Krieger steckte noch ein abgebrochener Schaft in der Brust. Die Kleider der Toten waren zerrissen. Man hatte ihnen alles geraubt, was von Wert gewesen sein mochte. Waffen, Gürtel, Gewandfibeln und Ringe. Mit Ausnahme eines Rothaarigen waren sie alle blond. Sie trugen nach sächsischer Manier die langen Haare zu Zöpfen geflochten. Die Wickelgamaschen aus ungegerbtem Leder, die kurzen Umhänge aus grauem Wolfspelz, all dies verriet, daß sie keine Franken sein konnten.

Volker dachte an das Gespräch, das Golo belauscht hatte. Der Bote hatte Ricchar gesagt, er habe ein Rudel Wölfe auf die Spur des Ebers gesetzt. Er mußte diese sächsischen Söldner damit gemeint haben.

Der Spielmann spürte, wie ein Blick auf ihm lastete. Der Krieger links neben dem Eberkopf... Der Sachse war noch jung. Er mochte kaum mehr als zwanzig Sommer gesehen haben. Seine Augen glänzten wie im Fieber. Die Lippen des Mannes bewegten sich stumm. Volker faßte ihn sanft am Arm. Für einen Augenblick kniff der Sachse die Augen zusammen. Er stöhnte. Selbst diese leichte Berührung schien ihm Schmerzen bereitet zu haben.

»Wir holen dich da runter...« Der Barde blickte an dem Baumstamm hinab. Bis zu den Wurzeln war der graue Stamm mit Blut und Fäkalien besudelt. Schillernde Fliegen tanzten um die Füße des Sachsen, krochen über seine schmutzigen Hosen und die Schürfwunden an seinen Armen. Fast einen halben Schritt hingen die Füße des Sachsen über dem Boden. Volker fragte sich, wie tief sich der angespitzte Baumstamm schon in den Leib des Mannes gebohrt haben mochte. Ob er noch zu retten war? Oder würde jeder Versuch, ihn herabzunehmen, ihm nur zusätzliche Qualen bereiten.

»Sing Odin ... daß ... ich ...« Der junge Krieger stöhnte. »... ich ein tapferer ... Mann war.«

»So schnell wirst du deinen Gott noch nicht sehen. Wir werden dich dort herunter hole und dann ...«

»Aelfre ...«

Volker blickte den Mann verwundert an. Aelfre? Was hatte das zu bedeuten?

Der Krieger versuchte seinen Arm zu bewegen. Er schien auf seine Brust weisen zu wollen. Im selben Augenblick ging ein Ruck durch seinen Körper. Der Sachse stöhnte auf. Blut tropfte von seinen Lippen. Noch immer starrte er Volker mit weit offenen braunen Augen an. Der Pfahl hatte sich ein wenig tiefer in den Leib des Mannes gebohrt.

Bis auf das Summen der Fliegen war es totenstill im Buchenhain. Schmale Streifen roten Lichts fielen durch das Blätterdach. Der Morgendunst hatte sich fast aufgelöst. Nur dünne graue Schleier trieben noch dicht über dem Boden. Jetzt erst bemerkte Volker den Gestank. Es roch nach Kot, Blut und dem herben Duft verfaulender Blätter. Warum hatte der Eber die Sachsen nicht einfach alle umgebracht? Warum diese Folter? Es mußte mindestens eine Stunde gedauert haben, die Krieger zu pfählen. Wahrscheinlich sogar länger. Der Räuber mußte doch wissen, daß Ricchar ihm bald folgen würde. Jede Stunde, die er Vorsprung hatte, mochte bald schon kostbar für den Eber sein ...

Der Spielmann griff nach dem Hals des Sachsen. Er konnte spüren, wie das Blut noch immer schwach durch die Adern des Mannes pulsierte. Der Sachse war nur ohnmächtig. Volker wünschte, niemals in den Buchenhain gekommen zu sein. Was sollte er tun? Jeder Versuch, den Mann vom Pfahl zu nehmen, würde nur unendliche Qual für ihn bedeuten. Und wenn er jetzt ging und den anderen sagte, der Sachse sei tot... Volker schluckte. Er hatte einmal von einem Mörder gehört, der gepfählt worden war. Drei Tage hatte es gedauert, bis der Kerl endlich tot war. Wie lange der junge Sachse wohl noch zu leiden hätte?

Er schlang seine Arme um die Hüfte des Kriegers. Mit aller Kraft spannte er die Muskeln an. Dann schob er den Gepeinigten nach oben. Die Schmerzen brachten den Sachsen wieder zu Bewußtsein. Er stieß einen leisen Schrei aus. Es gab ein gräßliches, schmatzendes Geräusch, als sich das geschundene Fleisch vom Pfahl löste. Volker biß sich auf die Lippen. Endlich war der junge Krieger befreit und sank ihm in die Arme.

Vorsichtig bettete der Spielmann den tödlich Verletzten auf den weichen Waldboden. Das Gesicht des Sachsen war eine Grimasse des Schmerzes. Seine Lippen zitterten, als wolle er etwas sagen. Volker beugte sich vor, um ihn verstehen zu können.

»Aelfre...«

»Das ist dein Name, nicht wahr? Ich werde ein Lied von dir singen, Aelfre, damit die alten Götter von deiner Tapferkeit hören, und beten werde ich für dich, damit deine Seele nicht in das Reich Satans eingeht. Hörst du mich... Und deinen Mörder will ich finden. Er soll diesen Winter nicht überleben, der Eber! Wenn Ricchar ihn nicht stellt, dann werde ich ihn finden. Er soll nicht noch länger seine blutige Spur durch die Wälder ziehen...«

Der Blick des Sachsen war auf das dunkle Blätterdach gerichtet, das mit den ersten Strahlen der Morgensonne zu einem düster schönen Mosaik aus Licht und Schatten geworden war. Einen Herzschlag lang hatte Volker das Gefühl, als forme sich in dem Blätterdach das riesige Gesicht eines bärtigen Mannes. Dann fuhr ein Windstoß durch die Äste der Buchen, und das Trugbild war verschwunden.

Plötzlich war dem Barden kalt. Ein Trugbild! Die alten Götter gab es nicht wirklich... Allein der Christengott regierte in dieser Welt.

Der Ausdruck des Schmerzes war vom Gesicht des Sachsen gewichen. Seine Züge hatten sich entspannt, und um seine Lippen spielte sogar der Hauch eines Lächelns. Hatte auch Aelfre das bärtige Gesicht gesehen?

Volker legte dem jungen Krieger vorsichtig die Hand auf die Brust. Das Herz des Sachsen schlug nicht mehr. Er war als Heide gestorben, und seine Seele würde nun den langen Weg der Verdammnis antreten. Ob es wohl jemals jemanden gegeben hatte, der versuchte, Aelfres Seelenheil zu retten? Jemanden, der von der Güte des Christengottes zu ihm gesprochen hatte. Volker neigte sein Haupt und faltete die Hände zum Gebet.

5. KAPITEL

Drei Tage lang hatte ihr Weg sie in die Berge geführt, und mit ihnen war der Regen nach Westen gezogen. Kaum einer Menschenseele waren sie unterwegs begegnet. Da waren ein Köhler und seine Familie, ein Waldbauer und ein Jäger gewesen und ein paar Reisende... Keiner von ihnen hatte vom Feuervogel gehört. Zumindest behaupteten sie das. Die Leute in den Bergen waren ein verschlossener Menschenschlag. Sie blieben den Gefährten gegenüber mißtrauisch, und Golo war sich sicher, selbst wenn der Feuervogel noch in der Nacht zuvor auf dem Giebel ihrer armseligen Hütten gesessen hätte, daß sie es Fremden gegenüber leugnen würden. Doch vielleicht gab es die Kreatur ja auch wirklich nicht...

Nach dem Buchenhain mit den Gepfählten waren sie auf keine weiteren Spuren des Ebers gestoßen. Offenbar hatten sich der Räuber und seine Gefolgschaft in irgendein unzugängliches Tal zurückgezogen. Noch immer lastete dieser schreckliche Morgen auf ihnen. Mechthild hatte seitdem kein Wort mehr gesprochen. Es war ganz so, als habe der Anblick der geschundenen Toten ihr die Zunge im Mund verdorren lassen. Volker hatte sich alle Mühe gegeben, sie den Schrecken vergessen zu lassen. Er hatte für sie gesungen und ihr stundenlang Geschichten erzählt, doch nichts vermochte ihr Schweigen zu brechen. Und so hatte sich schließlich die Stille wie ein böser Fluch auf die Gruppe gelegt. Jeder hing seinen Gedanken nach, und es waren allein der monotone Hufschlag auf der gepflasterten Straße und der tausendstimmige Gesang der Waldvögel zu hören.

Vor ihnen auf einer langgezogenen Hügelkuppe erhob sich eine kleine Stadt, Icorigium. Sie war von einer graubraunen Mauer umgeben, der man deutlich die Narben noch nicht allzulange zurückliegender Belagerungen ansah. An zwei Stellen, wo Breschen in die Mauer geschlagen worden waren, hatte man hölzerne Palisaden errichtet. Massive halbrunde Türme verstärkten in Abständen von vielleicht zwanzig Schritt die Verteidigungsanlagen. Der Köhler, bei dem sie die letzte Nacht verbrachten, hatte ein wenig über Icorigium erzählt. Es war eine Stadt der Schmiede und Bergleute. Eisenminen hatten die Siedlung reich gemacht, und Graf Ricchar ließ hier einen großen Teil der Waffen und Rüstungen für seine Krieger schmieden.

Dunkle Rauchfahnen stiegen hinter den hohen Mauern auf und wurden vom rauhen Wind zerpflückt. Auf den Hügelflanken schimmerten golden die Stoppeln abgeernteter Weizenfelder. Golo stutzte. Irgend etwas stimmte hier nicht. Er drehte sich im Sattel um und ließ den Blick über die dunklen Waldränder und die abgeholzten Hügelflanken schweifen. Keine Menschenseele zeigte sich. Und das, obwohl die Stadt Hunderte von Einwohnern haben mußte.

Unter dem Torbogen am Ende der Straße blinkte fahles Sonnenlicht auf poliertem Stahl. Der junge Ritter schirmte die Augen ab. Das Stadttor war geöffnet. Zwei Wachen standen dort.

Mit leichtem Schenkeldruck brachte der junge Ritter seine Stute näher zu Volkers Grauem hinüber.

»Wollen wir dort wirklich hinauf? Ich hab' kein gutes Gefühl bei der Sache.«

Der Spielmann zuckte mit den Schultern. »Dort wird es warme Quartiere geben... Außerdem werden wir in der Stadt sicherlich jemanden finden, der den Feuervogel gesehen... oder zumindest von ihm gehört hat.«

Golo räusperte sich. Einen Augenblick lang überlegte er, ob es möglich wäre, seinen Kameraden doch noch zu überzeugen. Dann verwarf er den Gedanken. Volker war ein Dickkopf. Er hatte beschlossen, in Icorigium Quartier zu nehmen, und er würde es tun...

Sie hatten das Tor jetzt fast erreicht. Zwei fränkische Krieger in schlichten grauen Tuniken standen dort Wache. Ihre schweren eisernen Helme lagen neben ihnen auf dem Boden. Im Toreingang lehnten rote Rundschilde. Einer der Männer baute sich mitten unter dem Torbogen auf und versperrte den Weg, während der andere seinen Speer fortlegte und ihnen entgegenkam.

»Woher des Weges, Fremde?«

Volker hob die Rechte zum Gruß. »Wir kommen aus Castra Bonna und waren dort Gäste des Grafen Ricchar. Unsere Reise führt uns nach Treveris. Wir wollen hier einige Tage Quartier nehmen.«

Der Wächter runzelte die Stirn. »Ihr solltet besser nicht zu lange bleiben. Bald wird der Regen kommen. Dann ist es keine Freude, über die Berge zu müssen. Aber das soll nicht meine Sorge sein. Ihr habt für jedes Bein, das unsere Stadt betritt ein Kupferstück Torzoll zu entrichten, Herr.«

Der Spielmann griff nach dem Geldbeutel an seinem Gürtel, öffnete ihn und warf dem Soldaten zwei Silberstücke zu. Golo biß grimmig die Zähne aufeinander. Volker war zu großzügig! Dieser Torzoll war Wucher, und dem Franken auch noch mehr zu geben, als er verlangte ... Die Adligen wußten einfach nicht mit Geld umzugehen! Wenn Volker so weitermachte, wäre ihre Reisekasse noch vor Mitte des Winters dahin.

Der Wachposten unter dem Torbogen trat beiseite und ließ sie passieren. »Reitet die Straße gerade hinauf bis zum Marktplatz«, rief der Soldat ihnen nach. »Dort hält unser Magister Equitum Gericht. Wenn Ihr Euch beeilt, könnt Ihr sicher noch der Urteilsvollstreckung beiwohnen.«

Volker nickte beiläufig. »Wo finde ich eine Schenke, in der wir Nachtquartier nehmen können.«

»Am Marktplatz. Jedenfalls wenn Ihr eine Unterkunft sucht, die Eurem Rang entspricht, Herr. Vielleicht könnt Ihr auch im Praetorium untergebracht werden, wenn Ihr den Magister Equitum fragt. Als Gäste des Grafen Ricchar hättet Ihr ein Anrecht darauf.«

Golo zuckte bei den letzten Worten zusammen. Er verspürte nicht die geringste Lust, schon wieder die Gastfreundschaft von Franken zu genießen. Golo wartete, bis sie außer Hörweite der Wachen waren. »Wir werden doch nicht bei diesem fränkischen Statthalter absteigen, oder?«

Der Spielmann drehte sich im Sattel um und grinste. »Du möchtest also lieber Geld für unsere Unterkunft ausgeben? Du drehst doch sonst jedes Kupferstück zweimal um ... Nun, wir sollten versuchen, dem Statthalter aus dem Weg zu gehen. Sonst würden wir womöglich noch eingeladen, und dann gäbe es kein Zurück mehr.«

»Das heißt, wir nehmen die Schenke?«

»Ich will heute abend mit meiner Laute auf dem Schoß zwischen einfachen Leuten sitzen und meine Lieder spielen. So werde ich gewiß mehr über den Feuervogel erfahren als in einer Tafelrunde zwischen Offizieren. Wir nehmen die Schenke!«

Golo war erleichtert. Den Magister Equitum zu meiden

konnte ja nicht so schwer sein. Neugierig betrachtete Golo die Häuser entlang der Straße. Sie waren zum größten Teil aus Stein oder aus gebrannten Ziegeln errichtet, und fast alle hatten zwei oder drei Geschosse. Nur hier und dort gab es einfachere Fachwerkbauten, die Wände mit Lehm verputzt und die Dächer aus schlichten Holzschindeln oder Ried.

Am Ende der Straße konnten sie einen Pulk von Menschen sehen. Sie schienen jemandem zu lauschen. Der Wind trug einzelne Wortfetzen zu ihnen. »Empörer ... in die ewige Finsternis stoßen ... der Fürst des Lichtes ...«

Golo blickte zu Volker. Der Spielmann blickte starr zum Ende der Straße, so, als würde er von einer unsichtbaren Macht dorthin gezogen. Mechthild hatte sich dicht an seine Schulter gedrängt. Golo schluckte. Das Mädchen tat ihm leid. Sie hätte nicht hier sein sollen. Er räusperte sich. Er wollte etwas sagen, doch sein Mund war trocken wie Staub. Der Abstand zu Volker hatte sich etwas vergrößert. Dumpf hallte der Hufschlag ihrer Pferde von den Häuserwänden. Einige der Schaulustigen am Ende der Straße wandten sich zu ihnen um. Die Stimme des Redners war verstummt. Einen Atemzug lang herrschte Stille. Dann lief ein Raunen wie Meeresbrandung durch die Menge.

Die beiden Ritter hatten jetzt fast das Ende der Straße erreicht. Einige der Männer und Frauen wichen vor ihnen zurück. Sie hatten verhärmte Gesichter. Deutlich konnte Golo hören, wie ein Weib mit schwarzem Kopftuch dem Mann an ihrer Seite zuflüsterte: »Das hatte Pater Anselmus nicht verdient. Er hat nie etwas Unrechtes getan. Sie hätten ihn verjagen sollen, aber das ...«

Golo konnte jetzt den ganzen Platz überblicken. Man hatte dort einen Galgen errichtet. Ein Mann in langer brauner Kutte schwang am Ende des Seils. Golo bekreuzigte sich und flüsterte ein Vaterunser. Wie konnten diese Ketzer es wagen, einen Mann der Kirche zu richten? Einige berittene Krieger mit eisernen Masken hielten die Schaulustigen von der Mitte des Platzes zurück. Neben dem Galgen war ein Scheiterhaufen errichtet worden, auf dem eine Frau in weißem Büßerinnenhemd stand. Sie hatte langes rotgelocktes Haar, das ihr bis weit über die Schultern hinabfiel. Ein Krieger in prächtiger Rüstung, der einen Rappen ritt, näherte sich dem Scheiterhaufen. Er hielt eine brennende Fackel in der Rechten. Sein Pferd tänzelte unruhig. Waffenknechte, die kleine Fässer schleppten, eilten herbei und tränkten das trockene Holz des Scheiterhaufens in Lampenöl. Der Krieger auf dem schwarzen Hengst wandte sich zur Menge. Auch er trug einen Maskenhelm. Sein silbern funkelndes Gesicht war von unirdischer Schönheit. Aus Bronze gehämmerte Locken rahmten seine Stirn. Er wies mit der Fackel zu der Frau auf dem Scheiterhaufen. »Ihr alle kennt Belliesa, die Zauberin. Sie hat sich an Sol Invictus vergangen, aufrührerische Reden geführt und den Gott des Lichtes gelästert.« Der Reiter winkte einem Soldaten zu, der eine gesattelte Stute herbeiführte. Er nahm eine kostbare Laute vom Sattelhorn und hielt sie hoch in die Luft. Das Instrument war aus dunklem Holz gefertigt und mit kostbaren Elfenbeinintarsien geschmückt.

»Seht diese Laute, die von Ahrimans dunklen Dienern geschaffen wurde. Finsterer Zauber ist in diesem Holz gefangen und hat ihm alle Farbe genommen. Wer immer dem Instrument lauschte, ward von seiner dämonischen Macht umsponnen, und die liebliche Stimme der Zauberin tat das ihre, der aufrührerischen Saat ihrer Lieder fruchtbaren Boden zu bereiten.«

Golo warf einen besorgten Blick zu Volker. Der Barde hob Mechthild vom Pferd.

»Kümmere dich um das Mädchen, Golo!«

Der junge Ritter schüttelte den Kopf. »Du hast versprochen, daß wir uns unauffällig verhalten. Ist das deine Art, dein Wort zu halten?«

»Ich bin zu spät gekommen, um das erste Unrecht zu verhindern, das hier auf diesem Platze geschehen ist. Meine Ehre als Ritter verbietet mir, dem Mord an der Bardin zuzusehen, ohne meine Stimme zu erheben.«

»Glaubst du, sie werden sie vom Scheiterhaufen holen, nur weil du sie darum bittest?« fragte Golo zynisch. »Es sind viel zu viele. Du kannst nicht gegen sie gewinnen.«

»Die Aussicht zu gewinnen spielt keine Rolle, wenn es darum geht, eine ritterliche Entscheidung zu treffen. Man darf einem Unrecht niemals unwidersprochen beiwohnen. Sieg oder Niederlage sind unwesentlich... Auch wenn du dir die goldenen Sporen verdient hast, mein Freund, fürchte ich, bist du noch weit davon entfernt, ein wahrer Ritter zu sein.«

»Aber...«

Volker hob einen Finger an die Lippen und schüttelte dann den Kopf. »Sag nichts mehr. Bedenke meine Worte, und wünsche mir Glück. Ich werde es brauchen können.«

Der Spielmann gab seinem Pferd die Sporen. Vor ihm bildete sich eine Gasse in der Menge, und der Krieger mit dem Maskenhelm wurde auf ihn aufmerksam.

»Was willst du, Fremder?« Der Mann mit der eisernen Maske hatte sein Pferd gewendet und starrte zu Volker herüber. Auf dem weiten Marktplatz war es fast totenstill. Nur das leise Knarren des pendelnden Galgenseils, von dem der tote Priester hing, störte die Ruhe.

Volker zog sein Schwert. Einige der Krieger, die den Platz abgeriegelt hatten, hoben drohend ihre Speere.

»Ich stelle meine Klinge zwischen dich und die Bardin. Ich verlange ein Gottesurteil. Nach altem Recht darf jeder zum Tode Verurteilte einen Streiter für seine Sache stellen. Ich werde für Belliesa kämpfen.«

»Hier gilt das Recht des Gaugrafen Ricchar. Wer bist du, daß du es wagst, seine Autorität in Frage zu stellen?«

Der Spielmann reckte stolz das Haupt. »Man nennt mich Volker von Alzey. Ich bin der Barde des Königs Gunther von Burgund. Mag es sein, daß du die Kraft meines Gottes fürchtest, oder warum weichst du dem Kampf aus? Du bist der Kläger. Nenne einen Streiter, der für dich kämpfen soll!«

Der Krieger lachte. »Ich bin Heliodromus, der Statthalter von Icorigium und Magister Equitum im Heer des Grafen Ricchar. Ich habe in meinem Leben noch niemals jemanden gebraucht, der für mich gekämpft hat. Kein Krieger vermochte es, mich je zu besiegen. Hat dich die Zauberin mit einem Bann belegt, daß du es wagst, mich zu fordern, du Narr. Ich biete dir an, dich nun in Ehren zurückzuziehen, statt in einem sinnlosen Kampf dein Leben zu verlieren.«

Volker lächelte selbstsicher. »Mein Leben liegt in der Hand Gottes. Es besteht für mich also kein Anlaß zur Sorge. Bist du bereit, meine Forderung anzunehmen?«

Heliodromus blickte zu dem Gehängten. »Auch er vertraute auf den Christengott. Mich dünkt, er hat eine schlechte Wahl getroffen.« Einige der Soldaten lachten. Der Magister Equitum winkte einem Krieger in der Nähe, gab ihm die Zügel seines Hengstes und ließ sich aus dem Sattel gleiten. »Du hast mich gefordert, Volker. Also obliegt mir die Wahl der Waffen. Ich entscheide mich für Reiterschwerter!« Heliodromus nahm die Waffe, die von einem der Hörner seines römischen Sattels hing, und zog blank.

Auch Volker stieg ab. Der Franke war verdammt selbstsicher. Der Spielmann spürte, wie sein Herz schneller zu schlagen begann. Er durfte jetzt keinen Fehler machen! Er würde Heliodromus zunächst einmal angreifen lassen, um zu sehen, was für ein Kämpfer er war. »Nach welchen Regeln streiten wir?«

»Du berufst dich auf das alte Recht, Burgunde, also kämpfen wir bis zum Tode. Schließlich ist dies ein Gottesurteil, und wer immer unterliegt, hat offenbar die Gnade seines Gottes verloren. Ich weiß nicht, wie es bei dir steht, Christ, doch ich würde in dem Bewußtsein, die Gunst Mithras' verloren zu haben, nicht weiterleben wollen. Selbst wenn du mich nicht töten würdest, müßte ich nach dem alten Recht auf den Scheiterhaufen gestellt werden, da ich als Verleumder dastünde und mir die Strafe zuteil werden müßte, die ich einer offenbar Unschuldigen zugedacht hatte. Doch sei unbesorgt! Dazu wird es nicht kommen. Ich weiß, daß dieses Weib sich der Zauberei schuldig gemacht hat.«

Volker murmelte ein kurzes Gebet und blickte zu Belliesa. Die Franken hatten ihr einen Knebel angelegt, so, als schienen sie selbst jetzt noch ihre Worte zu fürchten. Die Bardin wirkte blaß. Als sie bemerkte, daß er zu ihr hinübersah, nickte sie ihm kurz zu. Ob der Franke im Recht war? Konnte sich hinter soviel Schönheit eine finstere Zauberin verbergen?

Der Burgunde leckte sich nervös über die Lippen. »Ich bin bereit, Heliodromus.«

Der Magister Equitum machte keine Anstalten anzugreifen. Ruhig stand er vor dem Scheiterhaufen, das Schwert leicht erhoben, und wartete auf Volker. Der Spielmann schluckte. Er haßte es, wenn seine Gegner sich in der Darstellung gelassener Selbstsicherheit präsentierten. Offenbar fehlte dem Franken die Phantasie, sich überhaupt nur vorstellen zu können, daß er im Schwertkampf auch einmal unterliegen könnte ...

Mit einem plötzlichen Satz nach vorne griff Volker an, das Schwert weit vorgestreckt, um es dem Statthalter geradewegs durch den Leib zu rammen. Ein leises Raunen ging durch die Menge. Erst im allerletzten Moment machte der Franke einen Schritt zur Seite. Seine Klinge fuhr in einem blitzenden Halbkreis hinab und verfehlte den Kopf des Barden, der sich hastig duckte, um weniger als einen Fingerbreit. Deutlich hatte Volker den Luftzug der Waffe gespürt. Mit zwei schnellen Schritten brachte er sich außer Reichweite des Kriegers. Statt ihm nachzusetzen, nahm Heliodromus wieder seine abwartende Stellung ein. Volker krampfte wütend seine Faust um den Schwertgriff. Der Franke wollte ihn nicht allein besiegen, er wollte ihn vorführen, demütigen...

Volker zwang sich zur Ruhe. Wie man einen Auftritt in Szene setzte, wußte er mit Sicherheit besser. Der Spielmann drehte sein Langschwert, so daß es mit der Spitze zum Boden zeigte. In der Rechten hielt er den Schwertgriff nur noch zwischen Daumen und Zeigefinger. Seine linke Hand legte der Spielmann auf den fein ziselierten Scheibenknauf seiner Waffe. Er hatte diese ungewöhnliche Schwerthaltung erst in einigen Übungsstunden mit Hagen erprobt, doch selbst den finsteren Recken hatte er damit zu beeindrucken vermocht. Kein vernünftiger Mensch hielt seine Waffe auf diese Art...

Heliodromus schien irritiert. Volker wünschte, er könne durch die eiserne Maske hindurch das Gesicht seines Gegners sehen. Die kalten, ebenmäßigen Züge der Maske verbargen jede Regung seines Gegenübers. Sie unterstrichen die zur Schau gestellte Gelassenheit. Ein blechernes Lachen erklang. »Sollte ich dich am Kopf getroffen haben, daß du nicht mehr weißt, wie man ein Schwert in Händen hält, Barde.« Der Statthalter ernte mit seiner Bemerkung einige Lacher. Die meisten Zuschauer jedoch blieben ruhig. Es schien, als sei der Franke nicht sonderlich beliebt in der Stadt.

»Komm her und lehre mich, wie ich eine Waffe zu führen habe. Oder bist du mit dem Boden verwachsen, Heliodromus?«

Der Krieger verlagerte sein Gewicht von einem Bein auf das andere. Einen Augenblick lang schien er unschlüssig. Das Schwert zur Parade erhoben, kam der Recke langsam näher. In gespannter Unruhe folgte Volker jeder Bewegung. Heliodromus war ein gewandter Schwertkämpfer. Nicht einen Atemzug lang gab er sich eine Blöße. Volker fluchte innerlich. Könnte er nur das Gesicht des Franken sehen! Den meisten Kriegern sah man es an, wenn sie sich zu einem überraschenden Angriff entschlossen. Sie preßten die Lippen aufeinander, ihr Blick wurde härter... Es gab Dutzende kleiner Vorzeichen, die den Gedanken an einen Schwerthieb einen halben Herzschlag, bevor er erfolgte, verrieten. Doch Heliodromus war nichts anzumerken, bis er plötzlich vorwärtsschnellte. Wie ein Pfeil, der von der Sehne eines Bogens flog, kam die funkelnde Schwertklinge des Franken auf Volker zugeschossen.

Statt auszuweichen drückte Volker die Hand auf seinem Schwertknauf herunter, und gleich einem stählernen Stachel ragte die Waffe nun waagerecht dem Franken entgegen, wobei die Spitze dicht unterhalb des Halses auf sein Brustbein zielte. Erschrocken zuckte Heliodromus zurück. Volker machte einen Ausfallschritt nach vorne. Seine Schwertspitze schrammte über das Kettenhemd des Franken, der fast das Gleichgewicht verlor und sich taumelnd außer Reichweite der Waffe brachte. Mit einer schnellen Drehung riß der Burgunde sein Schwert herum und führte einen Schlag nach dem Kopf des Statthalters. Heliodromus versuchte seine Klinge zur Parade hochzureißen, doch er war zu langsam. Funken stoben, als Volkers Schwertspitze kreischend über die eiserne Gesichtsmaske schrammte. So als habe ihn die Faust eines Riesen getroffen, schwankte der Statthalter und brach dann in die Knie. In der eisernen Maske klaffte ein Schnitt, der von der Schläfe bis zum Kinn reichte. Dunkles Blut floß über das polierte Metall. Heliodromus fiel die Waffe aus den Händen. Im Licht der Fackel, die er vor Beginn des Kampfes zu Boden gelegt hatte, blinkte ein Ring mit einem goldenen Löwenkopf. Ein ungewöhnlicher Schmuck für einen Kämpfer...

Einige Herzschläge lang herrschte atemlose Stille auf dem Marktplatz. Dann eilten einige der Krieger des Statthalters herbei, um den Magister Equitum aufzuheben und fortzutragen. Volker schob sein Schwert in die Scheide und dankte Gott in einem stummen Gebet.

Ein Krieger mit einem Maskenhelm, über dem sich ein breiter Federkamm erhob, trat vor den Barden. »Für heute hast du gewonnen, Burgunde. Nimm die Zauberin und sieh, daß du davonkommst. Heliodromus hat dir versprochen, daß der Sieger freies Geleit bekommt. Ich werde sein Wort nicht in Frage stellen, doch glaube ich nicht, daß du auf ehrliche Weise gewonnen hast. Jeder konnte sehen, auf welch wunderliche Art du dein Schwert führst, Burgunde. Das haben dich Dämonen gelehrt! In ehrbarem Kampf hättest du den Statthalter niemals besiegt. Wisse also, daß ich dich der schändlichen Zauberei anklage, und von morgen an werden meine Männer dich jagen und dich und die Deinen töten, wo immer sie dich finden.«

Volker bedachte den Offizier mit einem abfälligen Blick, dann zog er seinen Dolch und stieg auf den Scheiterhaufen, um die Fesseln der Bardin zu lösen. Belliesa nickte ihm dankbar zu und massierte einen Augenblick lang ihre blutunterlaufenen Handgelenke. Dann löste sie den Knebel und sprang mit einem Satz von dem Holzstoß. Der Spielmann sah ihr verwundert nach. Er hatte nicht gerade erwartet, daß sie ihm um den Hals fiel und küßte, aber mit etwas mehr Dank für ihre Rettung hatte er schon gerechnet. Belliesa ging auf ihr Pferd zu, holte einen langen schwarzen Umhang aus den Satteltaschen und legte ihn sich um die Schultern. Mit einem Satz war sie im Sattel und blickte zu ihm. »Kommt, Barde, wir haben noch einen weiten Weg bis zur Dämmerung.«

Volker wollte etwas sagen, biß sich aber im letzten Moment auf die Lippen. Wenn er jetzt etwas auf ihre Frechheiten erwiderte, würde die ganze Sache peinlich für ihn. Wie konnte sie es wagen, einfach die Führung an sich zu reißen? Jeder, der zugesehen hatte, mußte denken, er sei ihr Lakai! Wütend stieg er in den Sattel. Belliesa verbeugte sich vor den Städtern, die den weiten Platz umstanden, so daß man meinen könnte, das Ganze sei eine Schmierenkomödie, aufgeführt von einer fahrenden Gauklertruppe. Dem Spielmann blieb nicht verborgen, daß viele der Einwohner Icorigiums offenbar froh darüber waren, daß die Bardin dem Scheiterhaufen entkommen war. Wer war diese Frau?

Belliesa hob die Rechte und winkte Volker zu, ihr zu folgen. Dann gab sie ihrer prächtigen Stute die Sporen und preschte auf das Ende des Platzes zu, an dem Golo wartete. Eine breite Gasse bildete sich zwischen den Zuschauern. »Möge Gott seine schützende Hand über dich halten, Belliesa«, ertönte aus den Gedränge die Stimme einer jungen Frau.

6. KAPITEL

Belliesa war viele Meilen lang der Straße nach Castra Bonna gefolgt, bis sie vor einem Abzweig, der in die Wälder führte, ihr Pferd zügelte. Es hatte angefangen zu regnen. Die Wipfel der Berge waren in den Wolken verborgen, und graue Dunstschleier zogen die dunklen Wälder an den Bergflanken herab. Volker war naß bis auf die Knochen. Fast wünschte er, er hätte die Bardin ihrem Schicksal überlassen, dann säße er jetzt in einem trockenen, warmen Gasthaus bei einem gepflegten Mittagsmahl. Er lenkte sein Pferd an Belliesas Seite. Seit der Flucht aus der Stadt hatte er noch keine Gelegenheit gehabt, mit ihr zu reden... Und es gab eine Menge zu bereden!

»Was denkst du eigentlich...«

Die Bardin schnitt ihm mit einer harschen Geste das Wort ab. »Es ist besser, wenn wir die Hauptstraße verlassen. Wollt ihr mit mir reiten? Ich kenne die Berge recht gut. Folgt mir, und zur Abenddämmerung werden wir in einer tiefen, trokkenen Höhle sitzen.«

»Ich werde ...«

»Du brauchst mir nicht zu danken. Ich stehe in deiner Schuld, Volker. Ohne dich wäre ich jetzt tot.« Belliesa warf dem Spielmann einen koketten Blick zu. »Ich werde dich und deine Reisegefährten vor den Franken schützen und euch sicher bis nach Treveris bringen. Ich kenne jeden Pfad hier in den Wäldern.«

»Ich bedarf nicht der Hilfe einer Frau!« platzte Volker heraus. »Ich brauche auch kein Weib, das mir sagt, was ich tun soll. Es wäre sehr entgegenkommend von dir, wenn du aufhören würdest, mich und meine Gefährten wie deine Untergebenen zu behandeln. Wir sind sehr wohl in der Lage, selbst zu entscheiden, wohin uns unser Weg führen soll. Und ich denke nicht daran, nach Treveris zu reiten, um ...«

»Du erlaubst dir doch auch, für den Ritter und das Mädchen Entscheidungen zu treffen. Ich habe nicht den Eindruck, daß du die beiden fragst, wohin sie eigentlich wollen.«

Volker konnte aus den Augenwinkeln sehen, wie Golo grinste. Verräter! »Ich ... Also ... Ich zwinge niemanden, mit mir zu reiten.«

»Das tue ich auch nicht«, entgegnete die Bardin kühl. »Wenn ich die Dinge richtig sehe, habt ihr im Moment folgende Möglichkeiten. Entweder ihr reitet die Römerstraße weiter nach Osten. Dann kommt ihr irgendwann in Castra Bonna an, es sei denn, die Häscher von Heliodromus erwischen euch vorher. Dafür spricht einiges, denn sie unterhalten einen Botendienst entlang der Römerstraße, und ich bin sicher, daß bereits jetzt eine Nachricht an den Gaugrafen unterwegs ist. Die zweite Möglichkeit besteht darin, der Straße nach Westen zu folgen. Dann kommt ihr auf direktem Wege zurück nach Icorigium. Wenn ihr dem Wort des Offiziers dort glaubt, könnt ihr die Stadt heute noch ungeschoren passieren ...« Belliesa zuckte mit den Schultern. »Ich für meinen Teil würde mich darauf lieber nicht verlassen wollen ... Aber ihr müßt wissen, was ihr tut. Natürlich könnt ihr auch einen der kleinen Wege nehmen, die von der Römerstraße abzweigen. Viele enden in verlassenen Dörfern oder bei gebrandschatzten Gutshöfen. Wenn ihr euch nicht auskennt, werdet ihr euch hoffnungslos verirren. Die vierte Möglichkeit besteht darin, einfach das Vernünftigste zu tun und mir zu folgen. Wie gesagt, ich kenne die Gegend und kann euch, wenn wir nicht allzu lange hier verweilen, um verletzte Eitelkeiten zu pflegen, ein trockenes Nachtquartier versprechen.«

Golo räusperte sich leise. »Wenn ich vielleicht ...«

»Nein!« Es kostete Volker alle Mühe, nicht einfach loszuschreien. Was ging hier vor sich? Noch nie hatte Golo seine Autorität in Frage gestellt! Doch nun wollte er sich offenbar auf die Seite der Bardin schlagen! Es war höchste Zeit, das Ruder wieder in die Hand zu bekommen. »Wir werden Richtung Treveris reiten und nehmen dein großzügiges Angebot, uns als Führerin zu dienen, gerne an, Belliesa. Unser Weg hätte uns ohnehin dorthin geführt.«

Die Bardin musterte ihn scharf. »Von Dienen kann hier nicht die Rede sein. Ich habe dich um nichts gebeten, Ritter. Es war allein deine Entscheidung, Heliodromus herauszufordern. Ich habe mich für das bedankt, was du unaufgefordert für mich getan hast. Damit ist die Angelegenheit für mich erledigt.«

»Du hattest zwar einen Knebel im Mund, aber deine Blikke waren beredter als tausend Worte, kleine Bardin ...«

»Offenbar sprechen wir dann wohl nicht dieselbe Sprache, Spielmann.« Belliesa wendete ihr Pferd und trieb es den steilen Waldweg hinan.

Volker sah ihr schweigend nach.

»Wäre es vielleicht nicht doch klüger, wenn wir ihr folgen würden?«

»Findest du ihr Verhalten in Ordnung, Golo?«

Der junge Ritter wich Volkers Blicken aus. »Sie hat sicher eine Menge durchgemacht... Wir können uns morgen ja immer noch von ihr trennen.«

»Du hast recht. Wir sollten ihr Gelegenheit geben, sich von ihrem Schrecken zu erholen. Dann wird sie sicher umgänglicher werden. Gott allein mag wissen, was die Franken ihr angetan haben. Wenn wir nicht auf sie aufpassen, wird ihr vielleicht noch etwas zustoßen.«

Golo brummte etwas Unverständliches. Dann folgten die beiden Ritter und Mechthild der Bardin.

Prüfend tastete Golo über die abgestorbenen Äste, die unter dem Brombeergestrüpp lagen. Sie waren ein wenig feucht, aber doch noch trocken genug, um als Brennholz für das Lagerfeuer zu dienen. Verfluchter Regen! Es würde nicht mehr lange hell sein, und er hatte erst einen Arm voll Reisig zur Höhle hochgetragen. Das reichte bei weitem nicht aus, um ein Feuer zu entfachen, an dem sie alle ihre Kleider trocknen konnten. Nach längstens zwei Stunden wäre alles aufgebraucht und dann... Golo schauderte es bei dem Gedanken, in halbnassen Gewändern in der kühlen Höhle zu übernachten. Der Sommer war schnell vorübergegangen. Gerade eine Woche war es her, daß er über die Hitze unten am Fluß geflucht hatte. Und jetzt... Seit sie Castra Bonna verlassen hatten, war das Wetter immer schlechter geworden. Kein Tag verging, an dem es nicht ein paar Stunden geregnet hätte, und wenn die Sonne einmal durch die Wolken brach, dann hatten ihre Strahlen kaum die Kraft, die klammen Kleider wieder zu trocknen.

Mit Schrecken dachte Golo an die Geschichten, die man sich über den Winter in den Bergen erzählte. Manchmal wurden die Häuser bis zum Giebel eingeschneit, so daß man ein Loch ins Dach brechen mußte, um nach draußen zu gelangen. Und jetzt noch diese Sache mit den Franken. In keiner Stadt und keinem Weiler in den Bergen würden sie sich noch blicken lassen können. Wahrscheinlich würde auch Graf Ricchar nicht eher ruhen, bis er sie beide gefaßt hatte. Das klügste wäre es, sich von der Bardin auf verborgenen Wegen bis nach Treveris bringen zu lassen. Dort herrschten die Burgunden, und sie waren in Sicherheit. Golo schnaubte resignierend. Wenn sie tatsächlich in die Stadt ritten, dann wäre es das erste Mal, daß Volker sich entschied, das Klügste zu tun. Er sollte besser nicht damit rechnen... Golo hob das Reisigbündel auf, um als nächstes in dem Tannengehölz hinter den Brombeerbüschen nach trokkenen Ästen zu suchen.

»Herr...«

Erschrocken fuhr der junge Ritter herum. Mechthild stand hinter ihm. Er hatte sie nicht kommen hören. Sie mußte wie ein Wiesel über die Lichtung geschlichen sein.

»Mach das nicht noch mal. Du hättest mich fast zu Tode erschreckt.«

»Ich... Entschuldigt. Ich wollte Euch nur auf Wiedersehen sagen, Herr.«

Golo schaute sie verblüfft an. Es waren die ersten Worte, die sie an ihn richtete. »Du kannst ja reden, Kleine.«

Sie blickte verlegen zur Seite. »Ich werde jetzt gehen, Herr.«

»Wohin willst du denn? Hat Volker dich zum Wasserholen geschickt?«

Mechthild schüttelte den Kopf. »Ich suche... den Eber.«

»Was?« Golo ließ das Reisigbündel fallen. »Was willst du denn von diesem gottverfluchten Bastard?«

Das Mädchen zog ein schmales Messer aus dem Ärmel ihres Gewandes. »Ich werde ihn töten... hiermit. Er hat meine Eltern ermordet und meine Brüder... Ich...«

Der junge Ritter starrte die Waffe an. »Woher hast du das?«

»Volker hat es mir gegeben. Nachdem wir im Buchenhain die ... die toten Sachsen ...«

»Ich nehme an, Volker weiß nicht, was du vorhast.«

Sie nickte. »Wozu. Er wollte mich doch ohnehin nach Treveris bringen und dort bei irgendeiner Familie in Obhut geben. Stimmt das nicht?«

»Nun ... Das weiß ich nicht.«

»Ihr hättet mich am liebsten gleich in Castra Bonna gelassen, Herr Golo. Ich weiß es ... Ich habe Euch einmal belauscht, als Ihr nachts mit Volker gesprochen habt.«

Der junge Ritter stemmte die Hände in die Hüften. »Du hast uns also belauscht ...« Er lächelte. »Das hätte ich mir denken können. Ja, es stimmt! Ich war dagegen, dich mitzunehmen, weil ich mir sicher war, daß es auf dieser Reise noch Ärger geben würde. Ich halte es immer noch für falsch, daß du uns begleitest. Du bist nur unnötig in Gefahr.«

»Ihr wolltet mich nicht mitnehmen, weil Ihr Euch Sorgen um mich macht?«

»Also ... Im Herbst durch die Wälder zu reiten ist nicht sonderlich angenehm, wie du ja sicherlich auch schon bemerkt hast. Was macht es für einen Sinn, dich all diesen Strapazen auszusetzen, wenn es am Ende doch so sein wird, daß wir dich irgendwo zurücklassen müssen. Dann hätten wir dich auch gleich in Castra Bonna lassen können, wo du Freunde und Verwandte hast. Dieser Meinung bin ich übrigens noch immer!«

»Ich habe dort keine Freunde, und meine Familie ... Der Eber hat sie alle getötet.« Sie schloß die Faust fester um das Messer. »Dafür wird er sterben!«

»Willst du ihn zum Duell fordern?« höhnte Golo. »Er hat dich umgebracht, bevor du überhaupt dein Messer gehoben hast.«

Mechthild warf den Kopf zurück, schüttelte sich die Haare

aus dem Gesicht und blickte ihn trotzig an. »Ich bin eine Frau. Ich habe es nicht nötig, ihn zum Duell zu fordern. Es gibt noch andere Wege ...«

Der junge Ritter mußte lächeln. Sie war recht hübsch. Bis jetzt hatte er sich noch keinerlei Gedanken darüber gemacht. Er hatte Mechthild immer nur als lästigen Ballast auf ihrer Reise gesehen. Doch auch wenn sie für ihr Alter schon recht ansehnlich war, so würden doch noch ein oder zwei Jahre verstreichen müssen, bevor sie sich wirklich eine Frau nennen könnte. »Du willst den Eber also verführen und dann, wenn er in deinen Armen liegt, niederstechen. Du weißt, daß dein erster Stich ihn töten muß, sonst wird er dich umbringen. Er ist stärker als du, und er weiß, wie man tötet. Dein einziger Vorteil ist die Überraschung. Wie würdest du dein Messer denn benutzen? Würdest du es ihm in den Bauch stechen?«

In den Augen der Kleinen spiegelte sich eine tödliche Entschlossenheit. Es wäre ihr egal, ob sie der Anschlag das Leben kostete. Sie wußte, daß sie, selbst wenn es ihr gelang, den Eber zu ermorden, seinen Männern nicht entkommen würde. »Ich werde ihm die Klinge von oben ins Herz stoßen, nachdem er mich genommen hat und erschöpft ist.«

»Vielleicht hast du damit Glück ... Wenn du jemanden mit einem Messer töten willst, ist es allerdings immer besser, den Stoß von unten zu führen. Stichst du von oben zu, gleitet die Klinge an den Rippen ab, und du kannst deinen Gegner nicht tödlich verletzen. Es sei denn, er liegt ... Dann mag es dir vielleicht gelingen. Aber ein Plan, in dem der eigene Tod von vornherein unvermeidlich ist, ist niemals ein guter Plan. Volker mag darüber vielleicht anders denken ... Was mich angeht, bin ich meines Lebens jedenfalls noch nicht überdrüssig.«

»Für dich wäre es leicht, den Eber zu töten, nicht wahr?«

Golo runzelte die Stirn. Worauf wollte sie hinaus? »Ich weiß nicht, ob ich es könnte. Ich habe ihn noch nicht im

Zweikampf gesehen. Auf jeden Fall scheint er ein sehr guter Bogenschütze zu sein. Aber mach dir keine falschen Hoffnungen! Ich würde ihn nicht herausfordern, um deine Eltern zu rächen. Es gibt für mich keinen Grund, mit ihm zu kämpfen.«

Mechthild starrte den jungen Ritter lange an. Inzwischen war es völlig dunkel geworden. Golo hob das Reisigbündel auf und winkte ihr. »Komm, laß uns zurück zur Höhle gehen, und vergiß deine Rachegedanken. Es wird dir nicht gelingen, den Eber zu töten.«

Das Mädchen preßte trotzig die Lippen zusammen. »Du hättest mich nach Treveris gebracht, wenn Volker heute im Duell gestorben wäre, nicht wahr?«

Golo nickte knapp. Der Regen war stärker geworden, und er wollte zurück ins Trockene.

»Aber du warst auch von Anfang an dagegen, mich mitzunehmen ... Trotzdem wärest du mit mir quer über die Berge bis nach Treveris geritten. Warum? Du hättest mich doch auch einfach in Icorigium zurücklassen können. Was machte den Unterschied für dich?«

Golo zuckte mit den Schultern. »Ich hätte es halt getan. Komm jetzt.«

»Bring mir das Kämpfen bei. Ich möchte eine Schwertkämpferin werden und dann eines Tages vor dem Eber stehen und ihn zum Duell fordern. Sei mein Lehrer!«

Der junge Ritter lachte. »Du bist ein kleines Mädchen ... Wo hat man je von einer Frau gehört, die mit dem Schwert umzugehen weiß. Am Ende möchtest du gar eine Ritterin werden?«

»Was ist daran so komisch? Hast du nicht gesehen, daß auch Belliesa ein Schwert an ihrem Sattel hängen hat?«

Golo lachte noch immer. »Es ist eine Sache, ein Schwert zu besitzen, und etwas ganz anderes, damit auch wirklich umgehen zu können. Ich zum Beispiel bin kein sonderlich guter Schwertkämpfer, wenn du mich mit Volker vergleichst.«

»Das ist mir egal. Du hättest mich über die Berge gebracht, obwohl du von Anfang an dagegen warst. Ich vertraue dir ... Bring mir das Schwertkämpfen bei, und ich werde bleiben.«

»Ich bin gespannt, ob du noch immer so begierig darauf bist, das Kämpfen zu lernen, wenn du die ersten blauen Flekken abbekommen hast und du vor Schmerzen deine Glieder nicht mehr rühren kannst. Glaub mir, zu kämpfen ist nichts für Frauen.«

»Das heißt, du wirst mir Unterricht geben?«

Golo schüttelte den Kopf. »Sollte mir vielleicht entgangen sein, daß ich dir zugestimmt habe?« Langsam wurde er des Gesprächs überdrüssig. Einen Herzschlag lang dachte er sogar daran, das Mädchen einfach ziehen zu lassen. Doch wie weit würde sie alleine im Wald wohl kommen ...

»Bitte! Ich werde mich auch um deine Ausrüstung kümmern, dein Pferd für dich trockenreiben und füttern, deine Waffen putzen und ...«

»Schon gut. Morgen früh, wenn du wach wirst, gehst du als erstes in den Wald und besorgst zwei Knüppel, die so lang wie mein Schwert sind. Mit ihnen werden wir üben, wenn Zeit dazu ist. Und jetzt gib endlich Ruhe!«

Volker rieb seine klammen Finger über dem kleinen Feuer, das sie dicht am Eingang der Höhle entzündet hatten, und versuchte, die Kälte aus seinen Knochen zu vertreiben. Während die anderen Feuerholz gesammelt hatten, war er auf die Jagd gegangen. Er hatte gehofft, ein kleines Reh oder wenigstens einen Hasen zu erwischen, doch vergebens. Er war nie ein sonderlich guter Jäger gewesen. Alles, was er zum Abendessen beigetragen hatte, waren ein paar Pilze und Beeren, die er auf dem Rückweg zur Höhle gesammelt hatte.

Ihre Vorräte würden nicht bis Treveris reichen. Belliesa hatte gesagt, daß es zwei Wochen dauern würde, um auf abgelegenen Bergpfaden bis zur Grenzstadt des Burgundenreiches zu gelangen. Wenn er auch weiterhin kein Glück bei der Jagd hatte, würden sie ihre Vorräte in einem der Bergdörfer ergänzen müssen. Damit würden sie den neuen Statthalter in Icorigium auf ihre Spur bringen. Volker war sich sicher, daß die Franken ein Kopfgeld auf ihn und Belliesa aussetzen würden. Für einen armen Bergbauern oder Köhler wäre das gewiß eine große Versuchung...

Volker spürte die Blicke der anderen auf sich. Mechthild hatte die Geschichte vom Erscheinen des Feuervogels in ihrer gemeinsamen Kammer in Castra Bonna erzählt. Sie hatte die Ereignisse reichlich ausgeschmückt... Nachdem sie mit ihrem Bericht zu Ende war, wurde es still in der Höhle. Nur das leise Knacken des Feuers störte die Ruhe. Volker sah auf. Noch immer starrten die anderen ihn an. Offenbar erwarteten sie von ihm, daß er etwas sagte. Er seufzte. Am liebsten wäre er jetzt alleine.

»Dir ist also ein Kopf aus gleißenden Licht erschienen...« Es war die Bardin, die das Schweigen brach. »Welche Nachricht hat er dir gebracht? Offenbar konnte Mechthild nicht verstehen, was er gesagt hat.«

Der Spielmann starrte in die Flammen. Er war es müde, gegen taube Ohren anzureden. Wie oft schon hatte er erzählt, was wirklich geschehen war? Offenbar wollte jeder etwas anderes in der Erscheinung sehen. Sollten sie ihren Willen haben! »Er hat mir gesagt, ich solle in die Berge gehen. Ich bin auf der Suche nach dem Feuervogel. Hier werde ich ihn finden!«

Belliesa legte den Kopf schief und sah ihn eindringlich an. »Der Feuervogel... Was willst du von ihm?«

»Das ist meine Sache!« entgegnete der Spielmann. »Erkläre uns doch lieber einmal, warum du auf dem Scheiterhaufen gestanden hast? Vielleicht bist du ja eine Zauberin...«

Die Bardin lachte. »Wenn es Zauberei ist, stets ein freies Wort zu führen und das Unrecht beim Namen zu nennen, dann habe ich mich wohl dieses Vergehens schuldig gemacht. Ich habe gesehen, wie sich ganze Dörfer in stummer Angst ducken, wie Priester vertrieben oder gar gehenkt wurden, weil sie von ihrem Glauben nicht ablassen wollten, und ich habe von all dem in meinen Liedern gesungen.«

»Bist du Christin?«

»Muß man das sein, um Recht von Unrecht unterscheiden zu können?«

Volker brummte etwas Unverständliches. Ihm gefiel ihre Art nicht. Sie redete mit ihm, als sei er irgendein Bauer. Kaum daß er sie gerettete hatte, fing sie an, Entscheidungen für sie alle zu fällen und die Gruppe zu führen. Er konnte genau spüren, daß die beiden anderen sie mochten. Es wäre besser, wenn sie nicht zu lange mit der Bardin reiten würden. Sie machte ihn unruhig. Wo hatte man je von einer Frau gehört, die allein übers Land reiste und durch ihre Lieder die Adeligen herausforderte. Mit ihr zu reiten konnte nur Unglück bringen! Er hatte sie gerettet. Daraus konnte sie kein Recht ableiten, mit ihnen zusammen zu reisen, obwohl sie zugegebenermaßen hübsch war... Der Spielmann betrachtete sie zum ersten Mal genauer. Unter anderen Umständen hätte er vielleicht... Ihre Haut war blaß, und das, obwohl sie vorgab, bei Wind und Wetter durch das Land zu reisen. Sie war klein und zierlich, doch strahlte sie eine schwer in Worte zu fassende Aura von Kraft aus. Wenn sie einem zulächelte, war es einem unmöglich, ihr noch länger böse zu sein. Er konnte sich gut vorstellen, wie die Bauern, Bergleute und Köhler gebannt an ihren Lippen hingen, wenn sie sang.

»Wie bist du den Franken in die Hände gefallen? Hat man dich verraten?«

Ein Holzscheit knickte um und stürzte in die Glut des Feuers. Funken stiegen mit dem Rauch zur Höhlendecke auf.

»Ich bin nach Icorigium geritten, um mit dem Statthalter zu sprechen.«

Volker traute seinen Ohren nicht. »Du bist was? War dir nicht klar, daß man dich sucht?«

»Doch. Deshalb bin ich ja auch gekommen. Reiter waren in das Dorf gekommen, in dem ich zuletzt gesungen hatte. Sie haben den Wirt und dessen ganze Familie nach Icorigium verschleppt. Sie sollten hingerichtet werden, weil ich unter ihrem Dache Schutz gefunden hatte. Ich habe mein Leben gegen das ihre getauscht.«

»Hat man sie wirklich ziehen lassen?«

Belliesa nickte. »Ja. Auf seine Art war der Statthalter ein ehrenhafter Mann. Er gehörte zu den Löwen, und er hatte die Weisheit geschaut.«

»Löwen?« Golo legte einen Scheit ins Feuer und blickte zu der Bardin. »Was sind die Löwen? Er trug kein Wappen auf seinem Schild. Nennt Ricchar so seine Garde?«

»Löwen sind Priester, die schon ein weites Stück auf dem Weg zum Licht zurückgelegt haben. Sie kennen viele der Mysterien des Mithras, und wenn sie mit einem anderen Eingeweihten sprechen, so bedienen sie sich einer geheimen Sprache voller rätselhafter Bilder. Statt Frau sagen sie zum Beispiel *das Wesen mit dem Löwenkopf*, und sie reden von den *Schlangenstabträgern* oder *Raben*, wenn sie die Priester des niedrigsten Weihegrades meinen. Sie müssen sich nicht durch feste Mauern vor den Ohren Neugieriger schützen. Man kann ihnen zuhören und wird doch nicht verstehen, wovon sie reden. Doch gerade weil sie um die Macht der Worte wissen, sind sie meine erbittertsten Gegner. Nachdem ich das Lied vom Falken gedichtet hatte, haben sie einen Preis auf meinen Kopf ausgesetzt.«

Volker mochte ihre Art zu erzählen nicht. Offenbar erwartete sie, daß man weiter nachfragte und ihr ihre Geheimnisse abrang. Er würde darauf nicht eingehen. Wenn sie glaubte, sie müsse in Rätseln sprechen...

»Was war das für ein Lied?«

Der Spielmann warf Golo einen finstren Blick zu. Sein Kamerad kroch der Bardin auf den Leim. Sollte er nur sehen, wohin das noch führen würde!

»Ich singe in dem Lied von einem stolzen Fürsten, der zur Jagd ausreitet. Über ihm am blauen Himmel kreist ein prächtiger Falke. Alle Tauben und kleinen Vögel ducken sich ängstlich ins dichte Geäst der Wälder. Doch dann stößt ein Vogel auf Schwingen von Feuer vom Himmel hinab. Sein glühender Schnabel durchbohrt das Herz des stolzen Falken, und der Jäger stürzt tot vor die Füße des Fürsten.« Belliesa lächelte tiefsinnig. »Ricchar hat vor wenigen Wochen seinen Falken auf der Jagd verloren, und ich denke, nicht allein die Löwen haben verstanden, worauf das Lied noch anspielt. Es wird überall dort gesungen, wo man sich nicht vor den Schergen des Fürsten fürchtet, und ich bin überzeugt, von heute an wird es noch einen Grund mehr geben, warum die Löwen dieses Lied hassen.«

Volker begriff. Er schüttelte energisch den Kopf. »Du weißt, daß es anders war! Ein Zufall...«

»War es ein Zufall? Der Statthalter war der Jäger Ricchars. Er sollte mich fangen. Er hielt die Fackel zum Scheiterhaufen schon in der Hand. Alles schien verloren. Dann erschienst du... Wie der Feuervogel kamst du aus dem Nichts. Niemand in Icorigium hatte dich je zuvor gesehen, und du trugst einen flammendroten Umhang. Du hast den Falken gefordert und getötet. Dein Schwert durchbohrte sein Herz...«

»Du weißt, daß es nicht so war. Wo kommst du vor in dem Lied? Und mein Schwert hat auch nicht sein Herz durchbohrt! Das ist alles Unsinn!«

»Kleinigkeiten! Stimmt es nicht, daß dir eine Lichtgestalt in Castra Bonna erschienen ist? Wurdest du nicht in die Berge gerufen, wo du mich gerettet hast? Auch wenn du es nicht wahrhaben willst, Volker, du bist der Feuervogel! Das Symbol des Aufbegehrens gegen den Tyrannen. Deine Geschichte wird in den Bergen von Mund zu Mund gehen und den Menschen neue Hoffnung geben.«

Volker war auf die Beine gesprungen. »Hör auf damit! Erwecke keine Hoffnungen, die nur in Verzweiflung münden werden! Es ist jetzt genug! Ich will nichts mehr davon hören.« Er wollte nicht in diese Sache hineingezogen werden. Für ihn gab es keinen Grund, Ricchar zu bekämpfen. Der Fürst hatte ihn freundlich empfangen, und er war Volker auch nicht als blutdürstiger Tyrann erschienen. Außerdem würde er möglicherweise einen neuen Krieg zwischen Burgund und den Franken heraufbeschwören, wenn er als burgundischer Ritter und Vertrauter König Gunthers mit irgendwelchen rebellischen Bauern in Verbindung gebracht würde. Die Bardin ahnte vermutlich nicht einmal, was sie mit ihren Liedern bewirken mochte. Er würde dafür sorgen, daß sie schwieg und... Belliesa hatte ihre regennasse Tunika abgestreift. Darunter trug sie ein tief ausgeschnittenes Mieder aus rotem Leder, um den Hals aber hing ihr eine geflochtene Schnur, von der ein goldenes Amulett und zwei flammend rote Federn hingen.

»Was ist das?«, stammelte der Spielmann leise. Seine Zunge war wie taub. Die Federn! Es waren dieselben, wie sie der Märchenerzähler am Hof von Burgund als Beweis für die Wahrheit seiner Geschichte vom Feuervogel vorgezeigt hatte.

»Mein Glücksbringer. Ich lege ihn niemals ab.«

»Woher... woher hast du das? Die Federn...«

»Vielleicht habe ich sie ganz in der Nähe des Ortes gefunden, an dem Ricchars Falke aus dem Himmel gestürzt ist?«

»Hast du ihn also auch gesehen? Den Feuervogel... Weißt du, wo er ist?«

»Kann man einer Märchengestalt begegnen?« fragte sie spöttisch. »Du glaubst doch, daß meine Lieder nur erfunden sind. Du bist kein guter Poet, Volker. Dein Blick ist in die Ferne gerichtet, und du siehst nicht, was vor dir steht!«

Der Spielmann verkniff sich eine zynische Antwort. Es

war besser, die Bardin nicht zu erzürnen. Offenbar war es tatsächlich kein Zufall, daß das Schicksal es so gefügt hatte, daß ihrer beide Wege sich kreuzten. Sie wußte etwas über den Feuervogel... Und er würde herausfinden, was es war! Vielleicht ließen sich dieser Suche sogar ganz angenehme Seiten abgewinnen. Schließlich war sie schön... Eigenwillig, aber durchaus auch begehrenswert. Volker setzte sein charmantestes Lächeln auf.

»Ich gebe mich im Duell der Worte geschlagen. Wie es scheint, habe ich meine Meisterin gefunden, zumindest für heute abend. Doch vielleicht magst du uns nun ein wenig mit deiner Sangeskunst unterhalten, denn ich bin neugierig, ob deine Stimme von gleichem Liebreiz wie dein Antlitz ist.«

Golo verdrehte die Augen, so als habe man ihm einen fauligen Fisch aufgetischt, doch Belliesa nickte zustimmend. »Du hast recht. Laßt uns das Streitgespräch beenden! Für heute zumindest. Nachdem ihr alle euer Leben riskiert habt, um mich zu retten, solltet ihr zumindest die Lieder kennen, deretwegen man mich zum Tode verurteilt hat.«

7. KAPITEL

Hinter ein Gebüsch geduckt, beobachtete Golo, wie eine Gruppe dunkler Schatten durch die Regenschleier glitt. Es goß wie aus Eimern, und er mußte die Lippen aufeinanderpressen, um sich nicht durch Zähneklappern zu verraten. Seit Stunden regnete es schon. Er trug keinen trockenen Faden mehr am Leib. Ihre Reise stand unter einem schlechten Stern. Hoffentlich hatte Belliesa keinen Fehler gemacht!

Allein dem Regen, der auf dem schlammigen Boden ihre Spuren gelöscht hatte, war es zu verdanken, daß sie gestern den Jägern des Grafen entgangen waren. Ein Trupp von zehn Bewaffneten war keine zweihundert Schritt unterhalb ihres Nachtlagers vorbeigeritten. Danach waren sie sich alle einig gewesen, daß sie weiter von den Wegen und Pfaden fortmußten, die für Pferde gangbar waren. Belliesa hatte ihnen angeboten, sie zu einer kleinen Stadt zu führen, wo sie Freunde hatte. Dort wollte sie die Reittiere verkaufen und frischen

Proviant besorgen. Castra Corona nannte sich die befestige Stadt, die sich über den langgezogenen Hügelrücken am anderen Ende des Tals erstreckte. Sie war durch hohe steinerne Mauern geschützt, die von fast einem Dutzend massiger Wehrtürme überragt wurden.

Volker hatte sich geweigert, sich der Stadt auf mehr als fünfhundert Schritt zu nähern. So war Belliesa in der Nacht alleine davongeschlichen, um ihre Gewährsleute zu finden. Golo betrachtete die Gestalten, die nun auf ihn zukamen, mit gemischten Gefühlen. Er wußte nicht, ob man ihnen trauen durfte. Und dann dieser Regen! Wenn es nun Soldaten wären, die ihre Waffen und Rüstungen unter weiten Mänteln verbargen... Der junge Ritter kniff die Augen zusammen. Die Fremden waren dem Waldrand, wo Belliesa auf sie wartete, jetzt bis auf zehn Schritt nahe gekommen. Die Bardin trat aus ihrem Versteck hinter einem mächtigen Eichenstamm und grüßte die Männer. Der Anführer des Trupps schloß sie herzlich in die Arme. Golo atmete erleichtert auf. Soldaten konnten das nicht sein! Sobald Belliesa das verabredete Zeichen gab, würde er die Pferde die Bergflanke hinabbringen.

Die Männer standen jetzt im Halbkreis um die Bardin, die heftig gestikulierte und auf die Fremden einredete. Ob sie über den Preis für die Pferde feilschten? Belliesa deutete zum Hang hinauf. Sie sollte das lieber lassen. Auch wenn Volker sie höflich behandelte und mit Komplimenten um ihre Gunst buhlte, wußte Golo, daß der Spielmann ihrer Gefährtin im Grunde noch immer mißtrauisch gegenüberstand. Dabei hatte sie sich in den letzten Tagen als gute Führerin erwiesen. Ohne ihre Hilfe wären sie den Soldaten Ricchars mit Sicherheit nicht entkommen! Von Ferne hatten die Gefährten immer wieder Suchtrupps sehen können, und an jeder größeren Wegkreuzung gab es Wachposten. Doch Belliesa hatte sie bei Nacht und Nebel sicher über die bewaldete Hochebene geführt. Die Bardin war nicht zum ersten Mal auf der Flucht, und sie kannte die Berge so gut, als sei sie hier geboren worden.

Warum das Gespräch mit dem Pferdehändler und seinen Knechten nur so lange dauerte? Golo trat unruhig von einem Bein auf das andere. Er wünschte, der Handel wäre schon abgeschlossen. Belliesa redete noch immer auf die Kerle ein. Was da wohl vor sich gehen mochte?

Der junge Recke hätte nur zu gerne gewußt, was ihre Gefährtin hierher in die Berge verschlagen hatte. Sie schien kaum länger als ein Jahr hier zu sein. Woher sie kam, hatte sie ihnen bislang nicht verraten. Vielleicht stimmte die Anklage gegen sie sogar, und sie war tatsächlich eine Zauberin. Gestern abend war die Bardin allein bei den Pferden im Lager geblieben, während die anderen losgezogen waren, um Pilze zu sammeln und trockenes Holz für ein Feuer zu sammeln. Golo war als erster zurückgekommen, und da hatte er gesehen, wie sie ihre Hände beschirmend über die neue Feuerstelle gehalten hatte und plötzlich Flammen aus dem nassen Holz schlugen. Golo hatte das bislang für sich behalten. Er wollte die anderen nicht beunruhigen, doch war er sich sicher, das dies nicht mit rechten Dingen zugegangen war. Überhaupt war es unerhört, daß eine Frau ganz allein reiste. Wo hatte man je so etwas gehört! Und doch schien sie keinerlei Schwierigkeiten zu haben.

Belliesa hob die Rechte und winkte. Das war das verabredete Zeichen. Der junge Ritter nahm die Pferde beim Zügel und führte sie den Hang hinunter. Es fiel ihm schwer, sich von seiner Stute zu trennen. Seit mehr als einem halben Jahr war er das Tier geritten. Sie hatten sich gerade aneinander gewöhnt.

Als er aus dem Wald trat, starrten ihn die Männer rund um Belliesa eigenartig an. Golo hatte das Gefühl, daß sie ihn in einer Mischung aus Scheu und Ehrfurcht musterten. Der Anführer der Fremden, ein großer schwarzbärtiger Kerl, flüsterte etwas zur Bardin, woraufhin Belliesa leise lachte.

»Nein, das ist er nicht. Es ist sein Gefährte, Golo.« Sie zeigte mit theatralischer Geste auf den Bärtigen. »Darf ich euch bekanntmachen! Vor dir steht Claudius Marcellinus. Wenn man ihm glaubt, waren seine Ahnen einst bedeutende Senatoren in Rom. Mit Sicherheit jedoch ist er der gerissenste Pferdehändler des nördlichen Galliens. Wann immer du einen Gaul brauchst, ist Marcellinus dein Mann, Golo. Er versteht sich darauf, wie aus dem Nichts Pferde herbeizuzaubern.« Belliesa bedachte den hünenhaften Kerl mit einem schelmischen Blick. »Freilich ist es manchmal nicht allzu klug, Fragen über die Herkunft der Tiere zu stellen oder allzu lange an dem Ort zu verweilen, wo man sie von Claudius gekauft hat, aber diese Sorge haben wir heute ja nicht. Mein Freund versteht sich übrigens genausogut darauf, Pferde verschwinden zu lassen. Wenn wir sie *ihm* anvertrauen, brauchen wir uns keine Gedanken mehr darüber zu machen, daß die Franken uns auf die Spur kommen werden. Im Umgang mit Reittieren verfügt Claudius geradezu über magische Fähigkeiten. So konnte ich selbst schon miterleben, wie ein Hengst, dessen er sich angenommen hatte, über Nacht von einem Fuchs zu einem Rappen wurde.«

Golo musterte den Kerl mißtrauisch. Der Römer hatte Hände, groß wie Heugabeln, und ein Kreuz wie ein Stier. Seine Augen waren schwarz wie die Nacht, und zwischen den buschigen Locken, die ihm bis in den Nacken fielen, schimmerte ein goldener Ohrring. Bei ihm hätte er wohl kaum ein Pferd gekauft, dachte Golo bei sich. »Wieviel hat er geboten?«

»Nun, den Umständen entsprechend, war sein Preis angemessen. Ich habe ein gutes Stück Silber bekommen.« Die Bardin strich mit flüchtiger Geste über zwei pralle Geldkatzen, die an ihrem Gürtel hingen. »Außerdem hat er uns reichlich Proviant mitgebracht. Geräucherte Aale und Schinken, frische Dauerwürste, Salz, Hirse und auch etwas Wein. Alles ist gut verpackt und wird dem Regen widerstehen. Wir können uns nicht beklagen.«

Claudius war zu den Pferden getreten, und Golo beobachtete mißbilligend, wie der Kerl seiner Stute über die Nüstern strich. Sie schnaubte leise. Fast sah es aus, als habe sie schon begriffen, daß dieser zwielichtige Roßtäuscher ihr neuer Herr sein würde. Der junge Ritter fragte sich, woher Belliesa solche Halunken wie Claudius und seine Gefolgsleute kannte. Keiner der Männer, die mit dem hünenhaften Römer gekommen waren, sah vertrauenerweckender als ihr Anführer aus.

Nachdem er alle Pferde kurz gemustert hatte, wandte sich Claudius wieder zu ihnen um. »Gute Ware, meine kleine Nachtigall. Sie sind ein wenig erschöpft, aber sonst in guter Verfassung.« Er hob seine riesenhafte Pranke und streckte sie Belliesa entgegen. »Was mich angeht, ist der Handel perfekt.«

Die Bardin schlug ein. »Es ist immer wieder ein Freude, mit dir Geschäfte zu machen. Leider bleibt keine Zeit, länger zu verweilen. Du weißt ja, daß wir uns von den Pferden trennen, weil wir gewisse Schwierigkeiten haben.«

Golo schluckte. Hatte Belliesa diesem Schurken etwa erzählt, daß ihnen die Franken im Nacken saßen? Wie konnte sie Claudius so sehr vertrauen? Wahrscheinlich würde er sie schon in der nächsten Stunde an die Garnison in der Stadt verraten.

Die Gefährten des Pferdehändlers überreichten ihnen die schweren Tuchsäcke mit den Lebensmitteln, und sie trennten sich ohne ein weiteres Wort. Mit langen Schritten eilte die Bardin zwischen den dunklen Bäumen den Berghang hinauf, so daß der junge Ritter Mühe hatte, mit ihr Schritt zu halten.

»Warum hast du ihm gesagt, daß wir vor den Franken flüchten?« fragte Golo, als die anderen außer Hörweite waren.

»Weil Claudius nicht dumm ist! Wer trennt sich schon von seinen Pferden und reist weitab von allen Wegen, wenn er nicht einen guten Grund dazu hat? Es wäre töricht gewesen, ihm etwas vorzumachen. Außerdem weiß er auch, daß Ricchar ein Kopfgeld auf mich ausgesetzt hat.«

»Und was macht dich so sicher, daß er uns nicht verraten wird?«

Die Bardin drehte sich halb zu Golo um und blickte ihn ernst an. »Vertrau mir! Er kann nicht! Mehr kann ich dir dazu jetzt noch nicht sagen.«

Nach zwei weiteren Regentagen war das Wetter endlich besser geworden. Seit sie sich von den Pferden getrennt hatten, waren ihnen keine fränkischen Verfolger mehr aufgefallen. Sie bewegten sich weitab aller Siedlungen durch die Berge. Hier schien der Winter näher als in der Ebene des großen Flusses. Das Laub vieler Bäume schimmerte schon in Rot und Gold, ganz wie ihre Kettenhemden, die nach dem Regen der letzten Tage von Rost überzogen waren. Sie hatten am Ende eines langen Windbruchs ihr Lager unter ein paar umgestürzten Bäumen aufgeschlagen, die eine natürliche Höhle bildeten. Die Gefährten wollten den Morgen noch hier bleiben, um sich von den Strapazen der letzten Tage zu erholen. Der Marsch durch die Berge hatte sehr an ihren Kräften gezehrt. Kettenhemd, Helm, Schild und Schwert allein waren schon schwer genug, dazu kamen noch die schweren Packtaschen der Pferde und der Proviant. Abends, wenn Volker diese Last ablegte und sie in ein feuchtes Versteck gekrochen waren, hatte er sich leicht wie ein Vogel gefühlt. Wenn sie von ein paar Waldläufern aufgespürt würden, wäre jeder Fluchtversuch sinnlos. Ein Greis könnte schneller laufen als sie unter der Last von Rüstung und Gepäck.

Aber warum solch trüben Gedanken nachhängen? So, wie die Dinge standen, hatten sie es geschafft. Ihre Spur war verwischt, und für Ricchar waren sie irgendwo in den Bergen verschwunden.

Der Spielmann blickte zu Golo herüber. Der junge Ritter

hockte vor einer länglichen Feuergrube und drehte, leise vor sich hinsummend, vier prächtige fette Waldhühner, die er auf einen hölzernen Spieß geschoben hatte. Neben ihm in der Glut standen zwei kleine eiserne Töpfchen, in denen eine Sauce aus wilden Brombeeren und eine Suppe aus Wurzeln und Wildzwiebeln köchelten. Hinter dem Feuer kauerte Mechthild und zerschnitt auf einem flachen Stein einige Kräuter, die sie gesammelt hatte. Volker leckte sich die Lippen. Das Mahl zum Weihnachtsfest an der Tafel König Gunthers war nicht verlockender gewesen als die Köstlichkeiten, die Golo dort zubereitete. Es war gut, mit ihm zu reisen, dachte Volker schmunzelnd. Er selbst hätte bestenfalls ein paar halbverbrannte Vögel zustande gebracht. Kochen war nie seine Sache gewesen.

Mechthild stand kurz auf und wendete mit einem langen Stock zwei Brotfladen, die in der Glut der Feuergrube lagen. Sie warf Golo einen kurzen Blick zu und machte sich dann wieder daran, ihre Kräuter zu zerkleinern. Ob sie in Golo so etwas wie einen großen Bruder sah? Ihr Verhältnis zu dem jungen Ritter hatte sich in den letzten Tagen drastisch geändert. Golo war so verrückt, ihr das Schwertkämpfen beizubringen ... Einem kleinen Mädchen, das kaum die Kraft hatte, ein Schwert zu halten! Täglich übten sie mit zwei Holzstöcken, die sie mit Kaninchenfell gepolstert hatten. Was für ein Unsinn! Volker wurde nicht schlau aus Mechthild. Ihm gegenüber verhielt sie sich kühler und zurückhaltender als früher. Selbst mit Golo, dem sie offenbar vertraute, sprach sie kaum. Wenn sie an einem Tag zehn Worte über die Lippen brachte, dann war das viel. Auch lächelte oder lachte sie nie. Und doch schien es etwas zu geben, das sie mit Golo in einer Art und Weise verband, daß Volker sich als Störenfried fühlte, wenn er mit den beiden allein war.

Es würde noch mindestens eine halbe Stunde dauern, bis die Waldhühner gar waren. Zeit genug, um noch etwas den Berg hinaufzuwandern und die beiden allein zu lassen.

Auch Belliesa war irgendwo weiter oben am Berg. Sie war schon vor über einer Stunde gegangen, angeblich um noch Beeren für ihr Mahl zu suchen.

Volker stieg über die umgestürzten Bäume hinweg und erklomm den steilen Abhang hinter ihrem Lager. Er erreichte einen Hain aus hohen, dunklen Tannen und schlenderte ziellos zwischen den Bäumen umher. Düster brütete er darüber, ob er wohl jemals den Feuervogel finden würde. Er war sich sicher, daß Belliesa etwas über den verwunschenen Vogel wußte. Volker dachte an ihr Amulett mit den beiden flammend roten Federn. Sie hatte es geschafft, dem Feuervogel zu begegnen! Warum die Bardin wohl nach ihm gesucht hatte? In all den Tagen, die sie nun schon gemeinsam reisten, war es ihm nicht geglückt, ihr dieses Geheimnis zu entlokken. Obwohl er sich alle Mühe gab, widerstand sie seinem Charme, auch wenn ihr seine Komplimente offenbar nicht unangenehm waren. Selten hatte er eine Frau getroffen, die so unnahbar schien wie Belliesa, doch gerade das reizte ihn! Gestern abend hatte er in Gedanken ein Gedicht über ihre Schönheit begonnen ...

Ärgerlich trat Volker gegen einen morschen Ast, der halb aus dem Boden ragte. Er sollte sie einfach ignorieren! Sie könnte ihn von seinem Weg abbringen! Ob auch sie eine Prüfung war, genauso wie die Begegnung mit Ricchar? Was würde geschehen, wenn er sich von ihrem Zauber gefangennehmen ließ? Würde ihm noch einmal der Feuervogel erscheinen, um ihn auf seinen Weg zurückzuführen und ...

Er hielt inne. Irgendwo hinter den Bäumen erklang eine kristallklare Stimme, die ein Lied in einer ihm unbekannten Sprache sang. Mit solcher Eindringlichkeit ertönte die fremde Stimme, daß es ihm schien, daß alle Laute des Waldes verstummten. Halb erschrocken blickte er sich suchend um. Ein Stück vor ihm wurde der Boden felsiger, und dünner Nebel sickerte zwischen den schwarzen Tannenstämmen hindurch. Dort irgendwo mußte sich die Sängerin verbergen. Mit aller

Vorsicht darauf bedacht, kein Geräusch zu verursachen, das die Stimme vielleicht verstummen lassen mochte, schlich er näher. Seine Haut kribbelte vor Erregung über das, was er hörte, und sein Herz begann schneller zu schlagen. Er ahnte, wem die Unbekannte ihr Lied sang. Sie schenkte es dem Bergland, der wilden Natur, die sich mit diesem goldenen Herbsttag vom Sommer verabschiedete. Der Gesang kam aus ihrem Herzen, die Musik aus dem Innersten ihrer Seele, und sie entließ ihn in die Luft wie einen Schwarm schillernder Vögel. Auch wenn diese Stimme ihm fremd und unirdisch erschien, wußte er, wer dort sang...

Der Nebel wurde dichter, und Volker erreichte ein kleines Felssims, das sich steil über die Bergflanke hinausreckte. Eine warme Quelle brach zwischen den Felsen hervor, und die Steinmetze eines längst vergessenen Volkes hatten ein Becken in den weichen Sandstein geschlagen, in dem sich das Wasser sammelte. Es war nicht sehr groß. Vielleicht zwei Schritt lang und anderthalb breit. Es war aber tief genug, um darin im Sitzen ein Bad zu nehmen. Der Wind, der vom Tal heraufkam, drückte den Dunst, der von dem heißen Wasser aufstieg, gegen die Steilwand und trieb ihn in den Tannenwald, der die verborgene Quelle vor neugierigen Blicken schützte. Aus der Felswand neben dem Becken war ein kleiner Schrein herausgeschlagen, der drei sitzende Frauenfiguren zeigte.

Volker verharrte wie gebannt am Ende des Tannenhains, bis ein Windstoß den Dunst über dem Becken zerriß. Jetzt erst sah er die ordentlich gefalteten Kleider neben dem Schrein. Eine weiße Tunika, Beinlinge, ein rotes Ledermieder...

Ganz am Ende der Klippe stand Belliesa in ihren langen schwarzen Umhang gehüllt. Sie blickte auf das Tal hinab und sang. Volker mußte an die Geschichten denken, die antike Dichter von den Sirenen erzählten. Von wunderschönen Frauen, deren Gesang kein Mann zu widerstehen vermochte und die doch jeden, der sich mit ihnen einließ, ins Unglück stürzten. Der Wind spielte mit dem langen roten Haar der Bardin. Der Spielmann stand wie versteinert. Ob sie wußte, daß er ihr lauschte? Wenn ja, dann verriet sie es nicht durch die kleinste Geste.

Gerne wäre er näher zu ihr getreten, doch so, als stünde er unter einem Zauberbann, vermochte er sich nicht von der Stelle zu bewegen, ja er wagte kaum zu atmen. Die Melodie änderte sich jetzt. Die Stimme der Sängerin wurde melancholisch, und auch wenn er kein Wort von diesem fremden Lied verstand, verspürte der Spielmann einen süßen Schmerz in seiner Brust.

Plötzlich beendete Belliesa ihren Gesang und drehte sich zu ihm um. Einen Moment lang schien sie überrascht. Dann wies sie ins Tal hinab. »Sie haben uns doch noch aufgespürt! Ich hätte nicht gedacht, daß sie sich hierher wagen ... Dort unten kommen Krieger ins Tal.«

Der Bann war gebrochen. Volker trat auf die Klippe und blickte über die bewaldeten Berghänge. Dann sah auch er, was Belliesa alarmiert hatte. Zwischen den Bäumen, noch etwas mehr als eine halbe Meile vom Windbruch entfernt, funkelte Sonnenlicht auf poliertem Metall. Wer auch immer dort anrückte, bewegte sich geradewegs auf ihr Lager zu.

»Kennst du ein sicheres Versteck?«

Die Bardin schüttelte langsam den Kopf. »Das hängt davon ab, wer dort kommt. Wenn sie Hunde dabei haben, werden sie uns auf jeden Fall finden.«

»Ich laufe zu den anderen. Komme nach und hole Mechthild. Ich werde mit Golo versuchen, die Bewaffneten aufzuhalten ... Dann werdet wenigstens ihr beide entkommen.«

»Aber du ...«

Volker wandte sich um und lief in den Tannenhain. Er konnte sich jetzt nicht mit langen Reden aufhalten. Die Zeit würde schon jetzt kaum noch reichen, um seine Rüstung anzulegen, bevor die Bewaffneten den Lagerplatz erreichten.

8. KAPITEL

Wer auch immer dort kommen mochte, er haßte ihn! Wütend blickte Golo auf die Reste der Feuerstelle. Volker hatte die Glut mit der Suppe und der Himbeersauce gelöscht und dann noch einen Schlauch voll Wasser darüber gegossen. Daneben lagen die knusprig braunen Waldhühner im Gras. Sie waren fast gar gewesen! Über dieser Reise mußte ein Fluch liegen! Das wäre das erste halbwegs vernünftige Essen gewesen, seit sie Castra Bonna verlassen hatten.

Weiter unten am Windbruch ertönte das Heulen von Hunden. Der junge Ritter faßte seine Streitaxt fester. Wenn es ernst wurde, kämpfte er lieber mit dieser Waffe. Sie war langsamer als ein Schwert, aber wo er mit der Axt einmal richtig traf, stand meistens auch ein Gegner weniger. Er hatte diese Art zu kämpfen bei den Normannen im Poitou gelernt. So wie sie benutzte er auch einen langgezogenen tropfenförmigen Schild, der ihn vom Schienbein bis zum Kinn schützte. Beim Reiten war der riesige Schild zwar recht unhandlich, doch jetzt, im Fußkampf, würde er ihm gute Dienste leisten.

Gemeinsam mit Volker hatte sich Golo bis zu den übereinanderliegenden Baumstämmen ganz am Ende des Windbruchs zurückgezogen, so daß ihr Rücken gegen Angriffe geschützt war. Mechthild und Belliesa waren über die Baumpallisade davongeklettert. Die Bardin hatte versprochen, das Mädchen in Sicherheit zu bringen. Unruhig musterte der junge Ritter die Waldränder entlang des Windbruchs. Sie würden ihre Verfolger eine ganze Weile aufhalten müssen, wenn sie sicher sein wollten, daß die beiden Frauen entkamen.

Das Heulen der Hunde klang jetzt schon sehr nahe. Ob die Franken etwa versuchten, in ihren Rücken zu gelangen? Er warf Volker einen ängstlichen Blick zu.

»Ganz ruhig. Es sind Leichtbewaffnete. Sie werden einen schweren Stand gegen uns haben und...« Der Spielmann verstummte. Ihre Verfolger waren nur fünfzig Schritt entfernt aus dem Wald getreten. Es waren acht Krieger, die vier große, graue Wolfshunde an langen Lederleinen mit sich führten. Als die Tiere sie erblickten, bäumten sie sich wild kläffend auf. Golo schluckte! Die Zähne der Bestien erschienen ihm so lang wie kleine Dolche.

Die Krieger waren alle gleich gekleidet. Sie trugen braune Hosen, die an den Waden mit Lederriemen umwickelt waren, dazu lange schwarze Tuniken, die an den Ärmeln und am Hals breite rotweiße Borten schmückten. Soweit Golo erkennen konnte, waren die Männer mit Schwertern oder langen Messern bewaffnet, und jeder von ihnen trug eine kurzstielige Francisca, eine Wurfaxt, in seinem Gürtel. Alle Krieger hatten eiserne Helme, und mit Ausnahme der Hundeführer waren sie mit Rundschilden gewappnet, die einen roten Stierkopf auf weißem Grund zeigten. Ohne Zweifel waren es Männer Ricchars. Golo kannte keinen anderen

Fürsten, der solchen Aufwand trieb, um seine Krieger gleich auszurüsten und zu kleiden.

Die Hundeführer nahmen jetzt die Leinen kurz, bereit, die Wolfshunde jeden Moment loszulassen. Einer der Krieger trat ein Stück vor und hob die Rechte zum Gruß.

»Wenn Ihr Euch jetzt ergebt, Herr Volker, muß es kein Blutvergießen geben. Man sagt, daß Ihr ein Freund des Grafen seid. Vielleicht wird unser Herr Euch begnadigen. Es ist offensichtlich, daß Euch die Zauberin in ihren Bann geschlagen hat. Ihr Schicksal ist besiegelt, laßt Euch nicht von Ihr in Euer Verderben ziehen, Herr!«

Der Spielmann lachte lauthals. »Ich fürchte, ich habe eine schlechte Nachricht für dich! Mich dünkt, daß ich immer noch unter dem Bann der Bardin stehe... Mein Kopf sagt mir, es wäre klug, sich dir zu ergeben, doch mein Herz heißt dies einen schändlichen Verrat. Jeder, der mich kennt, – und insbesondere die Damen – wissen, daß ich ein Mann bin, der stets nur auf sein Herz hört. Es wird also darauf hinauslaufen, daß ich dich und die Deinen töte, wenn du angreifst!«

Der Franke schüttelte den Kopf. »Seid Ihr närrisch, Herr? Wir sind acht und...«

»Ganz recht, mein Freund. Ihr seid *nur* acht! Vielleicht sollte ich meinem Freund verbieten, an meiner Seite zu kämpfen, damit das Verhältnis nicht zu sehr zu deinen Ungunsten ist.«

Golo leckte sich nervös über die Lippen. Volkers Stimme klang absolut zuversichtlich, so, als sei er sich völlig sicher, daß sie die Franken mit Leichtigkeit besiegen würden. Woher nahm er nur diesen Mut? Der junge Ritter wünschte, er könnte auch so denken... Zwei gegen acht... Es war klar, wie das enden würde.

»Ihr glaubt wohl, Burgunden seien unsterblich! Wie Ihr wollt! Ich hatte schon letztes Jahr das Vergnügen, einem Ritter Eures Königs zu zeigen, welche Farbe seine Eingeweide haben. Heute werden es die Hunde tun!« Der Krieger riß den Arm hoch, und im selben Augenblick ließen seine Männer die Hunde los.

»Ich hasse große Hunde!« Golo hob seine Axt. Die Bestien waren deutlich größer als Wölfe und konnten einem ausgewachsenen Mann mit Sicherheit mühelos die Pfoten auf die Schultern legen, wenn sie sich auf die Hinterbeine stellten.

»Sag ihnen das, vielleicht gehen sie dann wieder«, murmelte der Spielmann zynisch. Volker stand breitbeinig vor den Baumstämmen. Er hielt sein Schwert gesenkt, und es schien ihn nicht im mindesten zu beunruhigen, die vier Bestien auf sich zukommen zu sehen. Golo wünschte, er hätte das gleiche Gottvertrauen. Er hatte das Gefühl, daß in seinem Magen ein riesiger Stein lag, der ihn auf die Knie hinabzog. Ängstlich sah er den Hunden zu, wie sie über die Stämme der gestürzten Bäume hinwegsetzten, die kreuz und quer auf der Lichtung lagen. Der Speichel tropfte ihnen in langen Fäden von den Lefzen, so, als könnten sie es kaum erwarten, Blut zu schmecken. Mit einem letzten Satz sprangen sie über die verloschene Feuergrube hinweg und waren dann über ihnen.

Wie der Stoß eines Rammbocks traf Golo der Schlag, als der erste der Hunde gegen seinen Schild sprang. In flachem Bogen schwang seine Streitaxt herab. Ein schrilles Heulen ertönte. Um ein Haar hätte einer der anderen Köter seine Hand erwischt.

Die Bestien zogen sich zurück. Einer der Hunde lag ausgestreckt vor Volker. Ein anderer hatte einen langen blutigen Schnitt über der Schulter und hinkte. Drohend knurrend, blieben sie etwa fünf Schritt entfernt stehen. Sie hatten die Schwänze zwischen die Hinterbeine geklemmt.

Golo atmete erleichtert auf. Einer der Wolfshunde hatte die gebratenen Waldhühner neben der Feuergrube entdeckt und machte sich darüber her. Mit einem einzigen Happen verschwand das erste Huhn in seiner gewaltigen Schnauze.

Die anderen beide Hunde kamen hinzu, um sich ihren Teil von der Beute zu holen.

»Mögt ihr an den Knochen ersticken, ihr Ausgeburten der Hölle. Werkzeuge Satans und ...«

»Spar dir lieber deinen Atem, Golo! Die Hunde waren nur das Vorgeplänkel. Jetzt geht der Tanz erst richtig los.« Die Franken hatten sich zu einem Halbkreis aufgefächert und waren nur noch weniger als zehn Schritt entfernt. Jeder von ihnen hatte eine Francisca in der Hand.

»Jetzt!« brüllte der Anführer der Krieger.

Golo duckte sich hinter seinen Schild. Kaum einen Atemzug später prallten die Äxte krachend in das zähe Holz. Nur wenige Fingerbreit über seinem Arm hatte die Spitze einer Axt den Schild durchschlagen. Der junge Ritter atmete langsam aus und erhob sich wieder. Ein kleines Stück tiefer, und der blinkende Stahl würde in seinem Fleisch stekken. Golo schüttelte sich. Für solche Überlegungen war jetzt keine Zeit mehr! Die Franken hatten ihre Schwerter gezogen und stürmten auf sie ein.

»Wir müssen Schulter an Schulter bleiben«, rief Volker, »dann können sie uns nicht mit mehr als zweien gleichzeitig angreifen, jedenfalls nicht, solange wir das Holz im Rücken haben.«

Statt eine Antwort zu geben, ließ Golo seine Axt auf den Vordersten der Angreifer niedersausen. Der Franke parierte den Hieb mit seinem Schild und die Schneide der Waffe grub sich krachend zwei Fingerbreit ins Holz. Mit einem Ruck riß Golo die Axt zurück und entging nur um Haaresbreite einem Schwertstreich, der auf sein Handgelenk gezielt hatte.

Dicht wie Hagelschlag prasselten die Schwerthiebe der Franken auf seinen Schild, und die Wucht ihres Angriffs drängte ihn um einen halben Schritt zurück, bis er mit dem Rücken gegen die Holzstämme stieß. Golo fluchte leise. So eingeengt konnte er mit seiner Axt nicht mehr richtig ausholen.

Mit einem Schmerzensschrei taumelte einer von Volkers Gegnern zurück. Wie die Sichel, die ins Heu fährt, zog die Klinge des Spielmanns blitzende Bögen und hielt die Angreifer auf Abstand.

Wieder führte der junge Ritter einen Hieb seitlich an seinem Schild vorbei. Einer der Angreifer machte einen Satz zurück. Mit einem Ruck bremste Golo die Waffe und führte einen Rückhandschlag. Klirrend traf die Schneide der Axt das Schwert des zweiten Angreifers. Der Arm des Mannes wurde zur Seite geprellt. Golo machte einen Schritt nach vorne und rammte seinem Gegner das spitze Ende seines Schildes gegen die Knie. Der Franke strauchelte. Er taumelte nach hinten und stürzte so unglücklich, daß er dabei auf seinem Schild landete. Noch einmal sauste Golos Axt nach vorne, und als er die Waffe mit einem Ruck zurückriß, war ihre Schneide mit dunklem Blut bedeckt.

Ein Schwerthieb traf ihn an der Schulter und glitt an seinem Kettenhemd ab. Er hatte sich zu weit vorgewagt, und seine Seite war nicht mehr durch Volker gedeckt. Wütend biß sich Golo auf die Lippen und trat zurück. Der getroffene Arm war wie taub. Golo konnte die Axt nicht mehr heben. Erneut prasselten Schwerthiebe auf seinen Schild. Neben ihm schrie einer der Franken auf. Aus den Augenwinkeln sah er, wie einer der Krieger sich die Hände auf den Bauch preßte und langsam in die Knie ging.

Etwas schnappte nach seinem Bein. Die Hunde! Eine der Bestien hatte ein Loch in seine Hosen gerissen. Golo verpaßte dem Wolfshund einen derben Stoß mit der Schildkante, und der Köter zog sich jaulend zurück. Endlich spürte der junge Ritter, wie mit einem Prickeln das Gefühl in seinen Arm zurückkehrte. Ein paar Augenblicke noch ...

Mit dumpfem Schlag prallte etwas gegen seinen Helm und fiel zu Boden. Ein schwerer Ast hatte ihn gestreift. Erschrokken blickte Golo nach oben. Einer der Franken war auf den Holzstoß in ihrem Rücken gestiegen und schlug mit seinem

Sachs auf die Zweige ein, um dann die dicksten Äste als Wurfgeschosse zu verwenden. Ein Schlag traf Golo dicht oberhalb der Hüfte. Er stöhnte vor Schmerz. Der kurze Blick nach oben hätte ihn fast das Leben gekostet! Blut sickerte durch die Panzerringe seines Kettenhemdes. Es waren zu viele! Die Franken würden sie in Stücke schneiden! Alles war verloren! Und das wegen eines Märchens ... Wegen eines Vogels, den es nicht einmal gab! Wenn er schon sterben sollte, dann würde er mindestens noch einen Franken mit sich nehmen. Wenn er für ein Fabeltier sein Leben verschenkte, dann würde er diese Posse auch bis zum Ende treiben!

»Für den Feuervogel!« Golo stürmte vorwärts. Der Schmerz in seinem Arm erlaubte es ihm nicht, die Axt bis hoch über den Kopf zu heben, doch war es ihm möglich, in flachem Bogen seitlich Hiebe zu führen. Krachend rammte er seinen Schild gegen den des Franken, der unmittelbar vor ihm stand. Durch die Wucht des Aufpralls gerieten beide Männer für einen Atemzug ins Taumeln. Hinter dem Burgunden ertönte das Splittern brechender Äste, und etwas Schweres schlug dort, wo er noch einen Atemzug zuvor gestanden hatte, auf den Boden. Doch Golo achtete nicht weiter darauf.

Er hatte sein Gleichgewicht wiedergefunden und verpaßte dem Mann vor ihm erneut einen Stoß mit dem Schild, während er mit der Axt einen Schwerthieb parierte, der auf seinen rechten Oberschenkel zielte. Mit einer raschen Drehung wand er dem unvorsichtigen Angreifer die Waffe aus der Hand und ließ noch aus derselben Bewegung heraus das stumpfe Ende der Waffe gegen den Rippenbogen des Kriegers krachen.

»Für den Feuervogel!« Wie glühende Wellen brandete die Kampfeswut durch seinen Leib. Golo spürte jetzt keinerlei Schmerz mehr und konnte seine Axt auch wieder hoch über den Kopf heben. Vor sich sah er zwei angstweite graue Augen. Die Waffe senkte sich und grub sich tief in das Fleisch eines der Franken. Golo riß die Axt zurück und rannte weiter. Er wollte Blut! Sie sollten dafür büßen, daß sie ihn töten wollten. Viele würden ihr Leben dafür geben müssen!

Einer der Hunde sprang ihn von der Seite an. Knirschend drangen die langen Fänge der Bestie durch seinen Kettenpanzer, aber nicht tief genug, um ihn ernstlich zu verletzen. Er versetzte dem Tier einen Tritt, doch der Wolfshund ließ nicht mehr los. Wild knurrend zerrte er an Golos Waffenarm. Derart in seiner Bewegung behindert, konnte er keinen Axthieb gegen den Hund führen.

»Mithras!« schrie irgend jemand neben ihm. Ein schwerer Schlag gegen den Schild brachte den jungen Krieger aus dem Gleichgewicht. Wieder zerrte der Hund an seinem Arm. Golo strauchelte. Ein Tritt riß seinen Schild zur Seite. Der Burgunde schlug auf den Rücken. Neben ihm heulte der Wolfshund auf. Die Bestie hatte ihn losgelassen, und im nächsten Augenblick spürte er den Druck der mächtigen Pfoten des Untiers auf der Brust. Die Welt schien nur noch aus langen, weißen Reißzähnen zu bestehen, von denen Geifer tropfte. Die tödlichen Fänge senkten sich hinab zu seiner Kehle. Golo schloß die Augen. Es war vorbei. Mochte die Jungfrau Maria ihm gnädig sein!

Etwas Schweres fiel auf seine Brust. Golo hielt noch immer die Augen geschlossen. In sein Schicksal ergeben, wartete er darauf, den heißen Atem der Bestie auf seiner Kehle zu spüren.

»Schickt diese fränkischen Bastarde alle zu ihrem Stiergott!« tönte eine dunkle Stimme über die Lichtung.

Blinzelnd schlug Golo die Augen auf. Auf seiner Brust lag der Kadaver des Wolfshundes. Ein Pfeilschaft ragte schräg aus dem Hals der Bestie.

»Heilige Mutter Gottes! Ich werde dir hundert Kerzen weihen, wenn ich jemals wieder im Münster zu Worms stehen werde.« Golo blieb noch einen Augenblick liegen und murmelte leise ein Ave Maria, dann rollte er den Hund zur Seite und richtete sich stöhnend auf.

»Schaut euch das an! Der Berserker lebt ja immer noch«, erklang hinter ihm die fremde Stimme.

Noch halb benommen drehte Golo sich um. Überall auf der Lichtung waren Männer mit langen Bögen zu sehen. Es mußten mindestens ein Dutzend sein. Sie trugen Kleidung aus grober selbstgesponnener Wolle, Lederwämse und Stiefel aus weicher Tierhaut, die vorn mit Lederschnüren zusammengehalten wurden. Von ihren Schultern hingen Köcher voller Pfeile, und in ihren Gürteln steckten lange Dolche oder Kurzschwerter. Die meisten der Krieger waren groß und hager. Gestählt von einem Leben in der Wildnis. Nur ihr Wortführer, der Mann mit der dunklen Stimme, hob sich auffällig von ihnen ab. Er war klein und gedrungen, sein Gesicht von roten Pockennarben entstellt.

Neben dem Narbengesicht kniete ein Krieger über dem Leichnam des Anführers der Franken. Vergebens bemühte sich der Kerl, dem Toten einen dünnen silbernen Ring vom Finger zu ziehen. Ihre Retter waren Leichenfledderer! In was für Gesellschaft waren sie jetzt nur geraten!

Der Plünderer zückte leise fluchend ein Messer und schnitt dem Toten den Finger ab. Golo preßte die Lippen zusammen. Er sollte besser nichts dazu sagen! Immerhin hatten die Männer ihm das Leben gerettet!

»Na, der Berserker ist wohl ein wenig zart besaitet«, höhnte der gedrungene Kerl.

Golo blickte hilfesuchend zu Volker herüber. Der Spielmann lehnte erschöpft gegen die umgestürzten Baumstämme. Zu seinen Füßen lagen drei tote Franken. Der Burgunde trug immer noch seinen geschlossenen Topfhelm. Golo stutzte. Normalerweise nahm der Ritter den schweren Helm sofort nach dem Kampf ab. Irgend etwas stimmte hier nicht...

»Na, wie heißt du denn, Berserker?« Der gedrungene Bogenschütze war jetzt an die Seite des jungen Ritters getreten. »Selten habe ich einen Mann mit solcher Wut kämpfen sehen, wie du es eben getan hast.«

»Golo. Ich bin Ritter im Gefolge des Königs Gunther von Burgund.«

Der Narbige runzelte die Stirn. »Golo? Ein Burgunde. Was macht ihr beiden hier, so weit von Treveris entfernt?« Er drehte sich zu Volker um. »Und du da hinten, was ist dein Name!«

»Ich bin ein fahrender Ritter.«

»Das sehe ich selbst. Ich will wissen, wie du heißt! Nimm deinen Helm ab. Ich mache mir nur selten die Mühe, jemandem das Leben zu retten. Ich will wenigstens wissen, wie du aussiehst. Wenn die Franken sich nicht erdreistet hätten, hier in meinen Bergen Jagd auf euch zu machen, hätte ich keinen Finger gerührt.«

»Ein Gelübde verbietet es mir, den Helm abzunehmen, bis ich in Santiago de Compostella eine Kerze zu Ehren des heiligen Jacob angezündet habe.«

»So ein Unsinn! Du mußt den Helm ja wohl auch abnehmen, wenn du essen oder trinken willst. Du wirst dein Gesicht doch nicht etwa vor deinem Lebensretter verbergen und mich damit beleidigen wollen.«

»Manchmal ist Unwissenheit ein Segen, *Eber*!«

Golo zuckte zusammen. Er jetzt begriff er, wer dort vor ihnen stand! Ihr Retter war der blutdürstige Räuberhauptmann. Sie waren vom Regen in die Traufe gekommen!

Der Eber lachte schallend. »Wie ich sehe, hast du schon von meinem ruhmreichen Namen gehört. Nun will ich auch wissen, wer du bist. Herunter mit dem Helm, oder ich laß dich niederschießen wie einen Hasen und schau mir dann dein Gesicht an.«

Volker löste den Kinnriemen und hob dann mit beiden Händen den schweren Topfhelm vom Kopf. Einige Herzschläge herrschte beklemmende Stille.

»Du!« Der Eber machte einen Schritt in Volkers Richtung. »Du bist doch der Kerl, der an der Seite des ketzerischen Grafen gekämpft hat.«

Volker lächelte breit. »Ich habe dir doch gesagt, daß Wissen einen nicht immer glücklicher macht.«

»Du Bastard bist mir doch in die Scheune nachgelaufen, um dir meinen Kopf zu holen.«

Der Spielmann nickte. »Richtig. Und ich muß sagen, es tut mir aufrichtig leid, daß wir beide uns dort verfehlt haben.«

»Nun, das können wir ja jetzt nachholen.«

Golo konnte es nicht fassen. Kaum waren sie einer Gefahr entronnen, brachte sie der Spielmann in den nächsten Schlamassel. Es war schon schlimm genug, daß der Eber ihn wiedererkannt hatte, aber hätte er nicht wenigstens auf dieses Duell verzichten können! Man konnte den Eindruck haben, daß Volker an seinem Leben nichts mehr gelegen war. Unauffällig blickte Golo sich nach einer Fluchtmöglichkeit um. Sollte der Spielmann allein sterben!

Doch sie saßen in der Falle. Jeder Versuch einer Flucht war aussichtslos. Golo wußte, daß er den Bogenschützen niemals davonlaufen könnte. Inzwischen verfolgten sie zwar alle gespannt den Streit zwischen ihrem Anführer und Volker, doch wenn er versuchte, die Lichtung zu verlassen, dann würde ihnen das kaum entgehen. Golo fluchte leise. Warum nur hatte ihn das Schicksal an diesen verrückten Barden gekettet.

Der Spielmann blickte zu den toten Franken zu seinen Füßen und grinste dann wieder zum Eber herüber. »Gegen nur einen wie dich zu kämpfen ist gegen meine Ritterehre! Zu gering wäre deine Aussicht auf Erfolg, um den Kampf gerecht nennen zu können. Ich werde dir mit meinem Gefährten zeigen, wie gut ich das Schwert zu führen verstehe, damit du Gelegenheit hast, es dir noch einmal zu überlegen, ob du wirklich gegen mich antreten willst. Immerhin hast du meinem Freund Golo das Leben gerettet, und dafür stehe ich in deiner Schuld. Mit verbundenen Augen werde ich gegen den Recken kämpfen und dir zeigen, daß ich selbst blind einen Schwertkampf zu gewinnen vermag. Golo, bring mir ein Tuch, damit ich mir die Augen verbinden kann!«

Golo mußte sich beherrschen, damit man ihm die Erleichterung nicht allzu deutlich ansah. An seinem Freund war ein wahrer Schmierenkomödiant verlorengegangen! Hundertmal und öfter hatten sie den Kampf mit den verbundenen Augen geübt. Die Reihenfolge seiner Angriffe war genau festgelegt, und Volker gab ihm durch unauffällige Gesten, wie ein Federn in den Knien oder ein scheinbar nervöses Zucken mit den Fingern jeweils den Einsatz für seine neuen Attacken. Dem unbedachten Beobachter aber blieb dies verborgen. Für jeden, der es nicht besser wußte, mußte es so aussehen, als könne der Spielmann mit verbundenen Augen genauso sicher kämpfen wie ein Sehender. Selbst Angriffe in seinen Rücken wehrte er mit spektakulären Paraden ab. Bislang hatten sie noch jeden, dem sie diesen Schaukampf vorführten, damit zutiefst beeindruckt.

»Du glaubst doch wohl nicht, daß ich mich durch Zauberwerk narren lassen werde!« grollte der Eber. »Du wirst dir nicht mit dem Tuch, das dir dein Freund bringt, die Augen verbinden. Wahrscheinlich ist es durch Hexerei für deine Augen durchsichtig gemacht. Nimm das hier stattdessen.« Der Räuber zog sich einen Schal aus fleckigem, braunem Tuch vom Hals.

Volker blieb gelassen. »Dein Mißtrauen kränkt mich. Ein vollkommener Schwertkämpfer hat solche Betrügereien nicht nötig. Aber wie du willst... Komm her und verbinde mir selbst die Augen, damit du sicher sein kannst, daß alles mit rechten Dingen zugeht.«

Golo legte seinen Schild zur Seite und zog sein Schwert. Vorsichtig tastete er nach der Wunde über seiner Hüfte. Die Verletzung blutete nicht mehr. Wahrscheinlich war es nur ein leichter Schnitt und nichts Ernstes. Müde streckte er seine schmerzenden Glieder. Zum Glück würde der Kampf mit Volker nicht sehr lange dauern. Der Spielmann war niedergekniet und ließ sich vom Eber die Augenbinde anlegen. Als dies geschehen war, erhob er sich und streckte die Rechte ein wenig affektiert in Golos Richtung. »Man führe mich zum Kampfplatz!«

»Das wird nicht notwendig sein, du Geck.« Der Eber lächelte grausam. »Warum sollte ich zusehen, wie dein Kamerad dir den Kopf abschlägt, wenn ich dieses Vergnügen genausogut selbst auskosten kann.« Der Räuber zog sein Schwert und einen breiten Dolch.

»Das ist gegen die Vereinbarung!« rief Golo empört und wollte sich zwischen die beiden stellen, als er von den Spießgesellen des Ebers gepackt wurde.

»Hatten wir eine Vereinbarung?« höhnte der Räuber. »Ich lasse mir von euch beiden doch nichts vormachen!« Der Eber hob seine Waffen und wandte sich wieder Volker zu. »Bist du bereit zu deinem letzten Spiel, Kerl?«

»Ich hoffe, daß ich dich nicht verletzen werde, mein Freund. Wenn doch ein Unglück geschieht, solltest du mir zugute halten, daß ich die Augen verbunden hatte und daß es dein eigener Wunsch war, dich in Gefahr zu begeben. Bevor wir nun beginnen uns abzuschlachten, möchte ich dir gerne einen kleinen Handel vorschlagen. Wenn ich gewinne, schenkst du mir und meinem Freund das Leben, sollte ich aber verlieren, überlasse ich dir meinen Kopf, auf den Graf Ricchar eine ansehnliche Summe Goldes ausgesetzt hat.«

Golo konnte nicht fassen, wie gelassen Volker auftrat. War das Mut oder war Volker nur vollkommen verrückt geworden?

»Genug der Worte!« Der Eber machte überraschend einen Satz nach vorne und zielte mit seinem Schwert auf Volkers Brust. Der Burgunde trat leicht nach hinten. Klirrend glitt die Klinge über sein Kettenhemd. Diesmal hatte er noch Glück gehabt. Tänzelnd bewegte er sich zur Seite. Nicht einen Lidschlag lang blieb er stehen. Er war also doch nervös, dachte

Golo. Spielerisch warf Volker sein Schwert von der Rechten in die Linke und wieder zurück. Der Eber versuchte, mit ein paar raschen Schritten in die Flanke des Ritters zu gelangen, doch Volker drehte sich mit dem Räuber mit.

»Auch wenn du dich windest wie ein Aal, wird das am Ausgang unseres kleinen Kampfes nichts ändern, Ritter!« Wieder sprang der Eber vor und führte einen Hieb, der auf die Brust des Recken zielte. Mit einer ungelenken Parade blockte Volker die Waffe ab. Der Eber versuchte mit dem Dolch in seiner Linken dem Spielmann ins Bein zu stechen, doch Volker drehte sich zur Seite weg und verpaßte seinem Gegner noch einen Stoß mit dem Ellenbogen.

»Bringen wir es zu Ende!« Der Ritter hob das Schwert mit beiden Händen und schlug nach dem Kopf des Räubers. Mit gekreuzten Klingen parierte der Eber den Schlag. Kreischend traf Metall auf Metall. Die Wucht des Hiebes ließ den Räuber in die Knie gehen. Der Eber rollte sich über die Schulter ab und versuchte außer Reichweite des blinden Ritters zu gelangen.

Golo folgte dem Kampf mit angehaltenem Atem. Für einen Strauchdieb war der Eber ein ausgezeichneter Schwertkämpfer.

Volker drehte suchend seinen Kopf von rechts nach links. Sein Gegner war jetzt wieder auf den Beinen, verharrte jedoch regungslos, um sich nicht durch ein Geräusch zu verraten. Unsicher trat der Spielmann einen Schritt vorwärts. Vorsichtig tastete sein Fuß über den Boden, der mit dem dürren Astwerk der gestürzten Bäume bedeckt war. Dann erst verlagerte der Ritter langsam sein Gewicht von einem Fuß auf den anderen.

Der Eber hatte einen dürren Ast aufgehoben. Golo ahnte, was der Räuber plante. Er wollte seinen Freund durch einen Ruf warnen, doch der Kerl, der ihn gepackt hielt, verstärkte seinen Griff. »Ein Laut und ich schneide dir die Kehle durch«, zischte der Strauchdieb leise.

Der Eber holte weit aus und schleuderte den Ast quer über den Kampfplatz, so daß er ein paar Schritt hinter Volker zu Boden fiel. Sofort fuhr der Spielmann herum. Im selben Augenblick stürmte der Räuber auf Volker zu, seine beiden Waffen gesenkt und vorgestreckt, so wie ein Eber, der sein Opfer auf seinen mörderischen Hauern aufspießen wollte.

Volker wirbelte erneut herum. Wie hatte er wissen können, was in seinem Rücken geschah? Die Rechte am Griff, hielt er mit der Linken die Klinge seiner Waffe umklammert und führte sein Schwert nun wie einen Kampfstab. Aus der Drehung schlug er die Waffen des Ebers zur Seite, zuckte zurück und versetzte seinem Gegner einen Stoß mit dem Schwertknauf in den Magen. Stöhnend ging der Räuber in die Knie. Im selben Moment traf ihn ein mit der flachen Seite geführter Schlag vor den Kopf, und er fiel wie ein Sack zu Boden.

Ungläubig starrte Golo auf den Kampfplatz. Wie im Namen aller Heiligen hatte Volker das gemacht? Wie konnte ein Blinder gegen einen Schwertkämpfer wie den Eber bestehen? Das mußte ein Wunder sein! Es gab keine andere Erklärung! Voller Inbrunst begann der junge Ritter ein Dankgebet aufzusagen. Gott selbst hatte sich ihnen gnädig gezeigt!

Volker hatte sich inzwischen die Augenbinde heruntergezogen. Zwei der Männer des Ebers waren zu ihrem niedergestreckten Anführer gelaufen und knieten neben ihm. Keiner der Räuber wagte es, dem Spielmann direkt ins Gesicht zu sehen. Mit einer selbstsicheren Gelassenheit, die man wohl nur erlangen konnte, wenn man von Kindesbeinen an als Adliger erzogen wurde, trat der Burgunde auf Golo zu.

Der junge Ritter verneigte sich ehrfürchtig. »Ich muß gestehen, daß ich oft an Euch gezweifelt habe, Herr Volker, und Euch auch manchmal für keinen guten Christenmenschen gehalten habe. Vergebt mir! Jeder konnte sehen, daß die Hand Gottes selbst Euer Schwert führte und ...«

Der Spielmann hob die Hand. »Genug, mein Freund.« Er

grinste. »Es wäre mir übrigens lieber, wenn du wieder ganz normal mit mir reden würdest und ...«

»Aber Ihr seid ein Heiliger! Kein normaler Sterblicher hätte mit verbundenen Augen ...«

»Laßt mich mit meinem Freund allein, oder eure finsteren Seelen werden bis ans Ende aller Zeiten im Fegefeuer schmoren.«

Volker warf den beiden Strauchdieben, die Golo festhielten, einen Blick zu, der den jungen Ritter an das Mosesbild im Münster zum Worms denken ließ. Nur wer von Gottes Kraft durchdrungen war, konnte solch heiligen Zorn in seinen Augen lodern lassen!

Die beiden Räuber machten sich davon und gesellten sich zu ihren Kumpanen, die sich nun um den niedergestreckten Eber versammelten.

Plötzlich war aller Ernst aus Volkers Gesicht gewichen. Er zog den schmuddeligen Schal von seinem Hals und bohrte den kleinen Finger seiner Rechten durch ein winziges Loch. »So sieht dein Wunder aus, mein Freund, und jetzt hör bitte auf, mich zu behandeln, als stünde ein leibhaftiger Jünger Jesu vor dir!«

Fassungslos starrte der junge Ritter auf das Loch im Schal. Er konnte nicht glauben, daß das, was sich gerade ereignet hatte, kein Wunder gewesen sein sollte. »Das ist kein Zufall. Gott hat es so gefügt. Es war sein Wille, daß du diesen Sünder in die Hölle geschickt hast, und daß er ...«

»Weg mit euch stinkenden Hurensöhnen!« tönte die dunkle Stimme des Ebers über die Lichtung. »Sehe ich vielleicht aus wie ein frischgeborenes Rehkitz, das Hilfe braucht, um auf die Beine zu kommen.« Leicht schwankend erhob sich der stämmige Krieger und blickte dann mit wutblitzenden Augen in ihre Richtung. »Ich weiß nicht, mit was für einem schändlichen Trick es dir gelungen ist, mich zu besiegen, Ritter, aber ich werde mein Wort halten. Ich schenke dir dein jämmerliches Leben. Ihr beide seid meine Gefangenen und kommt mit in unser Lager. Mal sehen, wer mehr für euch zahlt, die Burgunden in Treveris oder aber unser liebenswerter Graf.«

»Das ist gegen die Vereinbarung«, brauste Golo wütend auf.

Der Eber schüttelte unwillig den Kopf. »Ich kann mich nicht erinnern, irgendeinem Handel zugestimmt zu haben.« Dann lächelte er böse. »Liegt vielleicht an dem Schlag vor den Kopf, wenn ich etwas vergessen haben sollte.«

»Du ...«

»Wir nehmen gerne deine Gastfreundschaft an«, erklärte Volker laut und fuhr dann leise zu Golo gewandt fort. »Laß es gut sein, mein Freund. Er hat zehn Bogenschützen. Wir können nicht gewinnen. Aber solange sie mit uns beschäftigt sind, werden sie Belliesa und Mechthild nicht auf die Spur kommen.«

9. KAPITEL

Das Lager, von dem der Eber gesprochen hatte, entpuppte sich als ein regelrechtes Wehrdorf. Es lag auf der Kuppe eines langen, steil ansteigenden Bergrückens, dessen Rückseite eine fast senkrechte, merkwürdig zerklüftete Felswand bildete. Hier und dort waren Höhlungen zu sehen, ganz so, als würden auch dort Menschen hausen.

Das Dorf war mit einer drei Schritt hohen hölzernen Palisade umgeben. Den Hang unterhalb der Wehranlage hatte man größtenteils von Büschen und Bäumen gesäubert, so daß die Verteidiger über ein freies Schußfeld verfügten. Nur hier und dort ragten ein paar Felsfinger zwischen dem Gras empor. Ein gewundener Weg führte den Berghang empor. Auf einzelnen Parzellen des Hanges weideten Kühe und scheckige Hausschweine. Auf anderen hingegen wuchs das Gras fast hüfthoch, so als habe man den ganzen Sommer über kein Vieh dorthin getrieben.

Noch bevor sie die Bergkuppe erreichten, öffnete sich das schmale Tor im Wall, und eine Schar von Frauen und Kindern kam herausgeeilt. Die lockere Marschordnung der Räuber um den Eber löste sich nun vollends auf. Einige Männer eilten den Hang hinauf. Volker sah, wie der Leichenfledderer, der noch am vorigen Tag den Anführer der Franken verstümmelt hatte, nun einen kleinen Jungen umarmte und auf seine Schultern hob. Die kaltblütigen Mörder, die der Eber um sich geschart hatte, führten sich plötzlich wie ganz normale Familienväter auf. Männer, die einem Reisenden schon für ein schlichtes Kupferarmband die Kehle durchgeschnitten hätten! Überall ertönte ausgelassenes Lachen.

Auf dem Wall lungerten einige Männer mit Bögen herum, die ihren Kameraden lässig zuwinkten. Der Spielmann versuchte abzuschätzen, wie viele Krieger der Eber hier oben versammelt haben mochte. Vielleicht würde dieser Berg eines Tages zu Burgund gehören, wenn es noch einmal Krieg mit den Franken gab und die Ritter König Gunthers erneut den Rhein hinaufzogen, um die Grenzen des Reiches nach Norden auszudehnen. Hagen würde niemals ein solches Räubernest innerhalb der Grenzen Burgunds dulden. Mit Sicherheit würde man eine Schar Ritter und Waffenknechte ausschicken, um das Übel des Bandenunwesens von der Wurzel her auszurotten.

Volkers Blicke glitten über die Befestigungen. Man müßte wohl mindestens hundert Streiter aufbieten, um das Bergdorf einzunehmen. Vielleicht auch mehr, wenn die Verteidiger entschlossen genug waren ...

Hinter der Umwallung lagen zwei Dutzend einfacher Lehmhäuser mit Dächern aus Holzschindeln oder Stroh. Dazu kamen einige kleine Lagerhäuser, die aus schweren Balken gezimmert worden waren, und eine lange Halle, die offenbar das Festhaus des Dorfes war. Das auffälligste Bauwerk jedoch war ein steinerner Turm, der dicht am Steilhang lag. Ursprünglich halb verfallen, hatte man ihn nun notdürftig wieder aufgebaut. Eine schmale Treppe führte an seiner Außenwand bis zum ersten Geschoß, wo eine kleine Tür als Eingang diente. Das halbverfallene zweite Geschoß war mit Brettern und Balken wieder instand gesetzt worden, und auf dem flachen Dach des Wehrbaus standen zwei Bogenschützen, die von dort einen guten Ausblick auf das umliegende Bergland hatten.

»Das ist meine Burg«, erklärte der Eber, der neben Volker ins Dorf marschiert war. Niemand war gekommen, um den Anführer der Räuber in die Arme zu schließen. Offenbar gab es weder Kinder noch eine Frau, die auf ihn warteten. Den wenigen Männern, die ihn im Vorbeigehen grüßten, nickte er unwirsch zu.

»Du hast hier ja fast eine kleine Armee versammelt.«

»Sind verdammt viele Mäuler zu stopfen, und die Vorratshäuser sind nicht einmal halb voll. War ein Fehler, meinen Männern zu erlauben, ihre Weiber mitzuschleppen.«

Volker blickte zu einer Gruppe halbwüchsiger Jungen, die sich mit einem schlacksigen Krieger balgten, der zu den Heimkehrern gehörte. Das kleine Dorf war voller Leben. Überall standen Frauen und junge Mädchen in den Türen. Auf den schlammigen Gassen liefen gackernde Hühner und buntgescheckte Ziegen. Doch dort, wo der Eber vorbeiging, verstummte das Lachen.

»Ihr beide werdet Quartier in meiner Burg beziehen, bis ich einen guten Preis für deinen Kopf erzielt habe, Spielmann.«

»Du bist ein Ausbund an Charme, Eber. Deine Leute wirken so richtig begeistert, wenn sie dich wiedersehen.«

»Ich wüßte nicht, daß wir Freunde sind, Ritter. Warum sollte ich mir also die Mühe machen, freundlich zu dir zu sein?« entgegnete der Räuber ruppig. »Und was meine Leute angeht... Ich sorge dafür, daß getan wird, was notwendig ist. Damit macht man sich nicht immer beliebt.«

»Und als nächstes ist es notwendig, hundert Goldstücke

Kopfgeld für die Schatzkammer in deiner Burg zu besorgen, während der Winter näherrückt und deine Vorratshäuser nicht gefüllt sind.«

»Was geht dich das an!« grollte der Krieger. »Für das Gold kann man Rinder und Getreide kaufen...«

»Wenn du den Handel vor Einbruch des Winters abschließt... Sollten die Pässe aber schon verschneit sein, wirst du keine Waren mehr hier hinaufbekommen. Was glaubst du, wann du dann die Rationen für die Frauen und Kinder und all die anderen, die du nicht als Krieger gebrauchen kannst, strenger einteilen mußt? Schon im Januar? Oder wird es bis Februar reichen?« Volker zeigte zu einer Frau mit einem Neugeborenen auf dem Arm, die am Wegesrand stand. »Glaubst du, der Kleine wird den nächsten Frühling erleben? Was wird sein Vater von dir denken, wenn er ein Loch in den vereisten Boden schlagen muß, um seinen Sohn zu begraben. Du hast schon recht... Es sind verdammt viele Mäuler zu stopfen.«

Der Eber fuhr herum und packte Volker am Waffenrock. »Ich kann dir auch gleich jetzt den Kopf abschneiden und ihn in Salz einlegen lassen. Oder ich reiß dir nur Zunge heraus, dann muß ich mir dein dummes Geschwätz nicht weiter anhören. Tu doch nicht so, als würde dir das Wohl meiner Männer am Herzen liegen. Für einen wie dich sind wir doch allesamt nur Strauchdiebe, die man am besten an der nächsten Eiche aufknüpfen sollte.«

Volker lächelte dünn. »Das trifft mein Bild von dir ganz gut. Trotzdem habe ich dir einen Handel vorzuschlagen.«

Der Eber ließ ihn wieder los und lachte lauthals. »Du willst mir ein Angebot machen? Ich glaube, du verkennst die Lage, in der du bist!«

»Und wenn ich wüßte, wie man deine Lagerhäuser bis unter die Dachsparren füllen könnte? Der Preis dafür wäre allerdings, daß du mir sicheres Geleit bis vor die Tore von Treveris gewährst.«

»Wird das einer deiner Tricks, Ritter, oder wie willst du ein solches Wunder vollbringen.«

Volker blickte den Räuber herausfordernd an. »Das wird kein Wunder. Ich brauche allerdings einen Mann, der außerordentlichen Mut hat. Hast du Mut, Eber?«

Der gedrungene Räuber spuckte dem Burgunden vor die Füße. »Auf dieses Spiel laß ich mich nicht ein. Mut, Ehre, Tapferkeit, das ist was für Ritter. Hier draußen kommt es auf andere Dinge an, um zu überleben.«

»Zum Beispiel darauf, daß deine Leute genug zu essen haben, um gut über den Winter zu kommen?«

»Rede nicht um den heißen Brei herum!« Die beiden hatten inzwischen die schmale Stiege zum Turm erreicht. Der Eber wandte sich zu den wenigen Männern um, die ihm bis hierher gefolgt waren. »Geht und trinkt auf unseren erfolgreichen Jagdzug. Ich muß mit dem Ritter was besprechen. Nehmt seinen Freund mit, und paßt mir auf, daß er nicht versucht, sich davonzumachen.«

»Vielleicht sollten wir ihm einfach die Beine brechen?« grölte einer der Krieger. Die anderen Männer lachten.

»Gute Idee, Gunbold. Wir werden morgen darüber entscheiden.« Der Eber winkte Volker, ihm zu folgen.

Das erste Geschoß des Turmes bestand aus einer einzigen großen dunklen Kammer. In einer Ecke war ein Lager aus Stroh aufgeschüttet. Mitten im Raum stand ein grob gezimmerter Tisch, und einige leere Fässer dienten als Stühle.

Neugierig sah Volker sich um. Durch ein paar schmale Schießscharten fiel Licht in den Raum. Richtige Fenster gab es nicht. Eine Leiter führte ins nächste Geschoß, und ein Loch im Boden zum Erdgeschoß. Volker rümpfte die Nase. Es stank wie in einer Bärenhöhle. Auf dem Tisch stand eine Schüssel mit vergammeltem Essen, daneben lag ein umgestürzter Bierkrug.

»Hübsch hast du es hier.«

»Spar dir deinen Spott, und bete lieber, daß mir dein Plan

gefällt, sonst werde ich dir wirklich die Zunge herausreißen. Dein weibisches Gewäsch werde ich mir nicht mehr länger anhören.«

Volker nahm sich eines der Fässer, setzte sich und begann zu erzählen. Als er fertig war, blickte er den Eber herausfordernd an. »Und? Hast du den Mut dazu?«

Der Räuber schüttelte langsam den Kopf. »Du mußt mich wohl für vollkommen verrückt halten!«

Volker grinste. »Stimmt.«

Golo blickte erst zu dem mächtigen, von zwei Türmen flankierten Tor von Castra Corona und dann wieder zu Volker und zum Eber. Die beiden mußten verrückt geworden sein!

»Bist du sicher, daß du das wirklich riskieren willst? Man kann eine so schwer befestigte Stadt nicht mit dreißig Kriegern erobern.«

»Wer spricht denn von Eroberung? Wir werden hier nicht länger bleiben als notwendig. Bisher war mir Fortuna stets wohlgesonnen, so wird es auch heute sein.« Volker winkte den anderen und gab das Zeichen zum Aufbruch.

Golo mochte es nicht, wenn der Spielmann den Namen heidnischer Gottheiten in den Mund nahm, und sei es auch nur zum Spaß. Er murmelte leise ein Bußgebet und bat Gott, nachsichtig mit dem leichtfertigen Burgunden zu sein. Volker hatte sich sehr verändert in den letzten Tagen, und das nicht nur äußerlich. Für seinen verrückten Plan hatte er seine langen, blonden Locken geopfert. Sein Haar war jetzt kurz geschoren, ungewaschen und strähnig. Auch rasiert hatte er sich nicht mehr, so daß seine Wangen mit langen, goldfarbenen Stoppeln gesprenkelt waren. Kettenhemd und Schwert hatte der Ritter im Räuberlager zurückgelassen.

Er trug statt dessen Kleidung aus grober Wolle und weichem Leder, ganz so wie die anderen Strauchdiebe, die der Eber um sich versammelt hatte, und er roch auch so. Doch das Schlimmste war die Tatsache, daß Golo langsam den Eindruck bekam, daß Volker das Leben unter den Räubern gefiel. Jeden Abend saß er mit ihnen in der Festhalle beisammen, sang derbe Sauf- und Hurenlieder und trank bis zum Morgengrauen Met und gestohlenen Wein. Die meisten der Halunken hatten ihn schon als einen der ihren akzeptiert. Golo schüttelte den Kopf. Ihn, einen Adeligen und Ritter, der zu den engsten Vertrauten des Königs von Burgund gehörte!

Schlechtgelaunt sah der junge Ritter an sich herab. Auch er hatte sich als Räuber maskiert, doch fühlte er sich in den Kleidern unwohl. Er hatte einen hohen Preis gezahlt, um in den Ritterstand aufzusteigen... Und wohin führte ihn all das? Wenn Volkers Plan scheiterte, dann würde man sie schon morgen alle an den Zinnen der Stadt aufknüpfen. Was für ein Ende für zwei Ritter!

Inzwischen hatten sie fast das Stadttor erreicht. Golo blickte zurück zum Waldrand auf der anderen Seite des flachen Tals. Im Dämmerlicht sahen die Bäume wie eine schwarze Mauer aus. Dort im Schatten verborgen warteten die restlichen Spießgesellen des Ebers. Nur zu fünft standen sie vor der Stadt, in der sich ihr Schicksal entscheiden würde. Golo fühlte sich angesichts der mächtigen Mauern und stolzen Türme verloren. Was sie vorhatten, war verrückt! Vollkommen wahnsinnig!

Am Morgen hatte eine Maultierkarawane, eskortiert von der halben Garnison, Castra Corona verlassen. Die Tiere waren mit den Waffen beladen gewesen, die man in der Schmiedestadt in den letzten Monaten hergestellt hatte. Speer- und Pfeilspitzen, Helme, Schildbuckel, Schwerter und Dolche. Ausrüstung für die Armee des Gaugrafen. Deshalb wurde der Zug auch von vierzig schwerbewaffneten Soldaten eskortiert. In diesen kriegerischen Zeiten waren die Waffen aus Castra Corona ihr Gewicht in Silber wert. Die Maultierkarawane würde zunächst nach Icorigium ziehen, um von dort aus über Tolbiacum nach Castra Bonna zu gelangen.

Eine Stimme rief sie von den Zinnen herab an. »He, ihr Gesindel! Macht euch davon! Die Tore sind geschlossen und werden erst zur Morgenstunde wieder geöffnet. Gestalten wie euch will der Statthalter nicht über Nacht vor seinen Mauern lagern sehen!«

»Wenn du nicht öffnest, dann werden wir eben nach Icorigium weiterziehen, Soldat. Ich bin sicher, dort wird man die Männer, die den Eber gefangen haben, freundlicher begrüßen. Man sagt, der Statthalter dort sei ein kluger Mann. Er wird sich gewiß nicht die Gelegenheit entgehen lassen, dem Gaugrafen Ricchar persönlich den Kopf des Räubers zu überreichen.« Es war Volker, der geantwortet hatte. Wie um seine Worte zu unterstreichen, stieß er den Eber, dem die Hände auf den Rücken gefesselt waren, ein Stück nach vorne.

Einige Herzschläge lang herrschte Stille. Dann endlich erklang wieder die Stimme des Frankenkriegers. »Warte, Mann! Warte! Wir werden eine Ausnahme machen.«

Eine Ewigkeit schien zu verstreichen, bis endlich das Scharren des schweren Querbalkens zu hören war und die massigen Flügel des Stadttors aufschwangen. Ein Offizier mit prächtig bestickter Tunika und rotem Roßschweif auf seinem Spangenhelm stand inmitten des von Fackeln erleuchteten Torbogens.

»Wer ist der Mann, der behauptet, den berüchtigten Eber gefangen zu haben?« fragte der Krieger mit befehlsgewohnter Stimme.

Volker löste sich aus der Gruppe und trat dem Franken entgegen. »Ich, Gernot von Auw. Laß mich und die meinen in die Stadt, denn ich fürchte, die Getreuen des Ebers sind nicht mehr weit entfernt und werden versuchen, ihren Anführer zu befreien.«

Der Offizier schüttelte den Kopf. Golo konnte das Trappeln von eisenbeschlagenen Soldatenstiefeln auf dem Wehrgang über dem Tor hören. Schatten bewegten sich hinter den Zinnen. Sicher bezogen dort gerade Bogenschützen und Speerwerfer ihre Posten. Nervös leckte sich der junge Ritter über die trockenen Lippen. Sie hätten niemals hierherkommen dürfen!

»Zeig mir den Mann, den du Eber nennst. Ich hab' diesem Strauchdieb einmal von Angesicht zu Angesicht gegenübergestanden! Ich werde ihn wiedererkennen, wenn du den Richtigen bringst.«

Volker packte den Eber am Ärmel, zerrte ihn nach vorne und verpaßte ihm dann einen derben Stoß, so daß der Räuber dem Franken fast vor die Füße stürzte. »Nun, erkennst du den Bastard wieder?«

»Beim Schwerte Mithras', das ist er! Wir werden ihn sofort dem Statthalter vorführen.«

Der Offizier gab ihnen einen Wink, und die kleine Gruppe betrat die Stadt. Nach der Finsternis vor der Stadt war Golo vom Licht unter dem Mauerbogen geblendet. Hinter sich hörte er das schwere Tor in den Angeln knirschen. Der Eingang zur Stadt der Schmiede war damit wieder verschlossen. Jetzt, wo sich seine Augen an das Licht gewöhnt hatten, erkannte er, wie viele Fackeln hinter dem Tor brannten! Der Spitzel des Ebers hatte gelogen, oder aber er war ein Trottel. Der Mann hatte behauptet, daß die Wachen eine Stunde vor Sonnenuntergang abgelöst würden. Nach seinen Angaben bestand die Torwache auch lediglich aus drei oder vier Mann... Hier waren allerdings deutlich mehr als zehn Krieger versammelt. Jeder zweite von ihnen hielt eine Fackel in der Hand.

Golo wurden die Knie weich. Ob man sie vielleicht verraten hatte? Der Spitzel wäre jetzt ein reicher Mann, wenn er beschlossen hatte, das Kopfgeld einzukassieren, das auf sie ausgesetzt war. Mit dumpfem Poltern schloß sich das Stadttor. Der junge Ritter warf einen kurzen Blick über die Schulter. Zwei Krieger legten einen massiven Eichenbalken vor die mächtigen Torflügel. Sie saßen fest!

Volker stand noch immer neben dem Offizier. Die beiden besprachen etwas, doch Golo konnte nicht verstehen, worum es ging. Verstohlen musterte er die Krieger ringsherum. Fast die Hälfte der Franken trug Kettenhemden. Sie alle waren mit langen Schwertern bewaffnet. Neben dem Eingang zum Torhaus lehnten ein paar Speere und Schilde. Die meisten Männer gafften unverhohlen zum Eber. In ihren Blicken mischten sich Feindseligkeit und Bewunderung. Sie verhielten sich, als stünden sie einem gefährlichen Fabeltier gegenüber. Einer der Männer verpaßte dem Räuber einen Stoß mit dem stumpfen Ende seines Speeres, so als wolle er sich davon überzeugen, daß der Mann vor ihm wirklich aus Fleisch und Blut sei. Der Eber fuhr herum und funkelte den Krieger wütend an, doch sagte er nichts.

»Achtung!« ertönte plötzlich die schrille Stimme des Offiziers. »Torwache zu mir! Nehmt den Gefangenen in eure Mitte.« Der Anführer nickte einem Krieger in einer kostbar bestickten Tunika zu. »Geron, ich übergebe dir hiermit das Kommando über das Südtor.«

Der Angesprochene salutierte kurz, während sich der Offizier jetzt Golo zuwandte. »Du und deine Männer, ihr bleibt hier beim Tor. Ihr könnt auch zur Schenke dort drüben gehen, aber bleibt in der Nähe für den Fall, daß der Statthalter euch sehen will, um auch euch zu diesem glücklichen Fang zu beglückwünschen. Mit dem Eber in unseren Händen werden endlich wieder Ruhe und Frieden zurückkehren.«

Golo verneigte sich. Dann sah er dem Trupp Krieger nach, der mit Volker und dem Eber die Straße hinuntermarschierte. Sechs Mann waren beim Tor zurückgeblieben. Und sie waren nur zu dritt, um die Wachen auszuschalten.

Volkers Plan war gründlich schiefgelaufen! Der Spielmann war davon ausgegangen, daß sie die Torwachen einfach überrumpeln würden, dann Verstärkung in die Stadt holten und das Spiel am Tor der Garnison noch einmal wiederholen würden. Und jetzt ... Volker war ein Adeliger. Ihm hatte man beigebracht, wie man Kriege führte und Städte eroberte. Und Golo ... Als Sohn eines Unfreien hatte er gelernt, wie man Felder bestellte oder wie man ein Schwein schlachtete und ausweidete. Von Kriegsführung hatte er keine Ahnung.

Der junge Ritter hatte den Eindruck, daß der wachhabende Offizier vom Tor schon mißtrauisch zu ihm herüberstarrte. Also winkte er die beiden Gefährten des Ebers zu sich, die genauso verloren wie er selbst am Tor standen und ihren beiden Anführern nachstarrten. »Laßt uns einen trinken! Zum Morgengrauen schon werden unsere Geldkatzen schwer von rotem Gold sein. Das will gefeiert werden!«

Wenn er erst einmal einen großen Humpen Bier intus hätte, würde er wieder klarer denken können, überlegte Golo. Und nach dem zweiten Humpen hätten sie sicherlich einen Plan. Zu dritt die sechs Männer am Stadttor zu überrumpeln, mochte ihnen ja vielleicht noch gelingen ... Aber was war mit der Garnison? Da sie keine Gefangenen mehr vorzeigen konnten, gäbe es für die Wachen auch keinen Grund, sie in die Festung hineinzulassen. Und ohne Leitern oder einen Rammbock würden sie das Tor niemals stürmen können.

Golo stieß die Tür zur Schenke auf und fluchte leise, dann bestellte er lautstark drei Bier und blickte sich nach einem ruhigen Tisch um. Er mußte jetzt nachdenken! Der Duft von Bratenfleisch stieg ihm in die Nase.

Etwas zu essen wäre auch nicht schlecht. Ein voller Bauch würde beim Denken sicher nicht schaden ...

»Ich hätte niemals auf dich hören sollen, Ritter!« fluchte der Eber leise.

»Still!« zischte Volker. »Noch ahnen sie wenigstens nicht, was hier vor sich geht.« Er blickte zu den beiden Kriegern, die ein paar Schritt hinter ihnen neben der Eingangstür stehengeblieben waren. Sie befanden sich jetzt innerhalb des Praetoriums im Arbeitszimmer des Statthalters. Der große Raum wurde von einem mächtigen Tisch beherrscht, auf dem eine Landkarte sowie ein paar Schriftrollen und eine Wachstafel mit einem Satz hölzerner Griffel lagen. Eine vierarmige Öllampe tauchte den Tisch in freundliches gelbes Licht. Die Wände aber blieben weiterhin im Schatten, so daß man nur undeutlich die rissigen Fresken erkennen konnte. Sie stammten noch aus der Zeit, als die Römer die Herren des Landes gewesen waren, wie man unschwer an den Rüstungen der Krieger erkennen konnte. Auf der linken Seite sah man siegreiche römische Soldaten einen Haufen Barbaren niedermachen. Auf der anderen Seite war eine lange Reihe von Tributbringern abgebildet. Der frühere Kommandant dieser Stadt hatte seinen Gästen wohl demonstrieren wollen, was es hieß, sich gegen die Herrschaft Roms aufzulehnen.

Zwei Diener mit einem Feuerbecken traten ein und stellten ihre Last neben dem Arbeitstisch ab. Dankbar trat Volker an die Schale mit den glühenden Kohlen und wärmte sich. Es war elend kalt geworden in den letzten Tagen. Wolken hatten die Berge hinter grauen Schleiern verborgen, und immer wieder hatte es eisige Schauer gegeben. Wie lange es wohl dauern mochte, bis der erste Schnee fiel?

»Hast du einen neuen Plan, Ritter?« Der Eber war ebenfalls an das Feuerbecken getreten. Den Rücken zum Spielmann gewandt streckte er seine Hände der Glut entgegen.

Mit einem flüchtigen Blick überprüfte der Burgunde die Fesseln um die Handgelenke des Räubers. Der Eber würde sie mit einer einzigen Bewegung abstreifen können. Vorsichtig zog Volker sein Messer aus dem Gürtel und ließ es dem Eber in die Hände gleiten.

»Wir werden das Tor der Garnison öffnen müssen. Ich glaube nicht, daß Golo und deine Männer es ohne unsere Hilfe schaffen werden, hier hereinzukommen.«

»Nichts leichter als das«, höhnte der Eber. »Wir müssen nur ein halbes Dutzend Wachen töten... Vielleicht sogar noch ein paar mehr... Und dann werden wir die Stadt übernehmen. Ich muß von Sinnen gewesen sein, als ich deinem verrückten Plan zugestimmt habe, Ritter.«

»Ich war schon schlimmer in der Klemme«, murrte Volker einsilbig.

»Genau! Weil diese...«

Die beiden Wachen an der Tür salutierten ihre Speere, und ein junger Offizier trat ein. Der Mann hatte kurzgeschorenes blondes Haar und eisgraue Augen. Er war mit einer reich bestickten Tunika bekleidet und trug sein Wehrgehänge lose in der Hand, so als habe man ihn gerade aus dem Bett geholt. Einige Atemzüge lang musterte er den Eber, dann blickte er zu Volker und lächelte triumphierend.

»Hat diesen Hurensohn und Kinderschänder doch noch sein Schicksal ereilt! Niemand kann auf Dauer dem Licht der Gerechtigkeit entgehen, das die Finsternis tilgt. Du bist zum Vollstrecker von Mithras' Willen geworden, Jäger. Heute hat die Hand des Gottes dich geführt.« Der Statthalter lächelte noch immer. Volkers Blick fiel auf einen schmalen Goldring an der Hand des Mannes, der mit einem Löwenkopf verziert war. Irgendwo hatte er so ein Schmuckstück schon einmal gesehen...

»Nun, so wie du aussiehst, Jäger, ist dir klingendes Gold in der Tasche lieber als die Gewißheit, ein Günstling des Gottes zu sein. Mernog!« Der Statthalter drehte sich zu den beiden Kriegern an der Tür um. »Geh und weck den Schreiber. Er soll dir hundert Goldstücke aus der Soldkasse auszahlen.«

Der Krieger nickte stumm und verschwand durch die Tür.

»Du bist in der Tat so häßlich, wie man sagt, Bastard. Die Hure, die dich geboren hat, ist wohl von einem schwarzen Eber besprungen worden. Wahrscheinlich war sie so scheußlich, daß es nicht einmal die Besoffenen mit ihr treiben mochten. Die Welt wird ein schönerer Ort sein, wenn Graf Ricchar dich hat hinrichten lassen.«

Der Statthalter stand jetzt dicht vor dem Eber. Volker machte einen Schritt zur Seite und näherte sich der Tür. Er mußte den Wachtposten erwischen, bevor er Alarm geben konnte. Es war ein junger Kerl, der offensichtlich amüsiert den Beschimpfungen des Statthalters lauschte.

»Wie ist das, wenn du auf einer Frau liegst, Eber, und sie, selbst wenn sie eine bezahlte Hure ist, das Entsetzen in ihren Augen nicht verbergen kann, weil sie dir ins Angesicht sehen muß.«

»Ich genieße es.« Die Stimme des Ebers war kalt wie Eis. Volker machte noch einen Schritt in Richtung des Wachsoldaten. Lange würde es nicht mehr dauern, bis der Eber die Klinge zückte, die er hinter seinem Rücken verbarg. Vielleicht wäre es besser, wenn er das Zeichen zum Angriff gab. Die Hand des Burgunden glitt zum Schwertknauf. Sie brauchten den Statthalter lebend! Das würde einiges erleichtern. In einer fließenden Bewegung riß Volker sein Schwert aus der Scheide und versetzte dem Krieger an der Tür mit der flachen Seite einen Schlag gegen die Schläfe. Der Franke ging sofort zu Boden.

Aus den Augenwinkeln sah der Spielmann, wie der Eber den Schwertarm des Statthalters packte und herumdrehte, bis ein trockenes Krachen, so wie von einem zerbrechenden Ast zu hören war. Die Waffe des Offiziers fiel zu Boden. Der junge Krieger war leichenblaß, aber er gab keinen Laut von sich.

»Du hättest meine Mutter keine Hure nennen sollen ...« Der Eber hielt dem Franken das Messer an die Kehle.

»Laß ihn leben! Wir werden ihn als Geisel brauchen!« Volker wollte nach der Klinge greifen, doch der Eber stieß ihn zur Seite.

»Ihr kommt hier niemals heraus«, stöhnte der Statthalter leise. »Das einzige Tor ist verschlossen und von sechs Kriegern bewacht. Ihr werdet beide sterben in dieser Nacht.«

Der Eber lachte leise. »Aber wir werden nicht die ersten sein. Auf Wiedersehen in der Hölle, Ketzer.« Mit einem kräftigen Ruck zog er dem Offizier das Messer über die Kehle.

»Warum ...« Volker blickte den Räuber fassungslos an.

Der Eber packte den Statthalter beim Gürtel und hob ihn hoch, so daß seine Füße ein paar Zoll über dem Boden pendelten. Der Franke röchelte. Er hatte die Augen zur Decke hin verdreht, so daß nur noch das Weiße zu sehen war. In pulsierenden Stößen spritzte ihm Blut aus der klaffenden Halswunde.

»Was willst du, Ritter? Draußen ist es dunkel. Ich werde den Kerl vor mir hertragen. Wir lassen einfach niemanden nahe genug heran. Dann werden sie schon nicht merken, daß dieses Drecksstück nicht mehr lebt.«

»Und wenn ihn jemand etwas fragt?«

»Dann halte ich meine Hand auf seinen Mund, so als wollte ich verhindern, daß er antwortet ...«

Volker zuckte resignierend mit den Schultern. Es war sinnlos, mit dem Eber zu reden. Der Räuber hatte das Schwert des Statthalters vom Boden aufgehoben und trat zur Tür.

»Ich glaube, es ist besser, wenn du vorgehst, Ritter.«

Der Spielmann schob sein Schwert in die Scheide zurück. Er war sicher, daß er auf sich allein gestellt aus dem Kastell entkommen könnte, doch mit diesem Halsabschneider im Nacken ... Er verfluchte den Tag, an dem er dem Eber den Vorschlag gemacht hatte, die Garnison zu überfallen.

Vor dem Zimmer des Statthalters führte ein langer Flur

zum Eingang des Praetoriums. Ganz am Ende des Ganges brannte eine Laterne. Ansonsten war es dunkel. Nirgends waren Wachen zu sehen... Der Spielmann wartete noch einen Moment, dann trat er durch die Tür und gab dem Eber einen Wink, ihm zu folgen. Zu lange sollten sie nicht mehr verweilen. Mernog, der Krieger, den der Statthalter ausgesandt hatte, um das Kopfgeld für den Eber zu holen, mußte jeden Augenblick zurückkommen.

»Verdammt, der lebt ja noch!«

»Was?«

Volker drehte sich um und sah den Eber über dem niedergeschlagenen Türposten kauern. »Wo hast du nur das Kriegshandwerk gelernt, Ritter. Du hast ihn nicht richtig getroffen.« Der Räuber schob sein blutiges Messer in den Gürtel zurück. »Der Kerl wird uns nicht mehr in den Rücken fallen. Ich habe deine Arbeit zu Ende geführt.«

Einen Moment lang war Volker versucht, sein Schwert zu ziehen und diesen Unhold einfach niederzustechen. Er hatte in seinem Leben schon viele Schurken getroffen, aber jemand wie der Eber war ihm bislang noch nicht begegnet. Der Burgunde war sich sicher, daß der Räuber genau wußte, daß er den Franken mit seinem Schwerthieb nicht versehentlich nur schlecht getroffen hatte, sondern daß er das Leben des jungen Kriegers hatte schonen wollen. Gnade und Edelmut schienen dieser Bestie in Menschengestalt unerträglich zu sein!

Volker konzentrierte sich auf das Licht der Fackel am Ende des Ganges und lauschte auf Geräusche hinter den Türen, an denen sie vorbeikamen, doch es gelang ihm nicht, den Eber völlig aus seinen Gedanken zu verbannen.

Am Portal des Praetoriums standen keine Wachen. Auch der Hof der Garnison war menschenleer und dunkel. Aus einem der Kasernenbauten drang Lärm, so, als würde dort ein Fest gefeiert. Durch die schmalen Fenster der beiden Türme, die das Tor flankierten, schimmerte fahles Licht.

Wahrscheinlich saßen die Soldaten dort beisammen und vertrieben sich die langen Stunden der Nacht mit Würfelspielen und Geschichten. Oder sie haderten mit ihrem Schicksal, weil sie von dem Fest ihrer Kameraden ausgeschlossen waren. Wie sollten sie auch ahnen, was im Praetorium geschehen war?

Volker entschied, daß es zu gefährlich war, den Hof in gerader Linie zu überqueren. Der Nachthimmel war klar, und der Mond stand hoch am Himmel. Es war hell genug, daß man sie hätte erkennen können. Er gab dem Eber ein Zeichen und hielt sich dann links. Sie würden im Schatten der Kasernen und Stallungen bis zum Tor schleichen und dann ... Vielleicht gelang es ihnen ja, die Wachen zu überraschen oder sogar völlig unbemerkt das Tor zu öffnen. Der Spielmann starrte angestrengt zur dunklen Höhlung des Torbogens. Es schien, als stünde dort niemand auf Posten.

Sie hatten schon mehr als die Hälfte des Weges um den Hof geschafft, als ein Geräusch Volker herumfahren ließ. Ein Mann mit einer Laterne in der Hand war aus einer der Kasernen getreten. Mernog!

»Dort wandert mein Kopfgeld durch die Nacht. Ich finde, der Kerl sieht einsam aus. Er sollte Gesellschaft bekommen.« Der Eber ließ die Leiche des Statthalter zu Boden gleiten. »Er darf nicht bis ins Praetorium kommen. Gib mir deinen Bogen!«

Der Eber riß Volker die Waffe aus der Hand und legte einen Pfeil auf die Sehne. »Eulenfedern tragen lautlos den Tod durch die Nacht«, murmelte der Räuber leise und zog die Sehne zurück.

»Halt! Wer da!« Ein Krieger mit Schild und Speer trat aus dem Schatten des Torbogens.

Mernog blieb stehen und hob die Fackel, so daß ihr Licht auf sein Gesicht fiel. »War dein Vater ein blinder Maulwurf, Childiger, das du auf zwanzig Schritt deine Kameraden nicht mehr erkennst? Ich bin es, Mernog!«

»Ist ja schon gut...« Die Wache trat in den Schatten des Torbogens zurück.

Der Eber ließ den Bogen sinken. »Wenn ich ihn jetzt abschieße, wird der andere es merken. Ich werde Mernog ins Praetorium folgen. Kümmere du dich inzwischen um den Torposten.«

Der Spielmann nahm den Bogen zurück und blickte dem Eber nach, der wie ein Schatten entlang der Hauswände glitt. Nur wenige Herzschläge nachdem Mernog durch das Portal des Praetoriums getreten war, langte auch der Räuber dort an. Volker wandte sich ab. Er war sicher, daß der Franke nicht mehr dazu kommen würde, einen Laut von sich zu geben. Gedankenverloren blickte der Spielmann dem Räuber nach. Sich selbst das Kopfgeld zu holen, das auf ihn ausgesetzt war, war etwas, was dem Räuber sicher gefiel. Doch was wäre, wenn man ihn schnappte. Im Praetorium waren die Schlafgemächer der Garnisonsoffiziere. Wenn sie den Eber erwischten, war es der Wille Gottes! Er würde nicht umkehren, um ihm zu helfen, dachte Volker. Es wäre sinnlos, sich zu zweit gegen die ganze Garnison zu stellen.

Der Spielmann blickte zum Tor. Hoffentlich hatten Golo und seine Gefährten es geschafft, das Stadttor zu erobern. Sonst würde es herzlich wenig nutzen, das Tor des Kastells zu öffnen.

In den Schatten der Stallungen geduckt, schlich Volker bis zur Festungsmauer und folgte ihr bis zu den Tortürmen. Er mußte den Wachtposten überraschen. Der Kerl durfte keinen Laut mehr von sich geben! Mit dem Rücken gegen die Mauer gepreßt, stand er dicht neben dem Torbogen und lauschte. Nicht das leiseste Geräusch war zu hören. Vielleicht war der Posten gegangen? Volker konnte sich an zwei kleine Türen im Torgang erinnern, die ins Innere der Türme führten. Womöglich war der Soldat gar nicht mehr hier.

Der Spielmann zog sein Schwert und verbarg es unter seinem Umhang. Dann trat er um die Ecke.

»Halt! Wer bist du?« In der Finsternis blitzte eine Speerspitze.

»Schon gut, Mann. Ich bin der Jäger, der den Eber gefangen hat. Dein Kommandant hat mir meine Belohnung gegeben. Ich soll jetzt gehen.«

»Warum habe ich dich nicht über den Hof kommen sehen?«

Volker machte einen raschen Schritt nach vorne, zog das Schwert unter dem Mantel hervor und stieß es dem Franken in den Bauch. Gleichzeitig preßte er dem Sterbenden seine Linke auf den Mund. Der Krieger bäumte sich auf, doch mit jedem Herzschlag wurde sein Widerstand schwächer. Als der Franke sich nicht mehr rührte, ließ Volker ihn zu Boden gleiten. Dann wandte er sich zum Tor. Ein riesiger Balken, groß wie ein halber Baumstamm verschloß die beiden Flügel. Der Spielmann seufzte. Er würde wohl auf den Eber warten müssen, um den Torbalken leise aus seiner Verankerung heben zu können. Seine Kraft mochte wohl reichen, ihn allein bei Seite zu schieben, doch wenn der Balken polternd auf das Pflaster fiel, würde der Lärm die halbe Garnison aufwecken! Müde lehnte sich der Spielmann gegen die Mauer. Es war kalt. Seine Kleider waren vom Blut des Franken durchnäßt und wärmten nicht mehr. Wie hatte es nur so weit kommen können, daß er mit Räubern eine schlafende Stadt überfiel...

Eine der Türen zum Hof öffnete sich. Gelbes Licht fiel in einem breiten Streifen auf das Pflaster. Zwei Gestalten erschienen unter der Tür. Leicht schwankend traten sie hinaus und hielten auf die Ställe zu.

»Ein Hoch auf den Statthalter und seinen Wein«, grölte einer der Männer.

»Und ein Hoch auf den Eber, der sich hat fangen lassen.« Die beiden lachten. Offenbar hatte der Statthalter seinen Männern zur Feier des Tages ein Faß Wein überlassen.

Volker hob den Bogen. Er mußte etwas tun. Die beiden hielten fast genau auf die Stelle zu, an der die Leiche des

Statthalters lag. Was zum Henker wollten sie nur bei den Ställen? Verzweifelt blickte der Spielmann auf den Bogen, der neben ihm an der Wand lehnte. Nein, das war keine Lösung. Selbst wenn er mit dem ersten Schuß einen der beiden niederstreckte, würde der andere noch im selben Moment Alarm geben. Und wenn er einfach hinüberging ... Doch das wäre dasselbe. Brachte er einen um, hätte der andere auf jeden Fall noch Gelegenheit zu schreien.

Die beiden hielten vor der Wand der Stallungen und erleichterten sich in die schmale Abflußrinne, die unterhalb der Mauer verlief. Volker begann zu beten. Nur die Heiligen vermochten ihm jetzt noch zu helfen. Oder vielleicht der Erzengel Gabriel ... Gabriel war ein Krieger. Er hätte Verständnis für diese verzweifelte Lage.

Der erste der Männer drehte sich um und machte sich auf den Rückweg zur geöffneten Tür auf der anderen Seite des Hofes. Der Lärm eines Festes ertönte von dort. Trinksprüche und derbe Soldatenlieder. Auch das helle Geschrei von Huren war zu hören.

Jetzt drehte sich auch der zweite Kerl um. Volker atmete erleichtert auf.

Plötzlich hielt der Soldat vor der Mauer inne. Er beugte sich in Richtung des toten Statthalters. Der Spielmann biß sich auf die Lippen. Dann griff er nach dem Bogen. Wenn Alarm gegeben wurde, kämen die Krieger als erstes hierher, um das Tor zu sichern.

»Heh, Kamerad! Du hast dir einen schlechten Platz zum Schlafen ausgesucht.« Der Franke lachte heiser. »Dort muß dir doch das, was vom Wein geblieben ist, direkt unter der Nase vorbeilaufen.«

Leicht schwankend, bückte sich der Mann. Der zweite Soldat hatte sich inzwischen wieder umgedreht. »Ruidiger, wo bleibst du?«

Volker hatte das Gefühl, daß sein Herz so laut wie eine Trommel schlug. Jetzt war alles vorbei. Ihm blieb nur noch, sein Leben so teuer wie möglich zu verkaufen. Er hatte immer gehofft, einen heldenhaften Tod in einer Schlacht zu sterben, so daß die Barden eines Tages vielleicht Lieder über ihn singen würden. Jetzt, wo der Tod so nahe war, war er plötzlich wieder ruhig. Er griff nach dem Bogen.

Der Krieger bei den Pferdeställen drehte inzwischen den Leichnam des Statthalters herum. Einen Lidschlag lang verharrte der Franke. Dann erkannte er, wer dort vor ihm lag, und sein gellender Alarmruf schallte über den Hof.

Volker zog die Sehne des Bogens durch.

»Schaut hierher, ihr fränkischen Hurenböcke! Hier steht euer schlimmster Feind. Der Eber! Zuerst habe ich mir euren Statthalter geholt, und jetzt seid ihr dran. Niemand kann den Eber töten!« Der Räuber stand auf den Stufen unter dem Portal des Praetoriums. Er hielt zwei gekreuzte Kurzschwerter über sein Haupt erhoben und sah aus wie ein Kriegsgott aus der Zeit, in der Götter noch manchmal auf Erden wanderten.

Der Spielmann ließ den Bogen wieder sinken. »Danke!« murmelte er leise. Es war offensichtlich, daß der Eber versuchte, die Franken vom Tor abzulenken. Er wußte genau, daß sie nur dann überleben konnten, wenn es Volker gelang, ihren Gefährten das Tor zu öffnen. Vorausgesetzt, Golo hatte es geschafft, die Räuber in die Stadt zu lassen, und wartete nun auf der anderen Seite des Tores.

Die Tür des Wachturms schlug auf. Volker duckte sich tief in die Schatten unter dem Torbogen. Drei vollbewaffnete Krieger liefen auf den Hof. Auch aus der erleuchteten Tür stürmten Männer mit Schwertern und Speeren. Der Ruf des Ebers hatte sie offenbar schlagartig nüchtern werden lassen. Noch standen sie zögernd in der Mitte des Hofes. Aufgeregte Rufe gellten durch die Nacht. Ihnen fehlte ein Anführer …

»Nun, ihr Bastarde! Wartet ihr noch, daß Verstärkung aus Castra Bonna eintrifft, bevor ihr es wagt, mich anzugreifen?«

Volker war aufgestanden und schob seine Schulter unter den Eichenbalken. Zoll für Zoll bewegte sich der schwere Riegel.

»Packt ihn!« Die Franken stürmten auf den Eingang des Praetoriums zu.

Der Eber senkte seine Schwerter. »Verreckt!« Mit einem Satz war er die Stufen hinabgesprungen und rannte den Soldaten entgegen.

Volker stemmte sich mit aller Kraft gegen den Querbalken. Endlich spürte er, wie das schwere Holz ins Gleiten kam. Vom Platz ertönte das helle Klingen von Schwertern und die Schreie der Kämpfenden. Niemand hörte, wie der Torbalken zu Boden fiel. Sofort machte sich der Spielmann an einem der mächtigen Torflügel zu schaffen. Knirschend bewegte sich das Tor in den Angeln. Als der Spalt breit genug war, um einen Mann durchzulassen, blickte er auf den kleinen Marktflecken unterhalb der Garnison. Dort hätten Golo und die anderen stehen sollen. Doch der Platz war leer.

Volker schluckte. Irgend etwas mußte schiefgegangen sein. Wenn er jetzt davonlief, würde er vielleicht entkommen können. Noch immer ertönte Kampflärm hinter ihm. Doch es war klar, daß der Eber höchstens noch für ein paar Augenblicke gegen die Übermacht standhalten konnte.

Der Spielmann zog sein Schwert. Ein Ritter zu sein hieß meistens, sich für die unvernünftigere von zwei Möglichkeiten zu entscheiden.

»Für den Feuervogel!«

Einen Moment lang kamen die Reihen der Franken ins Wanken, als der Spielmann ihnen in den Rücken fiel. Doch als die Krieger erkannten, daß sie es nur mit zwei Feinden zu tun hatten, kämpften sie mit neuem Mut.

Volker konnte sehen, wie der Eber unter den Schwertstreichen seiner Gegner zu Boden ging. Selbst als er stürzte, schlug er noch nach den Beinen der Krieger. Verzweifelt wehrte Volker die Angriffe der Übermacht ab. Er stand jetzt mit dem Rücken zu den Pferdeställen.

»Für den Feuervogel!« tönte ein Schlachtruf vom Tor. Es war die Stimme Golos!

Der Krieger, gegen den Volker gerade kämpfte, erstarrte. Eine blutige Pfeilspitze ragte aus seiner Brust. Unter den Franken brach Panik aus. Ein Offizier brüllte Befehle und versuchte, wieder Ordnung in seine Männer zu bringen. Dann stürzte auch er mit einem Pfeil im Rücken zu Boden.

»Ergebt euch, und ich werde euch das Leben schenken!« schallte Volkers Stimme über das Chaos. »Und ihr hört auf zu schießen!« Vor dem Tor hatten sich mehr als zwanzig Bogenschützen versammelt. Eine dunkle Gestalt löste sich aus dem Pulk und kam auf den Spielmann zugelaufen.

»Den Heiligen sei Dank! Du lebst!« Überschwenglich schloß Golo ihn in die Arme. Der Atem des jungen Ritters roch nach Bier. Volker stutzte. Wann hatte sein Freund an diesem Abend Gelegenheit gehabt, Bier zu trinken?

Klirrend schlugen die Schwerter der Franken auf das Pflaster des Hofs. Die Überlebenden hatten ihre Arme gehoben und drängten sich vor dem Portal des Praetoriums.

Volker löste sich aus der Umarmung Golos. Der Eber lag inmitten eines Haufens von Toten und Verwundeten. Seine beiden Schwerter hatten reiche Ernte gehalten. Der Burgunde kniete neben dem Räuber nieder. Sanft strich er ihm mit der Hand übers Gesicht, um seine Augen zu schließen.

»Laß das ... Ich bin ... noch nicht ... in der ... Hölle!« keuchte der Eber schwach.

»Du lebst?« Volker traute seinen Augen kaum.

»Mögen die Wölfe dich ... zerfleischen, Spielmann ... damit ich nie wieder ... auf einen deiner wahnsinnigen ... Pläne höre.«

Der Burgunde lachte leise. Dann winkte er die Männer des Ebers herbei.

»Haben... haben wir... gewonnen?« Die Stimme des Räubers wurde schwächer.

»Ja. Wir werden deine Vorratshäuser bis unter die Dachsparren füllen. Die Garnison und die Stadt gehören uns.«

»Gut.«

10. KAPITEL

Der Eber hatte Wort gehalten. Nachdem sie die Vorratslager der Garnison von Castra Corona geplündert hatten, waren sie zunächst mit ihrer Beute in seine Bergfestung zurückgekehrt. Obwohl der schwerverletzte Anführer der Räuber sich kaum aufrecht auf seinem Thron am Ende des Langhauses halten konnte, hatte es ein großes Fest gegeben, und am nächsten Morgen durften Volker und Golo das Bergdorf verlassen.

Begleitet von zwei Räubern schlugen sie einen weiten Bogen durch die Berge, um den fränkischen Patrouillen aus dem Weg zu gehen. Sie mieden jede Siedlung, und obwohl das Wetter immer schlechter wurde, verbrachten sie jede Nacht im Freien. Weit im Norden von Treveris hatten sie die Mosel an einer seichten Stelle überquert und sich dann wieder nach Süden gewandt. Nach der Flußüberquerung hatten sich die beiden Jäger von ihnen getrennt, und Golo war nicht traurig, endlich wieder mit Volker allein zu sein. Die zwei waren ihnen auf dem Weg durch die Berge gute Gefährten gewesen, und das war es, was Golo beunruhigte. Er hatte angefangen, sie zu mögen. Sein Bild von den grausamen, herzlosen Halsabschneidern war ins Wanken geraten. Womöglich waren die beiden dabeigewesen, als der Hof von Mechthilds Eltern überfallen worden war. Sie hatten während der ganzen Reise nicht darüber gesprochen ... Der junge Ritter erschauerte. Immer wieder hatte er auf der Reise daran denken müssen, ob er mit zweien der Männer, die dem Mädchen Gewalt angetan hatten, am gleichen Feuer saß.

Was wohl aus Mechthild geworden war? Um die beiden Frauen nicht zu verraten, hatten sie nie von ihnen gesprochen. Doch Golo vermißte die Kleine. Sie hatten nie viel miteinander gesprochen, doch in den wenigen Tagen, die sie miteinander gereist waren, war ihm das Mädchen sehr vertraut geworden. Manchmal hatte er das Gefühl gehabt, daß sie nur Blicke brauchten, um einander zu verstehen. Ob sie bei Belliesa wohl in guter Obhut war? Die Bardin war ihm nicht ganz geheuer! Vielleicht wäre es besser gewesen, wenn sie sie nicht gerettet hätten. Der junge Ritter dachte daran, wie er sie heimlich beim Feuermachen beobachtet hatte. Ob Belliesa wirklich eine Zauberin war, wie die Franken behauptet hatten? Und was für einen Einfluß sie wohl auf die kleine Mechthild haben mochte? Sicher würde sie das Mädchen in ihre Geheimnisse einweihen und so ihr Seelenheil gefährden.

Golo seufzte. Wahrscheinlich würde er Mechthild niemals wiedersehen. Er blickte auf die Straße. Sie war gepflastert und führte schnurgerade auf ein riesiges Tor zu. Rechts und links von ihr standen große Grabsteine. Viele zeigten Reliefs von Kriegern oder Beamten, die einst mächtig gewesen waren. Sogar ganze Schiffe mit Weinfässern hatten die Alten aus Stein geschlagen. Von den meisten Monumenten war die Farbe abgeblättert. Nur das Rot, mit dem die eingemeißelten Buchstaben unterlegt waren, hatte sich besser gehalten. Die Römer waren ein seltsames Volk gewesen, dachte Golo. Wann immer man eine ihrer Metropolen betreten wollte, mußte man zunächst eine Totenstadt durchqueren. Alle Gräber lagen außerhalb der Mauern entlang der großen Straßen. So wurde man jedesmal, wenn man eine Reise antrat oder wieder zurückkehrte, an jene erinnert, die ihre letzte Reise angetreten hatten. Die ganzen Grabsteine ließen die jungen Ritter melancholisch werden. Für ihn würde es sicherlich keinen Stein geben, auf dem sein Namen stand. Doch wozu auch? Wer würde sich an ihn schon erinnern?

Die Stadt, die vor ihnen lag, hatte gewaltige Ausmaße. Sie war viel größer als Worms, wo König Gunther regierte. Allein das Tor war schon eine kleine Festung für sich und prächtiger geschmückt als die meisten Kirchen, die der junge Ritter bisher gesehen hatte. Über dem Doppeltor erhoben sich zwei Etagen mit runden Fensterbögen, die von Säulen flankiert waren. Rechts und links sprangen zwei halbrunde Tortürme vor. Auch sie zeigten zahlreiche Bogenfenster, aus denen die Wachtposten bis weit über das Land sehen konnten. An beide Seiten des Tores schloß sich eine massige Mauer an, die wohl mindestens sieben Schritt hoch sein mochte. Das ganze Tor war aus schwärzlichen Steinen gebaut und wirkte gleichermaßen bedrohlich und erhaben, so als wolle es jeden verhöhnen, der sich mit feindlichen Absichten dieser mächtigen Stadt näherte.

Im Osten, zum Moselufer hin, konnte man hohe Kräne erkennen, die ihre langen Arme noch hoch über die Dächer der Speicherhäuser erhoben. Die Masten der Flußschiffe an den Kais wirkten im Vergleich zu ihnen geradezu klein und zerbrechlich. Auf sieben Pfeilern spannte sich dort eine prächtige Brücke über den Fluß, getragen von Rundbögen, die so hoch waren, daß die meisten Flußkähne wohl unter ihnen hindurchfahren konnten.

Golo fragte sich, wie die Franken es geschafft haben mochten, den Römern diese gewaltige Stadt zu entreißen. Und wie konnte es sein, daß das Volk, daß solche Wunder vollbringen konnte, von Barbaren vertrieben wurde. War es, weil sie zu lange in den Mauern ihrer Städte heidnische Götzen verehrt hatten? Konnte es eine andere Erklärung für ihren Untergang geben als die, daß sie den Zorn Gottes auf sich gezogen hatten?

Verlegen klopfte sich der junge Ritter ein wenig Schmutz von der Tunika. Mehr als zwei Wochen hatten sie ihre Kleider nicht gewechselt oder auch nur gereinigt. In der Wildnis waren Volker und ihm Bärte gewachsen, ihr Haar war strähnig und verfilzt. Wie zwei Strauchdiebe mußten sie aussehen! Womöglich würde man sie gar nicht in die Stadt hineinlassen?

Schon von weitem konnte Golo die grünen Umhänge und die roten Schilde erkennen, die die Krieger Giselhers, des Bruders des Königs, trugen. Er war zum Statthalter von Treveris eingesetzt worden und residierte nun in dieser Stadt, in der angeblich einst der Kaiser Konstantin geherrscht hatte.

Unmittelbar vor ihnen passierte ein hoch mit nassem Heu beladener Wagen das Doppeltor. Offenbar kannten die Wachen den Kutscher, denn sie winkten den Mann durch, ohne auch nur einen Blick auf dessen Fracht zu werfen. Ihnen beiden jedoch verstellten sie den Weg. Ein älterer Mann mit einem prächtigen Bart winkte sie zur Seite.

»Was wollt ihr beiden in der Stadt? Hier tragen nur die Männer des Königs Waffen.«

Golo wollte antworten, doch Volker gab ihm ein Zeichen zu schweigen. Der Spielmann musterte den Torposten kühl. »Weil hier nur die Männer des Königs Waffen tragen, solltest du uns besser durchlassen.«

»Was soll das heißen, Kerl? Werd' hier nicht frech, oder ich laß dir das Maul stopfen!«

»Das soll heißen, daß vor dir Volker von Alzey, ein Vertrauter des Königs Gunther und Freund deines Herren Giselher, steht. An meiner Seite siehst du meinen Vertrauten, den Ritter Golo und ...«

»Und ich bin der Schwager des Königsbruders Gernot!« Der Wächter lachte. »Das ist die dreisteste Lüge, die ich jemals gehört habe, Fremder. Bist du ein Possenreißer oder ein Narr? Oder hat Gott dir den Verstand verwirrt, daß du dich für einen Herrn von Adel hältst? Der Mann, für den du dich ausgibst, ist ein berühmter Held, und er führt in den Bergen, die du dort hinten auf der anderen Seite des Flusses siehst, Krieg gegen den Ketzerfürsten Ricchar.«

Für einen Moment lang konnte Golo beobachten, wie es Volker förmlich die Sprache verschlug. Doch der Spielmann hatte sich schnell wieder gesammelt. »Siehst du diesen Wollumhang? Hast du je einen Stoff in diesem Rot gesehen? Nur Volker trägt einen solchen Umhang. Und sieh mein Schwert! Ist das die Waffe eines Jägers aus den Bergen?«

Ein junger Ritter im Kettenhemd, der offenbar die Wachen am Tor kommandierte, war inzwischen auf sie aufmerksam geworden und trat an die Seite des Kriegers. »Was geht hier vor, Ruitbold? Machen die beiden Ärger?«

»Würdet Ihr diesem hirnlosen Waffenständer erklären, daß es sich nicht ziemt, dem Spielmann des Königs den Zugang in eine burgundische Stadt zu verwehren. Wenn ich nicht spätestens in einer halben Stunde in einem warmen Bad sitze und einen Becher voll geharztem Wein in Händen halte, werde ich dafür sorgen, daß ihr beiden die nächste Gesandtschaft in die Barbarenlande begleiten dürft.«

Der junge Ritter wollte schon zu einer passenden Antwort ansetzen, als er plötzlich erbleichte. »Bei allen Heiligen! Ihr seid es wirklich, Herr Volker. Es ist lange her, daß ich zum letzten Mal die Ehre hatte, einem Eurer Lieder am Hofe des Königs zu lauschen und ... vergebt mir diese Bemerkung ... doch Ihr saht damals ... anders aus.«

»Eure Anspielung auf mein Äußeres ist nicht gerade höflich, Ritter.«

»Vergebt, Herr. Ich wollte nur erklären, warum ich Euch nicht gleich erkannt habe. Wenn Ihr gestattet, werde ich Euch sogleich zum Fürsten Giselher geleiten. Ich bin sicher, daß er Euch umgehend sehen möchte und...« Der junge Ritter strahlte. »Ich... Ich wollte nur sagen, daß ich glücklich bin, einem Helden wie Euch begegnen zu dürfen. Wir alle hier sind begierig auf jede Nachricht aus den Bergen und die Geschichten, die die Reisenden von Euch erzählen.«

Golo musterte den Ritter verständnislos. Was für Geschichten meinte er? Irgend etwas stimmte hier nicht. Entweder verwechselte man sie oder...

Volker räkelte sich im Holzschuber und streckte seine müden Glieder, während eine Magd heißes Wasser nachgoß. Es gab drei große Thermen in der Stadt, doch obwohl die Römer vor nicht einmal einer Generation die Herrschaft über Treveris aufgegeben hatten, funktionierte schon jetzt keine der großen Badeanlagen mehr. Nun ja, verglichen mit der Wildnis war auch ein hölzerner Badezuber Luxus. Volker musterte die dralle Magd, die sich gerade gebückt hatte, um neue Scheite unter den Kessel zu legen, in dem das Wasser für den Badebottich erhitzt wurde. Sie war ein wenig kräftig gebaut, aber nur für eine Nacht wäre sie sicher eine unterhaltsame Gespielin. Vor allen Dingen ihr frecher Blick hatte ihm gefallen...

Etwas lustlos kratzte er mit dem Rasiermesser über seine Wangen. Er hatte sich schon zweimal geschnitten und hätte das verfluchte Ding am liebsten in die Ecke geworfen. Es gab Schlachten, in denen er weniger Blut verloren hatte als an diesem Nachmittag bei der Rasur. Aber wenn er vor den Bruder des Königs trat, wollte er wieder aussehen wie ein Ritter und nicht wie ein abgerissener Wegelagerer.

»Ist das Wasser warm genug, Herr?«

Die Magd lächelte verführerisch. Baderinnen hatten im allgemeinen einen sehr schlechten Ruf, doch das war nichts, was ihn schreckte. Im Gegenteil! Bei einer Frau mit schlechtem Ruf hatte er sich noch nie gelangweilt. Er lächelte zurück. »Erstreckt sich dein Dienst bis in die Nachtstunden?«

»Das kommt ganz darauf an ...«, entgegnete sie mehrdeutig.

»Vielleicht würde ich deine Dienste noch einmal gerne in Anspruch nehmen, wenn der Statthalter mich wieder entlassen hat.«

»... und du willst sicherlich nicht noch einmal ein Bad nehmen. Nun, ich weiß nicht, ob es Sünde ist, sich mit einem Mann wie dir einzulassen. Doch du warst es ja schließlich, der mich gefragt hat, und wer bin ich, daß ich mich einem, den Gott selbst auserwählt hat, verweigern könnte.«

Volker runzelte die Stirn und blickte die Baderin fragend an. Was meinte sie damit? Alle in dieser Stadt behandelten ihn so komisch. Selbst Golo war das schon aufgefallen. Sein Kamerad hatte sich nur kurz über einer Viehtränke gewaschen und dann nach der Küche umgesehen. Golo war der Meinung, daß ein allzu ausgiebiger Kontakt mit Wasser krank machte.

»Du meinst, ich bin auserwählt, weil ich dem Adel angehöre?«

Jetzt blickte die Baderin verwundert. »Bist du so bescheiden, oder willst du mich foppen? Adelige gibt es viele, und ich habe schon mehr als einem Ritter das Bett gewärmt. Nein, es geht um ...«

Die Tür ging auf und ein hochgewachsener junger Krieger trat ein. Giselher! »Du darfst dich entfernen!«

Die Baderin verbeugte sich und verschwand wortlos. Volker fluchte innerlich und nickte höflich. »Verzeiht, wenn ich nicht aufstehe und mich vor Euch verbeuge, Herr, aber ich fürchte, in meiner Lage wäre das noch unschicklicher, als die höfische Etikette zu verletzen, indem ich sitzen bleibe.«

»Wie ich sehe, hat sich an deinem Humor nichts geändert.« Giselher war ein Stück vor dem Bottich stehengeblieben, hatte den Kopf ein wenig schief gelegt und musterte ihn, als wären sie sich gerade zum ersten Mal begegnet.

Volker war von dem seltsamen Verhalten aller, die ihm begegneten, in zunehmendem Maße irritiert. Stimmte etwas nicht mit ihm? Er strich sich mit den Händen über die Wangen. Freilich, seine Rasur war noch nicht ganz beendet, und er hatte seine schulterlangen Haare abgeschnitten, doch so sehr konnte ihn das doch nicht verändert haben. Er hatte seine halbe Kindheit zusammen mit Giselher in Worms verbracht. Warum starrte der Kerl ihn jetzt so unverhohlen an?

»Stimmt etwas nicht, mein Fürst?«

»Laß diesen Fürstenquatsch! Wir haben früher ganz normal miteinander gesprochen, und so sollte es auch weiterhin sein, oder bist du jetzt zu heilig dazu?«

»Zu heilig? Was willst du damit sagen?«

Giselher blickte ihn streng an. »Treibst du ein Spiel mit mir, Volker? Du wirst doch wohl nicht vergessen haben, wie dir ein Erzengel erschienen ist und dich in die Berge gerufen hat, um von dort den Krieg gegen den Ketzerfürsten zu beginnen.«

»Was?« Volker konnte nicht glauben, was er gerade gehört hatte.

»In Castra Bonna ist es geschehen. Die Geschichte ist in aller Munde. Auch die Wachen des Gaugrafen Ricchar haben den Erzengel in deinem Zimmer gesehen. In jener Nacht hast du beschlossen, dem Frankenfürsten die Fehde zu erklären. Nur von Golo und einem kleinen Mädchen begleitet, bist du in eine Stadt voller Krieger geritten, um eine Bardin zu retten, die zu Unrecht zum Tode verurteilt war. Und du hast den dämonischen Krieger, der der Herr dieser Stadt war, besiegt und die eherne Maske zerschlagen, hinter der er sein vom Teufel gezeichnetes Antlitz verborgen hat. Man erzählt sich auch, daß du...«

Volker spürte, wie sich sein Magen krampfhaft zusammenzog. Was ging hier vor? Wer verbreitete solche Geschichten über ihn? Und worauf würde das alles hinauslaufen?

»... bis du schließlich an der Spitze der Rebellenarmee Castra Corona erobert hast?«

»Rebellenarmee!« Volker war aufgesprungen. »Mein Fürst, hier liegt ein schreckliches Mißverständnis vor. Ihr seid einer Lüge aufgesessen.«

»Du bist zu bescheiden, Volker. Wer sollte mich denn belügen? Die Händler aus Castra Corona, die von deinem tollkühnen Angriff auf die Garnison berichtet haben? Oder vielleicht die Bardin, die zu deinem höheren Ruhm Lieder über deine Heldentaten dichtet.«

»Bardin?« Volker kam ein schrecklicher Verdacht. »Etwa eine ausnehmend hübsche rothaarige Frau?«

Giselher grinste anzüglich. »Gibt es eigentlich schöne Frauen, die du nicht kennst? Sie ist nicht sonderlich groß... aber ja, deine Beschreibung trifft durchaus auf sie zu. Sie heißt Belliesa und ist seit zwei Tagen zu Gast an meinem Hof.«

Der Spielmann griff nach dem Handtuch, das über den Rand des Zubers hing. Dieses verdammte Luder! Was wollte sie mit ihrem Spiel erreichen? Wenn das ein Spaß sein sollte, dann war es höchste Zeit, daß er ihr sagte, daß er ihn nicht komisch fand.

»Wohin willst du, Volker?«

Der Spielmann blickte Giselher ein wenig irritiert an. »Ich... ich muß eine dringende Angelegenheit erledigen.

Ich hoffe, du kannst für ein oder zwei Stunden auf mich verzichten. Danach werde ich für den Rest des Herbstes zu deiner Verfügung stehen.«

Der Fürst packte ihn beim Arm. »Jetzt ist nicht der Zeitpunkt, um mit einem deiner Weiber ins Bett zu steigen. Es gilt, ein paar wichtige Dinge zu besprechen! Was du dort im Gau des Grafen Ricchar begonnen hast, beginnt weite Kreise zu ziehen. Wir sollten in aller Ruhe dein Vorgehen in den nächsten Wochen besprechen. Leider können wir dir keine direkte Unterstützung geben, Volker, das würde umgehend zu Krieg mit den Franken führen, aber dennoch hast du mehr Verbündete, als du vielleicht denkst. Gestern habe ich einen Botenreiter zu meinem Bruder nach Worms geschickt. Ich rechne damit, daß ich in drei Tagen Antwort von ihm erhalte. Ich habe einen ausführlichen Bericht über dich und die Rebellenarmee verfaßt und auch vom Angriff auf Castra Corona geschrieben.«

»Aber das alles ist doch nicht wahr!« Volker ließ sich resignierend auf einem Hocker neben dem Badezuber nieder.

Auf Giselhers Stirn zeigten sich steile Falten. »Was heißt hier *nicht wahr*? Im ganzen Bergland spricht man von dir und deinen Heldentaten! Sollen das vielleicht alles erfundene Geschichten sein? Willst du mir erzählen, du hättest keinen Angriff auf Castra Corona angeführt? Es sind Männer in der Stadt, die dich selbst gesehen haben, als du den Abtransport der Beute organisiert hast. Bist du dir darüber im klaren, was du in den Bergen begonnen hast? Erst gestern haben mich einige meiner jungen Ritter gefragt, ob sie in die Berge reiten dürfen, um sich dir anzuschließen. Du bist ein Held, und dein Name ist in diesen Tagen in aller Munde.«

Der Spielmann nickte müde. Er wußte nicht, was er dazu noch sagen sollte. Er hatte das Gefühl, in einem Heldenepos gefangen zu sein, das ein fremder Dichter ersonnen hatte, und er fühlte sich von Mächten bestimmt, auf die er keinen Einfluß hatte.

»Du weißt, was für eine Gefahr Fürst Ricchar für Burgund darstellt?«

Der Barde zuckte mit den Schultern. »Er ist ein guter Krieger. Ich habe an seiner Seite gestritten und gesehen, mit welch unbeugsamem Mut er kämpft. Seine Männer vergöttern ihn.«

»Und er ist ein überaus gefährlicher General. Ich habe gegen ihn *gekämpft* und mußte mit ansehen, wie er mit einem Reiterkeil meine Männer auseinandergetrieben hat, obwohl wir mehr als dreimal so viele Krieger waren. König Merowech ist alt, und es gibt Stimmen, die munkeln, daß Ricchar vielleicht die Macht hat, nach Merowechs Tod den Thron der Franken an sich zu reißen. Viele Kriegsfürsten würden ihn dabei unterstützen. Man sagt, Ricchar habe noch nie eine Schlacht verloren... Das macht ihn unter den Soldaten beliebt. Sie glauben, daß er ihnen Ruhm und Gold bringen wird. Nur einen Fehler hat unser Franke gemacht... Hätte er nicht das Christentum abgelegt, so wäre er schon jetzt unangreifbar. So jedoch hat er sich mächtige Feinde gemacht. Die Bischöfe des Frankenreichs stehen in offener Opposition zu ihm, und sie scheuen sich nicht, Ricchar selbst am Hofe des Königs einen Ketzer zu nennen. Durch sie wissen wir, daß Ricchar im Kampf gegen die Rebellen in seinem Gau keine Unterstützung durch den König erhalten wird, und sollte der Ketzerfürst in einem dieser Gefechte fallen, dann wird sein Ruhm so schnell verblassen wie die Sterne beim Morgengrauen.« Einen Moment lang starrten die Männer einander schweigend an. Dann murmelte Giselher leise: »Du weißt jetzt also, was *dein* König von dir erwartet.«

»Aber ich war Gast an seiner Tafel... Er hat mich zuvorkommend behandelt, und ich würde mich wie ein Verräter fühlen, wenn ich mein Schwert gegen ihn erheben würde, um...«

»Wem gilt deine Treue eigentlich?« herrschte der Fürst

ihn an. »Siehst du nicht, welche Gefahr für Burgund Ricchar werden wird, wenn ihn niemand aufhält? Noch ist sein Aufstieg zu verhindern! Du weißt, daß König Merowech seit Monaten kränkelt... Viele rechnen damit, daß er noch in diesem Winter stirbt. Wenn das geschieht, dann ist es zu spät! Von meinen Spitzeln weiß ich, daß Ricchar Waffen hortet. Angeblich kann er schon jetzt zehntausend Fußkämpfer und tausend schwere Reiter ausrüsten. Wenn er erst einmal auf dem Königsthron sitzt, dann wird ihn niemand mehr aufhalten können. Ich habe von den fränkischen Bischöfen ein geheimes Schreiben erhalten, in dem sie mir berichten, daß Ricchar von der Errichtung eines heidnischen Königreiches träumt und daß er das Christentum ausrotten will. In den letzten Monaten sind mehr als hundert Priester und Mönche aus seinem Gau hierhergeflohen und haben sich unter den Schutz unseres Bischofs gestellt. Sie erzählen, daß der Ketzer die Priester foltern und hinrichten läßt, wenn sie dem wahren Glauben nicht abschwören und sich seinem Stiergott unterwerfen. Es ist deine Pflicht als Christ, diesen Mann zu bekämpfen!«

Volker mußte an den Eber denken. Der Räuber war ein Christ! Was hatte der Glaube schon zu bedeuten, wenn die Seele eines Menschen verdorben war. Im Vergleich zu diesem Halsabschneider war Fürst Ricchar wie ein leuchtender Stern in der Finsternis. Der Frankenfürst hatte eine Vision... Volker war sich sicher, daß Giselher mit der Behauptung recht hatte, daß Ricchar Krieg führen würde, falls er König würde... Doch das Ziel des Franken war Frieden. Dessen war sich der Spielmann völlig sicher. Warum sollte er gegen diesen Mann kämpfen? Vielleicht würde der Tag kommen, wenn Ricchar Burgund angriff... Aber jetzt? Außerdem würde es nicht mehr lange dauern, bis der erste Schnee in den Bergen fiel. Kein Feldherr mit Verstand führte Krieg im Winter. In dieser Jahreszeit würden mehr Krieger an der Kälte und an Krankheiten sterben als in der Schlacht.

»Nun, Volker! Hast du es dir überlegt?« Giselher schaute ihn erwartungsvoll an. »Wie lautet deine Antwort?«

Der Spielmann seufzte. »Ich bin erschöpft von der Reise, und du verlangst eine schwere Entscheidung von mir. Ich soll gegen einen Mann in den Krieg ziehen, der nicht mein Feind ist ... Gib mir etwas Bedenkzeit!«

Der junge Fürst schüttelte den Kopf. »Ich verstehe dich nicht, Volker. Seit deiner Rückkehr aus Aquitanien bist du nicht mehr der Mann, den ich einst kannte. Du sollst deine Frist bekommen ... Doch sobald der Bote, den ich nach Worms geschickt habe, zurückkehrt, erwarte ich eine Antwort von dir. Denk doch an die Erscheinung, die du in Castra Bonna gehabt hast! Der Erzengel, der vom Himmel zu dir herabgestiegen ist ... Du mußt zurück in die Berge! Gott will es!«

11. KAPITEL

Gierig sog Golo die kühle Abendluft ein. Den ganzen Nachmittag hatte er in der stickigen Hitze der Küche verbracht. Für einen Ritter ziemte es sich zwar eigentlich nicht, sich unter das Gesinde zu begeben, dennoch war dies der Ort, den er wann immer möglich zuerst aufsuchte, wenn er mit Volker in eine Burg oder Residenz einkehrte. Eine kurzer Besuch in der Küche vermochte mehr über einen Burgherren zu verraten, als man an einem ganzen Abend herausfand, den man mit ihm an seiner Tafel saß. Gerade weil sich adelige Gäste in der Regel nie an die Herdfeuer einer Burg verirrten, waren sie so aufschlußreich. Hier mußte ein Gastgeber nicht mehr repräsentieren. Die Küche offenbarte sein wahres Gesicht.

Waren die Mägde und Köche zum Beispiel spindeldürr, so konnte man gewiß sein, daß, egal wie freigiebig der Burgherr an seiner Tafel tat, er doch heimlich jeden Becher Wein mitzählte, den seine Gäste tranken. Man konnte auch davon ausgehen, daß ein solcher Geizhals ein üppiges Mahl niemals ohne Hintergedanken gab.

Ein Tyrann hingegen hatte in der Regel ein ganzes Rudel kleiner Tyrannen unter seinen Gefolgsleuten, die von verängstigten Duckmäusern umgeben waren. In einem solchen Fall waren das Verhältnis zwischen dem Mundschenk und den Köchen und den Mägden häufig ein getreuer Spiegel der Machtverhältnisse am Tisch des Fürsten.

Die Küche hier in Treveris war sympathisch. Die Dinge liefen ohne Eile, und doch war alles zur rechten Zeit bereit. Die Sauce fand zum Braten, ein Teller mit Butter und weißem Käse zum frisch gebackenen Brot. Selbst die niedrigsten Mägde wagten es, über den Koch des Prinzen zu scherzen, und ständig war in irgendeiner Ecke des Raums ein Kichern zu hören. Unbehaglich war allein die Küche selbst, denn sie war einfach zu groß, um so gemütlich wie die Herdstelle in einer Burg zu sein, wo alle dicht beieinander hockten. Es gab drei verschiedene Öfen und mehrere offene Feuer unter gemauerten Kaminen, wo Braten zubereitet wurden. Einst mußten hier die Mahlzeiten für einen riesigen Hofstaat gekocht worden sein. Man sagte, Kaiser Konstantin habe hier vor langer Zeit geherrscht. Was für Gerichte wohl auf seiner Tafel gestanden hatten?

Golo leckte sich nachdenklich die Lippen und dachte an Gerichte, die er bislang nur vom Hörensagen kannte. Nüsse so groß wie Kinderköpfe, in deren Inneren angeblich Milch war, süßes Gebäck, aromatisiert mit Zimt und anderen Gewürzen aus dem fernen Arabia Felix, geharzte Weine aus Lesbos und aus Ephesos, serviert in Gläsern, so klar wie die Luft an einem kalten Wintertag. Der Recke seufzte leise.

Mit einem lauten Krachen fiel etwas vor seine Füße. Golo blickte hinab. Es war ein Stock, mit Kaninchenfell umwikkelt.

»Bist du bereit zur Fechtstunde, Krieger?«

»Mechthild!«

Hinter einer Säule trat das junge Mädchen hervor. Sie hatte ihre Haare mit Knochenkämmen hochgesteckt und trug neue Kleider. Eine lederne Hose, eine Tunika aus grüner Wolle und eine pelzbesetzte Weste. In den Händen hielt sie einen fellumwickelten Stock. »Nun, Fechtmeister? Wie steht es mit uns?«

Golo lachte und hob den Stock zu seinen Füßen auf. »Schön dich zu sehen, Kleine. Mal schauen, ob du noch etwas behalten hast.« Der junge Ritter machte einen Ausfallschritt nach vorne und zielte mit einem Stich auf die Brust des Mädchens.

Geschickt wich Mechthild mit einer Drehung zur Seite aus, täuschte ihn mit einer Finte und versetzte Golo dann einen leichten Schlag auf den rechten Arm.

»Beim gehörnten Baphomet! Wo hast du das denn gelernt!«

Das Mädchen grinste. »Ich hatte eine gute Lehrerin. Aber...« Sie stockte und blickte ihn auf eigenartige Weise an. »Ich habe dich vermißt, Golo.«

Der Ritter ließ den Stock sinken und erwiderte ihren Blick. Erst jetzt, in ihren neuen Kleidern, fiel ihm auf, wie reif die Formen des Mädchens doch schon waren. Oder war es möglich, daß sie sich in weniger als einem Monat so sehr verändert hatte? Er schloß sie in die Arme. »Es ist kaum eine Stunde vergangen, in der ich mich nicht gefragt habe, was aus dir geworden ist und wohin dein Weg dich geführt haben mochte. Komm laß uns an einen ruhigen Ort gehen. Es gibt viel zu erzählen.«

Statt einer Antwort lächelte Mechthild nur. Dann griff sie ihn bei der Hand, und sie gingen zu den Ställen.

Volker hatte vor Ärger fast keinen Bissen während des abendlichen Festmahls herunterbekommen, das Giselher ihm zu Ehren veranstaltete. Er saß auf dem Platz zur Rechten des Gastgebers; es machte ihm zu schaffen, wie er den ganzen Abend über angegafft wurde. Nicht, daß er es nicht gewohnt gewesen wäre, im Mittelpunkt des Interesses zu stehen. Im Gegenteil, als Spielmann genoß er es sogar, wenn niemand ihm Saale den Blick von ihm zu wenden vermochte und er einem Teil der Frauen ansah, wie ihre Herzen schneller zu schlagen begannen, wenn er seine traurigen Liebeslieder sang. Doch das hier war etwas gänzlich anderes! Diesmal woben die Blicke kein Band, sondern sie schufen Distanz. Es war, als sei er für die Gäste wie eines der Heiligenbilder im Bogen über dem Hauptportal des Wormser Münsters. Ein Heiligenbild, aus Stein geschlagen. Nah und doch unnahbar!

Und dann kam der Auftritt Belliesas! Ihm hatte Giselher verboten, seine Laute mitzubringen und eines seiner Lieder zu singen. Angeblich würde er damit seinem neuen Ruf und indirekt auch der Sache des Königs schaden, hatte der junge Kriegsherr behauptet. Volker schnaubte verächtlich! Was für ein Unsinn! Die Hälfte der Gäste an der Tafel kannte er schon seit Jahren. Sie mußten doch wissen, wer er war!

Die junge Bardin hatte die Abfolge ihrer Lieder und der vorgetragenen Epen wohl durchdacht. Sie begann mit biblischen Geschichten um die Erzengel und fuhr dann damit fort, wie ihm, Volker, in Castra Bonna der Erzengel Gabriel erschienen sei, um ihn zu erleuchten. Seine Mission sei, das Land vom Ketzerfürsten zu befreien. Der Spielmann lachte stumm in sich hinein. Unsinn!

Danach trug Belliesa ein Epos über den Cheruskerfürsten Arminius vor, der mit wenigen schlecht bewaffneten Gefährten die Römer von seinem Land vertrieben hatte. Das nächste Lied, drehte sich dann darum, wie Volker allein in Icorigium die Macht Ricchars herausgefordert hatte. Sie berichtete auch, wie der Erzengel selbst in einem Kampf mit dem Eber seine Schwerthand führte, so daß er den gefährlichen Räuber mit verbundenen Augen bezwingen konnte und ihn anschließend zu seiner Sache bekehrte. Zum Schluß hörte der Spielmann kaum noch zu. Glaubte man ihr, war er mittlerweile der Anführer einer kleinen Armee, die sich gegen die Tyrannei erhoben hatte.

In der Festhalle herrschte Totenstille. Jeder, selbst die Bediensteten, die Fleisch und Wein auftrugen, schienen an den Lippen der Bardin zu hängen. Sogar Golo, der es eigentlich besser wissen müßte, hatte einen seltsam entrückten Blick. Glaubte er etwa den Unsinn, den Belliesa verbreitete? Wie konnte jemand, der ihn kannte und dem in den letzten beiden Jahren keines seiner Laster verborgen geblieben war, ernsthaft in Erwägung ziehen, er sei der Auserwählte eines Erzengels!

Sollte diese zweitklassige Bardin mit ihren holpernden Daktylen erst einmal fertig werden. Der Palast Giselhers mochte groß sein, doch nicht groß genug für sie beide! Volker würde sie finden. Und wenn es soweit war, würde er dem Weibsbild sagen, was er von ihr hielt! Als nächstes mußte er dann dem Schwindel ein Ende bereiten! Es war genug! Er, der Auserwählte eines Erzengels! Das war der größte Unsinn, den er jemals gehört hatte! Ihn interessierte dieser Aufstand in den Bergen einen feuchten Dreck. Wenn es denn überhaupt einen Aufstand gab und das nicht auch nur eine Geschichte der Bardin war.

Volker war einzig und allein gekommen, um den Feuervogel zu finden. Damit hatte er auch noch nicht abgeschlossen. Er würde in die Berge zurückkehren. Allein! Was er dort tat und wonach er suchte, ging niemanden etwas an. Er konnte von Golo nicht erwarten, daß er mit ihm ritt. Bald würde der erste Schnee fallen. Gott allein wußte, ob es sein Schicksal war, vielleicht in den Bergen zu verrecken. Deshalb würde er gehen, ohne es irgend jemand zu sagen. Er wollte für niemanden mehr verantwortlich sein. Und schon gar nicht für einen Aufstand. Was sollte er mit einem Haufen schlechtbewaffneter Rebellen anfangen, die sich in ihre Dickschädel gesetzt hatten, gegen den fähigsten Kriegsherren Germaniens Krieg zu führen? Nach der ersten Schlacht wäre dieser Aufstand beendet.

Ricchar würde bis zum Frühling warten, bis das Wetter gut genug war, um Armeen zu bewegen. Dann würde er längstens noch einen Monat brauchen, um auch den letzten Rebellen zur Hölle zu schicken.

Und wer wäre schuld an diesem Aufstand? Wer hätte dieses ganze sinnlose Gemetzel entfesselt?

Giselher beugte sich zu ihm herüber. »Singt sie nicht wunderschön? Wenn ich sie höre, muß ich an Engel denken.«

Volker nickte. Antworten konnte er nicht. Man hätte seiner Stimme angehört, was er dachte. Ein Engel! Weiß der Henker, woher sie wirklich kam! Vielleicht hatte Ricchars Statthalter am Ende recht, als er sie der Zauberei anklagte und verbrennen wollte.

Mißmutig blickte sich der Spielmann um. Es herrschte eine Stimmung im Saal wie im Münster zu Worms, wenn während der Ostermesse der Knabenchor sang. Alle waren in stummer Andacht erstarrt. Und sie sahen immer wieder verstohlen zu ihm herüber.

Wenn er zurückschaute und einen der Blicke zu fangen versuchte, dann blickten sie wieder demütig zu Boden. Verdammt, er war kein Auserwählter in einer heiligen Sache! Und er wollte auch nicht so behandelt werden!

Irgendwann würde Belliesa aufhören zu singen und den Saal wieder verlassen. Dann würde er sie finden!

»Bitte entschuldigt mich.« Volker verneigte sich vor Giselher und den anderen Adligen, die ihn umstanden. »Doch es ist nun an der Zeit, in mich zu gehen.«

Der Kriegsherr nickte bedeutungsschwer. »So warst du früher nie. Es ist wirklich ein Wunder geschehen!«

Was hätte man darauf noch sagen sollen? Der Spielmann drehte sich um und verließ gemessenen Schrittes den Festsaal. Es waren nur ein paar Augenblicke verstrichen, seitdem Belliesa sich verabschiedet hatte. Wohin immer sie ging, er würde sie finden!

Als die Pforten des Festsaals sich hinter ihm schlossen, beschleunigte Volker seine Schritte. Er wußte, daß sie in einem der Nebengebäude auf der linken Seite des Palastvorplatzes gemeinsam mit Mechthild untergebracht worden war.

Volker betrat den Säulengang, der sich entlang der Gebäudefront zog. In regelmäßigen Abständen waren hier Nischen in der Seitenwand ausgespart, in denen hohe Steinsockel standen.

»Du hast länger gebraucht, als ich erwartet hätte.« erklang plötzlich eine vertraute Stimme in seinem Rücken.

Überrascht fuhr der Spielmann herum. Hinter einem der steinernen Sockel trat Belliesa hervor. »Ich wußte, daß du mir folgen würdest. Du solltest lernen, deine Gefühle besser zu verbergen. Man kann sie an deinen Augen ablesen.«

»Dann weißt du also schon, daß ich dir den Hals umdrehen werde!«

Die Bardin lachte leise. »Du hast mir das Leben gerettet. Warum solltest du mir etwas antun? Nicht du bist es, den ich fürchten muß. Auch wenn du es nicht wahrhaben willst, so bin doch ich es, die du suchst, um deine geheimsten Sehnsüchte zu erfüllen.«

Volker schnaubte verächtlich. »Du solltest nicht zu sehr darauf vertrauen, daß jeder Mann verrückt danach ist, mit dir sein Lager zu teilen. Mich läßt deine Schönheit kalt. Ich verlange von dir, daß du damit aufhörst, diese Lieder über mich zu singen! Warum tust du das? Willst du, daß ich in den Bergen sterbe? Es ist vollkommen sinnlos, sich gegen Ricchar zu erheben. Ich hege keine Feindschaft gegen den Franken. Wenn du glaubst, ich würde in die Berge zurückkehren, um dort einen Haufen von zwei Dutzend abgerissenen Rebellen anzuführen, dann hast du dich geirrt!«

»Du kannst deinem Schicksal nicht entgehen, Volker. Sieh dir den Sockel an, vor dem wir stehen. Glaubst du, daß es Zufall ist, daß wir uns an diesem Ort wiederbegegnet sind?«

Alles, was von der Statue geblieben war, die einmal an diesem Ort gestanden hatte, waren ein paar Füße auf dem Marmorpodest. Sie steckten in Sandalen, und es waren auch noch Ansätze von Beinschienen zu erkennen. Irgendein Held der Römer wahrscheinlich. Volkers Blick wanderte tiefer. Vier Buchstaben waren in den Sockel gemeißelt. MARS. Der Gott des Krieges!

Der Spielmann schüttelte den Kopf. »Glaubst du, du könntest mich so leicht täuschen? Auch ich trete als wandernder Barde auf. Ich weiß, wie man seine Zuhörer hinters Licht führt und schlichte Gemüter von Omen überzeugt. *Du* hast den Platz gewählt, an dem wir nun stehen. Versuche nicht, mir zu erzählen, du hättest nicht genau darauf geachtet, in welcher Nische du dich versteckst. Ich glaube nicht an diese Art von Orakeln!«

»Und was ist mit dem Erzengel, der dir erschienen ist? Und wie konntest du den Eber besiegen, obwohl du mit verbundenen Augen gegen ihn gekämpft hast? Du sahst aus wie ein Jäger aus den Bergen, als du nach Treveris gekommen bist. Du gehörst dorthin. Die Menschen werden dir folgen. Ich habe auf der Stadtmauer gestanden und dich kommen sehen. Glaubst du, das sind alles Zufälle? Du kannst nicht vor deinem Schicksal davonlaufen, Volker. Stelle dich! Nimm es an!«

»Du meinst das Schicksal, das du mir bestimmt hast?« Er lachte bitter. »Alles was in den letzten Wochen geschehen ist, hast du verdreht, bis es in deine Pläne paßte! Du weißt doch wohl sehr gut, daß keines der Lieder, die du heute abend gesungen hast, wahr ist!«

»Hast du einmal darüber nachgedacht, daß *du* vielleicht derjenige bist, der blind für die Wahrheit ist, weil er sie nicht sehen will! Und was ist mit all den Menschen, die ihre ganze Hoffnung in dich setzen? Wirst du sie enttäuschen? Wohin willst du gehen? Sogar dein eigener König erwartet von dir, daß du in die Berge zurückkehrst und den Kampf gegen den Tyrannen Ricchar aufnimmst. Willst du dich gegen den Herren stellen, dem du die Treue geschworen hast? Ist das deine Vorstellung von Ritterlichkeit?«

In hilfloser Wut ballte Volker die Fäuste. »Du...« Wäre sie ein Mann gewesen, er hätte sie jetzt niedergeschlagen. »Du... Was willst du von mir? Was habe ich dir getan? Du bist selbst eine Heidin. Warum befehdest du Ricchar? Was hat dir der Franke getan?«

»Er verachtet die Freiheit! Du hast gesehen, was er seinem Volk angetan hat! Erinnerst du dich nicht mehr an den Priester, der in Icorigium erhängt worden ist?«

»Es gibt viele Herren, die ungerecht sind. Warum er? Er will den Frieden, auch wenn er vielleicht manchmal die falschen Mittel wählt, um zum Ziel zu kommen. Er ist nicht der Unmensch, als den du ihn in deinen Liedern darstellst!«

Die Bardin schüttelte den Kopf. »Wie gut kennst du ihn schon? Auch ich war an seinem Hof. Ich habe ihn beobachtet, bevor ich begonnen habe, ihn zu bekämpfen. Er ist von Ehrgeiz zerfressen, und er hat das Zeug dazu, seine Ziele zu erreichen. Das ist es, was ihn so gefährlich macht. Noch kann er aufgehalten werden. Jetzt ist er nur ein Graf in einem Grenzgau des Frankenreiches. Doch was wird sein, wenn er für König Merowech noch ein paar Siege erringt? In Kriegszeiten ist er der Heermeister. Das heißt, er befehligt die ganze Armee des Frankenreiches. Und seine Soldaten vergöttern ihn! Sie sehen in ihm den Günstling des Sol Invictus. Unbesiegbar scheint er. Und wenn wir ihn nicht in diesem Winter aufhalten, dann wird er wirklich unbesiegbar sein. Du weißt, wie krank König Merowech ist. Ricchar will den Thron, und er wird ihn bekommen, denn die Soldaten folgen ihm. Er begeistert sich so sehr an den Römern ... Davon hat er dir sicher auch erzählt. Er sieht sich als Soldatenkaiser. Als den, der von Mithras auserwählt ist, das römische Reich aus seinen Ruinen wieder aufzurichten, so, wie er damit begonnen hat, in seinem Gau die zerstörten römischen Städte wieder aufzubauen.«

»Und was ist so schlecht daran, wenn ein Mann Visionen hat. Er will letzten Endes Frieden, und er will, daß die Zivilisation der Alten zurückkehrt. Hast du das zerstörte Theater in Castra Bonna gesehen, Belliesa? Dort war Platz für Hunderte, die den Epen der Dichter ihrer Zeit gelauscht haben! Wie kümmerlich sind wir dagegen, die einen Marktplatz oder manchmal auch einen kleinen Fürstenhof als Bühne haben. Ricchar ist ein Dichter! Er wird all dies wieder erstehen lassen.«

»Und es wird auf den Ruinen des Burgundenreiches erstehen. Dein König wird sein erstes Opfer sein, wenn Ricchar zum Herrscher der Franken werden sollte. Das ist dir doch wohl klar, Volker!«

Der Spielmann wußte, daß sie recht hatte. Aber es gab ja noch die Bischöfe. Ricchar war auch unter den Franken nicht unumstritten. Vielleicht würde er niemals Herrscher sein. »Was hat er dir getan, daß du ihn so sehr haßt, Belliesa? Hat er dich zurückgewiesen? Dir den Platz an seiner Seite verweigert, nachdem er sich ein paar Nächte lang mit dir amüsierte? Hast du vielleicht geglaubt, ein Fürst, der dichtet, würde eine fahrende Sängerin an seiner Seite dulden?«

Für einen Augenblick erwartete Volker, daß Belliesa ihn ohrfeigen würde. Er sah, wie sich ihre Wangenmuskeln spannten. Doch fast sofort hatte die Sängerin sich wieder in der Gewalt. »Nach allem, was ich über dich gehört habe, hätte ich gedacht, daß du die Frauen besser kennst, Spielmann.« Sie blickte ihn an und wirkte unendlich enttäuscht.

Volker biß sich auf die Lippen. Dieser eine Blick wühlte ihn mehr auf als all ihre Worte zuvor.

»Geh deiner Wege, Spielmann! Wenn du glaubst, du könntest deinem Schicksal davonlaufen, dann tu es. Paß gut auf dich auf! Du trägst eine tödliche Kälte in deinem Herzen. Ich hatte geglaubt, sie von dort vertreiben zu können ... Ich wollte dich auf den Weg zurückführen, den du einst in den Sümpfen verloren hast. Doch du bist dein eigener Herr! Ich hoffe, du begreifst, daß du in diesen Tagen am Wegekreuz deines Schicksals angelangt bist. Du vermagst kaum über die Spitzen deiner Stiefel hinauszusehen ... So kannst du dich bei deiner Wahl nur auf dein Herz verlassen. Höre gut auf das, was es dir sagt!«

Der Spielmann schluckte. »Rede nicht so mit mir! Du bist nicht die Pythia aus dem Orakel von Delphi. Also maße dir nicht an, mir meine Zukunft zu prophezeien.«

Die Bardin blickte ihn traurig an. Dann nickte sie. »Du hast recht. Es gibt nichts mehr zu sagen zwischen uns.« Ihr Gesicht war wie versteinert. Sie wandte sich ab und ging den dunklen Gang hinauf.

Stumm starrte ihr Volker nach. Seine Wut war verraucht. Jetzt hatte er das Gefühl, etwas verloren zu haben. Hatte sie recht, wenn sie ihm vorwarf, daß sein Herz in Kälte erstarrt war? Was geschah mit ihm? War er vielleicht wirklich blind dafür, daß er auserwählt war?

12. KAPITEL

Ein Schlag hatte ihn am Knie getroffen. Golo riß den Stock herunter, um sich zu verteidigen, und im selben Augenblick traf ihn ein zweiter Streich am rechten Ellenbogen.

Lachend warf er seine Waffe fort und ließ sich rücklings in einen der Heuhafen fallen. »Das war's. Du hast deinem Meister eine Lektion erteilt. Ich fürchte, ich kann dir von heute an nichts mehr beibringen.«

Mechthild kniete sich neben ihm ins Heu. In den letzten drei Wochen hatten sie sehr viel Zeit miteinander verbracht. Belliesa hatte am Abend, nachdem sie in Treveris angekommen waren, die Stadt verlassen. Die Bardin hatte sich von niemandem verabschiedet. Nicht einmal von Mechthild. Keiner wußte, wohin sie geritten war, doch Golo war sich sicher, daß sie jetzt wieder in den Bergen war. Drei Tage später war Volker nach Worms aufgebrochen. König Gunther hatte den Spielmann an seinen Hof zitiert.

Sein Freund war sich sicher gewesen, daß er nach Treveris zurückkehren würde. Deshalb wollte er nicht, daß Golo ihn begleitete. Der junge Ritter blickte zu Mechthild und lächelte. Er war Volker dankbar, daß er ihm diese Reise erspart hatte. Die vergangenen Wochen mit Mechthild waren sehr schön gewesen. Das Mädchen sprach zwar immer noch kaum ein Wort, doch es war auch nicht mehr nötig, miteinander zu reden. Er hatte gelernt, in ihren Blicken zu lesen.

In ihren Augen stand keine Freude darüber, daß sie ihn besiegt hatte. Sie wußte genau, daß er morgen gehen mußte. Der König hatte Volker befohlen, in die Berge zurückzukehren und den Aufstand gegen Ricchar anzuführen. In der Dämmerung des nächsten Morgens würden sie bei Schwaych die Mosel überqueren ... Zwölf Ritter und zwanzig Waffenknechte, die den berühmtesten Kriegsherrn der Franken herausfordern würden.

»Glaubst du vielleicht, ich hätte dich absichtlich gewinnen lassen, weil ich morgen gehen werde?«

Sie nickte.

Golo zog eine Grimasse. »Ich bin enttäuscht, daß du mich so schlecht kennst. Ich bin viel zu ehrgeizig, um freiwillig einen Sieg verschenken zu können und ...« Sie sah ihn so traurig an, daß er plötzlich nicht mehr wußte, was er noch sagen sollte. Er hätte niemals gedacht, daß ihm der Abschied so schwerfallen würde. Warum hatte er Volker nicht einfach ziehen lassen? Sein Freund hätte niemals von ihm verlangt, daß er ihn bei diesem aberwitzigen Unternehmen begleitete.

»Weißt du, ich werde dafür sorgen, daß du hier gut untergebracht bist. Du wirst es gut haben am Hof Giselhers. Ich bin sicher, ich kann dir einen Platz unter den Küchenmägden verschaffen. Eine Küche ist ein ausgezeichneter Ort, um dort den Winter zu verbringen. Du kannst mir glauben, daß ich auch lieber dort wäre als in den kalten Bergen. Im Frühjahr werden wir zurückkehren. Weißt du, du brauchst dir keine Sorgen zu machen. Volker hat immer Glück ... An seiner Seite kann mir gar nichts passieren und ...«

Mechthild legte ihm ihren Zeigefinger auf die Lippen, und ihr Blick gebot ihm zu schweigen. Mit der anderen Hand begann sie die Verschnürung ihrer Lederweste zu öffnen.

Golo spürte, wie sein Mund plötzlich trocken wurde. Nervös leckte er sich über die Lippen. Auf einmal wußte er nicht mehr, was er tun sollte. Sie war doch noch ein Mädchen! Sicher hatte er manchmal daran gedacht, daß er in ein oder zwei Jahren ... Wenn sie eine Frau war! Sie war anders als die anderen, neben denen er bislang gelegen hatte. Auf ihre stumme Art hatte sie ihn besser kennengelernt als irgend jemand zuvor. Vielleicht lag es daran, daß es keine Worte gab, die ihnen im Wege standen. Er wußte genau, daß es ihr egal war, daß er dem Ritterstand angehörte. Und er wußte auch, daß sie niemals einen Gedanken an seine Herkunft aus einem Bauerndorf verschwendete. Für sie war unwichtig, daß er als Unfreier geboren worden war. Sie wollte nur ihn, Golo.

Mechthild streifte die Weste über ihren Kopf und zog den Saum der Tunika aus ihrer Hose. Manche hatten darüber gespottet, daß sie wie Belliesa eine Hose trug, obwohl sie eine Frau war. Einige der Stallburschen hatten sich dafür eine blutige Nase geholt. Wenn sie wütend wurde, war das Mädchen wie eine Wildkatze. Dann fürchtete sie nichts und niemanden. Nicht einmal einen Kerl, der zwei Köpfe größer war und doppelt so schwer wie sie. Ihre Wut verhalf ihr trotzdem zum Sieg.

Sie nahm Golos Hand und legte sie auf ihre linke Brust. Sie war klein und fest. Die Brust eines Mädchens. »Fühlst du? Mein Herz sagt immer nur deinen Namen. Go – lo, Go – lo, Go – lo ...«

»Ich ...« Glühende Schauer überliefen den Ritter. Alles um ihn herum schien plötzlich wirklicher zu sein, so, als habe sich innerhalb eines Atemzuges die ganze Welt verändert. Wie Donnern klang der Regen, der auf das Dach der Scheune prasselte, und wie die Stimmen fremder Götter das Schnauben der Pferde in den Ställen unter ihnen. Der Duft des Heus schien ihn zu durchdringen. Ein Prickeln lief von seinen Fingerspitzen den ganzen Arm hinauf, als er fühlte, wie sich die Brustwarze des Mädchen erhob. Er keuchte leise. Dann versuchte er sanft, die Hand zurückzuziehen.

»Warum?« Mechthild ließ ihn los. »Wegen der Männer des Ebers, die mich ...« Ihr stiegen Tränen in die Augen.

»Nein! Nein, es ist ...« Golo wußte nicht, wie er seine Gefühle in Worte fassen sollte. Natürlich begehrte er sie. Und doch ... Sie war noch ein Mädchen. Neuer Haß auf den Eber und seine Räuber flammte in ihm auf für das, was sie Mechthild angetan hatten.

Das Mädchen hatte sich auf die Seite gedreht. Golo konnte hören, wie sie leise weinte. Er hätte sich am liebsten geohrfeigt. Warum hatte er sie so verletzen müssen? Es hätte sicher auch einen anderen Weg gegeben. Sie so zu sehen ... Er streckte eine Hand nach ihrer Schulter aus, wollte sie sanft zu sich herüberziehen und in den Arm nehmen, um sie zu trösten.

Mit einem Ruck riß sie sich los. Hilflos blickte der junge Ritter zur niedrigen Decke des Heubodens. Seine Glieder schienen ihm schwer wie Stein. Er wollte fortlaufen, doch konnte er Mechthild auch nicht alleine lassen. Er wollte ihr helfen, sie trösten, doch wußte er nicht, wie. Was hatte er falsch gemacht?

Schwaych war nur ein winziger Marktflecken am nördlichen Moselufer. Nahe dem Dorf gab es eine Furt durch den Fluß. Das war der Grund, warum am Ende der schlammigen Straße, die an den niedrigen Gehöften vorbeiführte, ein steinerner Wehrturm stand. Schwarz und drohend hob er sich gegen den dunklen Nachthimmel ab. Von Spitzeln wußte Volker, daß hier zehn Frankenkrieger postiert waren. Der Spielmann blickte die Reiterkolonne entlang, die hinter ihm zum Stillstand gekommen war. Sie waren mehr als dreimal so viele wie die Franken. Zwölf Ritter und zwanzig Waffenknechte. Alle waren wie Straßenräuber oder Waldläufer gekleidet. Sie trugen schmuddelige Lederwämse und abgewetzte Wollhosen, löchrige Stiefel und mit Flicken besetzte Umhänge. Doch ihre Waffen waren neu, und unter den Kleidern der Ritter verbargen sich Kettenhemden. Alles Metall war blank und gut gepflegt. Aus fast zweihundert Männern hatte sich Volker die Besten aussuchen können. Natürlich ritt keiner der berühmten Ritter Burgunds an seiner Seite. Doch das lag nicht daran, daß sie dem Spielmann nicht mit Begeisterung auf diesen Feldzug gefolgt wären. Hagen hatte befürchtet, daß man einen der Recken wiedererkennen würde und sich daraus der Anlaß zu einem regelrechten Krieg zwischen Burgund und dem Frankenreich ergeben mochte. Solange Volker allein war, konnte man jederzeit behaupten, er habe aus eigenem Antrieb einen Aufstand angezettelt. Der Spielmann wußte, daß Gunther nichts unternehmen würde, um ihn zu retten, falls er in Gefangenschaft geriet. Im Gegenteil, der König würde leugnen, je etwas davon gewußt zu haben, was Volker in den Bergen tat. Und doch war der Ritter allein auf seinen Befehl hier.

Eisiger Regen schlug dem Barden ins Gesicht, er zog sich den schweren Wollumhang enger um seine Schultern. Keine Menschenseele zeigte sich bei diesem Wetter auf der Straße. Und falls sie doch von den Dorfbewohnern bemerkt worden waren, so hüteten sich diese, ihre Gesichter in den Türen oder hinter den hölzernen Fensterläden blicken zu lassen.

Der Burgunde hob seinen Arm und machte eine kreisende Bewegung. Die Kolonne fächerte auf. Für den Wachturm bei Schwaych hatte er sich etwas ganz Besonderes einfallen lassen. Dies war der erste Ort, den er von der *Tyrannei* des Frankengrafen befreite. Es war wichtig, was für Geschichten man sich über diese Tat erzählen würde.

Volker schwang sich aus dem Sattel und holte die kleine Blendlaterne aus seinem Gepäck. Dann kauerte er sich auf den Boden. Mit klammen Fingern kramte er nach Feuerstein und Stahl in dem Lederbeutel an seinem Waffengurt. Er bauschte seinen Umhang auf, so daß er eine Höhle bildete, die das kleine Häufchen aus Birkenrinde und dürren Ästchen, das er auf den Boden geschüttet hatte, vor Wind und Regen schützte. Mit dem Stahl schlug er Funken aus dem Stein. Als ein langer Streifen Birkenrinde Feuer gefangen hatte, nahm er ihn und hielt die flackernde kleine Flamme an den Docht in seiner Blendlaterne, bis das Licht übergesprungen war.

Als er sich aufrichtete, zertrat er den kleinen Funken Glut, der noch im Reisig am Boden glomm und ging auf das Tor des Wachturms zu. Langsam erwärmte sich der hölzerne Griff der Laterne in seiner Linken. Sie war ein feines Stück Handwerksarbeit und der Beweis, daß noch nicht alle Kunstfertigkeit der Römer verlorengegangen war. An drei Seiten war der schlichte Kasten mit Holzwänden verschlossen. Nur nach vorne hin gab es ein bewegliches Brettchen, das man nach oben ziehen konnte, so das alles Licht der Kerze, die im Inneren der Laterne brannte, nach vorne fiel. Um den Kerzenschein noch zu verstärken, hatte man hinter der Flamme eine gewölbte Messingplatte befestigt. Wenn sie poliert war, reflektierte sie noch zusätzlich Licht nach vorne durch die Öffnung der Laterne. Leider verrußte das Messing ständig, so daß man es mindestens einmal am Tag neu polieren mußte.

Der Spielmann verharrte vor der Tür des Turms und blickte zurück. Nur vage konnte er ein paar dunkle Schemen erkennen. Die meisten seiner Krieger schienen wie besprochen ihre Stellungen bezogen zu haben. Volker zog den

Dolch aus seinem Gürtel und lächelte bitter. »Für den König«, murmelte er leise, dann klopfte er mit dem Knauf der Waffe gegen das hölzerne Tor.

»Öffnet!« gellte die Stimme des Spielmanns. »Die Hand Gottes ruht wieder auf diesem Ort, und sie wird sich als Faust gegen jeden Heiden erheben!«

Schon nach kurzer Zeit konnte Volker Schritte und andere Geräusche im Inneren des Turmes hören. Für einen Augenblick tauchte ein blasses Gesicht in einer Schießscharte über ihm auf. Der Burgunde wußte, daß es zu dunkel war, um mehr als zehn Schritt weit zu sehen. Der Krieger dort oben würde die wartenden Ritter nicht erblicken können.

Schließlich erklang das leise Scharren eines eisernen Riegels. Das Tor des Turmes öffnete sich. Ein junger Mann, gewappnet mit einem Kettenhemd und einem Helm, auf dem ein Busch zerzauster roter Federn thronte, trat Volker entgegen. Der Franke hielt ein blankes Schwert in der Hand. Sein Gesicht war grimmig, die Lippen zusammengepreßt. Über der Nase zeigte sich eine steile Falte. Es spiegelte sich jene Art von Entschlossenheit in seinen Zügen, mit der man versucht, Angst zu überspielen.

»Bist du von Sinnen, Mann, oder nur betrunken? Du beleidigst den Gaugrafen Ricchar. Geh heim, sonst muß ich dich gefangensetzen und nach Beda schicken, damit der Statthalter dort über dein Schicksal entscheidet.« Hinter dem Rücken des jungen Offiziers drängten sich andere Krieger, die versuchten, einen Blick auf den Verrückten zu erhaschen, der dort vor dem Tor stand.

»Schnallt eure Wehrgehänge ab und ergebt euch! Dann sollt ihr verschont bleiben«, entgegnete der Spielmann mit düsterer Stimme. Er hatte nun dasselbe Gesicht aufgesetzt, mit dem er bei Hof das tragische Ende des Hildebrandsliedes vorzutragen pflegte. Hoffentlich machte der junge Kerl jetzt keinen Fehler! Volker trat ein Stück zur Seite, so daß er nicht mehr unmittelbar im Eingang zum Turm stand.

Der Offizier lächelte verwirrt. »Du drohst mir?«

»Ich bin der Auserwählte und gekommen, um den Schatten zu vertreiben, den der Heidengötze Mithras auf das Land wirft!« Der Burgunde hob den Arm. Das war das vereinbarte Zeichen. Alle seine Krieger waren mit einer Blendlaterne ausgerüstet. Ein Wand aus Licht erhellte die Finsternis.

Erschrocken fuhr der Offizier zurück. Und dann machte er einen Fehler. Er hob sein Schwert, so, als wolle er Volker angreifen. Doch er kam nicht dazu. Ein halbes Dutzend Pfeile durchbohrten seine Brust, und er wurde in den Eingang zurückgeschleudert.

Der Spielmann biß die Zähne zusammen. Dieser Trottel! Das wäre nicht nötig gewesen. Mit einem Satz war der Ritter im Eingang des Turms und zog sein Schwert. Die Frankenkrieger in der Wachstube starrten wie versteinert auf ihren toten Anführer.

»Laßt eure Waffen fallen, zum Henker! Sonst wird es euch wie ihm ergehen!«

Die Soldaten zögerten. Sie schauten Volker an, als stünde ein Teufel, der sich aus der Hölle erhoben hatte, vor ihnen. Hinter dem Spielmann stürmten die ersten burgundischen Ritter das Tor des Turms.

Klirrend fiel ein Schwert zu Boden. Dann ein zweites. Die Franken schnallten ihre Wehrgehänge ab.

»Wir ergeben uns deiner Gnade, Erleuchteter!« Ein großer rothaariger Kerl hatte gesprochen. Er mochte dem Spielmann nicht in die Augen sehen.

»Ich werde euch nicht nach den Taten befragen, die ihr im Dienste des Ketzerfürsten begangen habt. Euch allen sei das Leben geschenkt. Wir werden euch entwaffnen, und dann dürft ihr gehen, um dem Statthalter von Beda zu berichten, der Auserwählte sei zurückgekehrt, um Fürst Ricchar von seinem Thron zu vertreiben!«

Vor ihnen lag Beda, ein großes Kastell, befestigt mit dreizehn mächtigen Rundtürmen. Es wachte über die Straße zwischen Treveris und Colonia. Etwas weniger als zweihundert Schritt lang umschloß eine mächtige ovale Ringmauer den gesamten Ort.

Golo beugte sich im Sattel vor, um die Anlage besser sehen zu können. Es war ein klarer Spätherbsttag. In der letzten Nacht hatte es zum ersten Mal gefroren, und als er am Morgen erwachte, waren die Bäume mit Rauhreif überzogen gewesen. Es war nicht klug, in dieser Jahreszeit Krieg zu führen. Trotzdem hatte ihre kleine Schar in den letzten Tagen reichlich Zulauf erhalten. Es waren vor allem Bauern und Handwerker aus den Dörfern, die sie befreit hatten. Sogar zwei Mönche, die sich seit der Schließung ihres Klosters in den Bergen versteckten, hatten sich ihnen angeschlossen. Durch die beiden wußten sie, daß es überall im Bergland gärte.

Die Bergarbeiter einer Kupfermine nahe Petra Ramae hatten vor ein paar Tagen ihre fränkischen Herren überwältigt und waren angeblich auf dem Weg, um Volkers Rebellenarmee zu verstärken. Auch im nahen Dudeldorf waren die Franken vertrieben worden. Fast jeder der Freiwilligen hatte irgendwo einmal die rote Bardin gesehen, wie die Bergbewohner Belliesa nannten. Ihre Lieder waren in aller Munde, und selbst in den abgelegensten Tälern waren die Geschichten über den Auserwählten des Erzengels Gabriel bekannt.

Doch daß die Menschen ihn anhimmelten, half nicht, all die Probleme zu lösen, die sich daraus ergaben, daß der Spielmann plötzlich die Verantwortung für einen kleinen Heerzug hatte. Sie hatten nicht die Lebensmittel, um all die Freiwilligen zu versorgen. Es fehlte an Wagen und Lasttieren, die der Truppe folgten. Es hatte nicht einmal jeder eine Decke, um sich nachts zu wärmen. Man konnte meinen, die Leute erwarteten, daß Volker Wunder wirkte. Wenn sie durch ein Dorf zogen, verließen die Männer einfach ihre Häuser und schlossen sich ihnen an. Oft nahmen sie dabei nicht einmal das Nötigste mit.

Golo blickte wieder zu der Stadt hinüber. Sie brauchten Beda! Dort gab es genug Lebensmittel und auch Quartiere. Aber wie sollten sie diese Mauern überwinden. Gemeinsam mit den paar Franken, die zu ihnen übergelaufen waren, konnten sie gerade einmal vierzig ausgebildete Krieger stellen. Alle anderen hatten noch nie in ihrem Leben mit einem Schwert gekämpft. Wenn sie auf ernsthafte Gegenwehr stießen, würde es ein Massaker geben.

Volker hatte seine Ritter um sich gesammelt und allen anderen Männern befohlen, sich weit gefächert entlang der Waldränder aufzustellen. Sie sollten Lärm machen und den Eindruck erwecken, daß sich eine ganze Armee in den Wäldern versteckte. Golo glaubte nicht, daß die Franken auf diese Finte hereinfallen würden. Vielleicht war die Garnison sogar stark genug, um einen Ausfall zu wagen und dem Aufstand ein Ende zu bereiten.

Besorgt sah er zu den Waffenknechten bei den Maultieren. Ganz besonders einer unter ihnen lag ihm am Herzen. Der einundzwanzigste. Von den Rittern hatte keiner bemerkt, daß sie einen Mann mehr im Troß hatten. Volker war viel zu beschäftigt, um auch nur auf die Idee zu kommen, seine Krieger zu zählen, und die Fußsoldaten hatte Golo mit seinem restlichen Geld bestochen, damit sie schwiegen. Doch nicht einmal sie wußten, wer sich unter der roten Gugel wirklich verbarg.

Das Tor von Beda wurde geöffnet. Volker und seine Ritter verschwanden in der Stadt. Der letzte von ihnen gab ein Zeichen. Sie sollten mit allen Kräften auf die Stadt vorrücken! Was mochte das bedeuten? Wollte der Kommandant der Garnison verhandeln? Hatten vielleicht ein paar Bürger, die auf Seiten der Rebellen standen, das Tor besetzt und geöffnet? Oder war das Ganze am Ende eine Falle?

Noch immer standen die Flügel des hohen Tores weit

offen. Von den Rittern war nichts mehr zu sehen. Golo kaute nervös an seiner Unterlippe. Er führte das Kommando über die zurückgebliebenen Truppen. Was sollte er nur tun? Er haßte es, für andere Entscheidungen treffen zu müssen.

»Fünf Waffenknechte bleiben beim Troß! Alle Freiwilligen, die in den letzten zwei Tagen zu uns gestoßen sind, bleiben ebenfalls hier. Der Rest folgt mir!«

In einer langen Kette traten die Rebellen aus dem Wald. Es waren weniger als fünfzig Mann. Wenn das eine Falle war, dann offenbarte sich den Franken in Beda nun die ganze Erbärmlichkeit der Rebellenarmee! Die meisten Krieger waren schlecht bewaffnet, und ihre Kleidung war nicht wintertauglich. Ein Drittel der Streiter besaß nicht einmal richtiges Schuhwerk.

Auch der Waffenknecht mit der roten Gugel hatte sich den Vorrückenden angeschlossen. Er hatte es gewußt! Golo wendete sein Pferd und ritt auf den Mann zu. »Zurück mit dir zum Troß! Noch ist der Tag der ersten Schlacht für dich nicht gekommen!«

Zwei grüne Augen funkelten ihn aus einem rußverschmierten Gesicht böse an. Wortlos drehte sich der Krieger um und ging zum Waldrand zurück.

»Wird es eine Schlacht geben?« fragte ein mit einer Heugabel bewaffneter junger Bursche. Auch wenn er entschlossen mit beiden Fäusten seine Waffe umklammerte, war er leichenblaß. »Die Franken haben uns doch die Tore geöffnet.«

»Vielleicht müssen wir noch ihre Garnison ausräuchern. Nichts Ernstes.« Golo gab seiner Stute die Sporen und setzte sich an die Spitze seiner Truppe. Er haßte es, die jungen Kerle zu belügen. Doch es wäre falsch, ihnen zu sagen, daß auch er Angst hatte. Wo steckten nur die Ritter? Warum war keiner von ihnen zurückgekehrt, um Bericht zu erstatten. Golo begann leise zu beten. Er würde mit Freuden drei Jahre seines Lebens geben, wenn er dafür nur wüßte, was hinter den Mauern vor sich ging. Hätte er nur nicht für all die anderen zu entscheiden!

»Alles halt!« Noch waren sie außerhalb der Bogenreichweite. Falls sich Schützen hinter den Zinnen verbargen, konnten sie seine Männer nicht treffen. »Ich reite vor. Ihr wartet, bis ich unter dem Stadttor erscheine und euch ein Zeichen gebe, mir zu folgen.«

Die Krieger und Bauern schauten ihn verwirrt an. Offenbar war bis jetzt noch keinem von ihnen der Gedanke gekommen, daß sie möglicherweise geradewegs in eine Falle marschierten. Das hatte sich nun geändert. Von jetzt an hatten sie Angst. Er war ein lausiger Anführer! Er hätte einen Scherz machen sollen. Etwa, daß er vorreiten wolle, um zu sehen, ob noch genug Met für alle da sei. Beda war berühmt für seinen Met. Aber nein, er schaffte es, statt dessen seinen Kriegern den Mut zu nehmen.

Golo gab seiner Stute die Sporen und galoppierte zum Stadttor. Er hielt seinen Langschild schräg vor der Brust. Zehn Schritt vor den Mauern zog er sein Schwert. Aus der Stadt ertönte Lärmen. Es klang nicht wie eine Schlacht...

Unter dem Tor zügelte Golo sein Pferd. Die Hauptstraße lief pfeilgerade durch die Stadt. Nach etwa hundert Schritt traf sie auf einen Marktplatz, wo sich viele Menschen drängten. Der junge Ritter konnte einige Pferde erkennen. Die Reiter jedoch waren verschwunden. Nirgends waren Soldaten zu sehen.

»Heho, Ritter! Wo bleiben deine Kameraden?« Ein dicklicher Mann in mittleren Jahren, der eine fleckige Lederschürze umgebunden hatte, kam die steinerne Treppe heruntergelaufen, die direkt neben dem Tor zur Stadtmauer hinaufführte. Er hielt Golo ein großes Methorn entgegen und schob mit der anderen Hand die flache Lederkappe zurück, die ihm in die Stirn gerutscht war.

»Komm, trink, Freund! Auf unseren Sieg!«

Golo blickte den Mann verwirrt an. »Sieg?«

»Ja, Kerl! Der Auserwählte hat es geschafft, die Stadt ohne einen einzigen Schwertstreich zu erobern. Gott liebt ihn! Als der Statthalter der Heiden hörte, daß eure Armee in Richtung Beda marschiert, hat er sich schleunigst mit all seinen Truppen aus dem Staube gemacht!«

Golo musterte den Mann mißtrauisch. Das war die mit Abstand dreisteste Lügengeschichte, die er seit langem gehört hatte! »Er ist also einfach so abgezogen?«

»Ja, er hat nicht einmal die Zeit gehabt, die Lagerhäuser zu räumen. Die Franken sind kurz vor Morgengrauen Hals über Kopf aus der Stadt geflohen.«

»Und wo ist der Auserwählte jetzt?«

»Er ist mit seinen Rittern zum Praetorium. Wir feiern dort unsere Befreiung von den Franken. Wahrscheinlich inspiziert er schon eure Quartiere. Das Lager war früher zwar einmal sehr groß, zu Zeiten der Römer konnten dort sechshundert Krieger untergebracht werden, doch für euch wird es nicht reichen... Aber in den Wachräumen der Türme kann man auch noch Schlafplätze herrichten und die restlichen Männer werden wir gerne in unseren eigenen Häusern bewirten. Wann kommt die Armee eigentlich? Ich habe dich von der Mauer aus mit der Vorhut gesehen. Sind die anderen tausend noch im Wald?«

Golo schluckte. Tausend Mann! Das mußte eine der Geschichten Belliesas sein. Er durfte jetzt nichts Falsches sagen. Golo reckte den Hals und blickte noch einmal zum Marktplatz hinauf. Jetzt konnte er einen der burgundischen Ritter erkennen. Ein paar Kerle hatten ihn auf ihre Schultern gehoben und ihm ein Methorn in die Hand gedrückt. Das war keine Falle. Bei allen Heiligen! Sie hatten die Stadt!

»Mann, was ist mit dir? Du schaust ja drein, als hättest du gerade die Jungfrau Maria gesehen.« Der Brauer nahm einen tiefen Schluck aus seinem Horn und seufzte. »Endlich darf man den Namen Maria wieder in den Mund nehmen, ohne

Angst zu haben, daß die Franken einen dafür in den Kerker werfen. Wir müssen zur Kirche! Es ist höchste Zeit, den ganzen heidnischen Stierplunder herauszuwerfen, den die Franken dort aufgestellt haben. Oder wollt ihr das lieber tun? Gehört das zu eurem Triumph, Ritter? Sollen wir warten, bis die ganze Armee da ist, um dann vor aller Augen das Mithrasbild von der Stadtmauer zu stoßen. Das macht sich sicher gut!«

»Ähm … tut das nur ruhig jetzt schon. Die Armee … ähm Volker hat beschlossen, sie auf die eroberten Dörfer und Städte aufzuteilen. Wegen des Nachschubs … Damit alle versorgt und untergebracht sind.«

»Wie? Ihr seid alle?« Der Mann glotzte ihn an wie eine Kuh. Dann begann er schallend zu lachen. »Das ist ein Zeichen! Der Auserwählte wird wahrlich von Gott selbst geführt. Kommt mit einer Handvoll Männer und vertreibt eine Garnison von fast hundert bis an die Zähne bewaffneter Franken.«

Golo nickte. »Ja, ein Wunder.« Im stillen aber fragte er sich, wie lange das gutgehen mochte. Es schien, als wolle keiner die Wahrheit sehen. Keinen Atemzug hatte der Mann überlegt, ob er ihn vielleicht belog. Statt nachzudenken, war er sofort mit einer neuen Geschichte über den Auserwählten bei der Hand. Was sie sich über den heutigen Tag wohl erzählen würden. In dem Lied, das Belliesa dazu dichten mochte, würde sich alles sicher wie eine außergewöhnliche Heldentat anhören. Wo die Bardin wohl steckte?

13. KAPITEL

Niemand, nicht einmal die Ältesten, konnten sich erinnern, daß jemals so früh der Winter angefangen hatte. Es war, als wolle die Natur den Kämpfen ein Ende setzen. Volker schlug sich die Hände vor die Brust, damit das Gefühl in seine tauben Finger zurückkehrte. Er war ein gottverdammter Narr! Jetzt könnte er an einem warmen Feuer sitzen! Die Art, in der ihn die meisten seiner Männer verehrten und für einen Auserwählten hielten, war zwar nervtötend, aber im Vergleich zu der Kälte wäre es das kleinere Übel gewesen.

In den letzten drei Wochen war er von Sieg zu Sieg gezogen. Seine Erfolge waren ihm selbst zum Schluß schon unheimlich gewesen. Alle kleineren Dörfer, die großen Gutshöfe und Minen waren von den Franken verlassen worden. Nur in den befestigten Städten leisteten sie Widerstand. Doch die Bevölkerung hatte sich gegen die Besatzer verschworen.

Die Garnison von Sarabodis war im Schlaf von aufständischen Bergarbeitern überrascht worden. Der Pferdedieb Claudius Marcellinus hatte die Männer aus den Minen rund um die befestigte Villa angeführt. Dort waren Elitereiter einquartiert. Jene zwei Schritt großen Krieger mit den eisernen Masken, die Volker schon in Castra Bonna gesehen hatte. Die Aufständischen mußten sie im Schlaf überrascht haben. Mehr als die Hälfte von ihnen war gefangengenommen worden.

Volker preßte die Lippen zusammen. Er war nur wenige Meilen entfernt gewesen, als dies geschah, doch als er endlich in Sarabodis eintraf, war es bereits zu spät. Marcellinus hatte alle Franken hinrichten lassen. Man hatte den Kriegern zunächst mit Schmiedehämmern jeweils den rechten Arm zertrümmert. Dazu hatte der Roßtäuscher ausgerufen, daß es jedem so ergehe, der sein Schwert gegen Gott den Herren erhebe. Dann ließ er den Franken die Schädel einschlagen. Ihre Leichen wurden nackt in die Villa getragen, wo man die Mauern einriß und schließlich die Ruinen in Brand setzte.

Als Volker Marcellinus am nächsten Tag zur Rechenschaft zog und von ihm wissen wollte, warum er dies getan habe, hatte der Hüne nur grinsend geantwortet, es sei halt Krieg und im Krieg würde nun einmal getötet.

Zwei Tage später machte sich der Schurke bei Nacht davon. Dabei nahmen er und seine Männer sämtliche Pferde mit, die sie in Sarabodis erbeutet hatten. Seitdem wurde Volker das Gefühl nicht mehr los, daß Marcellinus den Überfall allein nur wegen der erstklassigen Pferde organisiert hatte, und der Spielmann fragte sich, wie viele Gesellen von ähnlichem Schlage sich wohl unter seinen Rebellen befinden mochten. Plünderer, die einfach desertieren würden, sobald sie genügend Beute zusammengeraubt hatten.

Wie lange würde das Glück ihm wohl noch hold sein? Das befreite Gebiet reichte von Treveris im Süden bis nach Icorigium im Norden, quer durch das Bergland. Die Schmiedestadt hatte er belagern müssen, doch die Einwohner hatten ihm nachts die Tore geöffnet. Drei Tage später mußte sich die Garnison ergeben. Er gewährte den Franken freien Abzug, was für einiges Murren sorgte. Doch egal, was die Bauern und der Pöbel denken mochten, die unter seiner Führung kämpften, für ihn galten die Regeln der Ritterlichkeit!

Zehn der zwölf Ritter, die mit ihm Treveris verlassen hatten, lebten noch. Sie hatten den Befehl, den Bauern das Kämpfen beizubringen. Sein Armee war inzwischen auf siebenhundert Mann angewachsen, und täglich meldeten sich neue Freiwillige. Sie hatten nicht genug Waffen, so konnte ein Teil der Streiter nur mit Sicheln, Hämmern oder Spitzhacken ausgerüstet werden. Diese Hinterwäldler waren zwar tapfer, aber ohne jede Disziplin. Die Ritter sollten ihnen beibringen, in Formationen zu kämpfen.

Wenn sie bis zum Frühling durchhielten, dann würde er aus diesem Sauhaufen eine richtige Armee machen, dessen war Volker sich sicher. Doch vielleicht blieb ihnen nicht so viel Zeit. Der Spielmann hatte Kundschafter ausgeschickt, um über Ricchars Vorbereitungen für das nächste Frühjahr informiert zu werden. Doch keiner der Waldläufer, den er geschickt hatte, war zurückgekehrt. Es gab Gerüchte, daß der Graf irgendwo an der oberen Mosel war und Truppen sammelte.

Fast zwanzig Männer hatte Volker in den letzten beiden Wochen als Späher ausgeschickt. Sie alle waren verschwunden. Angeblich hatte Ricchar sächsische Söldner angeworben ... Es gab auch Gerüchte, daß er eine Streitmacht von fast tausend Mann gesammelt hatte. Doch das konnte nicht stimmen. Er würde niemals mitten im Winter eine Armee aufstellen. Das verstieß gegen alle Regeln der Kriegskunst. Man konnte im Winter keinen Feldzug führen! Wenn es allerdings einen Feldherrn auf dieser Welt gab, der dieses Risiko einging, dann war es Ricchar. Deshalb mußte Volker wissen, was der Frankenfürst unternahm. Das war der Grund, warum der Spielmann sich auf den Weg zum Bergdorf des Ebers gemacht hatte. Der Gesetzlose und seine Truppe verwegener Halsabschneider waren die einzigen, von denen er noch hoffte, daß sie ihm Kunde über Ricchar verschaffen konnten.

Volker fluchte leise. Er hätte sich nicht allein auf den Weg zum Eber machen sollen. Es gab genug Männer, die sich hier in den Bergen auskannten. Aber um seiner Legende willen hatte er die Einsamkeit gesucht. Die ersten zwei Tage waren auch ganz gut gelaufen. Doch heute morgen hatte er im hohen Schnee den Weg verloren. Es hatte wieder zu schneien begonnen. Die Sicht reichte kaum dreißig Schritt weit. Er stand inmitten eines Waldes, umgeben von kahlen schwarzen Bäumen, deren Äste unter der Last des Schnees knarrten. Alle Pfade, von denen man ihm erzählt hatte, lagen unter der Schneedecke verborgen, und der graue, wolkenverhangene Himmel machte es unmöglich, sich zu orientieren.

Volker trug eine Fellweste und pelzgefütterte Stiefel. Seine Hände steckten in Fäustlingen aus Leder, unter denen er noch wollene Handschuhe angezogen hatte. Doch nichts mochte die eisige Kälte der Berge zu bannen. Der Winter nagte an seinen Kräften. Langsam hatte der Frost sich durch all diese Kleidungsschichten hindurchgefressen. Wie ein Widergänger raubte die Kälte ihm die Kräfte. Nicht mehr lange, und es wäre vorbei ...

Er mußte sich zwingen, noch weiter zu gehen. Bei jedem Schritt sank er fast bis zu den Knien durch die verharschte Schneedecke. Wie einfach wäre, es sich fallen zu lassen. Er war müde. Der Schnee wirkte wie ein großes, sauberes Leintuch ... Wenn er sich nur für ein paar Augenblicke hinstrekken würde, um auszuruhen, dann würden seine Kräfte wiederkehren. Er würde sicher schnell einschlafen, so erschöpft, wie er war. Wenn er dann erwachte, wäre er erholt und könnte seinen Weg fortsetzen, um ...

»Sei kein Narr!« Seine Stimme hallte von den Bergen auf

der anderen Seite des Tals wider, so laut hatte er in die Einsamkeit geschrien. Er durfte sich nicht solch trügerischen Tagträumen hingeben! Wenn er sich hier schlafen legte, würde er nie wieder erwachen. Er mußte sich wach halten! Vielleicht sollte er eines seiner alten Lieder singen. Als er noch sehr jung war, hatte er einmal etwas über die Heldentaten Theoderichs gedichtet. Wenn er sich anstrengte, konnte er sich vielleicht noch erinnern. Stockend begann er die Verse aufzusagen.

»Da suchte der Herr Dietrich selbst seine Rüstung.
Ihm half Meister Hildebrand, sich zu waffnen.
Da klagte der kraftvolle Mann so sehr . . .«

Volker versagte die Stimme. Deutlich erinnerte er sich jetzt an den Tag, an dem er diese Verse gedichtet hatte. Es war nach einem Traum gewesen, von einer großen Halle, in der Flammen nach gewappneten Helden leckten. Gunther war dort gewesen und auch Hagen. Und er selbst. Ein alter Mann mit grimmigen Augen war ihm entgegengetreten . . .

«*Du* bist es also, der sich einen Narren nennt! Wohl gesprochen, Volker!«

Erschrocken blickte der Spielmann auf. Er hatte immer einen Fuß vor den anderen gesetzt, ohne noch darauf zu achten, wohin sein Weg ihn führte. Der Wald endete vor einer Klippe, die knapp fünf Schritt hoch sein mochte. Wie eine Mauer zog sie sich um die Bergflanke. Fast genau über ihm, am Rand des Felsens stand eine Gestalt in schwarzem Umhang und mit bleichem Gesicht.

Die Morrigan! Das mußte die Stunde seines Todes sein, und sie war gekommen, um ihn zu sich zu holen. Er kniff die Augen zusammen. Dann blickte er wieder nach oben, um sicher zu sein, daß er in seiner Erschöpfung nicht schon Trugbilder sah. Die Gestalt stand noch immer am Rand der Klippe. Eine Locke roten Haares lugte unter ihrer Kapuze hervor.

»Du?« Er traute seinen Augen kaum. »Wie kann das sein? Weiche von mir, du Teufel, der du mir erschienen bist, um meine Seele zu verwirren!«

»Mit Worten allein wirst du mich diesmal nicht vertreiben! Ich bin hier, um dir deine Toten zu zeigen. *Narr* hast du selbst dich genannt. Und es ist wahr, du bist ein Narr! Gehe fünfzig Schritt nach links! Dort wirst du eine Felsspalte finden, in der ein Weg hier hinaufführt. Versuche nicht noch einmal, deinem Schicksal davonzulaufen. Es ist dir bestimmt, der Auserwählte zu sein, auch wenn dein Herz kälter als der grimme Winterfrost ist!« Die Gestalt trat zurück und verschwand aus Volkers Gesichtsfeld.

Diese verfluchte Bardin! Was machte sie hier? Und was sollte dieser Auftritt. »Komm heraus und zeige dich! Belliesa! Wie kommst du hierher?«

Wütend stampfte der Spielmann die Klippe entlang, bis er die Felsspalte erreichte. Der Weg hinauf war steil und vereist. Immer wieder rutschte er ab und schlitterte hinunter. Es waren nur ein paar Schritt, und doch schien eine Ewigkeit zu vergehen, bis es ihm endlich gelang, sich bis nach oben zu kämpfen.

Suchend blickte er sich um. Die Bardin war nirgends mehr zu sehen. Es war, als habe sie der Erdboden verschluckt.

»Belliesa!«

»Belliesa ... Belliesa ...« Fast höhnisch klang das Echo, das die Berge zurückwarfen. Dann war es wieder still. Dort, wo die Bardin gestanden hatte, war ein Loch in der Schneedecke. Der Wind, der über das Felssims wehte, verhinderte, das der Schnee hier höher als nur ein paar Zoll lag.

Etwas hatte den Schnee schmelzen lassen. Es gab keine Asche. Ein Feuer hatte hier nicht gebrannt! Das Schmelzwasser war am Grund der flachen Mulde wieder zu Eis erstarrt und ...

Volker kniete nieder. Inmitten des Eises schimmerte es rot. Er zog seinen Dolch und begann wie von Sinnen auf die spiegelnde Fläche einzustechen, bis er endlich in Händen hielt, was dort im Eis gefangen war. Eine leuchtend rote Feder! Der Feuervogel! Er war hiergewesen. Er war...

Volker hatte das Gefühl, ein faustgroßer Stein rutsche seine Kehle hinab. Der Feuervogel! Der Schnee hatte die Eisfläche noch nicht wieder zugeweht. Es mochten höchstens ein oder zwei Stunden vergangen sein, seit der Vogel dort gelandet war. Und er... Er hatte ihn verpaßt. Das konnte nicht sein. Warum...

Er schluchzte leise. »Belliesa...« Was hatte die Bardin damit gemeint, sie wolle ihm *seine Toten* zeigen?

Direkt hinter dem Eis waren Spuren von schmalen Füßen im Schnee. Sie war hier gewesen! Die Sängerin mußte die Feder gesehen haben. War der Feuervogel vielleicht ihretwegen gekommen? Und wohin waren die zwei jetzt?

Suchend sah Volker sich um. Ein paar Schritt hinter der Klippe erhob sich ein sanft ansteigender Berghang. Graue Buchenstämme ragten dort zum Himmel, und mitten zwischen ihnen klaffte ein finsteres Loch. Eine Höhle! Ob Belliesa dorthin gegangen war? Funkelnde Eiszapfen hingen am Eingang hinab. Fast wie die Reißzähne eines Raubtieres!

Der Spielmann mußte an die Geschichte denken, die der Märchenerzähler vor so langer Zeit an einem warmen Sommertag in Worms erzählt hatte. An den Ritter, der auf seiner Suche in den Bergen in einer Höhle erfroren war. Plötzlich erschien ihm die Höhle wie ein Maul, das der Berg geöffnet hatte, um ihn zu verschlingen. Er durfte dort nicht hinein! Dort wartete der Tod auf ihn!

»Belliesa?« Volkers Stimme war kaum mehr als ein Flüstern.

Er sollte der Spur der Bardin folgen! Sie führte auf dem Felssims entlang, fort von der Höhle. Das war ein Omen! Sie verhieß ihm das Leben... Wenn er sie nur finden könnte? Ob sie womöglich den Felsen hinabgestürzt war und irgendwo ohnmächtig im Schnee lag. Warum sonst antwortete sie nicht auf seine Rufe?

Die Augen fest auf die Spuren geheftet, ging er knapp am Steilabsturz entlang. Hier lag fast gar kein Schnee, und es kostete ihn weniger Kraft, voranzukommen.

Der Weg wand sich um einen Felsvorsprung, führte in eine Senke und traf schließlich wieder auf den schwarzen Wald. Noch immer starrte Volker auf die Fußspuren. Es war, als läge ein Zauberbann auf ihm. Eigentlich war er längst am Ende seiner Kräfte. Dennoch setzte er einen Fuß vor den anderen. Das Bild der Bardin stand vor seinen Augen und dann die Morrigan. Dieser Weg würde ihn letztlich zu seiner Geliebten führen. Er durfte nur nicht schwach werden! Er mußte ihn bis zum Ende gehen! Egal, wohin immer er auch führen mochte!

War da eine fremde Stimme in seinem Kopf? Waren das wirklich noch seine Gedanken? Waren die Bäume nicht riesige rauchgeschwärzte Knochenhände? Hatte der Tod seine dürren Finger nach ihm ausgestreckt?

Volker strauchelte. Eine Wurzel … Stöhnend richtete er sich wieder auf. Die Wurzel! Eine schwarze zur Kralle erstarrte Hand ragte aus dem Schnee. Er kniff die Augen zusammen. Das war ein Alptraum. Die Visionen, die er vor dem Sturz gehabt hatte … Sie verfolgten ihn. Ganz langsam öffnete er die Augen wieder. Die Hand! Sie war noch immer dort! Sie gehörte einem Mann in einem braunen Wollumhang, der halb vom Schnee begraben war. Sein Gesicht war grau. Die Lippen zu einem gräßlichen Grinsen zurückgezogen. Seine Augen waren weit offen. Die Angst vor dem Tod in ihnen gefroren.

Voller Panik rutschte Volker von der Leiche weg. Überall ringsherum lagen Tote im Schnee, nur halb vom eisigen Leichentuch des Winters bedeckt.

»Ich werde nicht sterben!« Taumelnd kam er auf die Beine. Er würde nicht das Schicksal der anderen auf diesem eisigen Friedhof teilen!

Wie von Wölfen gehetzt, begann er zu laufen, stolperte über Äste und Steine, die unter dem Schnee verborgen lagen, und richtete sich sofort wieder auf. Die Spur ... Noch immer konnte er die Fußabdrücke im Schnee vor sich sehen. Wohin führten sie? Warum hatte Belliesa ihn auf dieses Leichenfeld gebracht? *Ich bin hier, um dir deine Toten zu zeigen.* Die Worte der Bardin hallten wie ein fernes Echo in seinen Gedanken. Er hatte den Mann, den er dort im Schnee gefunden hatte, noch nie zuvor gesehen. Warum hatte Belliesa ihn an diesen Ort geführt?

Der Spielmann blickte zum Kamm des Hügels hinauf. Der Himmel war mit grauschwarzen Wolken verhangen. Er mußte sich beeilen! Bald würde es wieder schneien, und die Spur würde ausgelöscht. Aus den Augenwinkeln sah er eine Bewegung. Ein Stück Stoff ... Ein Kapuzenmantel! Jemand kauerte mit dem Rücken gegen einen der schwarzen Baumstämme.

»Belliesa?«

Keine Antwort. Was sollte das? Warum narrte die Bardin ihn? Wütend stapfte er in ihre Richtung. Der Zorn verlieh ihm neue Kräfte. Was konnte er dafür, daß diese Menschen im Schnee gestorben waren! Ihn traf keine Schuld!

»Belliesa!« Er stand jetzt hinter der Gestalt im schwarzen Umhang. Rede mit mir! Er legte seine Hand auf ihre Schulter und zog sie zu sich herum. Der Körper sank ihm entgegen. Er starrte in ein blasses Gesicht voller Sommersprossen. Rotes Haar quoll unter der Kapuze hervor. Fassungslos starrte der Spielmann die junge Frau an. Sie war nicht Belliesa. Jetzt erkannte er auch, daß der schwarze Mantel dem der Bardin nur ähnlich sah.

»Wer bist du?«

Er strich ihr sanft über die Wangen. Das Gesicht der Fremden war kalt. Vorsichtig schob er ihren Wollschal zur Seite und tastete er nach ihrem Hals. Es war kein Pulsschlag mehr zu spüren. Volker zog das kurze Jagdmesser aus seinem Gürtel und hielt der Frau die blanke Klinge vor die Lippen. Doch kein Atemhauch legte sich als grauer Schleier auf den Stahl. Sie war tot. Tot wie all die anderen dort im Wald!

Es konnten nur wenige Augenblicke verstrichen zu sein, seit sie gestorben war. Der Schal und ihr Hals waren noch warm. Woher war sie gekommen? Was hatte sie über ihn und Belliesa gewußt?

Sein Blick blieb an einem länglichen roten Fleck im Schnee haften. Eine Feder! Der Feuervogel! Er war hiergewesen und ... Volker sprang auf und sah zum Himmel. Wo! Wo war er? Hatte der Zaubervogel neben der Sterbenden gekauert. War ihr die Flammengestalt erschienen, damit sie bei ihrem letzten Atemzug nicht allein war?

Es begann wieder zu schneien. Am anderen Ende des Tals ragte ein Turm auf einem Hügel. Niedrige Häuser kauerten sich um die Wehranlage. Das Dorf des Ebers! Noch zwei oder drei Meilen, und er wäre gerettet.

Er blickte zu der jungen Frau hinab. Hatte sie gewußt, daß dort das Dorf lag?

»Danke«, murmelte er leise. »Ich weiß nicht, wie du geheißen hast oder woher du gekommen sein magst, aber du wirst für immer in meinen Gebeten sein.«

Schnell zogen von Westen her dunkle Wolken auf. Es würde einen Sturm geben. Er mußte sich beeilen, wenn er noch rechtzeitig das Dorf erreichen wollte. Im Freien würde er das Unwetter nicht überleben!

❧

Golo war verzweifelt. Bevor Volker in die Berge gegangen war, hatte der Spielmann ihm das Kommando über die Armee übertragen. Warum zum Henker hatte er das nur getan? Golo hatte protestiert. Es war nicht seine Sache, Männer anzuführen. Er wollte sie lieber erst gar nicht kennenlernen. Wenn der Krieg gegen Ricchar erst einmal begann, würden ohnehin die meisten der Freiwilligen sterben. Sicher waren sie mutig, doch um eine diszipliniertere Armee zu schlagen, brauchte man mehr als nur Mut.

An dem Tag, an dem Volker gegangen war, hatte ihre Armee tausenddreihundertfünfzehn Mann gezählt. Auf Befehl des Spielmanns waren sie in Trupps von jeweils zwanzig eingeteilt worden. Doch täglich kamen neue Freiwillige hinzu, und es mußten neue Einheiten aufgestellt werden.

Golo ging unruhig auf der Mauer der Stadt auf und ab und beobachtete dabei die Männer bei ihren Waffenübungen. Die Ritter, die Volker begleitet hatten, waren jeweils als Anführer einer Hundertschaft eingeteilt. Sie hatten versucht, die Rebellen nach Waffengattungen zu organisieren. Aber das war so gut wie unmöglich. Kaum einer besaß einen Schild, und wenn man alle ihre Krieger zusammennahm, dann würden sie nicht einmal zweihundert Schwerter aufbieten. Dafür gab es aufgerichtete Sicheln, Forken und Heugabeln, Bergarbeiter, die ihre Spitzhacken mitgebracht hatten, und Waldbauern mit Äxten. Abgesehen von den Rittern und Waffenknechten, hatte ihre Armee fast keine Reiter mehr, nachdem Marcellinus mit seinen Strauchdieben davongelaufen war. Auch Bogenschützen hatten sie viel zu wenige. Sie brauchten den Eber und seine Männer!

Golo seufzte. Ihre Hoffnung war, daß ihnen wenigstens noch bis zum Frühling Zeit blieb, aus diesem Haufen so etwas wie eine Armee zu machen. Sie saßen in einer Stadt voller Schmiede und hatten etliche Wagenladungen Erz zur Verfügung. Mit jedem Tag würde die Ausrüstung ihrer Armee besser werden. Volker hatte befohlen, vor allem Schildbuckel zu schmieden. Bis zum Frühjahr würden sie nicht einmal für alle Unterführer ihrer Armee Kettenhemden fertigen können, Schilde hingegen waren leichter herzustellen. Selbst wenn die Bauern nicht lernten, wie man mit ihnen im Nahkampf umging, so würden die Schilde ihnen zumindest

Schutz vor dem Pfeilhagel gewähren, mit dem die Franken üblicherweise die Schlacht eröffneten.

Golo beobachtete einen jungen rothaarigen Bauern, der mit einem der Waffenknechte Speerkampfübungen durchführte. Die übrigen Männer der Einheit hatten sich im Halbkreis um die zwei aufgestellt und sahen ihnen zu. Mit nur zwei Finten brachte der Soldat den Bauern in eine ungünstige Stellung und stieß dem Rothaarigen dann die stumpfe Spitze des Holzspeers in den Leib. Noch zweimal wiederholte er das Spiel, ohne daß der Bauer auch nur ein einziges Mal Gelegenheit zu einem Gegenangriff hatte.

Golo seufzte. Das waren Lämmer, die sie zur Schlachtbank führten. Wenn sie mit dieser Armee gegen Ricchar bestehen wollten, dann brauchten sie wahrlich die Hilfe eines Erzengels. Unten vor der Stadtmauer begann der Waffenknecht eine neue Übungsrunde mit dem Rothaarigen. Wieder führte er einen Stich gegen den Leib des Mannes. Diesmal ließ der Bauer seinen Speer fallen. Geschickt griff er nach dem Schaft der Waffe des Soldaten und riß den Krieger mit einem Ruck auf sich zu, um ihm dann einen Kinnhaken zu versetzen. Die Männer im Halbkreis lachten. Taumelnd kam der Ausbilder wieder auf die Beine. Noch immer hielt er den Übungsspeer in Händen. Völlig überraschend versetzte er dem Bauern einen Stoß, der diesen wie vom Blitz gefällt in den Schnee stürzen ließ.

Golo biß sich auf die Lippen. Das Lachen unten war verstummt. Der Soldat wandte sich seinen Leuten zu und erklärte irgend etwas. Mit versteinerten Gesichtern hörten ihm die Männer zu. Zwei kümmerten sich um den Bewußtlosen. Golo konnte sich denken, was der Ausbilder jetzt sagte. Der Rothaarige hatte ihn zwar zu Boden geschlagen, aber die Gelegenheit dann nicht genutzt, ihm mit dem Holzspeer oder auf eine beliebige andere Art den Todesstoß zu versetzen. In einer Schlacht wäre das ein verhängnisvoller Fehler. Aber das hätte er den Bauern auch auf andere Art klarmachen können. Von jetzt an würde diese Gruppe ihren Ausbilder hassen. Er sollte den Mann gegen einen anderen austauschen. Es war nicht gut, wenn Krieger, die in die Schlacht zogen, heimlich dafür beteten, daß die Feinde ihren Anführer umbrachten. Golo fluchte. Er wünschte, er wäre mit Volker in den Bergen!

14. KAPITEL

Als Volker erwachte, war er in einer Kammer, die einzig vom matten Schein einiger glühender Scheite im Kamin erleuchtet wurde. Er ruhte auf einem Lager aus Fellen. Neben seinem Bett kauerte eine alte Frau, die eingeschlafen war. Ihr Gesicht war von Falten durchzogen. Wangen und Lippen waren eingefallen, so als habe sie keine Zähne mehr. Sie mochte vielleicht vierzig Jahre sein, vielleicht war sie auch jünger. Das Leben in den Bergen und unter den Räubern hatte sie ausgezehrt. Die wenigen grauen Strähnen in ihren langen, dunklen Haaren verrieten, daß sie noch nicht allzu alt sein konnte. Noch konnte man ahnen, daß ihr Gesicht einmal fein geschnitten und hübsch gewesen war.

Volker erinnerte sich nicht, wie er hierhergekommen war. Auf dem Weg zum Dorf des Ebers war ein Schneesturm aufgezogen. Er wußte noch, daß er das Tor erreicht hatte und mit dem Knauf seines Dolches dagegengehämmert hatte.

Doch es war niemand auf Wachtposten gewesen, und seine Rufe waren im Heulen des Sturmes untergegangen. Schließlich mußte er völlig entkräftet vor dem Tor zusammengebrochen sein. Wie lange er dort wohl gelegen hatte? Oder war er am Ende gar nicht in dem Dorf?

Und was hatte die Kälte ihm angetan? Vorsichtig streckte er die Glieder. Er fühlte keine Schmerzen. Nur unendlich müde war er. Und doch ... Er dachte an Geschichten von Männern, denen die eisige Winterkälte Finger oder Zehen fortgefressen hatte. Angeblich fühlte man nicht einmal etwas dabei, und man konnte die Glieder abbrechen, als seien sie aus Glas.

Unbehaglich blickte Volker auf den Fellmantel, der über ihn gebreitet war. Er konnte seine Hände nicht sehen. Ob er einen seiner Finger verloren hatte. Oder vielleicht sogar mehrere. Er versuchte, sich auf seine Hände zu konzentrieren und die Finger einzeln zu bewegen, doch es mochte ihm nicht gelingen. Ein eisiger Schauer kroch ihm den Rücken hinab. Seine Hände waren bandagiert! Selbst wenn er nur die Kuppe eines Fingers verloren hätte, würde er nie wieder die Laute schlagen können. Womöglich könnte er auch kein Schwert mehr führen. Vorsichtig schob er den Fellmantel mit den Füßen zurück. Sie waren nicht verbunden. Seinen Zehen schien also nichts geschehen zu sein.

Als er die Decke so weit zurückgestreift hatte, daß sie nur noch wenige Zoll oberhalb der Handgelenke lag, hielt er inne. Wollte er es wirklich wissen? Er dachte an die wunderbaren Abende am Hof zu Worms, an denen er den König und sein Gefolge mit Lautenspiel unterhalten hatte. Die Edeldamen, Dirnen oder Mägde, die an seinen Lippen gehangen hatten, wenn er zum Klang der Laute von der Liebe sang. War all dies nun für immer vorbei? Wie würde seine Zukunft aussehen? Er war ein Ritter, doch bei Hofe nannte ihn jeder nur den Spielmann. Würde man ihn bald schon hinter vorgehaltener Hand den Krüppel nennen? Würden die Frauen, deren Herzen er einst entflammt hatte, voller Mitleid auf seine verstümmelten Finger starren?

Mit einem Ruck zog er die Hände unter dem Pelz hervor. Sie waren dick mit Leinenstreifen umwickelt. Dunkle Flekken malten sich im hellen Stoff ab. Volker hielt seine Rechte ganz dicht vor sein Gesicht, um in dem schwachen Licht besser sehen zu können. Der Verband roch nach ranzigem Fett und nach Kräutern.

Der Ritter versuchte die Finger zu krümmen, doch das Leinen war so stramm gewickelt, daß es ihm kaum gelingen wollte. Er fluchte leise. Diese Stoffetzen mußten weg! Er wollte seine Finger sehen. Er mußte sicher sein, daß mit ihnen alles in Ordnung war!

Mit den bandagierten Händen konnte er den Verband nicht lösen. Also führte er die Rechte an seine Lippen und zerrte mit den Zähnen an den Leinenstreifen.

»Was tut Ihr, Herr?« Die Frau neben der Bettstatt hatte sich erhoben. »Ihr müßt den Verband in Ruhe lassen.«

»Was ist mit meinen Fingern!« herrschte Volker das Weib an. »Sag es mir auf der Stelle, und versuche nicht, mich zu belügen.«

»Sie sind... Der Biß des Winters hat Euch Wunden geschlagen. An den Händen war es am schlimmsten. Kudrun hat sich darum gekümmert. Sie ist bewandert im Umgang mit Salben, Herr. Aber sie hat gesagt, daß der Verband erst nach drei Tagen abgenommen werden darf.«

»Warum? Wie haben meine Hände ausgesehen? Muß ich um meine Finger fürchten?«

»An den Spitzen einiger Finger hatte sich die Haut dunkel verfärbt, Auserwählter. Aber Kudrun hat gesagt, daß die Engel Euch beschützen. Sie war erst vor einer Stunde hier, um an den Verbänden zu riechen. Sie meinte, daß alles gut sei.«

Volker hob die Rechte unter die Nase. Er fand nicht, daß der Verband gut roch. Hatte das Kräuterweib etwa Angst, daß seine Finger brandig wurden und abfaulten. Er schluckte.

»Wo ist diese Kudrun? Ich will sie sehen!«

»Fühlt Ihr Euch denn stark genug, um Euch zu erheben, Auserwählter?«

»Wenn du meinst, daß sie nicht zu mir kommen kann, sondern ich mich zu ihr begeben muß, dann ja. Ja, ich glaube ich kann laufen. Wie lange bin ich eigentlich schon hier?«

»Zwei Tage, Herr. Ihr habt die ganze Zeit geschlafen. Jetzt solltet Ihr erst einmal essen, und dann werde ich Euch zum Eber bringen. Er hat befohlen, daß Ihr sofort zu ihm kommen sollt, sobald Ihr wieder bei Kräften seid.«

»Ich will zuerst zu Kudrun, Weib. Sie soll mir sagen, wie es um mich steht.«

»Aber der Eber hat befohlen ...« Die Stimme der Frau zitterte. Obwohl er nicht sehr laut sprach, hatte der Tonfall seiner Worte sie zusammenzucken lassen. »Kudrun wird auch in der Festhalle sein. Wenn ich Euch dorthin bringe, werdet Ihr auch sie sprechen können, Herr. Alle sind dort, um der Bardin zu lauschen.«

»Der Bardin!« Mit einem Ruck richtete sich Volker auf dem Lager auf. »Sie ist hier? Wann ist sie gekommen?«

Die Alte wagte es nicht, ihm in die Augen zu sehen. Seine heftige Reaktion schien sie vollends eingeschüchtert zu haben. »Sie kam vor drei Tagen, Auserwählter. Sie war es auch, die Euch vor dem Tor gefunden hat. Gestern hat sie die ganze Nacht an Eurem Lager gewacht. Erst als sie sah, daß es Euch wieder besser ging, hat sie eingewilligt, in der Festhalle zu singen.«

Woher wußte Belliesa, daß er hierher unterwegs war? War es ein Zufall, daß sich ihre Wege wieder gekreuzt hatten? Volker dachte an die Tote draußen im Schnee, die der Sängerin so ähnlich gesehen hatte. Sie hatte mit der Stimme der Bardin gesprochen. Und die roten Federn. Hatte der Feuervogel die zu Tode erschöpfte Frau den Hügel hinaufgeführt?

Volker wußte, daß er das Dorf des Ebers nicht mehr rechtzeitig vor dem Sturm gefunden hätte, wenn er nicht der Spur im Schnee gefolgt wäre. Dann läge auch er jetzt irgendwo dort draußen unter einer kalten Decke begraben.

Sein Magen knurrte. Er hatte das Gefühl, er könnte einen halben Ochsen verspeisen. Neben der Glut stand ein eherner Topf in der Feuerstelle. Ob es wohl etwas zu essen gab? Er sollte freundlicher zu dem Weib sein.

Auf die Alte gestützt, trat Volker in die große Halle. Erst hatte er alleine gehen wollen, denn schließlich waren ja nur seine Hände verletzt, doch nach kaum zwanzig Schritt war er froh, daß die Frau an seiner Seite ging. Ihm wurde schwindelig, die Häuser ringsherum begannen einen wilden Tanz, und hätte ihm die Alte nicht stützend unter die Arme gegriffen, dann wäre er gestürzt.

Hinter der kleinen Tür, die ins Festhaus führte, waren schwere Felle aufgehängt, um die Kälte des Winters draußen zu halten. Den gestampften Lehmboden hatte man mit einer dicken Schicht aus Stroh bedeckt, dem noch immer der Duft der Erntezeit anhaftete. Es roch aber auch nach Bier und altem Schweiß. Wie Nebel stieg Rauch von der langen Feuergrube in der Mitte der Halle auf und zog unter den geschwärzten Dachbalken bis hin zu der kleinen Öffnung, die als Abzug im Giebel ausgespart geblieben war.

Der Festsaal war gedrängt voller Leute. Es mochten fast hundert sein. Dennoch herrschte Totenstille. Alle lauschten gebannt der Stimme der zierlichen Sängerin, die auf einem der Tische stand und von Helden aus alter Zeit erzählte. Geschickt begleitete sie die Verse mit Lautenspiel.

Die Alte an Volkers Seite sorgte dafür, daß ein paar Frauen auf einer der Bänke zusammenrückten, die an der Wand nahe der Tür standen. Dankbar ließ der Spielmann sich nieder. Seine schmerzenden Hände hatte er vergessen und auch, daß er gekommen war, um nach der Heilerin zu suchen. Wie alle anderen, so hatte die Bardin auch ihn in ihren Bann geschlagen.

Fast unmerklich veränderte sich der Klang ihrer Melodie. Sie redete jetzt von Blut und Tod und den Schrecken der Verdammnis. Trotz der stickigen Hitze begannen die Menschen zu zittern. Belliesa sprach vom Bösen und dem Wirken des Bösen. »Es ist wie eine Flut. Zunächst bemerkt man es kaum, wenn das Wasser in dem kleinen Bach, an dem man lebt, zu steigen beginnt. Dann plötzlich, über Nacht, wird der Bach zu einem reißenden Strom. Eure Häuser, die ihr für sicher gehalten habt, sind überflutet. Die Schwachen, die sich gegen den Fluß stemmen, werden einfach von ihm fortgerissen. Nur die Starken vermögen ihm zu widerstehen, doch wenn das Wasser geht, erwartet sie noch eine zweite Prüfung. Das Land, das sie einst kannten, scheint plötzlich trostlos. Wiesen, Straßen und Äcker sind unter einer dicken Schicht aus schwarzem Schlamm begraben. Selbst große Bäume sind entwurzelt, die Ernte verdorben. Die Landschaft ist zum Spiegel jener Seelen geworden, die sich dem Bösen ergeben haben. Nur die Allertapfersten vermögen der Hoffnungslosigkeit, die der Flut folgt, zu begegnen. Nur jene Männer und Frauen, die eine Vision haben, werden bleiben. Jene, die sich inmitten der schlammigen Einöde wieder ein blühendes Land vorstellen können.«

Belliesa machte eine kurze Pause und blickte prüfend in die Runde. Dann wiederholte sie leise und mit eindringlicher Stimme. »Nur die Allertapfersten werden bleiben.«

»Noch vor wenigen Wochen sah es so aus, als würde euch der Winter in diesem Jahr das Fleisch von den Knochen fressen. Die Männer waren nicht so erfolgreich wie in früheren Jahren, als sie zur Jagd hinauszogen, und auch die Äcker in den Hügeln ringsherum hatten nur eine magere Ernte erbracht. Die Vorratshäuser des Dorfes waren nicht einmal zur Hälfte gefüllt, und jeder wußte, daß noch lange vor den ersten warmen Frühlingstagen der Tod zu Gast sein würde in diesem Dorf. Kalte Verzweiflung kroch in eure Herzen, noch bevor der erste Wintersturm an den hölzernen Läden eurer Hütten rüttelte.

Doch dann brachte der Eber einen Fremden mit goldenem Haar hierher. Es gefiel dem Krieger bei euch. Er legte seine Rüstung ab und trug schon bald die Kleider der Männer aus den Bergen. Als er eure Verzweiflung erkannte, faßte er einen Plan, vor dem selbst die mutigsten Ritter zurückgeschreckt wären. Mit nur dreißig Mann wollte er die reiche Stadt hinter den Bergen erobern, um dort aus den übervollen Lagerhäusern der fränkischen Tyrannen genug Korn zu holen, um das Dorf über den Winter zu bringen.«

Fasziniert verfolgte Volker, wie die Bardin die Geschichte vom Überfall auf Castra Corona zu einem wahren Heldenepos verdrehte. Es war das erste Mal, daß er Zeuge wurde, wie sie ihn als den Auserwählten beschrieb, und er begann zu begreifen, was jene in ihm sahen, die nur Belliesas Lieder kannten.

»... ganz allein trat der Eber unter das Portal des Hauses, in dem er den Tyrannen besiegt hatte, und forderte dessen Knechte, die sich in schimmernder Wehr auf dem Hof versammelt hatten, zum Kampfe. Er sah, daß der Auserwählte in tödlicher Gefahr war, daß sie das Tor besetzen und ihn töten würden. Doch der Eber lachte der Gefahr nur ins Gesicht. Und er stürzte sich ins Gefecht, um sein Leben zu schenken, damit der Auserwählte entkommen konnte. Doch als das Tor endlich offen war und der Fluchtweg frei, kehrte der Ritter um, um an der Seite seines Freundes zu streiten.«

Volker starrte auf das schmutzige Stroh zu seinen Füßen. Zu gut erinnerte er sich an sein Zögern. Daran, wie er ernsthaft erwogen hatte, den Eber im Stich zu lassen. Der Räuberfürst hatte den Statthalter schließlich nicht im Zweikampf besiegt, so wie die Bardin es in ihrem Lied schilderte, sondern ihn einfach ermordet. Und der junge Wachsoldat, den er am Boden liegend gemeuchelt hatte, wurde auch mit keinem Wort erwähnt.

»So fochten sie Rücken an Rücken und trotz all ihres Mutes wären sie verloren gewesen, wäret nicht ihr gekommen, um sie zu retten. Die Männer des Waldes!« Belliesa drehte sich um und zeigte mit ausgestrecktem Arm auf Volker.

»Und dort ist er, der Auserwählte ... Er hat das Krankenlager verlassen, um wieder an eurer Seite zu sein und mit seinem Freund, dem Eber, aus einem Methorn zu trinken und mit ihm zusammen zu neuen Taten aufzubrechen, um den Tyrannen Ricchar auf immer aus den Bergen zu vertreiben, damit kein freier Mann sich mehr unter der Knute der Franken beugen muß und ihr nicht mehr kämpfen müßt, um das Korn, das auf euren Feldern gewachsen ist, aus den Vorratshäusern der Besatzer zu holen! In dieser Nacht soll gefeiert werden, doch vergeßt nicht jene, die der Graf aus den Städten am großen Fluß vertrieben hat, weil sie an eure Sache glaubten.«

Volker horchte auf. Wovon sprach Belliesa? War das wieder eine ihrer Lügen? Lauter Jubel brandete durch die Halle, als die Bardin vom Tisch steigen wollte. Der Spielmann spürte, wie der Lehmboden unter seinen Füßen vibrierte, als die Männer und Frauen johlend mit den Füßen stampften. Die Krieger hatten die Bardin auf ihre Schultern gehoben.

Auch Volker packten sie nun und trugen ihn durch die Halle bis hin zum Eber, der ihm die Hand reichte. Der Räuber wirkte verändert. Die Grausamkeit und Härte schien aus seinen Zügen gewichen. Er lächelte.

Als Volker erwachte, schmerzte sein Kopf vom vielen Met, den er am Abend zuvor getrunken hatte. Er setzte sich auf und sah sich blinzelnd um. Irgend jemand hatte ihn in die Hütte der alten Frau zurückgebracht. Er konnte sich an nichts mehr erinnern.

»Gut, daß du endlich wach wirst. Ich hatte schon überlegt, ob ich eine Handvoll Schnee holen sollte, um dich aus deinen Träumen zu reißen, Ritter!«

Volker war jetzt hellwach. Deutlich erkannte er im Zwielicht die Gestalt des Ebers. Der Gesetzlose stand über sein Lager gebeugt und blickte zu ihm herab.

»Was willst du von mir? Bist du gekommen, um mich an Stelle der Alten mit Suppe zu füttern? Stimmt etwas nicht?«

»Ja ...«

»Und?«

»Es ist wegen der letzten Nacht.« Der Räuber schien mit jedem Wort zu ringen, das er über die Lippen brachte. »Wir beide wissen, daß sie gelogen hat ... Daß es anders war ...«

Volker seufzte. »Worauf willst du hinaus?« Er konnte sich beim besten Willen nicht vorstellen, daß der Eber wegen einer Lüge ein schlechtes Gewissen hatte.

»Erinnerst du dich an Belliesas Worte über das Land, das unter dem Schlamm des Flusses begraben liegt. Es ist schwarz und verdorben, doch weil sich die, die zurückgeblieben sind, vorstellen können, daß es einst wieder blühende Wiesen und Felder geben wird, wird es eines Tages auch wieder anders sein ...«

Volker nickte. Er hielt das Bild, das die Bardin geprägt hatte, nicht für so eindrucksvoll wie der Räuber. Aber vielleicht war das nur so, weil er an den Ufern des großen Flusses aufgewachsen war und genau wußte, daß man nach dem Hochwasser im Frühjahr nicht viel tun mußte. Im Gegenteil. Es brachte fruchtbaren Boden, und die Felder begannen ganz von alleine wieder zu blühen ...

»Ich weiß, daß ich nicht der Held bin, von dem sie gestern gesungen hat. Ich bin auch kein Narr. Ich weiß genau, daß sie mich letzte Nacht auch als einen Mörder und ein Ungeheuer hätte darstellen können ... Wenn sie es gewollt hätte, wären meine Männer gekommen, um mir meine Eingeweide herauszureißen, statt mich auf ihren Schultern zu tragen, so wie sie es getan haben.« Der Eber rieb sich sein vernarbtes Kinn. Einige Herzschläge lang herrschte Schweigen zwischen den beiden.

»Ich weiß, daß ich an deiner Seite ein Held sein könnte ... Auserwählter. Gestern abend von meinen Männern gefeiert zu werden, das war besser als eine Nacht bei einer Hure, die sich wirklich auf ihr Geschäft versteht und mich vergessen läßt, wie ich aussehe und was ich bin.«

Der Eber ließ sich auf den grob gezimmerten Stuhl neben dem Lager aus Fellen nieder. Doch es war mehr als nur ein Sichsetzen, er schien regelrecht in sich zusammenzusinken. »Der Mord an dem Statthalter ... Ich habe es wegen der Dinge getan, die er mir gesagt hatte. Ich kenne diesen Blick, von dem er gesprochen hat, sehr gut. Die Angst und den Ekel. Gestern, das war so anders ... Es hat mir gut getan. Doch jetzt ist das Gefühl wieder fort. Statt dessen bin ich traurig und ... Nein, es ist auch keine richtige Trauer. Es ist ... Weißt du, was ich meine?«

Der Spielmann nickte. Er war sich zwar nicht ganz sicher, ob er den Räuber verstand, doch schien es ihm klüger, den Eber jetzt nicht zu unterbrechen.

»Belliesas Geschichte war eine Lüge. Du weißt genau, daß ich nur deshalb nach Castra Corona gegangen bin, weil ich Angst hatte, daß meine Männer gegen mich rebelliert hätten, wenn am Ende des Winters die Vorratsspeicher leer gewesen wären. Und trotzdem hat mich ihre Geschichte berührt ... weil es die Wahrheit hätte sein sollen. Ich habe mich nie darum geschert, ob ich geliebt wurde. Aber heute abend haben sie mich gefeiert, sie haben mich hochgehoben. Und das, Ritter, war der schönste Augenblick in meinem Leben.«

»Wie war das, als du die Krieger angegriffen hast, um mich zu retten. Hattest du Angst?«

»Ja.« Der Eber nickte.

»Und dennoch hast du es getan, ohne darüber nachzudenken, ob du getötet werden könntest.«

»Weißt du, ich habe nur noch die Franken gesehen. Dich konnte ich im Dunklen nicht erkennen. Ich habe auch nicht mehr an dich gedacht. Mein Weg war versperrt, und ich wollte nur noch so viele Feinde wie möglich mit ins Grab nehmen. Das war alles. Das ist meine Heldengeschichte ...«

Wieder herrschte Schweigen zwischen den beiden, bis schließlich Volker fragte: »Und wenn du am Tor gestanden hättest und ich in der Falle gewesen wäre, hättest du mir geholfen?«

»Hältst du mich für verrückt?« Der Eber grinste, dann wurde er plötzlich ernst. »Du wirst Gelegenheit haben zu sehen, ob ich mich ändern kann oder ob mich diese dummen Geschichten der Bardin nur in seltsame Stimmungen gestürzt haben. Ricchar hat all diejenigen aus den Städten, die noch unter seiner Herrschaft stehen, vertreiben lassen, die nicht öffentlich dem Christentum abschwören wollten oder denen seine Männer unterstellten, daß sie insgeheim auf Seiten der Rebellen stehen. Der Fürst hat Angst vor dir, Ritter. Ich möchte, daß er auch Angst vor mir hat. Als erstes werden wir in die Berge gehen und sehen, wer von den Flüchtlingen noch lebt ... Wir bringen sie nach hier oder in die Städte. Natürlich will Ricchar unsere Vorräte erschöpfen, indem er all diese unnützen Esser zu uns schickt ...«

Volker wollte protestieren. Er fühlte sich noch zu schwach, um wieder in die Berge zu gehen, aber der Räuber ließ ihn nicht zu Wort kommen.

»Und was uns beide angeht ... Du bist wohl kaum gekommen, weil du Sehnsucht nach meiner reizenden Gesellschaft hattest. Du brauchst Krieger, nicht wahr? Du wirst mich und meine Männer bekommen. Ich werde immer an deiner Seite stehen. In jedem Heldenlied, das man über dich singt, Ritter, wird von nun an auch der Eber vorkommen ... Aber ich warne dich. Wenn das alles schiefgeht, werde ich dir eigenhändig den Schädel einschlagen. Ich habe nicht vor zu verrekken ... Ist das klar?«

15. KAPITEL

Du wirst hierbleiben! Erhole dich von deinen Frostbeulen. Auf dem Marsch würdest du uns nur aufhalten.«

»Du brauchst mich, damit ich euch den Weg zeigen kann«, protestierte Volker.

»Ich glaube nicht, daß ich dich als Führer brauche, um mich in den Bergen zurechtzufinden, in denen ich mein ganzes Leben verbracht habe. Die Höhle, von der du erzählt hast, liegt nicht weit von der alten Römerstraße. Die meisten Flüchtlinge werden wir entlang der Straße finden. Sie ist der kürzeste Weg von den Flußstädten nach Treveris. Ich denke auch, daß Ricchar sie mit Absicht in diese Richtung hat treiben lassen. So müssen sie uns geradezu in die Arme laufen. Womöglich hat er sogar gleich ein paar Spitzel und Meuchelmörder mit ihnen geschickt. Er wird sich denken können, daß du ihnen zu Hilfe kommst. Schließlich handelst du doch im Auftrag eines Erzengels und ...«

»Genug!« zischte die Bardin.

Der Eber und Belliesa, die ebenfalls zu der Suchtruppe gehören sollte, tauschten einen langen Blick. »Ich werde mich um Volker kümmern.« Die Bardin musterte den Spielmann abschätzend. Über ihrem schwarzen Kaputzenumhang trug sie einen Überwurf aus geölten Schafsfellen. Auch um die Beine hatte sie Felle gewickelt, und ihre Füße steckten in wollgefütterten Wanderstiefeln. Die zierlichen Finger waren unter dicken Fäustlingen verborgen, und ein rauher Schal verdeckte Lippen und Nase, so daß ihre Stimme gedämpft klang. »Er sollte dabei sein. Er ist der Auserwählte. Die Leute erwarten von ihm, daß er an der Rettung teilnimmt.«

Der Eber zog die Nase hoch und spuckte in den Schnee. »Auserwählter! So ein Unsinn. Jeder Schritt, um den du unseren Marsch verlangsamst, könnte weitere Tote auf der Römerstraße bedeuten.«

»Du wirst nicht so schnell gehen können, daß ich dir nicht zu folgen vermag. Wenn dir die Zeit so kostbar ist, dann laß uns nicht länger reden, sondern aufbrechen.« Am Morgen hatte der Barde von der Heilerin die Verbände gewechselt bekommen. Dabei konnte er seine Hände betrachten. Alle Fingerkuppen waren von Schorf bedeckt gewesen, und wie ein Jagdhund hatte die Alte an jedem seiner Finger geschnuppert. Kein einziger war brandig geworden! Es würde ein oder zwei Wochen dauern, bis die Wunden verheilt waren, doch es würden nicht einmal Narben zurückbleiben.

Die neuen Verbände hatte die Heilerin so straff gewickelt, daß Volker nicht einen Finger zu krümmen vermochte. So sollte vermieden werden, daß der Schorf wieder aufplatzte und die Wunden doch noch zu schwären begannen. Die Gewißheit, daß von den Erfrierungen kein dauerhafter Schaden zurückbleiben würde, hatte ihm neue Kraft gegeben. Er fühlte sich stark genug, wieder der Kälte zu trotzen, und er hatte der Heilerin einen Zaubertrank abgeschwatzt, der jeden den Winter vergessen lassen konnte. Lächelnd tastete er nach dem ledernen Wasserschlauch, der über seine Schulter hing. Er war randvoll mit Branntwein! Ein einziger Schluck davon vermochte selbst Tote wieder ins Leben zurückzurufen. Und er hatte schon mehr als nur einen Schluck genommen. Es gab nichts Besseres gegen die Kälte!

Der Eber übernahm die Führung des Rettungstrupps. Mehr als zwanzig Mann hatten sich eingefunden, um in den Bergen nach Flüchtlingen zu suchen. Mit einem langen Eschenstab ertastete sich der Anführer der Gesetzlosen den Weg. Der Pfad zum Dorf hinauf war völlig unter der Schneedecke verschwunden. Immer wieder gab es Verwehungen, in denen die Männer bis zu den Hüften einsanken.

Eine halbe Stunde nachdem sie das Dorf verlassen hatten, begann es wieder zu schneien. Erst waren es nur einzelne Flocken, doch dann frischte der Wind auf und brachte mächtige Wolkengebirge von Westen heran. Bald fiel der Schnee so dicht, daß man keine fünfzig Schritt weit sehen konnte. Eisige Böen trieben die Schneeflocken vor sich her, so daß sie wie Nadeln in Volkers Gesicht stachen. Auch der Spielmann hatte sich einen Schal über Nase und Mund gezogen. Pochende Schmerzen in den Fingerspitzen machten ihm zu schaffen.

Noch immer ging der Eber an der Spitze der Männer. Wie ein mächtiger Platzhirsch pflügte er eine Bahn in den kniehohen Schnee. Alle anderen folgten in seiner Spur. Volker ging fast am Ende der Kolonne. Hinter ihm war nur noch Belliesa. Niemand sprach. Der verbissene Kampf mit dem Schnee forderte all ihre Kräfte.

Der Spielmann war sich sicher, daß Belliesa nur deshalb hinter ihm ging, weil sie Angst hatte, er könne zurückfallen. Was er für sie wohl bedeutete? Brauchte sie ihn nur, um ihren Krieg gegen Ricchar führen zu können, oder war da noch mehr? Er drehte sich um. Das Gesicht der Bardin war rot vor

Kälte. In ihren Augenbrauen und einer Haarsträhne, die unter ihrer Kapuze hervorlugte, hatte sich Eis gebildet.

»Warum wolltest du unbedingt mitkommen?« Ihre Stimme war durch das Heulen des Windes kaum zu hören.

»Ich hatte mich in den Bergen verirrt und wäre sicherlich gestorben, wenn mir nicht eine Erscheinung den Weg gewiesen hätte. Es war eine Frau. Sie sah fast aus wie du, und sie sagte mir, sie würde mir meine Toten zeigen. Kurz darauf fand ich die Leichen von Flüchtlingen im Schnee. Ich wußte, daß sie hatten sterben müssen, weil ich Ricchar herausgefordert habe. Nur deshalb waren sie aus ihren Häusern vertrieben worden ... Ich mußte zurückkommen, um so viele zu retten, wie wir finden können. Außerdem mußte ich auch deshalb mitkommen, weil ich dem Eber nicht traue.«

»Zu Recht! Er hat sich verändert, seitdem ich in der Halle gesungen habe, aber er erscheint mir noch immer wie ein Wolf im Schafsfell. Dir ist klar, daß die Flüchtlinge all ihre Wertsachen mit sich genommen haben werden, um sie zu Geld zu machen, sobald sie in Treveris oder anderswo ein neues Leben anfangen. Leichte Beute für den Eber und seine Männer! Bisher haben sie davon gelebt, solche Reisenden auszunehmen, ohne dabei groß Federlesens zu machen. Was glaubst du, was sie jetzt tun werden?«

Volker zuckte mit den Schultern. »Ich weiß es nicht.«

Der Sturm nahm noch an Heftigkeit zu, so daß jede Unterhaltung unmöglich wurde. Stumm, die Augen auf den Rükken des Mannes vor ihm fixiert, marschierte der Spielmann weiter und versuchte, den Schmerz in seinen Händen zu ignorieren.

Der Hinweis auf die Flüchtlinge, den sie fanden, war ein Karren, der in einer Schneewehe feststeckte. Die Männer des Ebers holten die Kisten und Säcke von der Ladefläche und teilten alles untereinander, was ihnen von Wert erschien. Volker stand dabei und sah ihnen wortlos zu.

»Stell dich nicht so an, Ritter!« Der Eber schlug ihm mit

der Rechten so heftig auf die Schulter, daß der Spielmann einen Schritt nach vorne taumelte. »Das nehmen wir nur mit, um die Vorräte bezahlen zu können, die wir den Überlebenden geben werden. So konnten die Toten den Lebenden einen Dienst erweisen.« Der Gesetzlose blickte grinsend zu Belliesa. »Ist das nicht ein hübscher Ausspruch für ein Heldenlied?«

»Ich fürchte, Worte allein genügen nicht, um ein Held zu sein«, entgegnete die Bardin kühl.

Das Gesicht des Ebers wurde hart. »Ihr verurteilt mich also? Wer hält mich eigentlich davon ab, euch beiden den Hals durchzuschneiden und den prächtigsten Raubzug meines Lebens durchzuführen. Wenn alle Flüchtlinge so viel Gold und Geschmeide im Gepäck haben wie die, denen dieser Karren gehört hat, dann werde ich im nächsten Frühjahr der reichste Mann in den Bergen sein.«

»Eine Nacht wie gestern in der Festhalle wirst du dir für all dies Gold nicht kaufen können.«

»Nein? Es gibt noch mehr Barden. Ihr seid nicht die einzigen in diesem Gewerbe, und ich habe mir sagen lassen, daß die meisten von ihnen käuflich sind, und dann ...«

Aus dem nahen Wald erklangen Rufe. Die Männer des Ebers hatten die Eigentümer des Wagens gefunden. Es waren drei Männer und zwei Frauen. Halb vom Schnee bedeckt lagen sie neben einer verloschenen Feuerstelle.

Der Gesetzlose spuckte neben den Toten in den Schnee. »Dumm!« murmelte er leise und gab seinen Kriegern ein Zeichen, die Leichen zu durchsuchen. »Ein Stück weiter in den Wald hinein ist eine tiefe Bodensenke. Hätten sie ihr Feuer dort gemacht, wären sie jetzt noch lebendig. Wie konnten sie nur glauben, daß die Flammen sie in so offenem Gelände wärmen würden.«

Bald ließen sie die Toten hinter sich und folgten weiter der alten Römerstraße. Es wurde schnell dunkel. Der Sturm war abgeflaut. Einige der Männer des Ebers hatten Fackeln entzündet.

Sie durchquerten ein Waldstück. Es war bedrückend still. Nur der Schnee knirschte leise unter ihren Stiefeln. Plötzlich geriet die Kolonne ins Stocken. Die vordersten Männer waren wieder auf Leichen gestoßen. Die meisten Toten waren ganz unter dem Schnee begraben. Diese Flüchtlinge hatten keine Karren und Pferde gehabt. Oder aber sie hatten sie schon früher auf ihrem Weg aufgeben müssen. Wo der Wind die Leichen teilweise freigeweht hatte, konnte man sehen, wie sich die Sterbenden zueinandergelegt hatten, um sich gegenseitig Wärme zu spenden.

Die Männer des Ebers redeten kaum. Nur wenige wagten es, die Toten zu plündern. Selbst die hartgesottenen Gesetzlosen waren von dem Anblick erschüttert.

Auch Volker vermied es, den Toten ins Gesicht zu sehen. Sie schienen zu lächeln. Ihre Lippen waren bis weit über die Zähne zurückgezogen, die Gesichter zu grotesken Grimassen erstarrt. Bisher hatte er geglaubt, die Hölle sei ein Meer aus Flammen, doch das war falsch. Sie war kalt. Das hier war die Hölle! Sie sollten zurück! Im Bergdorf waren sie sicher vor dem Tod. Hier draußen lauerte nur das Verderben. Von den Flüchtlingen lebte keiner mehr! Und wenn sie zu tief in die Berge vordrangen, dann würden vielleicht auch sie sterben. Ängstlich blickte der Spielmann zum dunklen Himmel. Bald würde der Sturm wieder beginnen. Sie mußten zurück ... Das Pochen in seinen Fingern wurde immer schlimmer. Er hatte Fieber. Seine Kleider waren von Schweiß durchnäßt. Bald würde die Kälte durch sie hindurchkriechen. Er dachte an das Märchen vom Feuervogel ... an den warmen Sommertag, an dem der Märchenerzähler vor der Tafel des Königs gestanden hatte. Eine Ewigkeit schien seitdem vergangen und ... Volker blickte auf. An der Spitze der Kolonne geschah etwas. Einige der Gesetzlosen hatte sich um einen etwas größeren Hügel im Schnee geschart.

Der Spielmann trat neben den Eber. Ihm war schwindelig. Er stützte sich mit einer Hand auf die Schulter des Ebers.

Glühende Punkte tanzten vor seinen Augen. Volker mußte die Lider zusammenkneifen, bevor er wieder klar sehen konnte. Ein Mann und ein Frau lagen dicht neben dem Kadaver eines verendeten Pferdes.

»Was ist hier los?«

Der Eber hob einen Finger an die Lippen. »Leise. Hörst du nichts?«

Irgendwo im Wald brach ein Ast unter der Last des Schnees. Dann war es wieder still. Volker wollte schon einen Scherz über abergläubische Hinterwäldler machen, als auch er hörte, worauf die Gesetzlosen lauschen. Ein ersticktes Murmeln. Es war kein Tierlaut, doch klang es auch nicht menschlich.

»Was zum Teufel ist das?« keuchte der Eber.

»Du solltest den Namen des Versuchers an einem solchen Ort nicht so leichtfertig in den Mund nehmen.« Volker spürte einen eisigen Schauer seinen Rücken hinaufkriechen. Einige Männer des Ebers bekreuzigten sich hastig.

»Hurenkrätze! Ich laß mir doch von einem Geräusch keine Angst machen!« Er trat gegen den Kadaver des Pferdes und zuckte erschrocken zurück. Dort, wo er hingetreten hatte, schimmerte es rot unter dem Schnee. Alles war voller gefrorenem Blut.

»Bei allen Heiligen, was ist hier geschehen?« fragte einer der Räuber. »Haben sie sich gegenseitig umgebracht?«

»Drustan! Sieh du dir das mal an!« Der Eber winkte seinen erfahrensten Fährtensucher heran, der etwas abseits der Gruppe über einem Toten kauerte, dem er den Mantel geöffnete hatte, um nach Wertsachen zu suchen.

Drustan war ein schweigsamer, hagerer Kerl, der Volker kaum bis zur Schulter reichte. Er trug einen Umhang, der ein Flickwerk aus allerlei Pelz war. Der Fährtensucher kniete sich neben das Pferd und wischte den Schnee zur Seite. Er tastete über den Kadaver. Dann zeigte er auf einen schmalen Schnitt am Hals des Pferdes. »Man hat es getötet. Es...« Mitten im

Satz erstarrte der Fährtensucher. Wieder war das seltsame Geräusch zu hören. Diesmal klang es wie ersticktes Schreien.

Hektisch begann der Fährtensucher an dem Leichnam des Mannes zu zerren, der an das tote Pferd geschmiegt lag. »Los, helft mir, verflucht noch mal!«

Der Eber war der einzige, der auf seine Worte reagierte. Die anderen standen wie versteinert und starrten. Halb unter dem Mann begraben lag eine Frau mit langem, blondem Haar. Ihren Kleidern nach zu urteilen, mußte sie aus einer wohlhabenden Familie stammen. Sie trug einen pelzgesäumten und mit Stickereien verzierten Umhang aus schwerer Wolle.

Der Eber fluchte leise. »Verdammt, der wäre ich gerne lebendig begegnet. Die sieht aus, als hätte man mit ihr eine Menge Spaß haben können, um sie dann anschließend für ein dickes Lösegeld an ihren Vater zurückzugeben.«

Drustan blickte auf. Eine tiefe Falte teilte seine Stirn. Er hatte der Toten eine Hand unter den Umhang geschoben. »Wie es scheint, hast du sie nur knapp verpaßt. Sie ist noch warm. Aber ihr Herz hat aufgehört zu schlagen und...« Erschrocken blickte er zu der Toten hinab.

Volker machte einen Schritt zurück. Der Fährtensucher machte ein Gesicht, als habe er dem Leibhaftigen ins Antlitz gesehen. »Da bewegt sich etwas...« Der Hagere beugte sich tiefer über den Leichnam. Keuchend schob er die Frau zur Seite. Immer deutlicher war das erstickte Wimmern zu hören. Dann hielt der Mann ein Knäuel aus Fellen und zerrissenen Decken hoch. »Es lebt!«

Zwischen den Lumpen lugte ein faltiger Kinderkopf hervor. Jetzt schlug auch Volker ein Kreuz. Das Gesicht des Kindes war so rot, als habe man seinen Kopf in kochendes Wasser getaucht. Es öffnete den Mund, doch statt des Geschrei eines Kleinkindes kam nur ein leises Wimmern über seine Lippen.

Der Fährtensucher legte es auf den Leib der toten Frau und

schlug die Felle zurück. Der ganze Leib des Kindes war krebsrot. Es hatte kurze schwarze Haare und dunkler Flaum wuchs auf seiner Brust und an seinen Armen. Volker konnte sich nicht erinnern je zuvor in seinem Leben ein so haariges Kind gesehen zu haben. Etwas stimmte hier nicht! Warum war das schwächste Geschöpf von allen nicht in der Kälte zugrunde gegangen? Nach seiner Größe zu urteilen konnte das Kind höchstens drei Monate alt sein.

Der Fährtensucher griff der blonden Frau unter die Kleider und nickte dann. »Sie trägt Milch in den Brüsten. Sie muß die Mutter gewesen sein. Der Kerl an ihrer Seite ist wohl ihr Beschäler. Die beiden haben das Pferd getötet, als der Sturm begann, und es als Windschutz genutzt. Sie müssen da schon sehr entkräftet gewesen sein. Dann haben sie das Kind zwischen sich genommen, um es mit ihren Körpern zu schützen. Die zwei sind weniger als eine Stunde tot.«

Der Spielmann musterte angeekelt die rote Haut des Säuglings. Was war das? Er dachte wieder an die Hölle. Wenn diese Winterlandschaft voller Leichen das Reich Satans war, dann konnte das einzige, was hier überlebte, nur ein Geschöpf der Hölle sein!

»Legt das Kind zurück!« stieß Volker keuchend hervor. »Es wird uns alle ins Unglück reißen. Seht nur seine Haut! Es kommt direkt aus dem Tartarus!«

Alle drehten sich zu ihm um. Einigen der Männer konnte der Spielmann ansehen, daß sie seiner Meinung waren. In ihren Blicken lag das blanke Entsetzen.

Drustan beugte sich zu dem Kind und strich über dessen Brust. Dann schüttelte er den Kopf. »Es ist nicht verflucht. Sie haben es mir einer Salbe eingestrichen, bevor sie starben. Die Zaubersalbe zieht das Blut in die Haut und läßt einem warm werden. Ich habe selber einmal eine solche Salbe von einer Kräuterfrau bekommen.«

»Genug geschwätzt! Manu!« Der Eber winkte einem seiner Männer. »Du hattest doch etwas Milch mitgenommen.

Mach ein Feuer und erwärme sie. Der kleine Kerl braucht was zu essen. Sonst stirbt er uns, noch während wir hier um ihn stehen und reden. Drustan, wickele ihn wieder in die Lumpen ein.«

Der Gesetzlose hob den kleinen Jungen hoch und musterte ihn. »Du bist der härteste von allen. Nichts kann dich umbringen.« Der Eber grinste. »Du bist wie ich. Ich werde dich beschützen.«

»Du holst das Verderben in dein Dorf, wenn du ihn mitnimmst!« ereiferte sich Volker. »Laß ihn zurück!«

Der Anführer der Gesetzlosen setzte sich auf den Kadaver des toten Pferdes und wiegte das Kind im Arm. Seine Männer schwiegen. Keiner wagte es, sich gegen ihn zu stellen, und doch konnte Volker den Räubern ansehen, daß auch ihnen das Kind unheimlich war.

Manu brachte dem Eber ein wenig Milch in einer flachen Schüssel. Er tauchte einen Finger hinein und schob ihn dann dem schwachen Kind in den Mund. »Trink! Du mußt wieder zu Kräften kommen, wenn du dem Tod trotzen willst!«

Erst wimmerte der Junge leise, doch nachdem der Eber ihm den Kopf hob, konnte er in kleinen Schlucken aus der Schale trinken.

»Ich habe sie gefunden!« erklang Belliesas Stimme von weiter vorne in der Waldschneise. Die Bardin winkte ihnen aufgeregt zu. Während sich fast alle Männer des Ebers um ihren Anführer geschart hatten, war sie einfach weitergegangen. »Überlebende!«

Der Gesetzlose warf Volker einen spöttischen Blick zu. »Er kommt also direkt aus dem Tartarus, weil er die Kälte überlebt hat. Dann haben wir jetzt wohl ein ganzes Nest voller Teufel und Dämonen aufgetan.«

Dem Spielmann war übel. Sogar das Kind schien ihn auszulachen. Sein Gesicht war zu einer häßlichen roten Maske verzerrt. Volker begann am ganzen Körper zu zittern. Jetzt konnte er das Pochen in seinen Fingern so deutlich wie seinen Herzschlag spüren. Er blickte auf seine bandagierten Hände. Schlangen wanden sich dort, wo seine Finger hätten sein sollen.

Das konnte nicht sein! Er biß sich auf die Lippen. War er denn verflucht? Auch der Schmerz in der Lippe ließ die Schlangen nicht verschwinden. Waren sie vielleicht doch kein Trugbild? Ängstlich steckte er seine Hände unter den Mantel und sah sich nach den anderen um. Das Gesicht des Ebers erschien ihm jetzt so rot wie das des Kindes, das der Gesetzlose auf dem Arm hielt. Und was war das? Unter dem Umhang des Räubers lugte ein schuppiger Schwanz hervor.

»Vade retro, satanas.«

»Was sagst du?«

»Vade retro, satanas! Weiche von mir, Teufel!« Volker machte einen Schritt zurück. Auch die Gefährten des Ebers waren Teufel. Er konnte es jetzt deutlich sehen. Er hätte niemals hierherkommen sollen. Sein Weg hatte ihn nicht in die Berge, sondern geradewegs in die Hölle geführt.

»Was ist mit dir?«

Volker drehte sich um und begann zu laufen. Fast bis zu Knien versank er im Schnee. Mühsam kämpfte er sich voran. Nur nicht zurückschauen! Wenn er sie noch einmal sehen würde, dann kostete ihn das den Verstand. Dessen war er sicher.

»Haltet ihn! Er ist von Sinnen!« erklang hinter ihm die Stimme des Gesetzlosen.

Der Spielmann strauchelte. Etwas Festes war im Schnee verborgen gewesen. Er stürzte auf eine schwarze, grinsende Todesgrimasse zu. Der Leichnam streckte ihm die steifgefrorenen Arme entgegen, um ihn in der Hölle willkommen zu heißen.

16. KAPITEL

Golo konnte nicht schlafen. Er stand am Fenster seiner kleinen Kammer und blickte auf die Stadt. Er war im Haus eines reichen Händlers untergebracht, und die ganze Familie bemühte sich darum, ihm all seine Wünsche von den Augen abzulesen. Es war lange her, daß er so oft hintereinander so gut gegessen hatte wie hier in Icorigium. Früher hatte er sich vorgestellt, daß dies alles sei, was er brauchte, um glücklich zu sein. Jetzt wußte er, daß er sich geirrt hatte.

Die verschneite Stadt sah bei Nacht sehr friedlich aus. Man sah ihr nicht an, daß sie in ihren Mauern mehr als tausend Freiwillige der Rebellenarmee beherbergte. All diese Krieger machten ihm Kopfzerbrechen. Die Vorräte gingen langsam zur Neige. Bald würde er das Korn in den Speichern der Stadt beschlagnahmen müssen. Noch ein paar Wochen, und die Städter würden Ricchar freiwillig die Tore öffnen, nur um die Rebellen wieder loszuwerden. Er mußte etwas unternehmen, doch er wußte nicht, was. Die Ritter, die Volker zurückgelassen hatte, waren keine Hilfe. Ihnen fiel nichts Besseres ein, als Männer in die umliegenden Dörfer zu schicken, um dort das Vieh forttreiben zu lassen. So konnte es nicht weitergehen!

Golo fluchte. Wenn nur Volker endlich zurückkäme! Elf Tage war er nun schon verschwunden. Das Dorf des Ebers war nicht mehr als zwei Tagesmärsche entfernt. Durch den hohen Schnee mochte es vielleicht auch vier Tage dauern, um es zu erreichen. Der Spielmann müßte längst wieder zurück sein! Hätte er nur einen Führer mitgenommen! Ihm mußte etwas passiert sein. Anders konnte Golo es sich nicht erklären, daß er immer noch nichts von Volker gehört hatte. Wäre der Barde wohlbehalten im Bergdorf angekommen und aufgehalten worden, hätte er doch wenigstens einen Boten geschickt. Ob der Eber Volker umgebracht hatte? Nein! Es mußte etwas anderes geschehen sein. Golo konnte sich nicht vorstellen, daß der Spielmann tot war. Verletzt vielleicht oder in Schwierigkeiten, doch tot? Nein. Volker war ein Held, und Helden starben nicht einfach so.

Andere hingegen … Er mußte an die Späher denken, die er ausgeschickt hatte, um Ricchars Kriegsvorbereitungen auszukundschaften. Keiner von ihnen war zurückgekehrt. Was ging in den Städten am Rhein nur vor sich? Und wie schaffte es der Graf, alle Späher und Spitzel abzufangen. Was wollte er um jeden Preis verbergen? Oder war es nur eine Strategie, um die Rebellen zu beunruhigen. Wenn dem so war, dann ging sein Plan auf, dachte Golo. Er war beunruhigt, und er hätte sofort fünf Jahre seines Lebens gegeben, wenn er nur wüßte, was Ricchar gerade plante. Der junge Ritter hatte den Eindruck, daß sich die Lage der Rebellen mit jedem Tag, den sie ungenutzt verstreichen ließen, verschlechterte. Doch was war zu tun?

Verzweifelt starrte Golo in die Finsternis. Der eisige

Nachtwind biß ihm in die Wangen. Es hatte wieder begonnen zu schneien. Nie in seinem Leben hatte er einen Winter erlebt, in dem es so viel Schnee gegeben hatte. Die Verwehungen an der Stadtmauer waren zum Teil bis zu vier Schritt hoch, und es war notwendig, etliche Männer einzusetzen, um den Schnee zur Seite räumen zu lassen. Die kleinen Häuser in den Bergdörfern mußten völlig eingeschneit sein. Was es wohl für ein Gefühl sein mochte, irgendwo dort draußen in einer Hütte im Finsteren zu sitzen und zu wissen, daß das ganze Dach unter Schnee begraben lag?

Golo fröstelte es. Er schloß den hölzernen Laden vor dem Fenster und ging zu seinem Lager zurück. Seine Füße schmerzten vor Kälte. Einen Moment lang blickte er auf die zerknüllten Decken. Dann entschied er sich anders und trat zu der niedrigen Tür, die zur Kammer nebenan führte. Dort hatte er Mechthild untergebracht. Er nutzte sie den Tag über als Bote. So wunderte sich keiner, daß der junge bartlose Waffenknecht immer an seiner Seite war, und niemand konnte ihr Geheimnis entdecken.

Die Tür zu ihrer Kammer war nur angelehnt. Vorsichtig schob er sie auf und blickte auf ihr Lager. Fast jeden Abend kam er und sah ihr beim Schlafen zu. Sie hatte ihm noch immer nicht verziehen. Kein freundliches Wort war seit dem Zwischenfall in Treveris mehr über ihre Lippen gekommen. Das blasse Licht der Öllampe, das aus dem Zimmer nebenan in ihre Kammer fiel, reichte kaum aus, Golo die Züge des Mädchens erahnen zu lassen. Er lauschte auf ihr gleichmäßiges Atmen. Was konnte er nur tun, um ihr Vertrauen wiederzugewinnen? Er hatte sie hierhergebracht, obwohl sie eigentlich in Treveris hätte bleiben sollen, und schützte sie vor Entdeckung, so gut dies möglich war. Was sollte er denn noch tun? Er hatte versucht, ihr zu erklären, wie er für sie empfand, doch sie hörte ihm nicht einmal zu.

Der junge Ritter seufzte. Ob das am Einfluß Volkers lag? Vielleicht war es unmöglich, eine glückliche Liebe zu erleben, solange man mit dem Spielmann zog? Golo schüttelte verdrießlich den Kopf. Unsinn! Es mußte einen Weg geben, Mechthilds Vertrauen zurückzugewinnen. Er drehte sich um und verließ die kleine Kammer. Sorgfältig zog er die Tür zu.

Seine Füße fühlten sich an wie zwei Eisklumpen. Golo ließ sich auf der Bettkante nieder und massierte seine Zehen. Er mußte versuchen zu schlafen. Wenigstens für ein paar Stunden.

Volker war froh, die Mauern von Icorigium wiederzusehen. Zwei Wochen hatte ihn seine Reise in das Dorf des Ebers gekostet. Doppelt so lange, wie er gedacht hatte. Er war ohnmächtig geworden, nachdem sie die ersten Flüchtlinge gefunden hatten. Er konnte sich fast an nichts mehr von dem erinnern, was an jenem Tag geschehen war. Angeblich hatte er sich sehr seltsam verhalten. Der Eber hatte eine Trage für Volker bauen lassen und vier seiner Leute mit ihm ins Dorf zurückgeschickt, wo er drei Tage lang mit schwerem Fieber darniederlag.

Volker hätte nicht mit hinausziehen dürfen, um nach den Flüchtlingen zu suchen. Das Wundfieber hatte noch in seinen Knochen gesteckt. Es hatte nicht mehr viel gefehlt, und diese Dummheit hätte ihn das Leben gekostet. Selbst jetzt fühlte er sich noch ganz schwach. Seine Hände waren immer noch bandagiert. Als das letzte Mal die Verbände gewechselt worden waren, hatte er seine Finger gesehen. Sie waren über und über mit grünbraunem Schorf bedeckt. Sicher würde er von diesem Winter Narben zurückbehalten. Seine makellosen schlanken Finger, die viele Frauen so sehr geliebt hatten ... Die Finger eines Spielmanns ... Ob sie jemals wieder so sein würden wie zuvor?

Er preßte die Lippen zusammen und blickte geradeaus.

Von den Türmen der Stadt erklangen Signalhörner. Vor den Mauern konnte er dunkle Gestalten im Schnee sehen. Golo sorgte offenbar dafür, daß die Männer trotz der bitteren Kälte ihre Waffenübungen machten. Sein Ausflug hatte ihnen nur vierzig Mann eingebracht und die Bardin. Schon morgen würde er den Eber losschicken, damit er die Lager Ricchars auskundschaftete. Und Belliesa ... Sie war unbezahlbar, um die Moral der Truppen hochzuhalten. Sie hatte ein Lied darüber gemacht, wie er gemeinsam mit dem Eber losgezogen war, um die Flüchtlinge im Schnee zu suchen. Es war sehr heroisch und gefiel den einfachen Leuten. Doch wie üblich hatte es mit dem, was wirklich geschehen war, nicht viel gemein.

Es wurde immer unmöglicher, der Mann zu sein, den sie in ihren Versen beschrieb. Der Auserwählte! Davon, daß er im Fieberwahn davongelaufen war, war natürlich nicht die Rede. Mehr als hundert Flüchtlinge hatten sie aus dem Schnee retten können, und der Eber spielte sich jetzt als der Beschützer von Witwen und Waisen auf. Volker schnaubte verächtlich.

Wenn er in der Stadt war, würde er zuallererst ein heißes Bad nehmen. Vielleicht fand sich auch eine Magd, mit der er sich für einen Abend vergnügen konnte. Er hatte schon lange bei keiner Frau mehr gelegen. Es war nicht mehr so leicht ... Alle betrachteten ihn mit heiliger Ehrfurcht. Und mit Heiligen ging man nicht ins Bett. Wäre diese Sache nur endlich überstanden!

»Er marschiert nach Dune!« Der Eber stützte sich schwer auf den Kartentisch und zog mit dem Zeigefinger den Weg nach, den Ricchars Armee genommen hatte. Seine Pelzweste war voller getrockneter Blutflecken. Auf seiner Stirn prangte eine frische Schnittwunde. Eine Woche lang war der Räuber mit seinen Männern verschwunden gewesen, und als er in dieser Nacht zurückgekehrt war, war seine Schar zu einem kleinen Häuflein zusammengeschmolzen.

Volker hatte zunächst nur Golo und zwei der Ritter wekken lassen, denen er besonders vertraute. Er wollte nicht, daß die Neuigkeiten zu schnell die Runde machten. Es war unfaßbar! Ricchar hatte es tatsächlich gewagt, sich auf einen Winterfeldzug einzulassen!

»Wie hat er es geschafft, daß wir keine Nachrichten von seinem Vormarsch erhalten haben?« fragte Rother, einer von Volkers Rittern. Er war ein junger dunkelhaariger Krieger, dem man deutlich ansah, daß Römerblut in seinen Adern floß. Für Volkers Geschmack war er etwas zu arrogant, aber er verstand sich hervorragend darauf, Dinge zu organisieren und Schwächen in Plänen aufzudecken.

Der Eber schnaubte wie ein Tier. »Wie er das schaffte? Der Bastard hat die Wölfe geholt! Sachsenkrieger! Es müssen mindestens dreihundert sein. Sie schirmen seine Armee ab. Die Sachsen sind überall in den Bergen und Wäldern. Deshalb ist keiner unserer Späher zurückgekehrt. Und deshalb liegen jetzt über die Hälfte meiner Männer dort draußen im Schnee. Diese Hunde bringen jeden um, der ihnen verdächtig erscheint. Jede Köhlerhütte und jedes einsame Bauernhaus haben sie geplündert und niedergebrannt. Wo sie langgekommen sind, sieht es aus wie in einem Schlachthaus.«

Rother runzelte die Stirn und warf dem Eber einen vieldeutigen Blick zu. Volker ahnte, woran der Ritter dachte. Für einen ehrbaren Krieger gab es kaum einen Unterschied zwischen den Taten des Ebers und den Plünderungen der Sachsen.

»Und was ist mit Ricchars Armee?« fragte Golo.

»Ich hab' sie gesehen. Hier unter dem Burgfelsen von Dune lagert sie.« Der Gesetzlose deutete auf die Karte. »Es sind mehr als tausend Fußsoldaten. Dazu kommen fast fünfhundert Reiter, und allein der Teufel weiß, wie viele Sachsensöldner er gedungen hat.«

»Woher weißt du, daß es so viele sind?« fragte Rother skeptisch. »Hast du sie etwa gezählt?«

»Die Schilde der Einheiten. Du weißt ja wohl, daß er seine Männer wie Römer ausstattet. So war es leicht zu erkennen, welche Truppen er aufgeboten hat. Und die Pferde habe ich selbst gesehen.«

»Macht er Anstalten, weiter auf uns zu zumarschieren?«

Der Gesetzlose schüttelte den Kopf. »Nein. Wir haben ein paar seiner Männer erwischt und alles aus ihnen herausgeholt, was sie wußten. Ricchar wird dort noch eine Weile bleiben. Sein Lager sieht auch so aus, als habe er sich darauf eingerichtet, dort Quartier zu machen. Angeblich wartet er noch auf weitere Truppen, die von der Mosel her zu ihm stoßen sollen.«

Volker fluchte. »Das dürfen wir auf keinen Fall zulassen. Er ist jetzt schon fast doppelt so stark wie wir.«

Der Eber zog die Nase hoch und spuckte auf den Boden. »Es sieht ganz so aus, als hätte er Angst vor dir, Auserwählter.«

»Unsinn. Er erwartet, daß wir uns hier in Icorigium verschanzen. Wenn man eine befestigte Stadt erobern will, soll man dreimal so viele Truppen wie der Verteidiger aufbieten können. Am besten sogar noch mehr, wenn man ein Blutbad verhindern will. Das weiß jeder Stratege.«

Der Spielmann beugte sich über die Karte. Nahe bei Dune waren drei kleine Seen eingezeichnet. Der Weg zur Festung führte an ihnen vorbei. »Was ist das hier für ein Gelände?«

Der Eber schnitt eine Grimasse. »Die Maare? Das ist eine scheußliche Gegend. Niemand, der seine Sinne beisammen hat, geht dort freiwillig hin. Das Land dort sieht aus wie tot. Siehst du diesen See?« Der Gesetzlose zeigte auf die Karte, und seine Finger zitterten. »Das ist das Totenmaar. Dort stehen die Ruinen einer römischen Siedlung. Die Franken haben sie vor hundert Jahren niedergebrannt. Man sagt, daß es dort spukt.«

»Dann werden wir sie dort abfangen!«

»Abfangen? Du bist wohl von allen guten Geistern verlassen! Hast du nicht gehört, was ich gesagt habe? Dieser Platz ist verflucht!«

Volker nickte. »Ich habe dich sehr gut verstanden. Doch es waren die Franken, die dort gemordet haben. Sie werden noch sehr viel mehr Angst vor diesem Platz haben als unsere Männer.«

»Du willst doch nicht etwa die Stadt verlassen?« erhob Rother seine Stimme. »Sie sind uns fast um das Doppelte überlegen. Auf freiem Feld wird Ricchar unsere Truppen einfach zerschmettern. Seine Männer sind besser ausgebildet und besser bewaffnet. Du solltest nicht vergessen, daß wir keine richtigen Soldaten kommandieren, sondern einen Haufen undisziplinierter Bauern.«

»Gerade deshalb dürfen wir nicht warten. Was glaubst du, was passieren wird, wenn wir hier auf unseren Hintern sitzen bleiben, bis Ricchar vor den Toren aufmarschiert. Wenn wir ihm das Handeln überlassen, wird er vor der Stadt eine so eindrucksvolle Truppenparade abhalten, daß sich unsere Männer freiwillig ergeben, ohne auch nur einen einzigen Schwertstreich zu führen!«

»Es sind halt nur Bauern und keine Krieger«, brummte Rother.

»Nein!« Volker schlug mit der flachen Hand auf den Tisch. »Jeder von ihnen ist voller Begeisterung hierhergekommen und mit der Bereitschaft, sein Leben für die Sache einzusetzen, von der er überzeugt ist. Einen höheren Preis vermag auch ein ausgebildeter Krieger nicht zu geben. Sprich nicht so über unsere Männer. Sie werden an deinen Blicken sehen, was du von ihnen hältst. So schwächst du ihre Kampfkraft! Sie werden anfangen zu zweifeln, und die Angst wird in ihren Herzen keimen. Und was Ricchars Armee angeht... Natürlich bin ich nicht wahnsinnig. Ich werde nicht sein ganzes Heer angreifen. Wir nehmen uns den nächsten Verstärkungstrupp vor, der zu ihm stoßen will. So werden wir die Übermacht haben.« Der Spielmann drehte sich zum Eber um, der sich erschöpft auf dem einzigen Stuhl im Kartenraum niedergelassen hatte. »Traust du dir zu, unsere Truppen für zwei oder drei Tage gegen die Späher Ricchars abzuschirmen. Ich möchte, daß er nicht weiß, was wir tun. Ein anderer Trupp muß herausfinden, wann die nächsten Verstärkungen zum Armeelager stoßen.«

Der Narbige schüttelte erschöpft den Kopf. »Du bist derjenige, der hier für Wunder zuständig ist. Ich habe zu viele Männer verloren... Du müßtest mir jeden Jäger und Wilderer überlassen. Jeden, der sich in der Wildnis auskennt und mit einem Bogen umgehen kann. Um diese Aufgabe zu erfüllen, brauche ich mindestens fünfzig Mann. Besser noch mehr.«

Volker strich sich nachdenklich über das Kinn. Es mußte möglich sein, die Franken zu täuschen. Er würde schlechtes Wetter abwarten. Dann würden nur wenige Sachsenspäher die Stadt beobachten. »Golo, du sorgst dafür, daß der Eber morgen neue Männer bekommt. Unsere Versammlung ist hiermit beendet. Wir werden morgen weitersehen.«

»Aber...« Rother blickte den Spielmann finster an.

Volker winkte ab. »Morgen. Wir brauchen unseren Schlaf, und ich möchte noch einmal in Ruhe überdenken, ob es vielleicht noch eine andere Möglichkeit gibt, gegen Ricchar vorzugehen.«

Die anderen gehorchten. Nur Golo blieb noch einmal in der Tür stehen und blickte zurück. »Ist alles in Ordnung?«

Der Spielmann nickte müde. »Ja.« Volker wollte allein sein. Als die Schritte seiner Gefährten auf der Treppe verklungen waren, stand er auf und folgte ihnen. Er mußte hinaus an die klare Nachtluft. In der engen Kammer hatte er das Gefühl, nicht mehr atmen zu können.

Die Morgendämmerung war noch fern, als er allein durch die verschneiten Straßen ging. Er lauschte auf das Knirschen des Schnees unter seinen Sohlen und den Wind, der heulend um die Dachgiebel pfiff. Wäre er nur wirklich so sicher, wie er gegenüber den anderen aufgetreten war. Natürlich wußte er, wie riskant es war, das befestigte Lager in der Stadt zu schwächen. Aber sie konnten auch nicht einfach hierbleiben, bis der Frankenfürst sich stark genug fühlte, Icorigium zu belagern.

Der Spielmann erklomm eine der schmalen steinernen Treppen, die zur Stadtmauer hinaufführten. Die Befestigungsanlagen von Icorigium waren in einem guten Zustand. Es würde Ricchar nicht leichtfallen, die Stadt zu erobern. Doch sie würde untergehen... Im Grunde bräuchte der Frankenfürst nicht einmal anzugreifen. Er konnte einfach sein Heerlager vor den Mauern aufschlagen und darauf warten, daß der Hunger sie zwang, ihm die Tore zu öffnen. Sie würden von niemandem Unterstützung bekommen.

Volker erreichte den großen Turm am südlichen Ende der Mauer. Den Schuldturm. Hier waren jene Bewohner der Stadt eingekerkert, deren Sippen mit den fränkischen Besatzern verwandt waren. Dem Spielmann war es zuwider gewesen, Unschuldige hinter Kerkermauern verschwinden zu lassen, doch im Kriegsrat hatte man ihn überstimmt. Das Risiko, daß einer dieser Frankenfreunde nachts heimlich Ricchars Truppen die Tore öffnete, war einfach zu groß. Der Spielmann hatte dafür gesorgt, daß die Zellen in dem aus weißen Steinen erbauten Turm so gemütlich wie möglich eingerichtet worden waren. Überall gab es Feuerbecken und Lampen, um Kälte und Finsternis aus dem abweisenden Gemäuer zu vertreiben.

Energisch klopfte er gegen das Tor des Turms. Einige Augenblicke verstrichen, bis schließlich geöffnet wurde. Der junge Mann, der auf Wache stand, war kaum dem Knabenalter entwachsen. Überrascht salutierte er vor Volker. Der Spielmann erwiderte den Gruß und erklomm dann die schmale Treppe, die zur Plattform des Turms führte. Dies war die höchste Stelle der Verteidigungsanlagen. In der Finsternis waren die Häuser unter ihm kaum noch zu erkennen. Dunkle Wolken verhüllten den Mond und die Sterne. Fast konnte man hier oben das Gefühl haben, von der Welt losgelöst durch die Dunkelheit zu schweben. Könnte er nur wirklich alles hinter sich lassen! Doch sein König hatte ihm den Kampf gegen Ricchar befohlen. Gunther fürchtete den Frankenfürsten...

Volker blickte nach Südosten. Dort irgendwo hinter den Bergen, die sich in der Nacht verbargen, lag Ricchars Armee. Was für Gedanken der Frankenfürst wohl hegte. Ob er schlief? Vielleicht saß er auch über seinen Kartentisch gebeugt und brütete über den Untergang der Rebellen. Oder aber er wanderte, genau wie Volker es tat, schlaflos durch sein Heerlager.

Der Spielmann seufzte. Er hatte seinen Entschluß gefaßt.

17. KAPITEL

Golo war zu Tode erschöpft. Vier Tage hatte Volker sie quer über die Berge abseits von Straßen und Dörfern bis hin zum Totenmaar geführt. Sechshundert Mann, fast die Hälfte ihrer Armee, hatte er für den Überfall ausgewählt. Es waren nur solche dabei, die kräftig genug erschienen, um die Strapazen, die vor ihnen lagen, durchzustehen. Trotzdem waren dreiundzwanzig gestorben. Erfroren auf den eisigen Berghängen oder einfach vor Erschöpfung zusammengebrochen. Fast fünfzig waren desertiert. Golo mochte es ihnen nicht verdenken. Doch das eisige Wetter war auch ihr Schutz. Der Eber und seine Späher hatten kaum feindliche Kundschafter ausfindig machen können. Offenbar hatten sich die sächsischen Wölfe in ihre Höhlen zurückgezogen. Auch wenn ihm die Qualen der letzten Tage oft unerträglich erschienen waren, so erfüllte es Golo doch mit Stolz, daß sie bis hierher gekommen waren.

Mehr als eine Stunde warteten sie nun schon an den Geröllhängen der beiden kreisrunden dunklen Seen. Die Straße nach Dune verlief über den kaum mehr als hundert Schritt breiten Sattel, der die Maare voneinander trennte. Ein Drittel ihrer Streitmacht hatte an den steil zu den Seen abfallenden Hängen Posten bezogen. Die Männer trugen Mäntel aus hellem Leinen oder Schaffelle, so daß sie in der felsigen Schneelandschaft schon auf ein paar Schritt so gut wie unsichtbar waren.

Der Rest ihrer Armee hielt sich in zwei kleinen Wäldchen an den beiden Enden der Straße verborgen. Die Ruinen des Dorfes, die östlich des Totenmaars aufragten, hätten auch ein gutes Versteck geboten, doch war es unmöglich gewesen, die Krieger dazu zu bewegen, diesen Ort zu betreten.

Golo drehte sich um und blickte über den gefrorenen See zu den Ruinen. Grauer Dunst quoll aus den Rändern des nahegelegen Waldes, so daß unheimliche Schleier zwischen den Grabsteinen und den geborstenen Häuserwänden dahinzogen. Der junge Ritter schluckte. Es fiel nicht schwer, sich vorzustellen, daß es dort drüben am anderen Ufer nicht ganz geheuer war. Doch das würde ihnen diesmal zunutze kommen. Volker war sich sicher, daß Ricchars Männer es eilig hätten, am Dorf vorbei zu kommen, und daß sie in ihrer Hast nicht so gut auf den Weg achten würden, wie sie es sonst vielleicht getan hätten. Sie mußten einfach in die Falle gehen!

Die Späher des Ebers hatten berichtet, daß eine Kolonne von weniger als zweihundert Mann mit vielen Packtieren von der Mosel her auf der Straße in die Berge zog. Im Laufe des Morgens mußten sie an den Maaren vorbei. Dies war der einzige Weg, der von Süden nach Dune führte. Sie waren den Franken um das Dreifache überlegen und hatten auch noch den Vorteil, ihre Gegner überraschen zu können. Es war unmöglich, diese Schlacht zu verlieren. Wenn sie nur nicht so lange warten müßten! Golo hatte Mühe, seine

Angst zu besiegen. Dabei war es nicht einmal sein erstes Gefecht. Wie es den anderen wohl gehen mochte? Wie viele ihrer Bauernkrieger jetzt wohl die Stunde verwünschten, in der sie sich Volkers Rebellenarmee angeschlossen hatten? Golo dachte an die Schlacht in den Sümpfen, als das Nachtvolk die Armee des Bischofs angegriffen hatte, und daran, wie Berengar an seiner Seite gestorben war. Er war einer der besten Ritter auf dem Feld gewesen, und doch hatte ihn seine Waffenkunst nicht vor dem verirrten Pfeil bewahren können, der seine Kehle durchschlug. Der Tod in der Schlacht kam schnell und meist überraschend. Niemand war davor gefeit. Wie viele der Männer, die er in den letzten Wochen ausgebildet hatte, heute abend wohl noch leben würden? Er sollte sich nicht solche Gedanken machen ... Er hatte versucht zu vermeiden, mit den Männern Freundschaften einzugehen. Meistens war es ihm gelungen. Dennoch kannte er sie alle mit Namen und ...

Vom südlichen Ende der Straße erklang ein Käutzchenruf. Das vereinbarte Signal! Er blickte über den Rand des Felsens, hinter dem er kauerte. Einer der Männer weiter vorne winkte ihm zu. Noch war nichts auf der Straße zu sehen, und doch hatte sich etwas verändert. Plötzlich schien eine fast greifbare Spannung in der Luft zu liegen. Golo spürte den leichten Wind auf dem Gesicht und glaubte, fast den Schnee mit den Spitzen seiner Zehen, durch die dicken Stiefel hindurch, ertasten zu können.

In der Ferne erklang das empörte Schreien eines bockigen Maultiers. Es konnte keinen Zweifel mehr geben, sie kamen. Er preßte sich in die flache Mulde, die er hinter seinem Felsblock in den Schnee gewühlt hatte, und zog sein Schafsfell höher auf die Schultern. Nur noch wenige Augenblicke! Sie würden angreifen, sobald sich die ganze Marschkolonne auf dem Sattel zwischen den Maaren befand. Keiner der Franken durfte ihnen entkommen! Volker hatte ihnen befohlen, sich die Gesichter mit grauer Asche einzureiben. So sahen sie fast wie Tote aus. Die Franken würden vor Entsetzen wie gelähmt sein, wenn sie sich zwischen den zerklüfteten Felsen an den Steilhängen erhoben. Hoffentlich …

Wie eine kalte Hand fühlte Golo den Schnee auf seiner Wange. Jetzt war ihm die Kälte willkommen. Sie ließ ihn spüren, daß er noch lebte! Noch …

Angespannt lauschte er auf den Marschtritt der Soldaten. Doch der tiefe Schnee verschluckte die Geräusche. Statt dessen hörte man das Klappern der Kisten und Waffen, die auf die Packsättel der Maultiere geschnallt waren. Als die Franken näher kamen, waren auch einzelne Wortfetzen zu verstehen. Die Stimmen klangen gedämpft, so als wagten die Soldaten es nicht, an diesem Ort laut zu sprechen.

Obwohl Golo von seinem Versteck aus die Straße nicht einsehen konnte, hatte er das Gefühl, daß die Krieger dort oben in Eile waren. Auch sie spürten die seltsame Stimmung, die über dieser merkwürdigen Landschaft lag, und wollten dem Bannkreis der Maare so schnell wie möglich entgehen.

Golo mußte an den kleinen drahtigen Mann denken, mit dem er in der letzten Nacht am Feuer gesessen hatte. Er war ein Bauer aus der Nähe von Dune, der die Gegend hier gut kannte, und er hatte behauptet, daß die Seen, wenn das Eis auf ihrer Oberfläche geschmolzen war, an manchen Tagen so schwarz wie Kohle waren. Man sagte sich, sie seien Pforten in die Hölle, und manchmal, an windstillen Tagen, würde ihre Oberfläche von Gestalten, die aus der Tiefe emporstiegen, zu schäumenden Wellen aufgewühlt.

Wo Mechthild wohl steckte? Als die Gruppen für den Angriff eingeteilt wurden, war sie plötzlich verschwunden. Golo hatte versucht, ihr auszureden, an der Schlacht teilzunehmen. Sie war mittlerweile eine recht passable Schwertkämpferin geworden, doch in einer Schlacht zu kämpfen war etwas anderes, als ein Duell auszutragen. Hier gab es keine Regeln mehr. Selbst die besten Schwertkämpfer waren nicht vor einem Schlag in den Rücken oder einem Pfeil aus dem Hinterhalt sicher. Mechthild hatte genau gewußt, daß ihm keine Zeit mehr bleiben würde, nach ihr zu suchen. Es war ein Fehler gewesen, ihr das Kämpfen beizubringen ...

Am Südende des Totenmaars ertönte ein Horn. Unheimlich hallte der Klang über das Eis. Für einen Herzschlag schienen alle anderen Geräusche verstummt zu sein. Golo sprang auf. Das war das Zeichen! Er riß seine Axt aus dem Gürtel. Rechts und links neben ihm stürmten schon die ersten Männer den Hang hinauf. Der hohe Schnee ließ sie immer wieder straucheln. Fluchend kämpfte auch Golo sich vorwärts. Ein Hagel von Pfeilen ging auf die Franken nieder. Das Krachen berstender Speerschäfte, die Schreie Sterbender und Verwundeter und das scharfe Klingen von Metall, das auf Metall schlug, lösten die winterliche Stille ab. Die Anführer der Franken hatten sich inzwischen vom ersten Schreck erholt. Mit lauten Stimmen übertönten sie das Schlachtengetöse und versuchten, ihre Männer in Formation zu bringen, um den Angriff abzuschlagen. Die Rebellen kamen jetzt von allen Seiten. Endlich war auch Golo auf der Straße.

»Keine Überlebenden!« gellte der Schlachtruf der Freischärler.

Der junge Ritter bückte sich und hob den großen Rundschild eines der toten Franken auf. Neben ihm stürzte ein junger Mann, der mit schmerzverzerrtem Gesicht seinen blutigen Armstumpf umklammerte. Golo wandte sich ab. Das war nicht die Zeit, Mitleid zu haben. Wenn der junge Kerl die Schlacht überleben sollte, konnte man sich immer noch um ihn kümmern.

Wie aus dem Nichts erhob sich ein Krieger mit einem schwarzen Stierkopf auf dem Schild vor ihm. Nach kurzem Schlagabtausch drehte Golo ihm mit der Axt das Schwert aus der Hand. Offenbar hatte der Krieger nicht damit gerechnet, unter den Bauern und Holzfällern auf einen gleichwertigen Gegner zu treffen. Mit einem Rückhandschlag traf er den Franken am Knie. Der Soldat strauchelte. Noch einmal senkte sich die Axt. Ohne dem Sterbenden einen weiteren Blick zu schenken, machte sich Golo auf die Suche nach einem neuen Gegner. Aus den Augenwinkeln sah er, wie einige der Bauern flohen. Doch die meisten begegneten mutig den Schrecken der Schlacht.

Ein Speer durchbohrte Golos Schild. Ein paar Schritt links bildete ein kleiner Trupp Franken einen Verteidigungsring. Einer der Krieger hatte den Wurfspieß geschleudert. Der Ritter verzog keine Miene. Mit einem Axthieb zersplitterte er den Schaft der Waffe. Er würde sich nicht reizen lassen! Die Franken jetzt anzugreifen wäre töricht. Sie gaben sich gegenseitig Deckung. Er würde warten, bis Speerwerfer und Bogenschützen den Kampfesmut der Franken gebrochen hatten und ... Nein! Auf der anderen Seite hatten Belliesa und Mechthild den Sattel erklommen. Ein kleiner Trupp Bergarbeiter mit schweren Spitzhacken begleitete sie. Die Bardin zog ihr Schwert und rief etwas, was Golo nicht verstand. Dann stürmte der Trupp den Franken entgegen.

Der junge Ritter fluchte. Er mußte Mechthild beschützen. Sie war zu klein und zu leicht. Ein erfahrener Krieger würde sie einfach mit seinem Schild niederstoßen und dann abstechen. Dazu durfte es nicht kommen. Golo faßte seine Axt fester und rannte los.

Müde schleppte sich Volker durch den aufgewühlten Schnee. Am Horizont waren die Wälle von Icorigium zu sehen. Noch zwei Meilen und sie hätten es geschafft. Fast eine Woche war vergangen, seit er mit seiner Armee die Stadt verlassen hatte. Der Angriff war nicht so erfolgreich verlaufen, wie er sich erhofft hatte. Zunächst war es ihnen zwar gelungen, die Kolonne der Franken zu zersplittern, und bei dem ersten Angriff waren viele Feinde umgekommen, doch die Überlebenden hatten sich dann zu Gruppen zusammengeschlossen, die erbittert bis zum Tod kämpften. In der zweiten Hälfte der Schlacht waren über hundert Mann gefallen. Noch einmal fünfzig hatten sie zurücklassen müssen, weil sie zu schwer verletzt gewesen waren, um den Weg nach Icorigium zu schaffen. Gegen den Rat des Ebers hatten sie doch Gefangene gemacht und sich auch um die verwundeten Franken gekümmert. So wurde für die Männer, die sie zurücklassen mußten, die Aussicht besser, von den Franken, die sie auf kurz oder lang aufspüren würden, nicht ermordet zu werden.

Sie mußten noch viel an der Ausbildung ihrer Freiwilligen tun. Im Kampf Mann gegen Mann waren sie Ricchars Leuten hoffnungslos unterlegen gewesen. Volker dachte an das gräßliche Bild des Schlachtfeldes. Der Schnee hatte alles noch schlimmer gemacht. Überdeutlich waren die großen Blutlachen unter den Toten und Verletzten zu sehen gewesen. Das Blut war in breiten Streifen die Hänge bis zu den Maaren hinabgelaufen. Auch der Gestank war ihm in der klaren Winterluft noch erstickender erschienen. Nun, wenigstens hatten sie mit den Maultieren viele Lebensmittel erbeutet. Sie würden die Vorräte noch bitter nötig haben!

»Das alles gefällt mir nicht!« Der Eber hatte zu ihm aufgeschlossen und rieb sich seine rote Nase. »Es ist viel zu glattgelaufen. Hier stimmt etwas nicht. Trotz des guten Wetters sind wir kaum von Ricchars Sachsen behelligt worden.«

»Kaum behelligt!« Volker dachte an den Mann, der gestern an seiner Seite gestorben war, als ihn ein Pfeil aus dem Hinterhalt getroffen hatte. Der Spielmann meinte zu wissen, daß dieses Geschoß eigentlich für ihn bestimmt gewesen war. »Was willst du damit sagen?«

»Daß es nicht normal ist, wie uns diese Barbaren in Frieden lassen. Spätestens einen Tag nach dem Überfall hätten wir die ganze Meute der sächsischen Wölfe auf den Fersen haben müssen. Und was geschieht? Abgesehen von ein paar Pfeilen aus dem Hinterhalt nichts! Das ist nicht Ricchars Art. Ich sage dir, dieser Bastard brütet irgend etwas aus. Ich würde lieber fünfhundert seiner Krieger vor mir sehen, als ständig darüber grübeln zu müssen, was dieser Hurensohn als nächstes tun wird!« Der Eber spuckte in den Schnee.

»Vielleicht ist es uns einfach geglückt, ihnen zu entkommen. Schließlich sind wir weit abseits der Wege marschiert, und deine Männer haben sich bemüht, unsere Spuren zu tilgen, um ...«

»Ach Unsinn! Man kann die Fährte, die vierhundert Mann samt Maultieren hinterlassen, nicht wirklich verwischen. Jeder Jäger wäre in der Lage, uns ohne Schwierigkeiten aufzuspüren. Diese Sachsen, die Ricchar in seinen Sold genommen hat, mögen zwar Barbaren sein, doch heißt das nicht, daß sie auch Trottel sind. Der Graf hat uns seit der Schlacht nie wirklich aus den Augen verloren. Ein paar Sachsen waren immer in unserer Nähe.«

»Und wo sollten die anderen gewesen sein? Ricchar hat diese Bluthunde doch nur angeheuert, um mich aufzuspüren und umzubringen.« Volker ging die Schwarzseherei des Gesetzlosen auf die Nerven. Man konnte das Unglück auch herbeireden!

»Du hast keine Ahnung, Ritter. Ich glaube nicht, daß dieser Ketzer dich tot sehen will. Er führt etwas anderes im Schilde, und dazu braucht er seine Späher.«

Von den Mauern der Stadt erklang ein Hornsignal zum Gruß. Volker dachte daran, wie er ein heißes Bad nehmen würde. Im Zuber liegen und noch heißen Kräuterwein trinken. So ließe sich die Kälte aus den Knochen vertreiben. Er beschleunigte seinen Schritt ein wenig.

»Spürst du das auch?« Der Eber hielt ihn am Arm zurück.

»Was?«

»Wir werden beobachtet.«

Volker riß sich los. »Natürlich werden wir beobachtet! Auf den Türmen und den Mauern stehen Wachen!« Seiner gepreßten Stimme war die mühsam unterdrückte Wut anzuhören. Am liebsten hätte er den Eber einfach angeschnauzt und fortgeschickt, doch es wäre schlecht für die Moral der Truppe, wenn die Männer sahen, wie ihre Anführer miteinander stritten. Er würde den Gesetzlosen heute abend zu sich bestellen und unter vier Augen mit ihm darüber reden, was er von seinem Verhalten hielt.

»Warum haben die noch nicht das Tor geöffnet? Warum kommt uns keiner entgegen?« Der Eber spuckte wieder aus. »Laß mich vorgehen!«

»Gute Idee, und wenn du schon ...« Das Tor der Stadt öffnete sich. Ein Trupp Reiter mit eisernen Masken kam ihnen entgegen. »Was ...« Volker konnte nicht fassen, was er sah.

»Alarm! Bildet einen Speerwall! Die Bogenschützen ins zweite Glied!« Der Eber hatte sein Schwert gezogen und lief zu seinen Schützen.

Volker schluckte. Sie waren in eine Falle gelaufen. Ricchar hatte geahnt, daß sie die Stadt verlassen würden, wenn er ihnen den passenden Köder hinwarf. Und er ... Er war zu dumm gewesen, es zu durchschauen. Der Spielmann fluchte. Er hatte sich hereinlegen lassen! Nun war es seine Sache zu retten, was noch zu retten war. Wenn er nur wüßte, mit wie starken Truppen der Frankenfürst bis Icorigium vorgestoßen war. Er hatte gewiß nicht seine ganze Armee bei sich. Volker drehte sich um. Der Eber rannte die Marschkolonne entlang und rief den Männer Befehle zu.

»Achtung! Auf den Wald zurückfallen!« Der Barde wies auf den Hügel schräg hinter ihnen. Dort wären seine Männer vor Reiterangriffen sicher. »Bleibt dicht beieinander!«

Aus dem Stadttor trabte eine ganze Reiterabteilung. Auch wenn der tiefe Schnee die Pferde behinderte, würde

Ricchars Kavallerie sie erreichen, bevor sie am Waldrand waren. Der Burgunde fluchte. Hätte er nur mehr ausgebildete Krieger! Nur solange sie es schafften, eine Schlachtlinie beizubehalten, waren sie vor den Reitern halbwegs sicher. »Schnallt die Schilde von den Packtieren! Golo, Rother, sucht die besten Männer für die erste Reihe aus. Die Verwundeten nehmen die Zügel der Maultiere. Ich möchte nicht, daß diese störrischen Biester durchgehen, wenn wir angegriffen werden. Eber, du sicherst mit deinen Männern unseren Rücken. Nur für den Fall, daß unsere fränkischen Freunde auch im Wald sitzen. Sollte unsere Schlachtreihe zu wanken beginnen, kommst du zurück und gibst uns Dekkung!«

Der Gesetzlose deutete einen militärischen Gruß an und grinste. »Jawohl, *Auserwählter*!« Dann sammelte er seine Schützen und eilte dem Wald entgegen.

Volker sah ihm mit gemischten Gefühlen nach. Er war sich fast sicher, daß der Räuber sie im Stich lassen würde, wenn die Schlacht ungünstig verlief. Mit einer Drehung ließ der Barde den Schild von seinem Rücken rutschen und überprüfte den Sitz der Lederriemen an dessen Innenseite. Seine Hand glitt zum Schwert. »Maria, heilige Mutter Gottes, schütze meine Männer, die bereit sind, ihr Leben zu geben, um diese Kirchenschänder aus den Tempeln deines Sohnes zu vertreiben.«

Die Reiter fächerten zu einer langen Linie auf. Es mochten an die hundert Mann sein. Über den Kriegern schimmerte golden der Kopf der Drachenstandarte. Neben dem Signifer mit dem Feldzeichen ritt ein Mann in besonders prächtiger Rüstung. Volker fragte sich, ob Ricchar selbst die Einheit kommandierte. Der Spielmann blickte die Reihe seiner Krieger entlang. Die meisten Männer hatten ihre Position eingenommen. Golo und Rother gingen die Schlachtreihe ab und sorgten dafür, daß sich die letzten Lücken im Schildwall schlossen.

Wenn Ricchar es geschafft hatte, auch seine Fußtruppen bis hierher zu bringen, dann waren sie verloren. Volker winkte einem jungen Krieger, ihm einen seiner leichten Wurfspeere abzugeben.

In leichtem Trab kamen Ricchars Reiter den Hang hinab. Ihre Hufe wirbelten den verharschten Schnee auf, so daß es fast schien, als schöben sie eine Welle vor sich her so wie ein Boot, das gegen die Strömung fährt. Keiner der Krieger fiel aus der Reihe. Es gab keine Kommandos oder Hornsignale. Nur das drohende Donnern der Hufe. Volker betete, daß seine Männer nicht in Panik gerieten. Es war unheimlich, die Franken zu beobachten. Noch nie hatte er einen solchen Reiterangriff gesehen. Alle Krieger und Pferde schienen sich im gleichen Rhythmus zu bewegen, und die eisernen Masken ließen die Soldaten wie Götter aus Erz erscheinen. Der Barde hörte, wie der Mann, der ihm den Speer gegeben hatte, leise betete.

»Keine Sorge! Sie sind sterblich, genau wie wir.« Volker faßte seinen Wurfspeer fester.

Die Reiter hatten inzwischen den Fuß des langgestreckten Hügels erreicht, der der Stadt gegenüberlag. Volker spürte den Boden unter dem Hufschlag erbeben. Seine Hände waren plötzlich naß, die Kehle trocken. Auf ein lautloses Kommando zogen alle Franken gleichzeitig kurze Wurfspieße aus den Lederköchern, die hinter ihren Sätteln hingen. Sie waren jetzt keine zwanzig Schritt mehr entfernt.

»Nicht aus der Reihe brechen! Duckt euch!« rief Volker mit schriller Stimme. Ein Hagel von Speeren ging auf die Fußsoldaten nieder. Einige Männer stürzten, doch die Kämpfer aus der zweiten Reihe traten in ihre Lücken. Die Reiter rissen ihre Pferde herum und drehten ab. Dabei schwenkten sie ihre großen Rundschilde, so daß ihre Rücken gedeckt waren.

»Jetzt! Gebt es ihnen.« Die Rebellen warfen Speere. Volker sah, wie sein Geschoß vom Rand eines Schildes abprallte. Ein paar Pferde wurden verwundet und strauchelten. Ein bärtiger Kerl stürmte vor, um einen Reiter niederzustechen, dessen Beine unter dem Leib seines Rappen eingeklemmt waren.

»Zurück ins Glied, du Narr!« brüllte der Spielmann. »Sie warten nur darauf, daß unsere Schlachtreihe aufbricht. Alles zehn Schritt zurück. Und haltet die Formation!«

Weiter unten am Hang wendeten die Reiter ihre Pferde. Die Franken hatten nur fünf Krieger verloren. Ihre Schilde und Rüstungen gaben ihnen guten Schutz. Die Verluste auf seiner Seite waren deutlich höher. Trotz der reichen Beute aus dem Überfall am Totenmaar besaß nur jeder zweite seiner Männer einen Helm, und Kettenhemden gab es so gut wie gar nicht.

»Achtung!« gellte Rothers Stimme. »Sie kommen zurück!«

Wieder surrten die Speere durch die Luft. Volker biß die Zähne zusammen und duckte sich hinter seinen Schild. Dann war es vorbei. Ängstlich blickte er die Reihe seiner Männer entlang. Auch diesmal hatten sie dem Angriff standgehalten. Hinter ihnen ertönten Schreie. Hektisch blickte der Spielmann über die Schulter. Irgend etwas geschah am Waldrand. Der Eber und seine Schützen kamen den Hang hinunter gelaufen. Sie wurden beschossen. Schatten huschten zwischen den Bäumen. Dann tauchte ein Krieger in einem Wolfsfell am Waldrand auf. Die Sachsen! Jetzt war alles verloren. Wenn die Männer... Inmitten der Schlachtreihe ertönte Lautenklang.

»Mein Panzer ist nicht schimmernde Wehr,
mich schützt mein mutiges Herz.
Und stürmt der Feind auch tausend Mal,
ich werde nimmer weichen,
denn ich weiß, mein Mut ist der Freiheit Schild,
und würde er jemals brechen,

so erhöbe sich der Stier aus blutiger Grube
und ewig würde meine Knechtschaft sein,
denn mein Stolz wäre der Preis für mein Leben.«

Kristallklar klang die Stimme der Bardin über den Schlachtenlärm, und so, als läge ein Zauber in ihren Worten, faßten die Männer noch einmal Mut.

»Bildet einen Kreis! Nehmt die Maultiere in die Mitte. Sie werden an unseren Reihen zerbrechen wie die Welle am Felsen«, feuerte Rother seine Krieger an.

Zweimal noch griffen die Reiter an, dann waren ihre Köcher mit den Wurfspeeren leer. Solange der Schildwall nicht zerbrach, war Ricchars Kavallerie machtlos. Auch die Sachsen waren nicht genug, um einen offenen Angriff wagen zu können. Die Kräfte der Freischärler reichten jedoch auch nicht aus, um Icorigium zurückerobern zu können. So verharrten sie, hundert Schritt vom Waldrand entfernt an der Hügelflanke. Mehr als eine Stunde belauerten sie einander. Als der Schneefall dichter wurde, zogen sich die Reiter in die Stadt zurück. Die sächsischen Plünderer waren irgendwo im Dickicht verschwunden, doch Volker war sich sicher, daß sie nur darauf warteten, wieder loszuschlagen.

»Was sollen wir tun?« Golo war an seine Seite getreten. Der junge Ritter war blaß und erschöpft. »Hier können wir nicht bleiben.«

Der Spielmann nickte. »Es gibt einen Ort! Die anderen Städte sind vielleicht auch schon verloren, die Dörfer und Gutshöfe nicht zu verteidigen, aber...«

»Sie ziehen sich zurück!«

Erschöpft ließ Golo seinen Schild vom Arm gleiten und ging in die Knie. Hätten sie das Bergdorf nicht vor Augen, er würde einfach hier im Schnee liegen bleiben. Nie zuvor in seinem Leben war er so erschöpft gewesen. Immer wieder hatten die Sachsen während des Marsches angegriffen. Meist hatten sie nur ein paar Pfeile aus dem Hinterhalt abgeschossen und waren dann wieder in den Wäldern verschwunden. Zweimal jedoch hatten sie ihr Nachtlager angegriffen, und jetzt, als das rettende Festungsdorf schon in Sichtweite war, hatten sie noch einmal einen letzten Angriff unternommen.

»Alles in Ordnung?« Der Spielmann stand neben ihm und legte ihm die Hand auf die Schulter.

In Ordnung, dachte Golo bitter. Wie konnte er so etwas fragen? Sie waren durch die Hölle gegangen. Von den sechshundert Mann, mit denen sie aufgebrochen waren, würden nicht einmal hundertfünfzig das Dorf des Ebers erreichen. Er blickte in die Gesichter der Toten ringsherum im Schnee. Die rettenden Wälle vor Augen waren sie gestorben. Aber für sie hatten die Leiden wenigstens ein Ende. Genauso wie für die Deserteure, die sie auf dem Weg ins Bergdorf gefunden hatten. Dreißig Mann, die vor zwei Nächten geflohen waren und direkt in einen Hinterhalt der Sachsen gelaufen sein mußten.

Golo hatte versucht, mit Volker darüber zu reden, die Rebellion aufzugeben, doch der Spielmann stand völlig unter dem Einfluß Belliesas. Wenn man ihn darauf ansprach, nach Treveris zu fliehen, redete er nur von Schicksal.

Der junge Ritter blickte zu den Befestigungsanlagen des Dorfes hinauf. Wie lange Ricchar wohl brauchen würde, bis er mit einer ganzen Armee vor den Wällen stand?

Wenigstens hatten sie kaum Maultiere verloren. Die Vorräte im Dorf würden lange reichen. Müde erhob sich Golo aus dem Schnee. Volker war weitergeeilt und sprach mit Verwundeten und Erschöpften. Je verzweifelter die Lage wurde, desto verbissener kämpfte der Spielmann gegen das Unausweichliche an. Seine Kraft schien niemals zu versiegen.

Golo mußte an Mechthild denken. Als der Kampf

begann, war sie noch ganz in seiner Nähe gewesen. Ängstlich glitt sein Blick erneut über die Gesichter der Toten. Dann rief er laut ihren Namen. In der Schlacht vor Icorigium hatte sie sich eine böse Schramme eingefangen. Sie konnte kaum noch ihren Schild halten. Wenn sie einer der Sachsen gestellt hatte!

»Mechthild!«

»Hier.« Sie stand bei einer Gruppe von Kriegern und stützte sich schwer auf ihren Rundschild. Sie hatte einen roten Vogel auf weißem Grund als ihr Zeichen gewählt. Das Mädchen lächelte erschöpft. »Du führst dich ja auf, als seiest du meine Amme.« Die Krieger um Mechthild lachten.

Golo hätte sie am liebsten in die Arme geschlossen. Zum ersten Mal seit ihrem Streit in Treveris hatte sie ihm wieder ein Lächeln geschenkt.

18. Kapitel

Wir können nicht mehr länger warten. Sie brauchen höchstens noch zwei Tage, um fertig zu werden.«

Volker lehnte an einer der rauhen Wände und beobachtete die Männer, die sich im Turm des Ebers versammelt hatten. Belliesa hatte zu ihnen gesprochen, und die meisten der Krieger nickten zustimmend. Seit der Schlacht vor Icorigium war sie im Kriegsrat. Mit ihren Liedern hatte sie den Verzagten ihren Mut zurückgegeben, und jeder der Männer hatte sie dort auch kämpfen sehen. So wie die Morrigan, die heidnische Fürstin aus den Sümpfen Aquitaniens, so wurde auch Belliesa von den Kriegern als ihresgleichen akzeptiert.

»Und was schlägst du vor?« fragte Rother. Der burgundische Ritter gehörte zu den wenigen, die sich mit der Rolle der Bardin nicht abfinden mochten. In allen Treffen des Kriegsrates hatte er bisher gegen sie gesprochen, wobei Volker manchmal den Eindruck hatte, daß es dem Ritter gar nicht um die Sache ging, sondern allein darum, Belliesa zu widersprechen.

Der Spielmann schmunzelte. So hatte schon manche Liebesgeschichte angefangen. Doch dafür würde ihnen wohl nicht mehr die Zeit bleiben. Ricchar hatte sie wieder einmal überrascht. Nur drei Tage nachdem sie das Festungsdorf erreicht hatten, erschien er mit einer Armee aus fast achthundert Kriegern vor dem Hügel. Die fränkischen Soldaten hatten alle Wege zum Dorf abgeriegelt und schon am ersten Tag mit Vorbereitungen zum Bau von Belagerungsmaschinen begonnen.

»Was hast du vor? Willst du hinuntergehen und sie mit einem kecken Augenaufschlag fragen, ob sie dir ein paar Fackeln leihen, um die Katapulte in Brand zu setzen«, höhnte Rother. »Sie sind mehr als viermal so viele wie wir. Wenn wir uns hinter den Wällen hervorwagen, sind wir erledigt.«

»Wenn wir hier oben sitzen bleiben, sind wir das auch«, entgegnete die Bardin ruhig. »Mag es sein, daß Ihr Angst vor einem Kampf habt, Herr Ritter«, fügte sie spitz hinzu.

Der Eber lachte lauthals. »Sei nicht so streng mit ihm. Er ist doch nur ein Ritter. Bisher war er es gewohnt, daß man sich aus einem Kampf mit einem Lösegeld freikaufen kann. Jede Nacht, wenn er daran denkt, daß hier nicht mehr die netten Regeln wie sonst unter den Adeligen gelten, scheißt er sich vor Angst ins Kettenhemd.«

Rothers Hand fuhr zu dem Dolch an seinem Gürtel. »Das wirst du mir büßen, dreckiger Halsabschneider.«

»Genug!« Volker trat in die Mitte der Turmkammer. »Wenn einer von euch seinen Mut kühlen muß, gibt es draußen ein ganzes Heer von Franken. Daß ihr euch untereinander an die Kehle geht, werde ich nicht dulden! Belliesa, Eber, ihr beide werdet mit mir zusammen den Angriff anführen. Was dich angeht, Rother, du bleibst zurück. Wir brauchen einen erfahrenen Krieger hier oben, falls uns der Rückweg abgeschnitten wird.«

Der Ritter ballte die Fäuste. Schließlich nickte er. »Wie Ihr befehlt, *Auserwählter*!«

Volker warf ihm einen wütenden Blick zu. Der Spielmann haßte es, wenn man ihn mit dem Titel anredete, den die Bardin erfunden hatte. Rother wußte das genau.

»Wir werden zwei Stunden vor Morgengrauen angreifen. Das ist die Zeit, in der die Wachen am unaufmerksamsten sind. Hundert Krieger will ich für den Ausfall haben. Wählt die besten unter euren Männern aus und sorgt dafür, daß sie reichlich Fackeln mit sich führen. Es sollen auch zwei Dutzend Männer mit Äxten bewaffnet sein; für den Fall, daß das Holz nicht brennt, werden wir die Katapulte zerschlagen.« Volker blickte in die Runde. »Gibt es noch Fragen?«

Der Eber räusperte sich. »Wo wollen wir die Hügelflanke hinab?«

»Warum ist das von Belang? Wir klettern die Palisade hinab und nehmen den kürzesten Weg.«

»Ich fürchte, dann haben wir ein Problem.«

Der Spielmann sah den Gesetzlosen fragend an. »Was soll das heißen?«

»Es gibt ringsherum an der Hügelflanke Fallgruben mit angespitzten Eichenpflöcken. Wer den Weg zum Dorf verläßt, ist in Lebensgefahr. Ich wollte warten, bis die Franken den ersten Angriff machen, dann hätte ich es euch gesagt. Ich...«

Volker erinnerte sich an den Herbsttag, an dem er zum ersten Mal in das Dorf kam. Damals war ihm aufgefallen, daß die Weiden auf dem Hügel seltsam ungleichmäßig abgefressen waren, so als hindere man das Vieh daran, an bestimmten Stellen zu grasen. Er sah zum Eber hinüber. »Gibt es sonst noch etwas, was wir wissen sollten?«

Der Gesetzlose schüttelte den Kopf. »Nein. Wenn meine Männer die Führung übernehmen, dann besteht keine

Gefahr. Die anderen müssen nur genau in der Spur laufen, die sie im Schnee hinterlassen.«

Volker blickte in die Runde. »Sagt das euren Kriegern. Wenn wir uns nicht über die Hügelflanke auffächern können, wird der Rückzug vielleicht ein Problem. Eber, du bleibst mit deinen besten Bogenschützen auf den Wällen. Wenn wir zurückkommen, werden uns sicher die Franken an den Fersen hängen. Sorge dafür, das sie den gebührenden Abstand halten.«

Der Gesetzlose grinste breit. »Es wird mir ein Vergnügen sein.«

»Schön. Was das Eindringen in das Lager der Franken angeht, habe ich eine Idee. Mit ein wenig Glück werden wir sie überrumpeln und ohne Verluste bis zu den Katapulten gelangen. Wir werden folgendes tun ...«

Volker rieb sich das Kinn. Er hatte den Riemen des Offiziershelms zu straff gespannt. Um sich dem Lager der Franken nicht aus Richtung des Bergdorfes zu nähern, hatte er mit seinen Männern einen weiten Umweg gemacht. Die hundert Mann, die für den Überfall ausgewählt worden waren, hatten allesamt fränkische Ausrüstung erhalten, die beim Gefecht am Totenmaar erbeutet worden war.

Volker trug als Zeichen seiner Offizierswürde einen goldverzierten Spangenhelm mit einem prächtigen weißen Pferdeschweif. Der Wind wehte ihm das lange Roßhaar ins Gesicht. Er fluchte.

Sie waren fast am Tor des Frankenlagers angelangt. Ricchar hatte die Stellung seiner Truppen mit einem niedrigen Wall umgeben, der zusätzlich mit angespitzten Baumstämmen gesichert war.

Plötzlich stand wie aus dem Nichts ein Krieger vor dem

Spielmann. Es war junger Mann mit rotem Gesicht, den seine reich geschmückten Waffen als einen Adligen auswiesen. »Wer seid ihr?«

Volker schätzte, daß der Wachoffizier in der Hierarchie unter ihm stehen mußte. Doch um seinen Rang noch zu unterstreichen, spielte er mit dem erbeuteten Löwenring, den er am Finger trug. Belliesa hatte ihm erklärt, daß ihn der Ring als einen hochrangigen Geweihten des Mithraskultes ausweisen würde. »Das geht dich nichts an!« entgegnete Volker in arrogantem Tonfall.

»Wartet, Herr«, sagte der Wachhabende nun schon etwas versöhnlicher. »Nimm freundlich auf die weihrauchverbrennenden Löwen und ihr Element, das Feuer, durch welches wir Weihrauch spenden, durch welches wir auch selbst verzehrt werden.« Der Mann hob seine Linke und zeigte dem Spielmann einen Ring, der mit einem Skorpion geschmückt war. Der Burgunde nickte und betete stumm darum, daß sein Gegenüber auf diese rituelle Begrüßung keine entsprechende Antwort erwartete. Daß der Krieger ihn als Flammenbringer willkommen hieß, war schon geradezu unheimlich.

»Entschuldigt, wenn ich Euch frage, Leo, doch woher kommt Ihr? Mir hat niemand gesagt, daß wir in dieser Nacht noch Verstärkungen erwarten.« Dem jungen Krieger stand das Mißtrauen förmlich ins Gesicht geschrieben.

»Nun, da ich mich zum Morgengrauen bei unserem Feldherren melden soll, wäre ich dir sehr verbunden, wenn du mir erklären könntest, wie ich das bewerkstelligen soll, wenn du mich nicht ins Lager läßt. Meine Männer sind die ganze Nacht hindurch marschiert, und du machst dir keine Freunde, wenn du sie hier in der Kälte warten läßt.«

»Aber in der Offiziersbesprechung hat niemand ...« Volker bemerkte, wie sich seitlich des Lagertors einige Schatten bewegten. Ganz offensichtlich war der Krieger nicht allein. Er mußte nun schnell handeln, bevor das Geschehen am Tor zu viel Aufsehen erregte.

»Schön«, unterbrach der Spielmann den Franken barsch. »Da du mich nicht hereinlassen willst, werde ich also die Order unseres Feldherren ignorieren und mit meinen Männern hier warten. Falls Fürst Ricchar mich nach den Gründen fragt, wie heißt du auch gleich?«

»Gerwech, vom zweiten Horn der Tauren aus Castra Bonna«, erwiderte der Offizier und nahm Habachtstellung ein. »Ich bin sicher, daß es nicht nötig sein wird, meinen Namen zu erwähnen. Offensichtlich hat es einen Irrtum bei den Befehlen gegeben.«

»Offensichtlich«, brummte der Spielmann. »Wo finde ich die Katapulte. Ich hatte Anweisung, dort mein Lager aufzuschlagen, weil meine Männer erfahren im Umgang mit Geschützen sind.«

»Am östlichen Ende des Lagers, Leo. Direkt am Fuß des Hügels!«

»Gut. Ich werde deinen Namen wieder vergessen, Gerwech. Dein Mißtrauen zeichnet dich als einen guten Offizier aus. Wenn dir falsche Befehle übermittelt wurden, ist das nicht deine Schuld.«

»Danke, Herr.«

Volker wandte sich um und gab seinen Männern einen Wink. »Vorwärts!« An der Spitze der Kolonne marschierte er durch das Tor.

Das Feldlager der Franken war so symmetrisch wie eine römische Stadt aufgebaut. Es gab vier Tore und zwei Hauptstraßen, die einander kreuzten, und in der Mitte des Lagers standen die Zelte des Feldherren und seiner höchsten Offiziere. Vor einem langen Zelt war eine ganze Reihe von Standarten aufgestellt. In seinem Inneren glomm der rote Schein von Kohlenbecken. Das mußte das Quartier von Ricchar sein. Für einige Herzschläge überlegte Volker, ob er nicht einfach in die Mitte des Feldlagers marschieren sollte, das Fürstenzelt niederreißen und Ricchar ermorden. Damit wäre der Krieg zu Ende. Doch was war, wenn der Fürst nicht schlief. Er wußte, daß in dieser Nacht keine Verstärkung mehr ankommen sollte. Vielleicht war Ricchar auch in einem der anderen Offizierszelte. Der Spielmann schüttelte den Kopf. Das Risiko war zu groß. Er sollte sich besser auf seinen ursprünglichen Plan besinnen. Wenn es ihnen nicht gelang, die Katapulte zu zerstören, dann war die Zerstörung des Bergdorfes schon so gut wie besiegelt.

»Abteilung links schwenkt!« Volker wies auf eine Gasse zwischen zwei Zeltreihen. Es war besser dem Praetorium mit den Offizierszelten nicht zu nahe zu kommen. Man würde noch früh genug auf sie aufmerksam werden. Spätestens wenn die Katapulte in Flammen aufgingen. Um sicherzustellen, daß das Holz gut brennen würde, hatte er seine Männer zwei Fäßchen mit Lampenöl mitbringen lassen. Bis jetzt ging alles gut. Gefährlich würde es erst, wenn sie versuchten, den Hang hinaufzukommen und ihnen die halbe fränkische Armee dabei im Nacken saß.

Die Flammen fraßen hinter ihm die Nacht. Keuchend rannte Golo den Hügel zum Dorf hinauf. Neben ihm hechelten seine Kameraden. Von den brennenden Katapulten her ertönte das Geschrei der Franken. Deutlich konnte Golo die Stimme eines Offiziers hören, der seine Truppen zum Gegenangriff sammelte. Verfluchter Krieg! Wäre er nur in Treveris geblieben! Volker war irgendwo zwischen den huschenden Schatten. Wenn ihn, Golo, jetzt ein Pfeil traf, dann würde es der Spielmann gar nicht bemerken. Jeder starb für sich allein.

Der junge Ritter keuchte. Es war besser, in dieser Lage nicht an den Tod zu denken. Vielleicht würde der Sensenmann sonst noch auf ihn aufmerksam. Hoffentlich sahen die Bogenschützen, wohin sie schossen. Wie besprochen, waren die meisten Männer des Ebers auf dem Wall zurückgeblieben, um ihnen Deckung zu geben. Salve auf Salve schossen sie in die Finsternis. Surrend zogen die Pfeile kaum mehr als zwei oder drei Handbreit über ihre Köpfe hinweg.

Golo dachte an die Warnungen des Ebers. Sie mußten genau in den Spuren bleiben. Wenn er den vorgegebenen Weg verließ, würde er in eine der Fallgruben stürzen, mit denen die Hügelflanke gespickt war. Der Burgunde blickte zurück. Die Franken hatten sich gesammelt und folgten ihnen. Vor den hellen Flammen konnte er nur unförmige Schatten erkennen. Die großen Rundschilde ließen die Schemen so aussehen, als hätten sie riesige aufgedunsene Leiber, ganz wie Kreaturen, die aus den Schlünden der Hölle emporgestiegen waren.

Die Schritte des jungen Ritters wurden schwerer. Erschrocken blickte er zu Boden. Er hätte nicht zurücksehen dürfen! Die Spur! Er hatte sie verlassen. Ein Stück vor ihm rannte noch ein Mann, der den Weg im Schnee verloren hatte. Unentschlossen blickte Golo den Hang hinab. Er müßte nur ein paar Schritt zurück, doch das hieße, den Franken entgegenzulaufen oder, schlimmer noch, von den eigenen Bogenschützen für einen Feind gehalten zu werden.

Golo lief quer zum Hang, bis er die Spur des anderen erreichte. Wieder sah er über seine Schulter, doch diesmal blieb er einen Augenblick lang stehen. Die Franken waren schon verdammt nahe. Zwanzig Schritt noch, und sie hätten ihn erreicht. Auch ihre Bogenschützen waren inzwischen alarmiert. Pfeile flogen den Hügel hinauf. Es war vielleicht ganz gut, nicht mit dem großen Pulk von Kriegern zu laufen. Ein Schrei riß Golo aus seinen Gedanken. Der Mann vor ihm war verschwunden. Ein dunkles Loch klaffte im Schnee. Verdammt! Jetzt war er auf sich allein gestellt.

Die Schreie hinter ihm kamen immer näher. Wenn er zu dem Wallabschnitt wollte, an dem die Leitern lehnten, auf denen sie hochsteigen sollten, würde er nur ein paar Herzschläge vor Ricchars Kriegern ankommen. Immer vorausgesetzt, er geriet nicht in eine der Fallgruben und die Männer auf den Wällen zogen nicht vorzeitig die Leiter hoch.

Ihm wurde klar, daß er es nicht mehr schaffen würde. Das dunkle Loch im Schnee zog seine Blicke an. Wie ein Grab klaffte es am Hügelhang. Es würde ihm Deckung geben. Golo folgte weiter der Spur des Mannes, den die Erde verschlungen hatte. Zwei Schritt vor dem Loch warf er sich in den Schnee und kroch vorsichtig auf den Rand zu. Er spürte, wie etwas unter seinen Händen nachgab. Erschrocken zuckte er zurück. Schnee glitt in die Grube hinab. Die letzten Reste des Geflechts aus dünnen Weidenruten, unter dem die Falle verborgen gewesen war, rutschten hinab. Undeutlich konnte der junge Ritter die Pfähle am Boden erkennen. Die Schreie hinter ihm waren jetzt ganz nahe.

Vorsichtig ließ er sich über den Rand gleiten. Auf dem Schnee fand er keinen Halt. Mit einem Rutsch war er unten und stieß seitlich an einen der zugespitzten Pfähle. Der andere hatte weniger Glück gehabt. Zwei abgebrochene Holzpflöcke ragten aus seiner Brust. Er mußte mitten über der Grube gewesen sein, als die Weidenruten unter seinem Gewicht nachgegeben hatten.

Brandpfeile zogen hoch über ihm durch den nächtlichen Himmel. Golo fluchte. Die Franken schienen sich zu einem massiven Gegenangriff entschlossen zu haben.

Der Burgunde mustert die Fallgrube. Sein Kamerad hatte Pech gehabt. Nur in der Mitte standen angespitzte Pflöcke. Wer sich von den Rändern hineingleiten ließ, so, wie er es getan hatte, war nicht in Gefahr. Die Grube war groß. Fast zwei Schritt lang und nur wenig schmaler. Wie ein Grab. Überall auf dem Boden lagen zerbrochene Äste, die wie dunkle Rippen aus dem Schnee emporragten. Die Ränder der Grube waren nicht sehr steil. Es würde leicht sein, wieder aus ihr herauszusteigen.

Der Schnee oben knirschte unter Schritten. Das leise

Klappern von Waffen ertönte. Golo spürte, wie sich etwas eisig in ihm zusammenzog, so, als seien plötzlich seine Gedärme gefroren. Er ließ sich zusammengekrümmt in den Schnee fallen. Dicht unterhalb des Randes der Grube schlug ein Pfeil ein. Aus den Augenwinkeln sah er für einen Herzschlag lang Füße über ihm durch den Nachthimmel gleiten. Der erste Trupp der Angreifer. Die Schritte entfernen sich. Das Keuchen verebbte. Doch was war, wenn noch mehr kamen? Was, wenn einer von ihnen in die Grube sprang, um vor den Pfeilen der Bogenschützen des Ebers Deckung zu suchen? Seine klammen Finger tasteten nach dem Dolch in seinem Gürtel. Zitternd zog er ihn hinaus und verbarg ihn neben sich im Schnee. Wenn jemand in die Falle sprang, würde er sofort auf ihn einstechen. Ja, er würde ihm die Kehle durchstoßen, damit er nicht schreien konnte! Es ging nicht anders! Der erste Augenblick war entscheidend. Der andere würde sicher nicht damit rechnen, hier unten angegriffen zu werden. Er durfte nicht zögern, dachte Golo. Nur nicht abwarten und dem anderen in die Augen sehen. Er durfte dem Franken keine Gelegenheit geben, über ihn herzufallen.

Der junge Ritter hob den Kopf aus dem Schnee, um besser lauschen zu können. Von den Wällen des Bergdorfes erklang Schlachtlärm. Die Schreie der Verwundeten und Sterbenden. Das dumpfe Geräusch von Waffen, die auf hölzerne Schilde schlugen. Hin und wieder auch das helle Klingen von Stahl, wenn zwei Schwerter aufeinandertrafen. Plötzlich ertönte ein Hornsignal. Noch waren die Wälle des Dorfes gut bemannt, und der Mut der Verteidiger war ungebrochen. Die Franken mußten sich zurückziehen.

Golo ließ sich wieder in den Schnee sinken. Gespannt bis zum Äußersten lauschte er auf die Geräusche in der Finsternis. Das Klappern, das Knirschen und Schleichen kam näher. Ein einzelner Schrei gellte durch die Nacht. Die Bogenschützen des Ebers!

Unmittelbar neben der Grube hasteten Schritte vorbei. Leises Fluchen und Keuchen war zu hören. Die ersten waren vorbei! Ein paar Herzschläge später kamen noch mehr. Dann herrschte wieder Ruhe. Gerade als Golo sein Gesicht aus dem Schnee hob, polterte es. Ein Schatten rutschte in die Grube, strauchelte und fiel auf den jungen Ritter.

Golos Hand verkrampfte sich um den Dolch. Ohne zu denken, in blinder Panik, stieß er zu. Er spürte, wie der Körper beim zweiten Stich weich wurde und in sich zusammensackte. Seine Hand war klebrig und naß. Als er wieder zu sich kam, starrte er auf seine Hand. Das Blut sah in der Finsternis dunkel aus, fast schwarz.

Der andere röchelte. Noch immer raste dem Burgunden das Blut durch die Adern. Es dröhnte wie ferner Donner in seinen Ohren. Sein Atem ging keuchend. Das Röcheln des Franken erschien dem Ritter unnatürlich laut. Er mußte ihm den Mund zuhalten, Schnee hineinstopfen, damit die anderen ihn nicht hörten. Der Kerl sollte still sein! Voller Haß starrte er in das blasse Gesicht. Warum mußte sich der Idiot ausgerechnet in diese Grube werfen? Hätte er nicht ein paar Schritt weiter rechts den Hang hinunterlaufen können?

Müde robbte Golo in die entgegengesetzte Ecke der Fallgrube. Er wollte den Franken nicht sehen. Den Dolch schob er in seinen Gürtel zurück. Wenn er sich rührt, werde ich ihn töten, dachte der Ritter. Aber er wird nichts mehr tun, das hört man schon an seinem Röcheln. Dieses Röcheln ... Der Burgunde blickte zum Rand der Grube. Er mußte hier heraus! Der Himmel war schon ein wenig heller geworden. Nicht mehr lange, und es war zu spät. Sobald die Bogenschützen besser sehen konnten, war es Wahnsinn, sich auf der Hügelflanke zu zeigen. In seiner schneeverkrusteten Felljacke könnte man ihn auch für einen Sachsenkrieger halten. Das fehlte gerade noch, daß seine eigenen Kameraden auf ihn zielten. Doch selbst wenn sie ihn erkannten und nicht beschossen, war er auch noch immer tödlich nah am Lager der Franken. Sie würden gewiß auf alles schießen, was sich am Berghang bewegte. Ob er es noch wagen konnte, über den Rand der Grube zu klettern, oder war es schon zu spät? Gerade nach einem Gefecht waren die Wachen auf beiden Seiten besonders aufmerksam. Wie lange er die Kälte wohl überleben würde, wenn er hier unten in diesem Loch hockte. Es wäre nur für ein paar Stunden hell.

Golos starrte zu dem Toten, der als erster in die Grube gestürzt war. Seine Augen waren weit offen und nach oben verdreht, so, als habe er bei seinem letzten Atemzug etwas am Himmel gesehen. Zu der dunklen Gestalt am anderen Ende des Loches wagte er nicht hinüberzusehen. Rastlos wanderte sein Blick und blieb schließlich an seiner blutigen Hand hängen. Ihm wurde übel. Er streifte die Hand über den Schnee. Als das getrocknete Blut abgewischt war, war sie ganz taub vor Kälte geworden. Wenn es nur schon wieder finster wäre!

Es war heller, grauer Tag. Das Röcheln auf der anderen Seite der Grube tönte fort. Golo steckte sich die Finger in die Ohren, um es nicht mitanhören zu müssen. Doch dann bekam er Angst, daß die Franken vielleicht einen zweiten Angriff wagen würden. Wenn er sie nicht kommen hörte, würde er sich nicht rechtzeitig totstellen können.

Die Gestalt gegenüber bewegte sich. Der junge Ritter zuckte zusammen. So, als stünde er plötzlich unter einem Zauberbann, war es ihm unmöglich, nicht hinüberzusehen. Der Krieger hatte einen hellblonden Vollbart, in dem jetzt Schnee klebte. Sein Kopf war zur Seite gesunken und lehnte auf der linken Schulter. Seine rechte Hand ruhte auf der Brust. Sie war blutverschmiert.

Er ist tot, redete Golo sich ein. Das Röcheln, das ist nur noch sein Körper! Der Burgunde hatte so etwas schon gesehen. Letztes Jahr in Aquitanien. Er dachte an die aufgedunsenen Leichen, die nach der Schlacht hinter den Ringwällen gelegen hatten. So, als furzten die Toten, waren manchmal übelriechende Gase aus ihren Körpern entwichen.

Der Franke versuchte, den Kopf zu heben. Für einen Augenblick wurde sein Keuchen stärker. Dann sank sein Haupt kraftlos auf die Schulter zurück. Golo fluchte leise. Warum konnte der Kerl nicht einfach tot sein? Warum dauerte das so lange!

Vorsichtig rutschte der Ritter ein Stück in Richtung des Sterbenden. Vielleicht konnte er dem Mann ja noch helfen. Auf die Hände gestützt, kroch er langsam durch die Grube. Einmal hielt er inne und wäre fast wieder umgekehrt. Der Weg von nur zwei Schritt schien ihm eine Ewigkeit zu dauern. Als er endlich neben dem Franken anlangte, schlug dieser die Augen auf. Er mußte ihn gehört haben. Sein Körper lag still, aber seine Augen... Sie schrien! All sein Leben schien in ihnen versammelt zu sein, und in ihnen spiegelte sich ein unfaßbares Grauen, so, als sähe er dem Sensenmann ins Angesicht. Und Golo begriff! Er war für den wehrlosen Franken der Tod!

Der junge Ritter wollte die Hände vor sein Gesicht schlagen, doch seine Glieder waren wie gelähmt. »Nein«, stammelte er leise. »Nein.«

Er war durch den Blick des Sterbenden gefangen. Nur für wenige Atemzüge oder für eine Ewigkeit? Der Bann zerbrach, als der Krieger seine Hand auf der Brust bewegte. Sie sank um wenige Zoll tiefer. Golo beugte sich vor. Er hob die Hände, um dem Franken zu zeigen, daß er jetzt unbewaffnet war. Sofort kehrte das Entsetzen in den Blick des Fremden zurück.

»Ich will dir nichts zuleide tun, Kamerad.« Der junge Ritter erschrak vor seiner eigenen Stimme. Sie klang rauh und dunkel. »Hörst du?« Er packte den Franken unter den Achseln und richtete ihn auf, so daß er nun etwas bequemer gegen die Wand der Fallgrube lehnte. Der Kiefer des Kriegers war heruntergeklappt. Er hatte schlechte Zähne. Sein Atem stank.

»Hast du Durst? Bestimmt hast du Durst!« Golo griff in den Schnee und formte zwischen den Fingern eine kleine Kugel. Die schob er in den Mund des Franken.

»Tut mir leid. Ich habe keine Wasserflasche bei mir. Das muß helfen...« Auch er schob sich nun eine Schneekugel in den Mund und lutschte daran. Die Kälte schmerzte an den Zähnen. Doch es tat gut, etwas die Kehle hinunterrinnen zu spüren.

Der Franke hatte Mühe zu schlucken. Seine Hand war jetzt ganz von der Brust gerutscht, so daß Golo die beiden blutigen Löcher im Wams sehen konnte. Der Burgunde wünschte, er könnte etwas tun. Doch selbst wenn er ihn behandeln könnte, müßte er dazu die Kleider aufschneiden, und was nutzte es, wenn man die Blutung stillte und der Mann dafür erfror. Schon jetzt waren die Lippen des Kriegers ganz blau. In kleinen fahlen Wölkchen stand ihm der Atem über dem Mund. Golo hatte den Eindruck, daß sie mit jedem Atemzug unscheinbarer wurden.

Auch ihm selbst machte die Kälte zu schaffen. Längst war sie durch seine Stiefel gekrochen. Die Füße fühlten sich an wie Eisklumpen. Wieder sah er zum Franken herüber. War es die Kälte, die ihn tötete, oder die beiden Dolchstiche? Und was war, wenn die Männer Ricchars noch einmal angriffen und ihn hier zusammen mit ihrem sterbenden Kameraden fanden. Es wäre besser, wenn sie sahen, daß er alles nur Mögliche getan hatte, um das Leben des Mannes zu retten.

Der Tote! Er brauchte keine Kleider mehr. Golo kroch zu dem Leichnam. Der Mann war völlig steif. Das Blut, daß an den Holzpflöcken hinabgelaufen war, war gefroren. Vergeblich mühte der Ritter sich ab, ihm die Pelzweste auszuziehen. Er müßte sie in Stücke schneiden, um sie herunterzubekommen. Schließlich gab Golo auf. Er drückte dem Toten die

Augen zu. »Verzeih mir, wenn ich dich bestehle. Es ist nicht für mich.« Mit einem Schnitt durchtrennte er den Kinnriemen der Wolfsfellmütze des Kriegers und zog sie im ab. Dann kroch er wieder zu dem Franken herüber.

Der Mann starrte ihn mit schreckensweiten Augen an. Jetzt erst bemerkte Golo, daß er noch immer den Dolch in Händen hielt. Hastig schob er die Waffe in seinen Gürtel. »Ich will dir nichts tun, Kamerad.« Der Franke schien nicht zu begreifen. Er war unfähig, sich zu bewegen und zu sprechen. Doch das war nicht nötig. Seine Blicke reichten. Golo wagte es nicht, näher zu kommen. Er sah auf die Pelzmütze. »Die ist gut. Sie wird dich ein bißchen warm halten.«

Schließlich setzte der Burgunde sich selbst die Mütze auf und kroch wieder in den entferntesten Winkel der Grube. Wenn es nur endlich wieder dunkel würde!

Endlos langsam wanderte die blasse Sonne über den schmalen Ausschnitt des Himmels, den Golo vom Grund der Grube aus sehen konnte. Das Röcheln des Franken setzte wieder ein. Wie langsam ein Mensch doch starb. Er war nicht mehr zu retten, dessen war sich der Ritter völlig sicher. Man mußte nur seine Hände ansehen. Sie waren krebsrot vor Kälte und die Fingernägel fast schwarz. Er wünschte, der Kerl wäre endlich tot. Das Stöhnen war nicht mehr zu ertragen. Obwohl es langsam leiser wurde, klang es zugleich auch anklagender. Am liebsten hätte er ihn getötet, um endlich seine Ruhe zu haben. Aber er konnte es nicht. Es war ihm unmöglich, hinüberzukriechen und dem Krieger einfach die Kehle durchzuschneiden.

Manchmal legte er dem Sterbenden eine kleine Kugel aus Schnee in den Mund. Für einige Herzschläge verstummte dann das Röcheln. Auch er selbst nahm auf diese Weise Flüssigkeit zu sich, doch es war ein schlechter Weg. Er konnte förmlich spüren, wie das kalte Wasser die Wärme aus seinem Körper sog. Langsam bekam er auch Hunger. Gestern am frühen Abend hatte er zum letzten Mal gegessen. Ein bißchen Hirsebrei und Brot. Was der Franke wohl gegessen hatte? Ob er daran gedacht hatte, daß es seine letzte Mahlzeit sein würde? Gewiß nicht.

Das Gesicht des Franken wirkte wie mit einer dünnen Schicht aus Wachs überzogen. Eiskristalle hatten sich in seinem blonden Bart gebildet. Er war der erste Mensch, den Golo getötet hatte und dem er anschließend beim Sterben zusehen mußte. Was der Krieger wohl getan hätte, wenn er ihn nicht mit dem Dolch angegriffen hätte? Ob er selbst dann jetzt sterbend hier unten läge? Während der Kämpfe in Aquitanien hatte er zwei Krieger erschlagen, und hier in den Bergen waren es schon ein halbes Dutzend. Er konnte sich nicht einmal mehr an die Gesichter *seiner* Toten erinnern. Doch diesen hier würde er niemals vergessen. Jedes Röcheln war wie ein Dolchstoß. Der Sterbende hatte die Stunden für sich. Die Zeit und die Gedanken. Sie waren wie unsichtbare Messer. Er sollte nicht mehr hinübersehen! Doch die Grube war zu klein. Hier gab es kein Ausweichen! Wieder blickte Golo zum Himmel. Ihm war kalt. Wenn er in der Dunkelheit nicht von hier fortkam, dann würde auch er sterben.

Ganz nahe hörte er das Krächzen von Raben. Sicher machten sich die schwarzen Vögel an den Toten der letzten Nacht zu schaffen.

Das Röcheln des Franken riß Golo aus seinen Gedanken. Er würde viel darum geben, wenn der Krieger überleben würde. Es war schwer, einfach nur dazuliegen und ihm zusehen und zuhören zu müssen. Einmal war der junge Ritter fast so weit, aus der Grube zu klettern. Er hatte sich schon aufgerichtet und streckte die Hände nach dem Rand. Dann jedoch besann er sich eines Bessern. Nur wenige Stunden mußte er noch warten. Wenn in dieser Nacht Wolken vor dem Mond stünden, könnte er gefahrlos bis zu den Wällen kriechen. Er durfte nur nicht vorher einschlafen. Wenn er die Augen schloß, dann würde er nicht mehr aufwachen. Die Kälte würde ihm im Schlaf sein Leben stehlen.

Kurz vor Einbruch der Dämmerung war der Franke tot. Erst war Golo erleichtert, doch dann begann ihm die Totenstille zu schaffen zu machen. Neben den beiden Leichen empfand er es als Unrecht, noch zu leben. Sie belauerten ihn. Waren neidisch auf den letzten Rest von Wärme, der in seinem Leib verblieben war. Golo wünschte, das Röcheln wäre wieder da. Stoßweise, heiser, einmal pfeifend leise, dann wieder heiser und laut.

Er kroch zu dem Toten und schloß ihm die Augen. Er konnte den starren Blick in seine Richtung nicht ertragen. Die Anklage ... Der Ritter bürstete sogar die Eiskristalle aus dem Bart des Franken. Ob er wohl ein Weib gehabt hatte und Kinder?

Der Ritter fluchte leise. Diese verdammte Revolte. Was machte er hier eigentlich? Und warum hatte dieser fränkische Bastard ausgerechnet in dieses Loch springen müssen? Wäre er doch nur weitergelaufen. Vielleicht hätten die Pfeile ihn verfehlt, und er würde jetzt am Lagerfeuer sitzen und seine Suppe essen. Der Krieger war jung. Vielleicht fünfundzwanzig Sommer. Er hätte sicher noch zwanzig Jahre leben können!

»Reiß dich zusammen!« murmelte Golo leise. »Du darfst dich nicht gehenlassen. Noch eine Stunde, dann ist es dunkel genug, um aus dem Loch zu kriechen.«

Draußen war es still. Die Raben schienen davongeflogen zu sein. Nur das feine Knistern des Schnees war zu hören, wenn ein Windstoß Eiskristalle den Hügel hinauffegte.

Wieder blickte Golo in das Gesicht des Toten. Was war, wenn der Geist des Mannes ihn verfolgte, um sich zu rächen. Er hatte von solchen Geschichten gehört, in denen die Geister Verstorbener ihre Mörder verfolgten. »Du weißt, daß ich nichts gegen dich gehabt habe. Es war ein Unglück. In meiner Lage hättest du nicht anders gehandelt. Du darfst mich nicht verfolgen ...«

Golo biß sich auf die Lippen. Er begann wahnsinnig zu werden. Er sprach mit einem Toten! So konnte das nicht weitergehen. Der tote Krieger auf den Holzpflöcken rührte ihn nicht. Warum konnte er nicht einfach auch diesen Franken vergessen? Er durfte ihn nicht mehr anblicken. Bald würde die Nacht die Blässe im Gesicht seines Gegenübers verschlucken. Dann hockte dort nur noch ein undeutlicher Schemen am anderen Ende der Grube. Vielleicht wurde es aber auch schlimmer, wenn er den Kerl nicht mehr richtig sehen konnte. Er mußte vor ihm fliehen. Der Ritter schloß die Augen und lehnte sich gegen das kalte Erdreich. Jetzt spürte er, wie der Hunger an seinen Eingeweiden fraß. Und er war müde ... Unendlich müde. Vor dem Angriff hatte er nicht schlafen können.

Es war verlockend, sich ein wenig treiben zu lassen. Auf dem schmalen Grad zwischen Tagtraum und Schlaf zu balancieren. Er dachte an das Dorf, in dem er aufgewachsen war. An die Erntezeit, als sie alle gemeinsam auf den Feldern gewesen waren. So weit fort war all dies. Wenn er sich der Erinnerung ganz hingab, konnte er fast den warmen Sommerwind auf den Wangen spüren.

»Golo?«

Erschrocken schlug der Ritter die Augen auf. Der Himmel über ihm war jetzt völlig schwarz. Er mußte eingeschlafen sein. Hatte ihn jemand gerufen? Oder war es nur eine Stimme in seinen Träumen gewesen.

»Golo?«

Unsicher blickte er zu den beiden Toten. War es schon Mitternacht? Waren sie aus dem Reich der Geister zurückgekehrt, um nun auch ihn zu holen? Doch die Stimme war seltsam vertraut.

»Hier. Hier bin ich.« Er wagte es nicht, laut zu rufen. In

der Nacht waren Stimmen weiter zu hören als bei Tag. Er hatte Angst, daß die fränkischen Wachen auf ihn aufmerksam wurden.

Ein Geräusch wie ein Schleifen war zu hören. Es näherte sich dem Rand der Grube. Der Ritter spürte, wie sich ihm die Haare im Nacken sträubten. Was zum Henker war das dort draußen? Suchte ihn am Ende ein leichenfressender Unhold? Er bekreuzigte sich.

Schnee rutschte vom Rand der Grube hinab. »Bist du dort unten?«

Golo zückte den Dolch aus seinem Gürtel.

»Golo?«

Diese Stimme? Konnte es sein... Das war doch nicht möglich!

»Mechthild?«

Ein Schatten glitt über den Rand der Falle. »Golo! Du lebst. Ich habe es gewußt!« Das Mädchen schloß ihn in die Arme und drückte ihn fest an ihre Brust. »Bei der Heiligen Jungfrau! Du fühlst dich an wie ein Eisblock. Bist du verletzt? Kannst du laufen?«

»Was machst du hier? Bist du von allen guten Geistern verlassen? Die Bogenschützen...«

»Ich wußte, daß du nicht tot bist. Die anderen haben es gesagt, aber ich wollte ihnen nicht glauben. Golo!«

»Danke.« Er strich ihr zärtlich über das Gesicht. »Danke. Ich weiß nicht...« Er beugte sich vor und küßte sie.

Schließlich war sie es, die sich aus der Umarmung löste. Doch es war gut. Er hatte gespürt, das sie keinen Groll mehr gegen ihn hegte. Was in Treveris geschehen war, war nun vergessen. Dieses Grab, in dem er den ganzen Tag gehockt hatte, hatte sie wieder zusammengeführt.

»Hier, nimm das.« Mechthild zog sich einen mit Schnee verkrusteten Schafsfellumhang von den Schultern. Darunter trug sie einen zweiten Umhang aus weißer Wolle. »Leg ihn an. Solange wir über den Boden kriechen und der Mond hinter den Wolken verborgen bleibt, wird man uns nicht erkennen. Man müßte schon auf uns treten, um zu merken, daß wir keine Schneeverwehung sind. Oben bei den Wällen gibt es einen Abschnitt, wo die Wachen Bescheid wissen, daß ich kommen werde. Doch wir sollten uns beeilen. Die Männer sind unruhig. Weil es so dunkel ist, haben sie Angst, daß Ricchars Sachsen vielleicht einen Überraschungsangriff wagen könnten.«

Golo starrte sie verwundert an. »So viel hast du ja noch nie auf einmal gesprochen.«

Sie grinste. »Muß an dir liegen. Laß uns gehen.«

Der Ritter blickte ein letztes Mal zu dem toten Franken. »Möge deine Seele in Frieden ruhen, Kamerad. Meine Gebete werden mit dir sein.«

»Mit wem sprichst du?«

Der Burgunde schüttelte den Kopf. »Laß uns gehen!« Er zog den Schafspelz um seine Schultern und streckte sich, um am Rand der Grube nach Halt zu suchen.

19. Kapitel

Volker duckte sich hinter die hölzerne Palisade und beobachtete, wie die Mannschaften bei den Geschützen am Fuß des Hügels nachluden. Zehn Soldaten bedienten jeweils ein Katapult. Wieder wurde eines der Geschütze abgefeuert. Bis hier oben konnte man den dumpfen Knall hören, mit dem der Katapultarm auf das Lederpolster schlug. Sich drehend und ein wenig trudelnd flog der rotbraune Felsbrocken den Berg hinauf. Der Spielmann duckte sich noch ein wenig tiefer. Fauchend zog das Geschoß über die Palisade, verfehlte nur knapp eines der Häuser und schlug in den Schnee.

Ricchar hatte schneller neue Katapulte gebaut, als sie erwartet hatten. Nur fünf Tage waren seit dem nächtlichen Überfall vergangen. Besorgt blickte der Spielmann über die niedrigen Häuser. Sie konnten es sich nicht leisten, Unterkünfte zu verlieren. Schon jetzt war jede der Hütten überfüllt.

Wieder zog eines der Geschosse über seinem Kopf weg. Aus den Augenwinkeln sah der Burgunde, wie der Eber hinter die Palisade geduckt in seine Richtung lief. Hoffentlich brach keine Panik in dem Dorf aus. Das zweite Geschoß verfehlte die Festhalle nur um ein paar Spann. Der Spielmann fluchte. Dort waren ihre Verwundeten untergebracht. Das Dach durfte nicht zerstört werden. Doch was sollte er tun? Der letzte Ausfall hatte ihn dreißig Krieger gekostet. Bei der Verlustrate konnte er genau ausrechnen, wann er keinen Mann mehr hatte, der ein Schwert halten konnte.

Keuchend lehnte sich der Eber neben ihm an die hölzerne Brustwehr. Er hielt einen Pfeil in der Hand, um den mit einem Wollband ein breiter Streifen Birkenrinde gebunden war. »Der steckte in der Palisade am Ostwall. Er hat es geschafft.«

Volker nickte zufrieden. Vor vier Tagen hatte sich Rother bei Nacht aus dem Dorf geschlichen. Er sollte sich in den nahegelegen Wäldern verbergen und die Truppen Ricchars bespitzeln.

Volkers Hände zitterten vor Aufregung, als er das Band um den Rindenstreifen löste. Auf der Innenseite war mit Ruß eine kurze Nachricht niedergeschrieben.

»Zehn je Tag. Fast zweihundert krank.«

»Was steht da?« Der Eber konnte seine Ungeduld nicht länger zurückhalten. Er starrte auf das Rindenstück, ohne die Schriftzeichen lesen zu können. »Was berichtet er?«

»Wir hatten recht.« Volker rollte die Nachricht zusammen und schob sich das Rindenstück hinter den Gürtel. »Niemand kann eine Belagerung bei dieser Kälte aufrechterhalten, ohne einen hohen Preis dafür zahlen zu müssen. Er verliert jeden Tag zehn Krieger, die sie irgendwo bestatten, wo wir es nicht sehen können. Und zweihundert Mann sind so krank, das sie nicht mehr diensttauglich sind. Wenn wir es schaffen, noch eine Woche durchzuhalten, wird er aufgeben müssen. Schon jetzt kann er mehr als ein Viertel seiner Truppen nicht mehr ins Gefecht führen.«

Der Eber runzelte die Stirn. »Sehen tut man davon aber nichts.«

»Natürlich nicht. Die Soldaten bleiben in ihren Lederzelten und hocken an den Feuern. Man sieht nie mehr als hundert gleichzeitig im Lager herumlaufen. Jeder, der kann, flüchtet vor der Kälte.«

»Und wenn die Nachricht gefälscht ist? Rother ist kein Waldläufer. Es kann für die Sachsen nicht schwer sein, ihn aufzuspüren. Wir hätten Drustan schicken sollen. Der steht im Wald neben dir, und du merkst es nicht. Er ist...«

»Er ist sicher ein guter Mann«, unterbrach Volker den Gesetzlosen. »Doch leider kann er nicht schreiben. Es hätte uns nichts genutzt, ihn zu schicken.«

»Aber woher willst du wissen, daß es wirklich Rother ist, der dir schreibt? Du weißt, daß Ricchar ein Fuchs ist.«

Der Spielmann schüttelte ärgerlich den Kopf. »Manchmal hilft es, auf die Gnade Gottes zu vertrauen.«

Der Eber pfiff leise durch die Zähne. »So schlecht steht es also schon um uns! Ich für meinen Teil traue ihm nicht, und ich werde herausbekommen, ob er uns betrügt.« Ein Felsbrocken zog zischend über ihre Köpfe hinweg. Krachend durchschlug er ein Häuserdach. Gedämpfte Schreie ertönten.

»Wir müssen dafür sorgen, daß mehr Schnee auf den Dächern liegt. Er wird die Treffer durch die Geschosse ein wenig abfedern.« Volker ließ sich den Erdwall hinabrutschen und rannte ins Dorf. Es war vernünftiger, sich mit praktischen Dingen zu beschäftigen, statt hinter allem Verrat und Intrige zu sehen.

Er hatte sich Volker anvertraut. Es ging so nicht mehr weiter. Er verzehrte sich vor Sehnsucht nach Mechthild. Sie hatte zwar noch den Körper eines Mädchens, doch in den letzten Wochen war sie eine Frau geworden. Golo spürte, daß auch sie sich nach ihm sehnte. Es war die Art, wie sie ihn ansah oder manchmal verstohlen seine Hand berührte. Er war sich ganz sicher ... Schließlich war sie es gewesen, die ihn in Treveris aufgefordert hatte!

Trotz all dieser Zeichen war er sich jedoch auch sicher, daß sie ihn nicht mehr direkt darauf ansprechen würde. Diesmal wäre es seine Sache, den ersten Schritt zu unternehmen. Gewiß hatte sie Angst, noch einmal so verletzt zu werden. Sich eine Blöße zu geben ...

Volker war völlig überrascht gewesen, als Golo ihm erklärt hatte, wer sich hinter dem Waffenknecht verbarg. Der Spielmann mußte blind sein! Daß ausgerechnet er eine Frau nicht erkannt hatte ... Es gab kein Haus, keine Kammer und keinen Heuboden, auf dem Golo mit Mechthild für ein paar Stunden hätte allein sein können. Überall waren Flüchtlinge untergebracht, und die Nachtlager der verschiedenen Paare waren oft nicht einmal durch aufgespannte Tücher voneinander getrennt. Für manche mochte es seinen Reiz haben, wenn sie ihren Gelüsten unter den Augen anderer nachgingen, doch Golo wußte, daß sich Mechthild ihm unter solchen Umständen niemals würde hingeben können. Er wollte mit ihr allein sein in ihrer ersten Nacht.

Der einzige im ganzen Dorf, der eine Unterkunft für sich allein hatte, war Volker. Niemand wagte es, mit ihm, dem Auserwählten, unter einem Dach zu wohnen. Je verzweifelter ihre Lage wurde, desto seltsamere Züge nahm die Verehrung eines Teils der Dorfbewohner für den burgundischen Spielmann an. Wenn er durch das Dorf ging, versuchten manche Männer und Frauen, den Saum seines Gewandes zu berühren, so, als sei es schon jetzt eine schutzverheißende Reliquie. Sicher, es war unbestritten ein Wunder, daß es Ricchar bislang noch nicht gelungen war, das kleine Bergdorf zu erobern, doch deshalb war der Barde noch kein Heiliger. Auch dann nicht, wenn Belliesa immer neue Geschichten und Lieder über den Spielmann erfand.

Volker aber hatte ihm auf sein Bitten für eine Nacht seine Hütte beim Turm des Ebers überlassen. Es war eines der kleinsten Häuser im Dorf. Man hatte es aus mächtigen Balken gezimmert und die Fugen in den Wänden mit Moospolstern zugestopft. Es gab nur einen einzigen Raum. Er war etwas weniger als vier mal vier Schritt groß. Der Boden bestand aus gestampftem Lehm, über den Moos und Stroh gestreut war. Am hinteren Ende gab es eine gemauerte Feuerstelle, von der der Rauch unter den rußgeschwärzten Deckenbalken bis hin zu der kleinen Öffnung im Giebel über der Tür zog. Dicht neben der Feuerstelle war auf dem Boden ein Lager aus Wolldecken und Fellen ausgebreitet. Dort lag er nun mit Mechthild. Sie hatten ein einfaches Mahl aus Hirsebrei, altem Brot und Käse verzehrt. Obwohl die Speicher des Dorfes bis fast zu den Dachschindeln mit Vorräten gefüllt waren, hatte Volker vor einer Woche die Rationen für alle drastisch gekürzt. Das tägliche Essen reichte jetzt kaum noch, um satt zu werden, und Golo hatte sich die Brot- und Käsestücke, die er Mechthild heute abend angeboten hatte, drei Tage lang vom Mund abgespart. Obwohl der Hunger nun ihr Gast geworden war, hatte sich die Stimmung unter den Belagerten deutlich gebessert, seit die Lebensmittel rationiert waren. Volker hatte allen auf diese Weise seine Zuversicht gezeigt, daß sie noch bis zum Frühling Widerstand leisten würden. Golo wußte allerdings, daß die Entscheidung des Spielmanns nicht auf wirklicher Hoffnung begründet war, sondern allein auf taktischem Kalkül beruhte. Der Barde glaubte nicht daran, daß sie Ricchar besiegen würden. Er hatte es niemals getan!

Golo nahm einen tiefen Schluck aus dem Bierkrug, den ihm der Spielmann großmütig überlassen hatte, und wischte sich danach mit dem Ärmel über den Mund. Er sollte für den Rest der Nacht alle Gedanken an die Zukunft verbannen.

Der junge Ritter blickte zu Mechthild. Sie sah kurz von ihrer Schüssel auf und lächelte scheu. Während des ganzen Mahls hatten sie kein Wort miteinander gesprochen, doch ihr Schweigen hatte nichts Beklemmendes. Es beruhte auf stillem Verstehen.

Mechthild schob ihre Holzschale zur Seite und blickte ihn an. Ihre grünen Augen funkelten wie Smaragde. Einen Augenblick lang hatte Golo Angst, ihre Erwartungen nicht erfüllen zu können. Er beugte sich vor und küßte sie. Erst sanft, dann begann er leidenschaftlicher zu werden. Seine Hand glitt zum Gürtel des Mädchens. Er löste die Schalle und schob die Hose hinunter. Seine Zunge umkreiste die ihre.

Der Ritter hob sie auf und schob sie ein Stück weiter auf die Decken. Er fühlte sich seltsam entrückt, so, als geschehe dies nicht wirklich. Vorsichtig drang er in sie ein, halb darauf gefaßt, sich sofort wieder zurückzuziehen, wenn er ihr Unbehagen bereitete. Doch Mechthild umschloß ihn mit ihren Schenkeln.

Sein ganzes Gewicht ruhte nun auf ihr und drückte sie hinunter. Die Lust hatte alle anderen Gedanken ausgelöscht. Das Mädchen küßte ihn, wild und leidenschaftlich. Plötzlich erstarrte ihr Gesicht zu einer Maske des Entsetzens. Mit einem gellenden Schrei drehte sie sich unter ihm weg.

Schluchzend rollte sich Mechthild zusammen und verbarg ihr Antlitz in den Händen. Golo legte seine Arme um sie. Sie ließ es geschehen. Er spürte, wie ihr Blut durch die Adern pulste. Sanft streichelte er durch ihr langes kastanienrotes Haar.

»Sie waren plötzlich wieder da.« Das Mädchen schluchzte leise. »Ich dachte, ich hätte sie hinter mir gelassen, die Gesichter jener Nacht. Die Männer sind nicht hier im Dorf. Sie müssen bei den Kämpfen gestorben sein. Nur der Eber...«

»Rede jetzt nicht.« Er drückte sie ein wenig enger zu sich. »Laß uns einfach beieinanderliegen.«

Der junge Ritter starrte zur Decke und lauschte auf den unregelmäßigen Atem des Mädchens. Plötzlich spürte er ihre Hand auf dem Glied. Sie streichelte es. Es richtete sich auf, wurde hart. Mechthild drehte sich um. Sie küßte seine Brust und glitt langsam tiefer. Er hielt sie fest.

»Bist du wütend auf mich?« Golo sah die Furcht in ihren klaren, grünen Augen. Angst, ihn zu verlieren?

»Nein, meine Prinzessin! Ich habe dir weh getan. Deine alten Wunden wieder aufgerissen. Ich habe deinen Schmerz gespürt. Wie könnte ich dir böse sein?«

»Aber...«, sie blickte auf sein Gemächt.

»Laß es gut sein für diese Nacht. Warten wir ein wenig. Wie du siehst, hat mein Begehren nicht gelitten.«

»Und du bist wirklich nicht böse auf mich?«

Statt einer Antwort schloß Golo sie in die Arme.

Volker wanderte den Hügel hinauf bis ganz hoch zum Rand der Steilklippe, wo der Turm des Ebers stand. Es war still im Dorf. Die Nacht hatte sich über die Berge gesenkt. Der Himmel war sternklar, und die Kälte biß mit eisigen Zähnen durch seine Kleider. Undeutlich konnte er die Schatten der Wachen erkennen, die auf den Wällen patrouillierten.

Wie gerne würde er jetzt so wie Golo in den Armen einer Geliebten liegen! Wie lange war es her, daß er das letzte Mal mit einer Frau geschlafen hatte. Eine Ewigkeit... Der Auserwählte zu sein hatte ihn einsam gemacht. Sogar Golo schien sich von ihm zurückzuziehen.

Ganz leise klang eine Stimme mit dem Wind. Im Schatten des Turms stand Belliesa auf dem Rand der Klippe, blickte über das weite Bergland und sang.

»Weit bin ich in den kalten Bergen gewandert
und habe um den Kummer und den Schmerz gewußt.
Wo sind nun die vielen Menschen
vom Feld der Speere?
Alte Tränen
fallen wie Regen auf sie
und ihre Augen sind still,
als sie matt das Licht der Sterne spiegeln.
Ich habe die ungezählten Toten gesehen.
Auch ich werde einmal unter dem Sternenhimmel liegen
und mich nicht mehr zu dem Feld der Speere erheben.
Ich habe den Schrei des Windes gehört,
es ist der Schrei, der in meinem Herzen ist.
Eine Decke aus braunen Blättern wird ihn ersticken,
bevor der nächste Frühling kommt.«

Belliesa legte ihre Laute zur Seite und drehte sich um. »Hat dir mein Lied gefallen, einsamer Held?«

»Es ist schön, aber sing es nicht vor den anderen. Glaubst du, daß unsere Schlacht verloren ist? Werden wir alle unter den toten Blättern begraben sein, die der Frühlingswind als Erinnerung an den Winter mit sich trägt?«

Die Bardin wandte sich ab und blickte wieder zu den Bergen. »Wer weiß das schon? Gewiß ist nur, daß Ricchar morgen Verstärkung bekommen wird. Er wird noch vor dem Ende der Woche das Dorf erobert haben.«

»Steht das in den Sternen geschrieben?« fragte Volker. Er war wütend, doch mehr auf sich als auf die Bardin. Warum ließ er sich von ihrer melancholischen Stimmung mitreißen?

»Nicht in den Sternen...« Sie streckte den Arm aus. »Siehst du dort hinten den roten Schimmer auf dem verschneiten Hang. Im Schnee spiegeln sich die Lagerfeuer, die im Tal brennen. Es müssen viele Feuer sein... Und nicht wir sind es, die auf Verstärkung hoffen können. Bis morgen abend werden die Krieger in Ricchars Lager eintreffen.«

Volker sah jetzt auch den Schein der Feuer. Er schluckte. Sie hatte recht. Es war vorbei. »Sollen wir es den anderen sagen?«

Belliesa schüttelte den Kopf. »Warum? Um ihnen den Frieden dieser Nacht zu nehmen? Morgen abend werden sie sehen, wie es um uns steht. Das ist früh genug.«

Sie hatte recht, und doch hinterließen ihre Worte einen bitteren Beigeschmack. »Du liebst es, die Wege der Menschen zu lenken und sie dabei noch glauben zu lassen, sie hätten selbst entschieden.«

»Ich bin nur weniger blind als andere. Mir mußte Golo nicht erklären, welcher Art sein Interesse für den Waffenknecht war, der in den letzten Wochen stets an seiner Seite blieb.«

»Vielleicht achte ich einfach nur auf andere Dinge. Mich verfolgen die Gesichter der Menschen. All die Toten aus den Schlachten. Es ist etwas anderes, ein Krieger zu sein, der von seinem König in den Kampf geführt wird, als plötzlich damit leben zu müssen, daß man selbst die Entscheidungen getroffen hat. Immer wieder denke ich an das Mädchen im Schnee. Sie hatte von *meinen Toten* gesprochen. Erst da habe ich begriffen, daß jeder, der in diesem Winter stirbt, sein Leben läßt, weil ich zurückgekehrt bin. Und doch war auch ich nur eine Figur auf deinem Spielbrett. Wie lebst du mit all den Toten? Denkst du manchmal an sie? Oder sind sie nur der Stoff für ein trauriges Heldenlied?«

Die Bardin senkte den Blick. »Du bist doch ein Christ, Volker … Du müßtest also wissen, daß unser aller Leben vorherbestimmt ist. Nicht einmal die Priester des toten Zimmermannssohnes, die sich sonst immer wieder durch ihre unfaßliche Ignoranz auszeichnen, haben sich dieser Einsicht verwehren können. Es ist so, daß die großen Entscheidungen in unserem Leben vorherbestimmt sind. Nenn es meinetwegen Schicksal … Vielleicht ist auch der Funken der Göttlichkeit, der zumindest schwach in uns allen glimmt und uns mit den Unsterblichen verbindet. Du konntest diesem Krieg nicht davonlaufen, Volker. Ich weiß, wie sehr du es versucht hast. Von dem Moment an, in dem du den Gau des Kriegsherrn Ricchar betreten hast, war es dir bestimmt, seinen Untergang herbeizuführen. Damals gab es freilich noch viele Wege, die zu diesem Ziel führten. Es sind mit jedem Schritt, den du getan hast, weniger geworden. Hättest du weniger lange gezögert...« Sie zuckte die Achseln. »Vielleicht war auch das Schicksal.«

Volker lachte zynisch. »Ich werde seinen Untergang herbeiführen? Unsinn! Dort draußen lagert er mit einer ganzen Armee. Und morgen wird er noch Verstärkung bekommen. Gegen jeden Krieger unter meinem Kommando kann er zehn erfahrene Soldaten stellen. Ich glaube, du verwechselst da etwas. Nicht sein Untergang ist vorherbestimmt, Belliesa. Wir sind es, die sterben werden.«

»Du hast recht. Auch dein Tod ist schon jetzt vorherbestimmt. Du wirst in einem fernen Land an der Seite deines Königs dein Ende finden, Spielmann. Doch bis dahin liegt noch ein langer Weg vor dir.« Die Stimme der Bardin war plötzlich dunkler geworden. Sie klang fast wie ein Echo aus weiter Ferne. Funkelnd spiegelte sich das Sternenlicht in ihren Augen. Der Burgunde machte entsetzt einen Schritt zurück. Sie war mehr als nur eine Sängerin. Er dachte an die Anklage als Zauberin, die der Statthalter von Icorigium gegen sie erhoben hatte. »Ricchar wird durch den Mord, den er am Tag der Wintersonnenwende begehen wird, zu Fall gebracht werden.«

»Woher weißt du das alles?«

Plötzlich wirkte die Bardin unendlich traurig. »Das war die falsche Frage, Spielmann. Laß uns nun gehen. Es ist zu kalt hier oben. Du hast keinen Platz in dieser Nacht, nicht wahr?«

Er nickte, noch immer erschrocken über ihre Prophezeiung. Und was hatte sie damit gemeint, als sie sagte, er habe die falsche Frage gestellt? Was war die richtige Frage?

»Betrachte meine Einladung bitte nicht als eine Aufforderung dazu, deine Verführungskünste an mir zu versuchen. Wir teilen nur meine Decke und den Platz, an dem ich schlafe. Nicht mehr! Ich bin nicht die Frau, die du liebst, und das weißt du auch. Ich begnüge mich aber nicht mit weniger als mit einem Mann, der mich von ganzem Herzen liebt.«

Volker lag eine bissige Antwort dazu auf der Zunge, doch er schwieg. Es wäre töricht, in einer Nacht wie dieser einen warmen Schlafplatz aufs Spiel zu setzen. Er brauchte den Schlaf. Es mochte vorherbestimmt sein, daß Ricchar obsiegte, doch er würde ihm keinen leichten Triumph schenken.

20. KAPITEL

Als Golo erwachte, war er allein. Er hatte nicht bemerkt, wie Mechthild ihn verlassen hatte. Seine Hand tastete nach den Fellen, auf denen sie geschlafen hatte. Sie waren kalt. Es mußte mindestens eine Stunde vergangen sein, seitdem sie gegangen war.

Er drehte sich auf den Rücken und starrte zur Decke. Die Glut in der Feuerstelle war fast verloschen. Es war eisig kalt in der Hütte. Ob es draußen schon dämmerte?

Der junge Ritter dachte an die vergangene Nacht. Was mochte jetzt in Mechthild vorgehen? War es ein Fehler gewesen, sie zurückzuhalten, als sie ein zweites Mal mit ihm schlafen wollte? War sie beleidigt und deshalb gegangen? Dabei war sie so friedlich in seinen Armen eingeschlafen... Er wollte ihr diese Ängste nehmen. Wie es für sie wohl war, jeden Tag den Eber sehen zu müssen. Dieses narbengesichtige Ungeheuer, das seinen Männern den Befehl dazu gegeben hatte...

Sie mußten hier weg. Nicht allein wegen des Ebers. Hier zu bleiben hieße sterben, dessen war Golo sich völlig sicher. Es war nur eine Frage von Zeit, bis die Franken das Bergdorf stürmten. Er würde nicht abwarten, bis es soweit war. Sie mußten fliehen. Am besten noch in dieser Nacht! Rother hatte es geschafft, hier herauszukommen ... Es würde auch ihnen gelingen!

Golo dachte an Volker. Ob der Spielmann sie verstehen würde? Sein Freund würde begreifen, warum er so handeln mußte. Es war kein Verrat ... Volker hatte ihm ja schon in Treveris die Wahl gelassen, ob er mit in die Berge kommen wolle.

Von den Wällen erklangen Signalhörner. Die Franken griffen an! Fluchend sprang der Ritter vom Lager auf und tastete unbeholfen in der Dunkelheit nach seinen Kleidern. Dieses Mal würde er noch kämpfen! Er war kein Feigling! Aber sobald es dunkel würde ...

Der Ritter verschnürte sein Lederwams und griff nach seinem Schwertgurt. Etwas stimmte nicht ... Der Gürtel war zu leicht. Sein Dolch fehlte. War er herausgefallen? Er tastete über den Boden, doch konnte er in der Dunkelheit nichts finden. Vielleicht hatte er die Waffe auch auf seinem Schlafplatz in der Hütte neben der Festhalle gelassen. Gestern hatte er dort seine Waffen geputzt. Wieder erklangen die Hörner vom Wall. Es war keine Zeit mehr, danach zu suchen. Er stieß die Tür der Hütte auf und trat hinaus.

Das klare Licht blendete ihn. Es war später, als er gedacht hatte. Fast schon Mittag. Müde streckte er seine Glieder. Die Luft war eisig. Er schlug den Umhang über seine Schulter und blickte den Weg hinunter zum Wall. Die meisten Männer hatten sich schon dort eingefunden. Seine Hand glitt zum Schwert. Er betete leise, daß ihn nicht heute sein Schicksal ereilte.

»Golo«, eine Gestalt taumelte durch den Schnee. Die Sonne stand genau hinter dem Mann. Der Ritter kniff blinzelnd die Augen zusammen. Es war der Eber. Er war fast nackt. Die Rechte hielt er auf seine Brust gepreßt. Blut quoll zwischen seinen Fingern hindurch.

»Verfluchte kleine Hure«, er stützte sich gegen die Wand der Hütte. »Hol das Kräuterweib, schnell! Ich blute wie ein abgestochenes Schwein.«

Verfluchte kleine Hure. Laut wie Donnerschlag hallten die Worte durch Golos Kopf. Wieder starrte er auf den Gesetzlosen. Die Wunde war dicht über seinem Herzen. Golo erinnerte sich an das Gespräch, das er mit Mechthild geführt hatte, bevor er sie im Schwertkampf unterwies.

»Nein!« Mit einem gellenden Schrei rannte er zum Turm. Immer zwei Stufen auf einmal nehmend, hastete er die Treppe an der Außenwand hinauf. Das niedrige Tor am Ende der Treppe stand weit offen. Der große Raum dahinter lag im Zwielicht. Stickige Luft schlug ihm entgegen.

»Mechthild?« flüsterte er. Er würde sein Leben geben, wenn nicht sie es gewesen war, die versucht hatte, den Eber zu töten. Unsicher trat er in den hohen Raum. Es dauerte einige Augenblicke, bis er im grauen Zwielicht etwas sehen konnte. Der Eber hatte die Schießscharten für den Winter mit Holzläden verschlossen, so daß nur noch durch einige schmale Ritzen Licht ins Innere fiel.

Jetzt erkannte Golo das Lager nahe dem verloschenen Kamin. Eine zusammengekauerte Gestalt lag dort.

»Mechthild!« Er rannte quer durch den Raum, stolperte fast über einen schweren Kerzenständer und kniete neben dem Lager nieder. Das Mädchen war über und über mit Blut bedeckt. Neben ihr lag sein Dolch.

»Nein!« Er konnte es nicht glauben. Das mußte ein Alptraum sein. Sie war doch in seinen Armen eingeschlafen! Was hatte sie hierhergetrieben? Mit zitternder Hand strich er ihr das blutverklebte Haar aus dem Gesicht. Ihre Lippen bebten. Ihre Haut war noch warm, doch so weiß wie Kalk.

»Ge ... liebter ...«

Die Stimme des Mädchens war kaum mehr als ein Hauch. Er beugte sich zu ihr hinab. »Ja, meine Prinzessin. Ich bin hier. Es ... es wird alles wieder gut. Ich hole die Heilerin ... und Belliesa. Sie wird eines ihrer Zauberlieder für dich singen und ...«

»Ver ... zeih mir ...«

Er wollte etwas sagen, doch seine Kehle war wie zugeschnürt. Sie durfte nicht sterben! Warum war er nicht erwacht, als sie aufgestanden war, um zu gehen?

»Gestern ... ich habe immer ... nur sein Gesicht ... ge ... sehen ... Ich mußte ... mich von ihm ... befreien ...«

Golo legte sich neben sie. Er nahm sie sanft in die Arme. »Es ist gut. Wir werden aus dem Dorf fliehen und ihn vergessen ... Ich werde dich pflegen, und noch bevor der Frühling kommt, wirst du wieder ganz gesund sein. Ich werde dich mit an den großen Fluß nehmen. In mein Dorf ... Wir werden heiraten, wenn die Apfelbäume blühen. Es ist schön, dort Hochzeit zu feiern. Wir werden den Apfelwein vom Vorjahr trinken und ...«

»Danke ...« Ihre Augen weiteten sich. »Ge ... liebter ...« Ein Zittern lief durch ihren Körper.

»Nein!« Golos Schrei hallte dutzendfach von den kalten Mauern wieder. Er starrte auf ihren zerschundenen Leib. Der Eber mußte blindlings mit dem Dolch auf sie eingestochen haben, bevor er hinausgelaufen war. Golo schluckte hart und starrte auf die blutverschmierte Waffe. Es war sein Dolch, der ihr den Tod gebracht hatte.

Golo wußte nicht, wie lange er einfach nur vor ihr gekniet und sie angestarrt hatte. So wenig Zeit war ihnen geblieben ... Er konnte sich noch an jeden der Sätze erinnern, die sie miteinander gesprochen hatten. Hunderte Bilder standen ihm vor Augen ... Ihr scheues Lächeln, als sie im Wald zusammen gekocht hatten ... Ihr verbissenes Gesicht bei den Schwertkampfübungen ... Die Freude, mit der sie ihn in die Arme geschlossen hatte, als er mit Volker nach Treveris gekommen war, und ihre Tränen, als er sie an dem verregneten Abend auf dem Heuboden über den Pferdeställen zurückgewiesen hatte ... Ihr warmer und leidenschaftlicher Kuß, als sie gekommen war, um ihn aus der eisigen Grube zu retten. Er verdankte ihr sein Leben. Warum war es ihm nicht vergönnt gewesen, auch ihr Leben zu retten?

Plötzlich wußte er, was zu tun war. Es galt noch eine Schuld bei ihr abzutragen. Der Eber! Jeder im Dorf sollte wissen, was für ein niederträchtiger Mörder er war! Der Gesetzlose hatte sich gewünscht, ein Held zu sein ... Doch Schmutz konnte nicht zu Gold werden ...

Golo hob den nackten, geschundenen Körper des Mädchens auf seine Arme. Tränen rannen von seinen Wangen. Er würde sie durch die Straßen tragen, bis er vor dem Eber stand. Und dann würde er Mechthilds Werk vollenden ...

In der Tür erschien ein Schatten. Belliesa. »Was willst du tun, Golo?« fragte sie leise.

»Geh mir aus dem Weg!«

Die Bardin blieb ungerührt stehen. »Du wirst nicht dort hinausgehen. Volker hat mich geschickt. Sobald die Franken zurückgeschlagen sind, wird auch er kommen.«

»Ich will, daß alle sehen, was er getan hat! Und dann bring ich ihn um ...«

»Glaubst du, daß ist es, was sie gewollt hätte? Alle werden sie nackt sehen, wenn du sie so hinausträgst ... Voller Blut ... Und es gibt noch etwas, das du bedenken solltest. Viele wissen, daß Volker in der letzten Nacht seine Hütte für euch beide geräumt hat. Was glaubst du, wie sie über Mechthild reden werden, wenn sie erfahren, daß das Mädchen im Morgengrauen zum Eber gegangen ist? Willst du ihr das antun?«

Golo knirschte wütend mit den Zähnen. »Ich werde den Eber umbringen, diesen dreckigen Mörder. Er soll mir büßen ...«

»Mechthild hat ihn nicht richtig getroffen. Als sie versuchte, den Gesetzlosen zu ermorden, ist die Spitze des Dolches von einer Rippe abgeglitten. Der Eber ist nur leicht verletzt. Er kann noch kämpfen... Es ist also nicht gewiß, wer diesen Kampf überleben wird. Wir brauchen euch aber beide! Es würde den Kampfeswillen unserer Männer brechen, wenn sie mit ansehen müßten, wie sich ihre Anführer auf Leben und Tod duellieren. Glaubst du, die Männer des Ebers werden noch an unserer Seite kämpfen, wenn du ihn tötest? Und was ist mit den Kämpfern, die du ausgebildet hast und die in allen Schlachten an deiner Seite gefochten haben? Was, glaubst du, werden sie tun, wenn der Eber dich tötet? Sie werden auf Rache sinnen. Ich weiß, was du jetzt fühlst, aber es darf keinen Streit in unseren Reihen geben.«

Golo schnaubte verächtlich. »Die anderen interessieren mich nicht. Es hätte sich längst jemand finden sollen, der diese Bestie in Menschengestalt in die Hölle schickt. Du wirst mich nicht daran hindern können.«

Belliesa schwieg. Schließlich schüttelte sie den Kopf. »Wenn dies dein Weg ist, dann laß uns wenigstens die Tote waschen und in ein Leichenhemd kleiden, bevor du sie heraussträgst.«

Der junge Ritter blickte auf den nackten Körper in seinen Armen. Plötzlich erschien ihm das zarte Mädchen so schwer wie ein Berg. Seine Knie zitterten.

Vorsichtig legte er sie auf den großen Tisch in der Mitte des Turmzimmers. Belliesa trat an seine Seite und legte ihm die Hand auf die Schulter. »Sie hat dich sehr geliebt. Sie hat nie viel gesprochen, als wir zusammen reisten. Aber ich konnte spüren, daß ihre Gedanken bei dir waren.«

Golo starrte auf die Tote. Die Bardin hielt ihm eine kleine Lederflasche hin, die sie von ihrem Gürtel geschnallt hatte. »Trink das! Es wird dir guttun.«

Der Ritter blickte sie fragend an.

»Ein leichter Gewürzwein. Er müßte sogar noch etwas

warm sein.« Sie lächelte. »Hab keine Sorge, er wird dich nicht betrunken machen. Dazu ist er nicht stark genug.«

Golo öffnete die Flasche und nahm einen Schluck. Noch immer konnte er seinen Blick nicht von Mechthild wenden. Er würde den Eber töten! Warm rann der Wein seine Kehle hinab. Erst jetzt merkte er, wie trocken sein Mund war.

Ein wohliges Gefühl breitete sich in Wellen von seinem Magen aus. Der Wein vertrieb die Kälte aus seinen Gliedern.

»Das Zeug ist gut«, murmelte Golo halblaut.

»Ich weiß.« Die Bardin lächelte. »Erlaubst du, daß ich die Tote wasche?«

Der Ritter nickte. Er fühlte sich ein wenig benommen und müde. Als Belliesa mit einem zerrissenen Leinhemd und einem Eimer voller Wasser wiederkehrte, mußte er sich auf den Tisch aufstützen.

Vorsichtig, fast liebkosend, tupfte die Bardin das geronnene Blut von Mechthilds Brüsten. Golo sah, wie rote Schlieren im Wasser des Eimers tanzten, als Belliesa das Leinen auswrang. Ihm wurde schwindelig. Etwas stimmte nicht. Sein Kopf war schwer. Feuer schien in seinen Eingeweiden zu brennen. Kaum konnte er die Augen aufbehalten. Der Wein! Er wollte etwas sagen, doch seine Zunge gehorchte ihm nicht mehr. Ihm wurde übel.

Belliesa sah zu ihm herüber. Sie schien traurig zu sein. »Es tut mir leid, daß ich diesen Schritt tun mußte. Aber der Eber ist wichtiger als du. Es durfte kein Duell geben. Du hättest alles zerstört ... Jetzt, wo sich der Kreis fast schon geschlossen hat.«

Das Gesicht der Bardin schien in Flammen aufzugehen. Golos Knie gaben nach. Er stürzte zu Boden. Ein lähmender Schmerz breitete sich in seinem Körper aus. Keuchend rang er nach Atem. Er hatte es immer gewußt. Belliesa war eine Zauberin!

Mechthilds Gesicht tauchte aus der Finsternis auf. Es schien ihm entgegenzufliegen ...

Über ihm hallte dunkel die Stimme der Bardin. »Es tut mir leid um dich, Ritter ...«

Erschöpft ließ sich der Spielmann auf das Faß neben dem Tisch sinken. Belliesa und der Eber, das waren die letzten aus seinem Kriegsrat, die noch lebten. Sein Blick wanderte von den müden Gesichtern zu den beiden leblosen Gestalten, die auf der Bettstatt des Gesetzlosen lagen.

»Wir werden den nächsten Angriff nicht mehr zurückschlagen können.« Der Eber schrie fast. »Habt ihr gesehen, wie viele neue Soldaten in der Abenddämmerung in sein Lager eingerückt sind? Es ist vorbei! Und alle hier im Dorf wissen es! Alle haben auf den Wällen gestanden und es gesehen! Warum habe ich nur auf dich gehört, Spielmann?«

»Weil du unsterblich werden wolltest? Erinnerst du dich noch, als du an mein Bett gekommen bist und mir erzählt hast, wie es ist, plötzlich ein Held zu sein?« Der Spielmann lächelte zynisch. Fast schien es, als habe der Eber erst jetzt begriffen, worauf er sich eingelassen hatte. War er wirklich so ein Narr gewesen? Hatte er geglaubt, sie würden durch ein Wunder gerettet werden? »Das Fest ist zu Ende, mein Freund. Morgen werden wir alle die Zeche zahlen.«

Die Augen des Gesetzlosen funkelten wütend. »Und? Erinnerst du dich noch daran, was ich dir damals gesagt habe? Ich habe dir versprochen, daß ich dir den Hals umdrehen werde, wenn dein Plan schiefgeht, Spielmann. Für dich ist noch in dieser Nacht Zahltag!« Die Hand des Räubers glitt zu seinem Schwert.

»Genug!« Belliesa nickte in Richtung des Lagers aus Fellen. »Ich habe das nicht getan, nur damit ihr euch jetzt als nächste an die Kehle geht. Es gibt noch einen Weg ... Die Höhlen in der Steilklippe.«

Mit einem Satz fuhr der Eber herum und packte sie bei ihrem Wams. »Hast du hier hinter meinem Rücken herumgeschnüffelt, du falsche Schlange!«

Noch bevor Volker sein Schwert gezogen hatte, blitzte ein Dolch in der Hand der Bardin. Die Spitze drückte gegen die Lederweste des Gesetzlosen.

»Ich bin kein unerfahrenes Mädchen, das dein Herz verfehlen würde.« Belliesas Stimme klang völlig ruhig, doch in ihrem Gesicht spiegelte sich kalte Entschlossenheit. »Was verbirgst du hier in deinem Turm?«

»Nichts, das uns etwas nutzen würde!«

Volker schäumte vor Zorn. »Du hattest doch geschworen, keine Geheimnisse mehr zu haben.«

»Nur ein Narr verrät all seine Geheimnisse!«

»Was gibt es hier im Turm?«

Belliesa schob den Dolch in ihren Gürtel zurück. »Wahrscheinlich einen Zugang zu den Höhlen im Fels. Wir sollten uns das ansehen.«

Volker gab ihr ein Zeichen, stehenzubleiben. »Erst will ich wissen, was hier heute morgen vorgefallen ist. Warum mußtest du dieses Mädchen umbringen? Ich dachte, du ...« Der Spielmann schüttelte den Kopf. »Ich hatte wirklich daran geglaubt, daß du dich ändern könntest.«

Der Eber schnitt eine Grimasse. »Schicksal, nicht? Dreck bleibt Dreck, denkt sich der Herr Ritter jetzt wohl! Es ist ja auch so einfach ...«

Der Burgunde hatte Mühe, sich im Zaum zu halten. »Du hast uns ja eindrucksvoll bewiesen, daß es so ist. Hast dir wohl gedacht, jetzt ist ohnehin alles egal.«

»Dich interessiert die Wahrheit ja gar nicht!« grollte der Eber.

»Und was ist die Wahrheit?« mischte sich Belliesa ein.

»In der Morgendämmerung bin ich raus, um die Wälle zu inspizieren. Da lungerte dieses kleine Miststück schon an der Treppe vor dem Turm herum. Sie war mir noch nie aufgefallen hier im Dorf. Ich fand sie hübsch und grüßte sie ... Ich wollte immer noch runter zu den Wällen. Ihr hättet den Blick sehen sollen, den die Kleine mir zugeworfen hat. Sie starrte geradewegs auf mein Gemächt. Dann sah sie mir ins Gesicht. Fast unheimlich war das schon ... Sie sagte, ich wolle wohl Ritter werden, und fragte dann, was für ein Schwert ich bei mir trüge. Dabei starrte sie immer noch auf meine Hose. Selten habe ich eine Hure erlebt, die so zur Sache ging wie dieses Mädchen. Ich antwortete ihr, wenn sie Mut hätte, könne sie ja mitkommen, und ich würde ihr mein Schwert schon zeigen. Sie lachte und fragte mich, was das denn mit Mut zu tun habe. Ich ging wieder hinauf und sie folgte mir. Ich ließ mich vor dem Kamin nieder. Sie kam und schnürte meine Hose auf. Sie war ein wenig ungeschickt. Man merkte, daß sie noch nicht viel Umgang mit Männern gehabt haben konnte. Aber sie reizte mich immer weiter ... Sie wollte es, und ich ... ich konnte mich nicht dagegen wehren. Ich habe sie zu nichts gezwungen.« Der Eber starrte zu Boden. »Sie hat sich mir völlig freiwillig hingegeben. Es war ... Danach habe ich mich auf die Seite gerollt und etwas gedöst. Plötzlich hatte sie den Dolch in der Hand. Sie stach zu und holte wieder aus. Ich habe sie zur Seite gestoßen, ihr die Waffe aus der Hand gedreht und ...« Er blickte zu den beiden Gestalten, die auf seinem Bett lagen. »Den Rest wißt ihr. Ich habe mich nur gewehrt. Ihr habt die Wunde in meiner Brust gesehen. Sie wollte mich umbringen! Woher sollte ich wissen, daß sie das Flittchen von deinem Freund Golo war. Hörst du, Ritter? Ich habe nichts getan! Sie ist zu mir gekommen!«

Die Beteuerungen des Ebers ließen Volker kalt. Er glaubte dem Gesetzlosen kein Wort. »Ich kenne das Mädchen ... Ich bin etliche Tage mit ihr durch die Berge geritten. Sie war nicht so, wie du sie beschrieben hast. Lügner! Weißt du, daß deine Männer sie vergewaltigt haben? Und du hast den Befehl dazu gegeben und zugesehen ... Sie war keine Hure!«

»Das stimmt nicht ... Ich erinnere mich an nichts.« Der Eber wirkte plötzlich hilflos. Er trat ein Stück zurück. Seine Stimme klang gehetzt. »Ich habe nicht gelogen.«

Volker ließ ihn nicht aus den Augen. Er rechnete jeden Moment damit, daß der Gesetzlose sein Schwert ziehen würde, um auf sie loszugehen. Wenn Belliesa ihn nicht davon überzeugt hätte, daß sie den Eber noch brauchten, dann hätte er bei diesem Possenspiel niemals mitgemacht. Bis heute morgen war er davon überzeugt gewesen, daß der Eber einen neuen Weg gehen wollte ... Doch er hatte sich in dem Gesetzlosen getäuscht!

»Ich glaube ihm!« Belliesa stellte sich Volker in den Weg. »Wie gut kanntest du Mechthild denn schon! Sie war wochenlang als Waffenknecht verkleidet unter uns, und du hast es nicht bemerkt. Ich weiß, daß sie sich jede Nacht, bevor sie einschlief, geschworen hat, am Eber Rache zu nehmen. Sie wollte ihn tot sehen ... Deinen Freund hat sie als Werkzeug für diese Rache benutzt. Was denkst du, warum sie schwertkämpfen wollte? Weil sie davon träumte, den Mörder ihres Vaters zu töten! Deshalb war sie mit Golo so vertraut! Sie brauchte ihn. Meinst du, daß es Zufall war, daß sie sofort nach ihrer ersten Liebesnacht zum Turm des Ebers gelaufen ist? Es scheint, als sei dein Freund auch in diesen Dingen ihr Lehrer gewesen.«

»Das glaube ich nicht!« Volker starrte fassungslos zu Golo hinüber.

»Ich denke, er hat es nicht gewußt. Er war davon überzeugt, daß sie ihn liebt. Vielleicht hat sie das auch getan ... Auf ihre Art.«

Der Spielmann war überrascht vom Zynismus der Bardin, doch ihre Rede verfehlte die beabsichtigte Wirkung nicht.

»Ja!« ereiferte sich der Gesetzlose. »Ja, genau so war es! Die Kleine war verrückt! Friede ihrer Asche.«

Belliesa bedachte den Eber mit einem kühlen Blick.

»Außer uns weiß noch niemand, was mit Mechthild geschehen ist. Ihr Tod wird deinen Namen nicht beschmutzen. Aber was nutzt das, wenn wir schon morgen alle hier auf diesem Berg sterben werden. Den nächsten Angriff Ricchars können wir nicht mehr abschlagen. Unsere Kämpfer waren tapfer, doch der Anblick der erdrückenden Übermacht hat ihre Moral gebrochen.« Die Stimme der Bardin wurde immer eindringlicher. »Wenn es einen Weg gibt, unbemerkt dieses Dorf zu verlassen, dann sage es uns! Was ist mit den Minen?«

Der Eber schüttelte den Kopf. »Ich war nur einmal dort. Es gibt viele Gänge, und ich bin nicht allen gefolgt, doch sie scheinen ausnahmslos bei der Steilwand zu enden.«

»Und der Zugang?«

»Den habe ich gut getarnt, weil ...« Der Gesetzlose zögerte einen Atemzug lang. »... weil dort mein Schatz verborgen liegt. Das Gold, das ich in all den Jahren angehäuft habe. Aber was wird es mir jetzt noch nutzen?«

»Was glaubst du, was geschehen wird?« fragte die Bardin. Volker erschien sie wie eine Wölfin auf der Jagd, die ihre arglose Beute auf einen Abgrund zutrieb. Einen Ort, von dem der Tod der einzige Ausweg war. Der Eber runzelte die Brauen. Ob er ihr Spiel wohl durchschaute?

»Wenn wir es schaffen sollten zu entkommen, wird Ricchar uns weiter folgen. Er wird nicht ruhen, bis er jeden von uns gestellt hat. Es sei denn, wir fliehen weit, weit fort.«

»Richtig!« Belliesa lächelte. »Was mich betrifft, ich werde nicht gehen. Ich werde erneut versuchen, den Aufstand gegen den Ketzerfürsten zu entfachen. Volker kann zurück an den Hof seines Königs. Er ist ein Adeliger und Ritter. Ihm stehen viele Wege frei. Doch was ist mit dir? Entweder du bleibst an meiner Seite, dann wird Ricchar uns wohl eines Tages stellen, oder aber du fliehst in die Fremde. Dann fängst du noch einmal von vorne an. Du wirst allein sein, und wie du schon richtig erkannt hast, wirst du dein Gold nicht auf der Flucht mitnehmen können. Doch du bist kein junger Mann mehr ...«

Der Eber schüttelte resignierend den Kopf. »Es wird keinen Aufstand mehr geben. Der Ketzerfürst hat gesiegt! Diejenigen, die sein Strafgericht überleben, werden sich unter seine Herrschaft beugen. Es macht keinen Sinn, noch einmal gegen ihn aufbegehren zu wollen. Unsere Zeit ist vorbei, Bardin.«

»Vielleicht«, Belliesa zuckte mit den Schultern. »Wenn dem so ist, dann ist das letzte, was jetzt noch Bedeutung hat, wie man nach dem Tod von uns sprechen wird. Nur diese Entscheidung liegt noch allein bei uns.«

»Worauf willst du hinaus?« Der Eber musterte sie lauernd, ganz so, als ahne er plötzlich, daß er ihr in die Falle getappt war.

»Zeig uns die Mine! Wenn sie so beschaffen ist, wie ich hoffe, gibt es vielleicht eine Möglichkeit, die letzten deiner Männer zu retten. Und je nachdem, wie du dich entscheidest, wirst du etwas bekommen, was man für Gold nicht kaufen kann. Du kannst dein vorheriges Leben mit einer einzigen Tat auslöschen und dafür Sorgen, daß man noch in hundert Jahren deinen Namen mit Ehrfurcht nennen wird. Nimm dir die Nacht über Zeit, dir wohl zu überlegen, was du tun willst. Wenn du es schaffst, den Eingang des Turmes für eine Stunde allein gegen die Soldaten Ricchars zu verteidigen, dann werde ich vielleicht alle anderen retten können.«

Der Eber zog eine spöttische Grimasse, doch bevor er etwas sagen konnte, fuhr Belliesa fort. »Schweig und denke über mein Angebot nach. Du weißt, daß es sinnlos, ist mit dem Grafen zu verhandeln. Wir sind nicht mehr in der Position, irgendwelche Forderungen zu stellen. Er ist sich völlig sicher, daß nichts auf Erden seinen Sieg noch verhindern kann. Selbst wenn du jetzt darüber nachdenken solltest, uns an Ricchar zu verraten, sei dir gewiß, du würdest keinen Gewinn daraus ziehen. Du hast zu lange an unserer Seite gefochten. Er wird auch deinen Kopf auf einer Lanzenspitze sehen wollen. Uns allen bleibt nur noch die Wahl, zu entscheiden, auf welche Weise wir sterben wollen. Bedenke dies gut, und bring uns jetzt zum Eingang der Mine!«

21. KAPITEL

Müde hockte Volker neben Belliesa und sah der Bardin bei den Vorbereitungen zu, die sie traf. Die ganze Nacht über hatten sie die Menschen aus dem Dorf in die Stollen des Bergwerks unter dem Turm getragen. Auch alle Verwundeten waren aus der Festhalle dort hinunter gebracht worden. Es war elend feucht und kalt in den Gängen, aber sie durften kein Feuer machen. Der Rauch wäre durch die Höhlen in der Steilklippe ins Freie getreten und hätte Ricchars Männern den Weg zu ihnen gewiesen. Der Eingang zu den Stollen lag im untersten Geschoß des Turmes und war sorgsam unter morschen Brettern verborgen. Wenn man nicht gezielt nach ihm suchte, dann mochte man höchstens zufällig auf ihn stoßen. Dennoch war Volker skeptisch, ob die Franken auf die List, die Belliesa ersonnen hatte, hereinfallen würden. Er blickte zum Eber, der breitbeinig im niedrigen Tor zum Turm stand. Ricchars Männer würden es schwer haben, an ihm vorbeizukommen. Die Treppe, die an der Außenwand des Turms zum einzigen Eingang führte, war so schmal, daß die Angreifer einzeln, hintereinander hinaufsteigen mußten. Das Tor aber war so niedrig, daß man sich ducken mußte, wenn man eintrat. Gleichzeitig mußte der Besucher über eine hohe Schwelle hinwegsteigen, so daß jeder Eindringling in eine Körperhaltung gezwungen wurde, in der man sich nur noch sehr schlecht verteidigen konnte. Durch Bogenschützen oder Speerwerfer wäre dem Eber fast nicht beizukommen, denn sein Körper wurde so gut wie gänzlich von seinem großen Rundschild verdeckt, wenn er am Eingang stand. Trotzdem wäre es nur eine Frage der Zeit, bis die Franken in den Turm eindrangen. Irgendwann würden die Kräfte des Verteidigers erlahmen. Der Eber wußte das. Ihm war klar, daß er sich auf den sicheren Tod eingelassen hatte. Volker hatte allerdings auch den Eindruck, daß der Gesetzlose sich darauf freute, noch ein oder zwei Dutzend Franken und Sachsen zur Hölle zu schicken, bevor er starb.

Der Spielmann musterte den großen runden Raum, der das ganze erste Geschoß des Turms einnahm. Sie hatte alle Möbel herausgeworfen und den Boden gefegt. Nur eine gefesselte schwarze Ziege und der Leichnam Mechthilds befanden sich außer ihnen noch im Turmzimmer. Links von Volker klaffte das Loch, in dem eine Leiter zum Erdgeschoß führte. Von dort gelangte man über eine Treppe in den Keller, wo sich der verborgene Eingang zur Mine befand. Wenn sie hinabstiegen, würden sie die hölzerne Leiter mitnehmen. Wer dann ins Erdgeschoß wollte, würde sich abseilen müssen, denn es gab in der ganzen Siedlung keine Leiter, die lang genug war, um hinunterzureichen.

»Wie ist es, einen Mann zu ermorden?« Der Spielmann sprach leise, und er blickte nicht auf, um Belliesa anzusehen.

»Wovon redest du?«

»Hatte der Eber eine andere Wahl, als sich für den Tod zu entscheiden?«

»Du willst mir doch jetzt nicht sagen, du hättest Mitleid mit ihm.« Belliesa füllte in die Tonschalen, die vor ihr standen, ein gelbes Pulver. »Ich habe ihm einen Weg gezeigt, zum Helden zu werden. Das hat er sich gewünscht...«

»Hat er?«

Der Eber drehte sich zu ihnen um. Er war zu weit entfernt, um die leise Unterhaltung mitgehört haben zu können. »Sie kommen! Die ersten fränkischen Späher sind im Dorf. Sie scheinen sehr verwundert zu sein, auf keinerlei Widerstand zu stoßen.«

Die Bardin warf Volker einen vielsagenden Blick zu. Der Spielmann verstand und schwieg. Er blickte auf das riesige Pentagramm, das Belliesa auf den Boden des Turmzimmers gemalt hatte. Mit einer Spitze zeigte es genau auf den Eingang. Die Bardin war inzwischen aufgestanden und verteilte die kleinen Räucherpfannen, die sie vorbereitet hatte, an den Schnittlinien des Pentagramms.

»Leg Mechthild in die Mitte!«

Volker erschauerte und murmelte ein leises Gebet. Durfte er als Christ sich an einem solchen Possenspiel beteiligen? Die Bardin plante, den Raum so herzurichten, daß er aussah, als habe man ein schwarzmagisches Ritual abgehalten. Da sie bei den Franken als Zauberin verurteilt worden war, würden zumindest die einfachen Soldaten auf diesen Trick hereinfallen und es nicht wagen, den Turm zu betreten. Vor allem aber war so eine Erklärung für das spurlose Verschwinden aller Verteidiger außer dem Eber gegeben. Wenn sie diese Lösung vor Augen hatten, würden sie vielleicht nicht mehr allzu aufmerksam nach einem anderen Fluchtweg suchen. Womöglich würde sogar Ricchar sich damit abfinden. Er brauchte einen schnellen Sieg, wenn er zum Christfest seinen Triumph feiern wollte.

»Mach schon«, herrschte ihn die Bardin an. Sie hatte

inzwischen damit begonnen, die Räucherschalen in Brand zu setzen.

Widerwillig beugte der Spielmann sich über den Leichnam des Mädchens. Man hatte ihr das Leichenhemd wieder ausgezogen. Es sollte so aussehen, als habe man einem Dämonen eine Jungfrau geopfert. Die Ziege meckerte ängstlich, so, als ahne sie, was ihr bevorstünde.

Die Tote war schon ganz steif. Vorsichtig nahm Volker sie auf den Arm. Ob Mechthild noch leben würde, wenn er sie damals bei dem Gehöft zurückgelassen hätte? Behutsam legte der Spielmann den Leichnam in der Mitte des Pentagramms nieder. Dann holte er die Ziege und legte sie neben das Mädchen.

»Heho, ihr Bastarde! Seht ihr mich nicht? Kommt her, hier wartet der Tod auf euch!« brüllte der Eber lauthals.

Belliesa kniete sich neben Volker. »Mach! Wir haben nicht mehr viel Zeit. Sie sollen uns hören und den Gestank des Schwefels riechen! Dann müssen wir hier so schnell wie möglich fort. Allein die Götter wissen, wie lange der Eber durchhalten wird.«

Der Spielmann zog sein Messer und schnitt der Ziege die Kehle durch. Er hob das zuckende Tier hoch und verspritzte sein Blut über den Leichnam des Mädchens. Dabei betete er stumm. Wohin hatte ihn der Befehl seines Königs nur gebracht!

Einige Pfeile schlugen in den Eingang ein. Der Eber hatte sich hinter seinen Schild geduckt.

Belliesa beugte sich über eine der Räucherschalen. Aus den Augenwinkeln sah Volker, wie sie etwas hineinwarf, das die Flammen auflodern ließ.

»Ich erhebe die Fackel, ich verbrenne die Figuren
des utukku, des shedu, des Hockers, des Totengeistes,
der lamashtu, des labahsu, des Packers,
des Nachtmännchens, des Nachweibchens, der Nachtmagd

und alles Bösen, was die Menschen packt.
Zertropft, zerrinnt und zerfließt!
Euer Rauch steige zum Himmel empor!
Eure Aschenglut lösche die Sonne!«

Einen Atemzug lang verstummte die Bardin. Vom Tor ertönte Kampflärm. Die ersten Angreifer waren die Treppe hinaufgekommen. Belliesa erhob sich. Sie öffnete einen kleinen Gürtel an ihrem Beutel und verstreute einige getrocknete Blätter über dem Leichnam des Mädchens. Der Raum war inzwischen angefüllt mit erstickendem Schwefelgeruch. Volker stand der blanke Angstschweiß auf der Stirn. Unablässig betete er zur Jungfrau Maria. Da erhob Belliesa erneut ihre Stimme. Sie griff nach ihrem Hals und holte eine flammend rote Feder unter ihrem Mieder hervor. Die Bardin sprach so laut, daß Volker glaubte, den Boden erbeben zu spüren. Er preßte sich die Hände auf die Ohren, um die Anrufungsformel nicht hören zu müssen. Doch es nutzte nichts.

»Komm, Typhon, der du auf dem oberen Tor sitzt,
Io, Erbeeth, Seth, Baphometh, Logos!
Wie Ihr verbrannt und im Feuer verzehrt werdet,
so sollen auch die Seele und das Herz des Ricchar,
Sohn des Odoaker, verbrannt werden!
Mögen Eure Flammen das Fleisch von seinen Knochen schmelzen,
denn er ist nicht das Licht!
Also muß er im Lichte vergehen!«

Erschöpft sank die Bardin in sich zusammen. Es schien, als ballten die öligen Rauchfahnen, die von den Feuerschalen aufstiegen, sich plötzlich über der Mitte des Pentagramms zusammen.

Volker zerrte Belliesa aus dem Bannkreis. »Was hast du getan?«

»Das wirst du ... später sehen!« keuchte sie. Ihre Augen waren von einem Netz geplatzter Adern durchzogen. »Wir müssen jetzt nach unten. Schnell!«

Als Golo erwachte, kauerte Volker an seiner Seite. Noch bevor der Ritter ein Wort über die Lippen brachte, preßte der Spielmann ihm seine Hand auf den Mund.

»Ganz ruhig!« flüsterte Volker. »Du lebst! Und der Mord an Mechthild ist gerächt. Der Eber ist jetzt tot.« Langsam zog Volker seine Hand zurück.

Golo blickte sich verwundert um. Sie befanden sich in einem niedrigen Gang. Dicht neben ihnen brannte ein Öllämpchen, dessen kleine Flamme nicht reichte, um die Dunkelheit mehr als einen Schritt weit zurückzudrängen.

»Wir sind in den Stollen unter dem Turm des Ebers«, erklärte Volker. »Der Zugang hierher ist verborgen. Doch wir müssen still sein, um die Krieger Ricchars nicht auf uns aufmerksam zu machen, falls sie den Turm doch noch durchsuchen.«

»Was ist mit mir geschehen?« Der junge Ritter schüttelte verwirrt den Kopf. Dann erinnerte er sich wieder daran, wie Mechthild in seinen Armen gestorben war. Er ballte die Fäuste zusammen. Der Eber! Er sollte verrecken!

»Wo steckt der Gesetzlose? Und wie komme ich hierher?«

»Ich sagte es dir doch schon. Er ist tot! Du warst ohnmächtig. Belliesa hat dir einen Zaubertrank gegeben, damit du schlafen konntest.«

»Ich wollte nicht schlafen! Ich ...«

Irgendwo in der Finsternis ertönte ein durchdringender Schrei. Das Heulen eines Säuglings. Fast sofort wurde dessen Stimme erstickt, doch es schien eine Ewigkeit zu vergehen, bis der Schrei nicht mehr von den Wänden der Stollen widerhallte. Volker fluchte leise. »Komm mit!«

Golo streckte seine steifen Glieder, während Volker die Öllampe nahm und tiefer in den Tunnel kroch.

»Wohin willst du?«

Der Spielmann antwortete nicht.

Müde folgte ihm Golo. Sein Magen schmerzte. Wenn er sich nur daran erinnern könnte, was geschehen war. Er hatte mit Belliesa gesprochen ...

Unvermittelt hielt Volker an. Die Decke war inzwischen hoch genug, daß man aufrecht gehen konnte.

»Sei vorsichtig!« Der Barde wies auf den Boden. Quer über den Gang lagen einige morsche Bretter. »An manchen Stellen gibt es Schächte, die in die Tiefe führen.«

Mit einem weiten Schritt stieg Golo über die gefährliche Stelle hinweg. Ein Stück weiter kauerte eine Frau, die einen Säugling auf den Armen hielt. Volker stand vor ihr und hielt die Öllampe hoch, so daß dem Kind der Schein des Flämmchens ins Gesicht fiel. »Er war es, nicht wahr!«

»Ich hatte ihn nur einen Moment lang auf den Boden gelegt ... Ich dachte, er sei eingeschlafen. Bitte ... Es wird nicht wieder vorkommen. Ich geb' ihn nicht mehr aus den Armen.« Die Frau schien regelrecht in sich zusammenzusinken, während sie sprach.

Volker starrte noch immer auf das Kind. Es hatte ein rotes, runzeliges Gesicht. »Ich wußte, daß du das tun würdest. Wir hätten dich im Schnee lassen sollen. Du hättest nicht mehr leben dürfen ...«

Golo sah seinen Gefährten entgeistert an. Was meinte er damit? Volkers Hand war zum Dolch an seiner Seite geglitten.

»Es wird nicht ... wieder vor ... kommen«, murmelte die Amme ängstlich.

Abrupt wandte sich der Spielmann um und zeigte den Gang hinunter. Golo sah undeutlich einen grauen Fleck Himmel.

»Dort ist einer der Ausgänge. Eine Öffnung mitten in der Steilwand. Sieh nach, ob du etwas Verdächtiges entdecken kannst.«

»Und du?«

Volker sah zu dem Kind. »Ich habe hier noch etwas zu erledigen.«

Der junge Ritter schluckte. Doch er stellte seinem Kameraden keine Fragen. Mit langen Schritten eilte er den Gang hinunter. Hinter sich hörte er undeutlich Volkers Stimme.

Als er die Öffnung im Felsen fast erreicht hatte, ging er in die Hocke. Vorsichtig näherte er sich dem Rand. Unter ihm reichte die Steilwand fast dreißig Schritt senkrecht in die Tiefe. Von hier aus könnten sie unmöglich angegriffen werden. Es gab allerdings auch tiefer im Fels Höhlungen, die offenbar zu Stollen der alten Mine gehörten.

Suchend wanderte Golos Blick über die nahen Hügel und Wälder. Alles schien ruhig. Er wollte sich schon wieder zurückziehen, als er auf eine flüchtige Bewegung im Schneefeld unterhalb der Steilklippe aufmerksam wurde. Er kniff die Augen zusammen, um im grauen Licht des wolkenverhangenen Wintertages besser sehen zu können. Es gab zwei dicht beieinanderliegende Flecke, wo der Schnee ein wenig gelber aussah.

Der junge Ritter ließ sich auf dem Bauch nieder und robbte bis ganz zum Rand der Klippe. Etliche Herzschläge lang gab es nichts Verdächtiges zu sehen. Doch dann kam Bewegung in einen der Flecke. Es war ein Mann, der ganz in weiße Schafsfelle eingehüllt war! Er wies den Felshang hinauf und schien auf einen zweiten Mann einzureden. Zwei Sachsen. Sie hatten etwas bemerkt! Der junge Ritter fluchte. Vielleicht täuschte er sich ja, doch es war besser, Volker und die anderen zu warnen. Wenn die beiden die ganze Zeit über dort unten gewesen waren, dann mußten sie den Schrei des Kindes gehört haben.

»So viel Pech kann man gar nicht haben«, flüsterte Volker mit gepreßter Stimme, doch war er nicht wirklich von seinen Worten überzeugt.

Eine Stunde mochte vergangen sein, seit Golo von seinem Spähposten zurückgekehrt war. Sie hatten sich sofort auf den Weg zu jenem Stollen gemacht, der im Keller des Turms endete. Dort warteten sie, doch bislang war nichts Auffälliges geschehen.

»Vielleicht haben sie den Schrei ja nicht gehört?«

Volker bedachte Golo mit einem zweifelnden Blick. »Die Sachsen sind Ricchars Späher. Das sind Männer, die in den riesigen Wäldern auf der anderen Seite des Rheins leben und jagen. Sie werden wissen, was es zu bedeuten hat, und...« Hinter den Brettern, die den Eingang zum Stollen tarnten, waren Geräusche zu hören. Schritte. Auch gedämpfte Stimmen. Einen Augenblick lang klangen sie ganz nah, dann entfernten sie sich wieder.

Der Spielmann wollte schon aufatmen, als er plötzlich ganz deutlich eine Männerstimme hörte. »Hier muß es sein.« Es folgten Axtschläge und das Krachen splitternden Holzes.

Der Spielmann gab Golo ein Zeichen, sich mit ihm ein wenig tiefer in den Tunnel zurückzuziehen.

»Ein Gang!« hallte es dumpf von den Wänden des Stollens wieder. Das leise Tappen von Schritten folgte.

Volker und Golo hatten hinter einer scharfen Biegung des Stollens haltgemacht. Hier würden sie ihre Verfolger auf jeden Fall überraschen können.

Der erste Krieger, der um die Ecke kam, brachte nicht einmal einen Schrei über die Lippen. Der Spielmann tötete ihn mit einem Stich durch die Kehle. Mit Schrecken sah Golo das

Lächeln auf den Lippen des Barden. Was war aus ihm geworden? Oder war er es, der sich so sehr verändert hatte? Golo packte den Mann und zog ihn um die Ecke, damit er seinen Kameraden nicht vor die Füße fiel.

Den nächsten von Ricchars Soldaten trafen sie gleichzeitig. Doch jetzt hatten die anderen Franken etwas bemerkt. Alarmschreie gellten durch den Stollen. Ein riesiger Kerl mit einer zweihändig geführten Axt trat ihnen entgegen. Er ließ seine Waffe vor sich hin und her schwingen, so daß sie nicht an ihn herankamen.

»Zurück«, zischte Volker leise. »Hinter uns wird der Gang etwas breiter. Dort kriegen wir ihn.«

Ohne den Hünen aus den Augen zu lassen, machte Golo ein paar Schritt rückwärts. Der Franke grinste triumphierend. Offenbar glaubte er, schon gewonnen zu haben.

Volker versuchte einen Ausfallschritt zur Seite und führte einen Stich nach dem Bein des Gegners, doch der Krieger wich geschickt aus und seine Axt verfehlte den Spielmann nur um Haaresbreite. Mit einem Satz nach hinten brachte der Barde sich in Sicherheit. »Halt ihn einen Moment auf! Ich habe einen Plan.« Volker zog sich zurück.

Der junge Ritter fluchte. Diesen Riesen aufzuhalten war so aussichtsreich, wie mit ausgebreiteten Armen eine Lawine auffangen zu wollen. Zu allem Überfluß änderte der Bastard jetzt auch noch seine Strategie. Der Franke wollte ihn offenbar mit einem einzigen gewaltigen Hieb niederstrecken. Golo warf sich zur Seite. Die Schneide der Axt verfehlte ihn so knapp, daß er ihren Luftzug auf dem Gesicht spüren konnte. Krachend fuhr die Waffe in den Boden. Ein splitterndes Geräusch ertönte. Der Boden bebte unter seinen Füßen. Im selben Augenblick traf den Franken Volkers Dolch in die Brust.

Golo machte einen hastigen Schritt zurück. Der Hüne fiel wie vom Blitz gerührt vornüber. Auch der Boden stürzte nach vorne. Golo ließ sein Schwert fallen. Verzweifelt versuchte er irgendwo Halt zu finden. Hinter sich hörte er Volker schreien. Inmitten splitternder Bretter und Balken stürzte er in die Tiefe. Sie hatten auf einem der abgedeckten Schächte gestanden!

Golo schrammte an der Felswand entlang. Der Aufprall preßte ihm die Luft aus den Lugen. Dann verschlang ihn eisiges Wasser. Das Gewicht seiner Pelze und Wollkleider zog ihn tiefer und tiefer. Wild mit den Armen um sich schlagend versuchte er wieder zur Wasseroberfläche zu kommen. Er riß sich den Pelzumhang von den Schultern. Etwas streifte ihn an der Stirn. Endlich schaffte er es, prustend aufzutauchen. Rings um ihn prasselten noch immer Bretter und Felsstücke in das Wasser. Es war fast völlig finster. Nur weit über ihnen, dort, wo sie eingebrochen waren, schimmerte schwaches Licht.

Keuchend stieß Volker neben ihm durch das Wasser. »Wir müssen ... hier raus! Oder die Kälte ... tötet uns!« Er zeigte auf eine dunkle Stelle an der Felswand.

Paddelnd versuchte Golo dorthin zu gelangen. Seine Kleider waren schwer wie Blei, und ihm schien es, als wollten ihn unsichtbare Hände in die Tiefe ziehen. Volker war vor ihm angekommen. Er zog sich aus dem Wasser. Ein Tunnel endete neben dem Brunnenschacht. Der Ritter war am Ende seiner Kräfte. Es war vorbei. Er konnte nicht mehr kämpfen!

»Pack das!« Volkers Stimme schien ihm unendlich weit fort. Etwas stieß grob gegen Golos Schulter. Der Spielmann hielt ihm ein zersplittertes Brett hin.

»Halt dich fest! Ich ziehe dich heraus!«

Mehr im Reflex als bewußt griff er nach dem Brett. Seine Finger waren taub vor Kälte. Fast vermochte er sie nicht mehr zu krümmen, um sich festzuhalten. Wenn er jetzt einfach losließ, wäre er bald wieder mit Mechthild vereint. Er spürte, wie er gepackt wurde. Volker zerrte ihn aus dem Wasser. Golos Kopf sank nach hinten in den Nacken. Ein glühender Stern fiel aus der Finsternis hinab. Der Spielmann hatte ihn jetzt vollends ins Trockene gezogen. Zischend verlosch der Stern hinter ihnen im Wasser.

Golo klapperten die Zähne. Es war so kalt! Volker preßte ihm die Hand auf den Mund. »Leise«, raunte er mit zitternder Stimme. »Sie werfen Fackeln hinab, um zu sehen, ob wir überlebt haben. Wir müssen tiefer in den Gang hinein.«

Der Stollen, der vom Brunnenschacht wegführte, war so niedrig, daß sie auf allen vieren kriechen mußten. Manchmal waren sie sogar gezwungen, auf dem Bauch zu robben, und schrammten dabei noch mit dem Rücken an der Tunneldecke entlang. Golo wurde immer langsamer. Die Kälte drohte den Lebensfunken in ihm verlöschen zu lassen. Er hatte keine Kraft mehr, dagegen anzukämpfen, und er sah auch kein Ziel, für das es sich noch zu leben lohnte.

Als sie eine größere Höhle erreichten, blieb er einfach liegen. Volker zerrte ihm die Kleider vom Leib und sagte dabei etwas, doch der junge Ritter machte sich nicht mehr die Mühe hinzuhören. Es war so kalt. Ein Licht zerteilte die Finsternis und wurde größer. Er kroch ihm entgegen. Von dem Licht ging Wärme aus. Zitternd streckte er ihm die Hände entgegen. Ein Feuer! Sie waren gerettet!

Volker saß nackt neben dem kleinen Feuer und rieb sich die Arme. Er war in den Stollen zurückgekrochen und hatte eine der Engstellen verstopft, damit kein verräterischer Rauch durch den Brunnenschacht aufsteigen konnte. Golo lag neben dem Feuer und schlief. Mit einem kurzen Gebet an den Herren bedankte sich der Spielmann für ihre Rettung. Sie wären nicht mehr weit gekommen, wären sie nicht auf diese Höhle gestoßen. Sie mußte einst eine Vorratskammer des Bergwerks gewesen sein. In der Mitte der Höhle befand sich ein Kreis aus rußgeschwärzten Steinen. Offenbar hatte man den Platz auch früher schon genutzt, um Feuer zu machen.

An den Wänden lag trockenes Brennholz gestapelt, und in einem hölzernen Kasten hatte es sogar Zunder und Reisig gegeben. Daneben standen etliche Tonkrüge, die vielleicht einmal mit Wasser und Met gefüllt gewesen waren. Doch jetzt war in ihnen nur noch Staub. In zwei Gefäßen fanden sich die verrotteten Reste von Weizen und Dinkel. Alle Krüge hatte man mit flachen Schalen abgedeckt, deren Wände mit geritzten Spiralmustern oder schlanken Hirschen und Jägern verziert waren.

Auf dem Boden der Höhle lagen ein paar rostige Werkzeuge. Dazwischen Scherben von zerbrochenen Tongefäßen und Öllampen. In einer Ecke hatte Volker einen ganzen Haufen Kiefernzapfen gefunden, die offenbar einmal in eine klebrige Substanz getränkt gewesen waren. Daneben waren Fackeln auf dem Boden verstreut. Dem Spielmann blieb viel Zeit, um sich in der Höhle umzusehen. Golo schlief wie ein Toter.

Allmählich begann ihn Hunger zu plagen. Es waren viele Stunden vergangen, seit er das letzte Mal gegessen hatte. Auch wurde er langsam immer müder, doch getraute er sich nicht, sich an diesem Ort schlafen zu legen. Der Spielmann hatte das unbestimmte Gefühl, daß es kein Zufall war, daß sie beide an diesen Ort gelangt waren. Würde es sich nicht verrückt anhören, dann würde er sogar sagen, die Höhle hatte auf sie gewartet. Vielleicht war sie vor vielen Jahren darauf vorbereitet worden, anderen Verfolgten Zuflucht zu gewähren. Doch diese anderen schienen niemals hierhergekommen zu sein.

Volker nahm eine der alten Fackeln und zündete sie am Feuer an. In eine der Wände fand er das Bildnis eines Reiters geschnitzt. Ein Ritter aus alter Zeit. Sein Pferd war prächtig geschmückt. Der Krieger schien ein Kettenhemd zu tragen. Auf seinem Kopf thronte ein eigenartiger Helm. Er war wie eine Halbkugel geformt und von einem Adler gekrönt. Ein Adler... Er wünschte, er hätte einen riesigen Adler, der ihn so wie der Feuervogel in dem Märchen zu seiner Geliebten nach Aquitanien tragen könnte. Volker seufzte und lächelte dann. Das mußte der Hunger sein... Was für unsinnige Träumereien. Es gab keine riesigen Adler und... Nein! Er hatte die flammend roten Federn gesehen. Den Feuervogel gab es wirklich! Er existierte!

Er trat ein Stück zur Seite, hielt die Fackel höher und suchte nach weiteren Felszeichnungen. Sein Fuß stieß dabei an eine Unebenheit. Scherben? Er leuchtete zum Boden. Eine Kante ragte ein Stück über den Boden. Sie war seltsam regelmäßig geformt, ganz so, als sei sie von Menschenhand geschaffen. Neugierig kniete er sich nieder. Mit der Linken wischte er Staub und Schmutz beiseite. Dort hatte man einen Stein in den Höhlenboden eingesetzt. Er war eine Elle breit und nicht ganz so lang. Die Fugen waren mit Erdreich gefüllt. Ein Versteck?

Volker stand auf und holte eines der rostigen Werkzeuge. Eine Hacke, die an einem Ende eine breite, flache Spitze hatte. Er klemmte sie in die Fuge und hebelte den Stein aus seiner Verankerung. Darunter war ein tiefes Loch. Man hatte etwas Längliches, in Stoff Eingeschlagenes darin versteckt. Vorsichtig zog der Spielmann seinen Fund hervor. Der Stoff war mit Öl durchtränkt. Seine ursprünglichen Farben waren fast völlig verblichen. Er schien einmal ein rotgrünes Karomuster gehabt zu haben. Mit spitzen Fingern zog er das vor Schmutz starrende Tuch auseinander. Es war ein prächtiges Schwert darin eingeschlagen. Die Klinge war von dicken Ölschlieren überzogen und hatte kaum Rost angesetzt. Den Griff hatte man aus Knochen gearbeitet und mit dunkel angelaufenen Silberringen geschmückt. Er besaß auch einen breiten silbernen Knauf, in den rote Glasperlen eingelassen waren. Merkwürdigerweise hatte das Schwert keine Parierstange. Die Klinge mündete in einer silbernen

Fassung, die kaum breiter als das Schwert selbst war. Die Waffe mußte sehr alt sein.

Ehrfürchtig hob Volker sie auf und wog sie prüfend in der Hand. Es war eine gute Arbeit! Er blickte zu dem Wandbild, das den Reiter zeigte. Ob ihm einst dieses Schwert gehört hatte? Für wen war es an diesem Ort verborgen worden?

Golo hatte seine Waffe verloren, als sie in den Brunnenschacht gestürzt waren. Er würde ihm die Klinge schenken. War der Fund am Ende ein Omen? Sollten sie noch einmal in den Kampf gegen Ricchar ziehen?

Der Spielmann legte zwei Scheite in das Feuer und wendete ihre nassen Kleider, die er ringsherum auf dem Höhlenboden ausgebreitet hatte. Etwas hatte sich verändert, seit er das Schwert gefunden hatte. Die Spannung war gewichen. Plötzlich fühlte er sich unendlich müde.

Noch einmal sah er zu der Felswand mit der Zeichnung des Reiters. »Danke«, murmelte er leise. Dann schlief er ein.

22. KAPITEL

Es war ein düsterer Nachmittag, und der Schnee fiel in dichten Flocken, als sie Icorigium erreichten. Es war der Tag vor dem Christfest.

In der letzten Nacht hatten sie bei einem Köhler Unterschlupf gefunden. Er war ein einfacher Mann gewesen, der sie für ein paar versprengte Rebellen hielt. Von ihm hatten sie auch erfahren, daß Ricchar die meisten Gefangenen aus dem Bergdorf begnadigt hatte. Er hatte dort nur eine kleine Garnison zurückgelassen und war nach Icorigium gezogen, wo er ein großes Siegesfest feiern wollte. Die Bardin hatte er in Ketten legen lassen und mitgenommen. Angeblich hatte auf einem der Packesel auch der Leichnam des Ebers gelegen.

Obwohl Belliesa gefangengenommen war, nahmen die wunderbaren Geschichten, die man sich über den Auserwählten erzählte, kein Ende. So hatte der Köhler behauptet, Volker sei gemeinsam mit seinem Gefährten auf einem geflügelten Roß in den Himmel geritten, nachdem alle Verteidiger des Dorfes vor der Übermacht der Franken die Waffen gestreckt hätten. Von dort würde der Auserwählte über das Volk der Berge wachen und wiederkehren, wenn der Tag gekommen sei, die Tyrannen endgültig zu vertreiben.

Golo konnte nicht begreifen, warum die Menschen angesichts der schrecklichen Niederlage noch solche Geschichten erzählten. Auch konnte er nicht verstehen, was Volker nach Icorigium zog. Den Spielmann hatte eine merkwürdige Unruhe ergriffen. Seit sie die Höhle im Bergwerk verlassen hatten und bei Nacht den vereisten Hang hinabgestiegen waren, trieb seinen Gefährten eine Unrast an, über die zu sprechen er sich weigerte. Manchmal murmelte Volker leise vor sich hin, so, als sei sein Geist verwirrt. Immer wieder sprach er dabei vom Feuervogel.

Dem Köhler, bei dem sie übernachtet hatten, hatte sein Gefährte ein langes Seil abgeschwatzt. Jetzt standen sie am Rand des Waldes, aus dem die Sachsen angegriffen hatten, als ihre Freischärler vor Icorigium Ricchar in die Falle gegangen waren. Durch das Schneetreiben und in dem schwindenden Licht war die Stadt auf dem gegenüberliegenden Hügel nur als Schattenriß zu erkennen.

»Was willst du dort noch?« fragte Golo müde. »Es ist vorbei, und wir sollten Gott und allen Engeln danken, daß wir noch leben. Zu zweit können wir nichts mehr ausrichten. Es ist das klügste, nach Worms zurückzukehren.«

Volker schwieg, so, als habe er ihn nicht gehört. Erst nach einer ganzen Weile murmelte er. »Sie muß im weißen Turm sein. Wie im Märchen!«

Der junge Ritter starrte seinen Kameraden fassungslos an. »Der Schuldturm? Was ist damit? Du willst doch nicht etwa versuchen, Belliesa zu befreien? In der Stadt wimmelt es nur so von Ricchars Soldaten. Das wäre Wahnsinn!«

»Nicht Belliesa will ich befreien. Den Feuervogel. Er ist dort!«

Golo schluckte. Offenbar hatten Hunger und Erschöpfung seinem Freund den Verstand verwirrt. »Den Feuervogel?«

»Ja! Begreifst du denn nicht? In der Höhle hatte ich zum ersten Mal den Verdacht... Seitdem habe ich viel darüber nachgedacht. Belliesa! Sie ist der Feuervogel.« Volker lachte leise. »So oft habe ich mir gewünscht, ihn zu finden, dabei war er die meiste Zeit an meiner Seite. Erinnerst du dich an Geron, den Märchenerzähler in Worms? Er hat fast alles vorausgesagt!«

»Hat er?« Golo wußte nicht recht, was er mit seinem Gefährten anfangen sollte.

»Der Hund. Er ist dem Ritter gefolgt. Er war in Wahrheit der Feuervogel. Er hat sich nicht offenbart, bis ihm die richtige Frage gestellt wurde. *Wo bist du, Feuervogel, ich weiß nicht mehr, wo ich dich suchen soll.* Das waren die Worte des Ritters. Belliesa habe ich niemals gefragt, wer sie ist... So konnte sie sich nicht in ihrer wahren Gestalt zeigen. Dabei hat sie mir noch in unserer letzten Nacht im Bergdorf einen Hinweis gegeben, daß ich ihr nur die richtige Frage stellen müßte. Wie oft haben wir uns gewundert, woher sie all die Dinge wußte... Über unser Leben, über das Land und seine Geheimnisse... Die Antwort war so einfach. Der Feuervogel weiß um alle Geheimnisse!«

»Das wußte sie, weil sie eine Zauberin ist! Eine falsche Schlange, die uns die ganze Zeit für ihre Ziele mißbraucht hat«, grollte Golo. »Wenn du mich fragst, dann wollte sie nur Rache an Ricchar. Wenn sie wirklich der Feuervogel wäre, dann müßtest du doch auf ihrem Rücken zum weißen Turm fliegen, um dort deine Geliebte, die Morrigan, zu finden!«

»Nein! Du verstehst es nicht.« Volker schüttelte den Kopf. »Der Flug auf dem Feuervogel, das ist nur eine Metapher... ein Gleichnis. Schließlich bin ich auch nicht drei Jahre und drei Tage durch die Berge geritten. Ich muß den weißen Turm bezwingen. Wenn ich meinen Weg nicht ohne die Hilfe des Feuervogels gehen kann, dann werde ich, wie der Ritter im Märchen, sterben. Um die Morrigan finden zu können, muß ich zunächst in den Turm, um Belliesa die Frage zu stellen, wo ich den Feuervogel finden werde. Dann wird sie sich offenbaren und mir sagen, wo meine Geliebte ist.« Volker schluckte. »Ob sie überhaupt noch lebt ...«

»Die Bardin hat versucht, mich zu ermorden. Sie wollte mich vergiften! Ich werde nichts tun, um ihr zu helfen. Wenn sie wirklich der Feuervogel wäre, dann bräuchte sie unsere Hilfe auch nicht!«

Der Spielmann schüttelte ungeduldig den Kopf. »Sie wollte dich nicht vergiften! Hätte sie dich töten wollen, dann wärest du jetzt nicht hier. Ich wußte, was sie vorhatte. Es war der einzige Weg, dich daran zu hindern, ein Duell mit dem Eber auszutragen. Wir brauchten ihn, damit sich das Schicksal erfüllen konnte ...« Volkers Stimme klang gehetzt. »Ich will auch nicht in ihren Kerker, um sie zu befreien. Man kann sie sicher nicht wirklich gefangensetzen. Nur sie kann mir sagen, wo ich die Morrigan finde ... Deshalb ...«

Golo blickte seinen Freund jetzt voller Mitleid an. Es war sinnlos, auf ihn einreden zu wollen. »Ich werde dich bis zu den Wällen der Stadt bringen. In den Turm mußt du alleine. Ich bin nicht bereit, mein Leben für Belliesa zu geben. Sie ist eine Zauberin! An ihren Händen klebt das Blut Hunderter Unschuldiger! Sie hat es verdient, wenn Ricchar sie richten läßt!«

Volkers Hände brannten, als er sich über die Brüstung zog. Das rauhe Seil hatte die dünne Haut über den frisch verheilten Wunden wieder aufgeschürft. Vorsichtig duckte der Spielmann sich hinter die Zinnen des Turms. Die Mauerabschnitte zu beiden Seiten des Schuldturms schienen völlig verwaist. Offenbar hatten die Wachen dort gerade erst ihre Runden gedreht. Dicht neben Volker stand ein erloschener Feuerkorb auf der Plattform. Erleichtert atmete er auf. Niemand hatte ihn beobachtet. Die Falltür, die hinab zu den Wachquartieren und Kerkern führte, war halb vom Schnee zugeweht.

Bis hierher war, Golos Unkenrufen zum Trotz, alles gutgegangen. Der Spielmann richtete sich auf und blickte von den Zinnen herab. Undeutlich konnte er den dunklen Schatten seines Freundes im Schneetreiben verschwinden sehen. Er hatte sich tatsächlich nicht mehr anders entschieden. Golo ließ ihn allein!

Der Spielmann schluckte. Insgeheim hatte er gehofft, sein Kamerad würde ihm doch noch folgen. Aber jetzt war keine Zeit für Sentimentalitäten! Er würde die Sache auch allein durchfechten können. Golo war jetzt ganz im Schneetreiben verschwunden. Volker griff nach dem Seil und zog es hoch. Falls doch noch Wachen auf die Plattform kamen, durften sie keine Spuren für sein Eindringen finden. Unentschlossen sah er sich um. Wenn er das schwere Tau mit sich schleppte würde es ihn nur langsamer machen. Sein Blick fiel auf den Feuerkorb. Das war ein guter Platz! Er rollte das Seil auf und versteckte es unter der schwarzen Holzkohle. Dort würde niemand suchen!

Eine feine Schicht aus Eis hatte sich in die Ritzen der Falltür gesetzt. Offenbar war seit Stunden kein Wachposten mehr auf dem Turm gewesen.

Es dauerte eine Weile, bis er das Eis mit dem Dolch beiseite gekratzt hatte und er die schwere Bohlentür öffnen konnte. Langsam, das Schwert in der Rechten, schlich er die Treppe hinunter. Die größte Kerkerzelle des Turms befand sich im obersten Geschoß. Wenn Ricchar so ritterlich war, wie Volker hoffte, dann müßte Belliesa hier untergebracht sein oder aber im Palast des Statthalters.

Am Absatz der Treppe verharrte der Spielmann und lauschte. Irgendwo weiter unten konnte man das Klappern von Würfeln hören. Offenbar rechneten die Wachen nicht damit, daß es einen Befreiungsversuch geben könnte. Der Burgunde lächelte. Es hatte durchaus sein Gutes, wenn man allgemein für tot gehalten wurde. Rechts von ihm lag die Tür zu der Kerkerzelle, die das ganze Obergeschoß des Turms einnahm. Ein eiserner Riegel verschloß die Pforte aus dicken Eichenbohlen. Er war gut geölt und ließ sich leicht zurückschieben. Noch einmal lauschte Volker auf die würfelnden Wachsoldaten weiter unten im Turm. Sie lachten und schienen nichts bemerkt zu haben.

Entschlossen stieß er die Tür auf und trat in den Kerker. Der Raum war mit ausgesuchten Möbeln eingerichtet. Felle und Wandvorhänge bedeckten die kalten Mauern. Auf einem Tisch dicht neben der Tür lag Belliesas Laute mit den kostbaren Elfenbeinintarsien. Die Bardin hatte sich in ihren schwarzen Umhang gehüllt und saß auf einem Stuhl, so daß sie Volker den Rücken zuwandte. Sie rieb ihre Hände über einer Feuerschale. Das rote Licht brach sich in einem goldenen Ring an ihrer linken Hand. Dem Spielmann war das Schmuckstück noch nie zuvor aufgefallen.

»Du kommst früher, als ich erwartet hätte. Für gewöhnlich erscheint der edle Ritter doch erst in der *Nacht* vor der Hinrichtung, um seine Geliebte zu befreien ...«

Volker stockte der Atem. Das war nicht Belliesa! Es war ... Die Gestalt erhob sich und streifte den Mantel zurück. Ricchar! Wie bei ihrem ersten Treffen war der Fürst mit einem bestickten Leinenpanzer gewappnet. Doch diesmal trug er dazu wollene Hosen.

Der Franke lächelte breit. »Deine Ritterlichkeit macht dich sehr berechenbar, Volker. Ich konnte einfach nicht glauben, daß du bei der Erstürmung der Stollen ums Leben gekommen bist. Das ist kein Tod für einen Helden. Nicht wahr?«

Volker umklammerte sein Schwert fester und sah sich nach einem Fluchtweg um. Offenbar war der Frankenfürst allein in der Kammer.

»Willst du es dir nicht doch noch überlegen, mein Freund? Wenn du zum Mithrasglauben übertrittst, kann ich dich noch begnadigen. Du hast zu lange und zu erfolgreich gegen mich gekämpft, als daß ich dich jetzt einfach laufen lassen könnte. Kommst du mir nicht wenigstens ein Stück entgegen, dann muß ich auch dich morgen hinrichten lassen. Ich will dich nicht demütigen ... Ich selbst würde dir die Weihe geben, und außer uns beiden wäre niemand zugegen. Es geht mir allein um die Geste.«

Der Spielmann schüttelte langsam den Kopf. »Ich hoffe, du hältst mich nicht für unhöflich, aber ich habe dem einzig wahren Gott die Treue geschworen, und ich wüßte nicht, warum ich einen Stierschlächter anbeten sollte.«

Für einen Herzschlag lang erstarrte das Gesicht des Kriegsherren zu einer kalten Maske. »Du bist grausam, Spielmann. Du weißt, wieviel mir die Kunst bedeutet und wie sehr ich dich schätze. Warum zwingst du mich, dich morgen gemeinsam mit Belliesa auf den Scheiterhaufen zu stellen?«

»Laß die Bardin frei, und ich verspreche dir, wir beide werden nie wieder einen Fuß auf dein Land setzen, Ricchar.«

»Das kann ich nicht. Es ist zu viel Blut geflossen, und man erzählt sich zu viele Geschichten über euch. Sogar diesen Halsabschneider, den Eber, feiert man jetzt als einen Helden. Mein Volk muß sehen, daß ihr entweder tot seid oder aber euch unterworfen habt. Sonst wird es niemals Frieden geben. Der Kopf des Ebers steckt auf einem Pfahl über dem Tor der Stadt. Belliesa wird morgen vor den Augen aller verbrannt werden. Wenn du dich nicht beugst, wirst du an ihrer Seite stehen. Und was Golo angeht ... Man sagt, er sei dein Knappe gewesen. Ich bin sicher, er wird morgen in der Stadt sein. Selbst wenn er nicht versuchen sollte, dich zu retten, wird er dir eine letzte Ehre erweisen wollen, indem er bei deiner Hinrichtung zugegen ist. An jedem der Stadttore steht ein Offizier, der bei unseren Festen in Castra Bonna zugegen war und weiß, wie dein Kamerad aussieht. Sie werden ihn hineinlassen, doch wenn er wieder gehen will, werde ich auch ihn haben... Er ist der letzte Kopf des Widerstands. Sein Haupt wird neben dem des Ebers aufgepflanzt werden.«

Ricchar hatte recht! Volker wußte es. Golo würde morgen zu der Hinrichtung kommen. Der einzige Weg, dies vielleicht noch zu verhindern, war, jetzt in dieser Stunde zu sterben. Der Spielmann hob seine Waffe.

Ricchar seufzte leise. Er drehte sich um und griff nach dem Schwert, das noch immer halb unter den Falten des schwarzen Umhangs verborgen an seinem Stuhl lehnte. »Natürlich wirst du dich nicht einfach ergeben...«

»Gäbe es dafür einen Grund?«

Der Frankenfürst zog sein goldverziertes Reiterschwert. »Leider habe ich dich noch nicht selber fechten gesehen, Spielmann. Man sagte mir allerdings, wenn du ohne Schild kämpfst, habe deine Verteidigung einige Lücken. Darf ich sie dir zeigen?«

Volker reckte trotzig sein Kinn vor. »Ich bitte darum!«

Ricchar präsentierte sein Schwert. Mit leisem Klirren berührten sich die beiden Klingen. Dann traten die Krieger zurück und begannen einander zu umkreisen. Schließlich wagte der Graf den ersten Angriff. Er machte einen Satz nach vorne und zielte auf den Hals des Barden. Volker ließ die Klinge an seiner Waffe abgleiten und konterte sofort mit einem Rückhandschlag. Ricchar war gezwungen, sich mit einem Sprung nach hinten außer Reichweite zu bringen. Die beiden trennten sich und begannen erneut, einander zu umkreisen.

In der Tür zur Kerkerzelle erschienen Soldaten. Der Kriegsherr bedeutete ihnen mit einer Handbewegung, stehenzubleiben und sich nicht in den Zweikampf einzumischen.

Immer wieder prallten ihre Klingen aufeinander, ohne daß einer der beiden Recken eine Wunde davontrug. Doch Volker spürte, wie er schwächer wurde. Die Kämpfe der letzten Wochen, der lange Marsch vom Bergdorf bis hierher, all das hatte seine Kräfte aufgezehrt. Er mußte jetzt schnell eine Entscheidung herbeiführen, oder seine Niederlage war besiegelt. Volker täuschte einen Schlag nach rechts an. Dann, im letzten Moment, riß er mit einer Drehung im Handgelenk die Waffe herum und zielte nach links. Der Franke blockte die Klinge ab und erwiderte den Angriff mit einem Stoß nach dem Bauch des Spielmanns. Volker wich aus und zielte mit einem Rückhandhieb nach dem Kopf des Kriegsherrn, doch Ricchar duckte sich darunter hinweg.

Der Burgunde biß wütend die Zähne zusammen. Er war zu langsam. Wäre er ausgeruht gewesen, hätte Ricchar diesem Schlag nicht entkommen können. Wieder kreuzten sich klirrend die Schwerter. Der Frankenfürst zielte nun mit einem Hieb auf Volkers Bein. Der Barde machte einen schnellen Schritt zurück. Ricchar setzte nach, und seine Klinge stieß in den linken Oberarm des Spielmanns.

Der Kriegsherr trat zurück. »Siehst du … Die Lücke liegt in deiner oberen Verteidigung. Du hast dich zu sehr daran gewöhnt, mit einem Schild zu kämpfen.«

Volker preßte die Rechte auf die Wunde. Sie war nicht sehr tief. Ricchar verstand sein Handwerk. Der Franke hatte ihn nicht töten wollen. Glaubte der Graf etwa immer noch, er würde zum Mithraskult übertreten? »Danke, daß du mich auf die Mängel in meiner Verteidigung aufmerksam gemacht hast. Ich werde versuchen, mich zu bessern.«

Ricchar schüttelte den Kopf und lächelte. »Du gefällst mir, Spielmann. In meiner ganzen Armee gibt es keinen Mann wie dich. Willst du nicht doch …«

Volker hob sein Schwert und salutierte.

Ricchar starrte ihn fassungslos an. »Du willst noch eine Runde?«

»Für einen Ritter ist es besser, im Kampf als auf einem Scheiterhaufen sein Ende zu finden.«

»Ich fürchte, was das angeht, hast du nicht mehr die Wahl.« Der Graf hob seine Waffe, berührte zum Zeichen, daß er bereit war, Volkers Klinge und trat zurück.

Diesmal schien Ricchar ungeduldiger zu sein. Er griff schneller und ungestümer an als zuvor. Einmal traf Volkers Klinge den Leinenpanzer und schlitzte die oberste Lage des Stoffs. Doch der Graf achtete gar nicht darauf. Dicht wie Hagelschlag prasselten seine Hiebe herab, und der Spielmann hatte immer größere Mühe, sie zu parieren.

Volker zielte mit einem Stich nach Ricchars Brust. Der Fürst ließ ihn ins Leere laufen, konterte mit einem Hieb auf Volkers Kopf und wechselte im letzten Moment die Schlagrichtung. Sein Schwert grub sich tief in den linken Oberschenkel des Burgunden. Der Spielmann strauchelte. Ricchar versetzte ihm einen derben Stoß mit dem Ellbogen und Volker ging endgültig zu Boden. Mit einem Tritt entwaffnete Ricchar den Wehrlosen. Sein Schwert zielte auf die Kehle des Barden.

»Mir scheint ... ich habe auch ... in der unteren Dekkung ... Lücken.« Volker rang keuchend nach Luft. »Bring es zu Ende!«

Der Frankenfürst schüttelte den Kopf. »Es war wieder deine Schildseite. Die meisten Ritter haben diese Schwäche.« Er winkte den Soldaten, die noch immer am Eingang zur Zelle standen. »Ruft nach dem Heiler und laßt ihn verbinden.«

»Laß mich ... sterben ...«

»Nein!« Ricchars Augen funkelten jetzt zornig. »Du hattest Gelegenheit, deinen Weg zu wählen. Immer wieder hast du abgelehnt! Jetzt ist es zu spät. Meine Untertanen hast du in Aufruhr versetzt. Wenn ich je wieder in Frieden über sie herrschen will, dann müssen sie dich morgen gemeinsam mit Belliesa sterben sehen. Das wird allen Legenden um euch beide ein Ende bereiten. Nur eine allerletzte Gnade werde ich dir gewähren. Du sollst nicht auf dem Scheiterhaufen stehen. Ich selbst werde dich mit meinem Schwert richten. So wirst du durch eine Klinge in der Hand eines Edlen sterben, ganz wie es sich für einen Ritter geziemt.«

Der wehrlose Spielmann sah zu dem Fürsten auf. Er hatte sich in Ricchar getäuscht. Golo hatte Recht gehabt. Der Graf war ein Machtmensch, der keine Gnade mehr kannte, wenn er seine Interessen gefährdet sah. Volker erinnerte sich an die Tage in Castra Bonna. »Auf ein ... Wort ...«

»Ja.« Im Blick des Franken lag kein Triumph.

»Der Diener, ... der verschwand, ... als wir gegen ... den Eber kämpften. Hast ... du ihn töten ... lassen?«

»Natürlich.« Ricchars Stimme war völlig ohne Emotion, so, als spräche er über etwas Belangloses. »In meiner Umgebung kann ich niemanden gebrauchen, der mich verrät. Ich erwarte von meinen Weggefährten, daß sie es offen aussprechen, wenn sie glauben, daß ich einen Fehler mache. Doch hinter meinem Rücken mit meinen Gästen paktieren ... Nein! Ich habe den Kerl in den Thermen, wo er auf deinen Gefährten, Golo, gewartet hat, töten lassen. Seine Leiche wurde in den Rhein geworfen. So nutzte er wenigstens noch als Aalfutter.« Von einem Augenblick zum nächsten setzte der Graf wieder sein strahlendstes Lächeln auf. »Genug davon! Wir sehen uns morgen. Sei übrigens gewiß, daß ich deine Arbeiten, auch wenn wir nun auf so tragische Weise voneinander getrennt werden, stets weiter schätzen werde.« Ricchar verbeugte sich. »Ich habe alles Nötige veranlaßt, um dir eine angenehme letzte Nacht zu bereiten. Vor deiner Zelle wird ein Lakai stehen, der dir *fast* jeden Wunsch erfüllen wird.« Der Fürst wandte sich ab, und die Wachen, die Zeugen des Gesprächs geworden waren, traten hastig zur Seite.

Der Kräutersud, den der Heilkundige Volker eingeflößt hatte, machte den Ritter benommen. Vielleicht war es auch der Blutverlust. Noch bevor der Arzt den letzten Verband angelegt hatte, überkam Volker das Gefühl, irgendwo zwischen Traum und Wirklichkeit gefangen zu sein. Soldaten hoben ihn auf eine Trage. Sie brachten ihn auf die Wendeltreppe, die tiefer in den Turm führte. Er flog...

Panische Angst überkam ihn. Er sah sich auf einen Berg zufliegen, auf dem ein mächtiger Turm stand. Ritter in schimmernden Rüstungen standen hinter den Zinnen. Er konnte das grimmige Gesicht von Hagen erkennen und auch das Gunthers. Was taten sie hier in der Einsamkeit der Bergwelt? Sie schienen ihn nicht zu bemerken... Er saß auf einem Vogel. Das Märchen! Der weiße Turm! Waren seine Verletzungen so schwer? Lag er im Sterben?

Ein blasses Gesicht beugte sich über ihn. Belliesa! Sie tupfte ihm mit einem Tuch den Schweiß vom Gesicht. War das alles ein Fiebertraum?

»Wo bist du, Feuervogel? Ich weiß nicht mehr, wo ich dich suchen soll. Du allein weißt, wo meine Liebste verborgen ist, doch nicht einmal dich konnte ich finden.«

»Du hättest mich rufen sollen, mein Ritter. Ich bin lange Zeit an deiner Seite geritten und habe über dich gewacht.« Goldenes Licht umspielte die Gestalt Belliesas. »Ich war der Märchenerzähler, der am Hof in Worms gesprochen hat, die Flammengestalt, die dich in Castra Bonna besuchte, und das sterbende Mädchen, das dich in den Bergen vor dem Erfrieren rettete. Du warst mein Auserwählter!«

»Aber wir haben verloren... Unser Schicksal ist besiegelt.«

Belliesa schüttelte den Kopf, und ihr rotes Haar erschien ihm wie Flammenzungen. »Besiegelt ist unser Schicksal... Ja! Doch so, wie im Sommer Ricchars Falke aus dem Himmel stürzte, nachdem er meine glühenden Schwingen berührte, so wird morgen der Fürst selbst stürzen. Sein letzter Mord wird ihn zu Fall bringen! Wenn er das Feuer entfacht, meinen Leib zu zerstören, dann werden meine Schwestern, die Windsbraut und die gehörnte Herrin der Erde, seinen Hochmut strafen …«

Volker hatte das Gefühl zu stürzen. Immer weiter entfernt klang die Stimme der Bardin. Er durfte sie jetzt noch nicht verlieren! Nicht bevor er zweite Frage gestellt hatte. *»Sag mir, Feuervogel, wie werde ich meine Liebste wiederfinden?«*

»Besiege die Kälte in dir, und du wirst sie in jenem fernen Königreich finden, wo das Land und das Wasser eins sind. Sie hat die Drei vergessen, die in ihr wohnten, und auch dich, der du mit ihr vermählt wurdest. Wenn der Ritter stirbt, wird der unscheinbare Wanderer sie wiedergewinnen. Doch hüte dich vor den drei Schwestern, die das Wasser und auch das Land sind. Schwarz, weiß und rot, so ist der Tod …«

Der Spielmann mochte den Worten nicht weiter zu folgen. Etwas Kühles berührte seinen Hals. Dann schlief er ein.

23. Kapitel

In der Stadt herrschte eine gedrückte Stimmung. Golo war am späten Nachmittag in Icorigium eingetroffen. Sein neues Schwert hatte er auf den Rücken geschnallt und unter seinem Umhang verborgen. Die Wachen an den Toren kontrollierten nur sehr nachlässig. Die Krieger waren die einzigen, die guter Dinge waren. Ricchar wollte nach den Hinrichtungen ein großes Fest feiern lassen. Es sollte Fleisch für alle Soldaten und Bürger in der Stadt geben. Hundert Stiere wollte man schlachten. Sie sollten dem Götzen Mithras geopfert werden.

Die Straßen wimmelten vor Menschen. Von überall her waren sie gekommen, um dem Tod des Auserwählten und der Bardin beizuwohnen. Doch im Gegensatz zu anderen Fest- und Markttagen hörte man nirgends ein Lachen oder Lieder. Wenn die Menschen miteinander sprachen, taten sie es leise. Die weitaus meisten jedoch waren stumm und starrten vor sich hin.

Golo betrat durch jenes Tor die Stadt, über das man den Kopf des Ebers auf einen Pfahl aufgespießt hatte. Er verharrte dort und spuckte aus. Zu spät hatte den Schurken sein Schicksal ereilt. Und zu einem Helden hatte man ihn gemacht!

Der Ritter mußte einen weiten Umweg machen, um zum Marktplatz zu gelangen. Man hatte eine der Hauptstraßen abgesperrt und dort die Stiere zusammengetrieben, die in dem Ritual, das auf die Hinrichtung folgen würde, geopfert werden sollten. Woher Ricchar wohl all diese Tiere genommen hatte? Hundert gut genährte Stiere ... Und das mitten im Winter. Der Fürst wollte den Unterworfenen seine Macht demonstrieren! Zeigen, daß für ihn, den Günstling des Götzen Mithras, nichts unmöglich war.

Schwarz vor Menschen war der Marktplatz im Herzen der Stadt. Voller schweigender Gesichter, die Augen gefangen von den zwei hohen hölzernen Gerüsten. Jeder sollte sehen können, was jenen widerfuhr, die sich gegen den Grafen erhoben hatten. Auf dem rechten Gerüst stand ein Eichenpfahl mit Ketten inmitten hoher Reisigbündel. Das andere aber war leer bis auf den hölzernen Richtblock, in den das Schwert des Henkers schaurige Narben geschnitten hatte. Soldaten in schimmernden Rüstungen und mit ehernen Masken auf den Gesichtern waren rings um den Richtplatz aufgezogen.

Verloren inmitten der Menschen blickte Golo zum Himmel. Finstere Wolken zogen von Westen heran. Schwarz wie die Nacht, bereit, das blasse Licht des Winterhimmels gänzlich zu verschlingen. Der Schrei eines Stieres zerriß die laute Stille auf dem Platz, klang über Raunen und halb erstickten Flüchen. *Man darf einem Unrecht niemals unwidersprochen beiwohnen. Sieg oder Niederlage sind unwesentlich ...* Das hatte Volker zu ihm gesagt, als sie vor so langer Zeit zum ersten Mal in diese Stadt gekommen waren. Auch damals schon hatte auf diesem Platz ein Scheiterhaufen gestanden. Belliesa war als Zauberin angeklagt ... Golo atmete tief ein. Was wohl geschehen wäre, wenn sie nur eine Stunde später gekommen wären. Er war der Ansicht, daß sie zu Recht dort oben gestanden hatte. Sie war ihm nicht geheuer ... Und ohne sie müßte Volker heute nicht den Weg zum Richtblock antreten. Damals hatte der Spielmann ihn einen schlechten Ritter gescholten. Einen, der zwar die goldenen Sporen trug, doch der vom Geist des Rittertums unberührt geblieben war.

Golo tastete nach dem Schwert unter seinem Umhang. Volker war zu Unrecht verurteilt. Er war ein Opfer. Verführt von der Bardin! Mit ihren Liedern hatte sie es zuletzt geschafft, daß er den spielen mußte, der er nie sein wollte. Den Auserwählten! Den Anführer des Aufstandes gegen Ricchar. Belliesas Tod kümmerte den jungen Ritter nicht. Doch wenn der Henker das Schwert aufnahm, den Spielmann zu richten, dann würde er auf den Platz treten und Volkers Kläger herausfordern, schwor sich Golo. Gott würde ihm zur Seite stehen. Es war Unrecht, den Barden zu töten. Und wenn Volker schon sterben mußte, dann würden sie diesen letzten Weg gemeinsam gehen.

Der junge Ritter preßte entschlossen die Lippen zusammen. Dann drängte er sich durch die Menschenmenge, bis er ganz vorne war, direkt hinter den Soldaten, die um die Henkersgerüste standen.

Von Ferne ertönte dumpfer Trommelklang. Bald würde der Wagen mit den Verurteilten auf den Platz kommen.

Volker war so schwach, daß man für ihn einen Lehnstuhl auf die Pritsche des Leiterwagens gestellt hatte. So wie Belliesa trug auch er nur ein dünnes Büßerhemd, doch spürte er die Kälte des Winternachmittages kaum. Der Trank des Heilkundigen mußte ein Gift enthalten haben, das ihn halb im

Traum gefangen hielt. Wie ein Meer weißer Flecken zogen die Gesichter an ihm vorbei. Etwas war an seinem Hals. Er griff danach. Ein Amulett aus Gold, daß ihm die Henkersknechte nicht abgenommen hatten. Es zeigte eine kniende Frau, die Arme mit mächtigen Vogelschwingen daran ausbreitete. Belliesa hatte dieses Amulett getragen.

Er blickte zu ihr. Sie stand vor ihm, stolz, hoch aufgerichtet. Man hatte sie im Gegensatz zu ihm in Ketten gelegt, so, als fürchte Ricchar, sie könne ihm immer noch entfliehen. Die Bardin blickte zum Himmel, als erwarte sie ein Zeichen. Schwarze Wolken zogen der Stadt entgegen. Es war der kürzeste Tag des Jahres, und wie es schien, würde er sogar noch vor seiner Zeit zu Ende gehen.

Der Spielmann war völlig ruhig, als der Wagen den Richtplatz erreichte. Dies alles mußte ein böser Traum sein. Er war Volker von Alzey, Ritter König Gunthers. Man würde ihn nicht einfach wie einen Strauchdieb hinrichten. Es war sein Schicksal, nach Aquitanien zurückzukehren und dort erneut nach der Morrigan zu suchen. Was hatte Belliesa auch gesagt? *Wenn der Ritter stirbt, wird der unscheinbare Wanderer sie wiedergewinnen!*

Zwei Männer stiegen auf den Wagen. Sie mußten ihm aufhelfen. Seine Beine waren schwer wie Blei. Der Ritter mußte sterben... Die beiden Henkersknechte brachten ihn auf eines der hölzernen Gerüste. Er bekam eine Krücke, auf die er sich aufstützen konnte. Belliesa hatte man auf dem anderen Gerüst mit ihren Ketten an einen Pfahl gebunden. Sie sah wunderschön aus. Ihr flammend rotes Haar schien in dem grauen Licht von innen heraus zu glänzen. Volker war völlig gefangen von diesem Bild.

Zwei Reiter kamen auf den Platz. Sie trugen prächtige Rüstungen und Maskenhelme. Einer von ihnen hielt Ricchars Drachenstandarte. Der andere schien der Fürst selbst zu sein. Ein Mann mit einer Fackel in der Hand trat auf Ricchar zu und reichte sie ihm.

Rings um Belliesa hatten die Henkersknechte inzwischen Reisigbündel angehäuft und sie mit Lampenöl übergossen. Ein einziger Funken würde genügen, um das dürre Holz in hellen Flammen auflodern zu lassen. Auf dem Platz war es völlig still. Nur das Heulen des auffrischenden Windes, der um die spitzen Giebel der Fachwerkhäuser strich, störte die Ruhe. Dann erhob Ricchar seine Stimme. »Bardin, du bist angeklagt der Zauberei! Hunderte von Männern hast du mit deinem Bann belegt und sie in den Kampf gegen mich getrieben, so daß ich deinem Unwesen mit Feuer und Schwert ein Ende bereiten mußte. Für das Leid, daß du über mich und meine Untertanen gebracht hast, verurteile ich dich zum Tode auf dem Scheiterhaufen.« Der Fürst machte eine kurze Pause. »So es hier auf dem Platz jemanden gibt, der etwas zugunsten der Verfemten vorzutragen hat, möge er nun sprechen!«

Wieder war es still. Volker wollte etwas sagen, doch seine Zunge war geschwollen, und nur ein Röcheln kam über seine Lippen. Verzweifelt sah er sich um. Unter all den Menschen mußte es doch auch paar Männer geben, die an ihrer Seite gekämpft hatten! Brachte denn keiner den Mut auf, für die Bardin einzutreten?

Ricchar warf seine Fackel in die Reisigbündel des Scheiterhaufens, und fauchend loderten die Flammen empor, als Belliesa ihre Stimme erhob, ein letztes Lied zu singen:

»O heißgelbes Feuer, das schwertweiß und
golden aus den Scheiten strömt:
Sei Flamme für die Soldaten in
ihren Kasernen in Icorigium!
Sei Höllenpein in den Adern Ricchars,
des ungerechten Richters!
Sei Fackel meiner Schwester, der Windsbraut,
auf daß sie diese Stadt finde!
Aus dem kalten Grau des Himmels

höre ich ihre Stimme.
Es ist das Wispern,
das nachts in den Bäumen klingt.
Ich weiß, es ist auch die Stimme des Schattens,
der über euren Gräbern liegen wird!
Spürt ihr das Beben?
Es ist das Zornbeben meiner Schwester Erde!
Was ihrem Leib entsproß,
habt ihr mir zum Tode bestimmt.
Spürt ihr den vielhundertfachen Schritt
des Verderbens, das ihr selbst in eure Stadt gerufen habt?
Ahnt ihr den gehörnten Schatten,
der über euren Gräbern liegen wird?
Und was ist . . .«

Der erstickende Rauch der Reisigbündel brach die Stimme der Bardin. Eine Flammenwand umschloß die weiße Gestalt auf dem Scheiterhaufen. Böse knisterte das Feuer, vom Sturmwind angefacht, der in eisigen Böen über den Platz fegte und wie mit kalten knöchernen Fingern nach den Kleidern griff. Dumpf klang der Husten hinter den Flammen, der Belliesa die Macht ihrer kristallenen Stimme geraubt hatte. Volker rannen Tränen über die Wangen.

Ein gellender Schrei klang über dem Schweigen. Fauchend fuhr der Sturmwind in den Scheiterhaufen, und eine lange Flammenzunge griff nach den beiden Reitern in der Mitte des Platzes. Wiehernd stiegen ihre Hengste. Ricchar stürzte. Funken hatten die breiten Stoffstreifen der Drachenstandarte in Brand gesetzt. In Panik peitschten die Pferde die Luft mit ihren Schweifen, in denen heiße Aschenflokken schwelten.

Volker hielt den Atem an. Die Flamme hatte die Gestalt eines Vogels gehabt. Der Scheiterhaufen war sein loderndes Nest. Doch der nächste Windstoß trieb ihn wieder zum Himmel. Glühende Funken regneten auf den Platz. Der Wind fegte den Schnee von den Dächern, zerrte an den Strohgiebeln und hölzernen Schindeln. Ricchars schwarzer Hengst stieg, und seine Hufe trommelten auf den gestürzten Reiter, der wehrlos am Boden lag.

Schreiend und kreischend stoben die Menschen auseinander, so wie Blätter, die der Herbstwind vor sich her treibt. Aus einem der Häuserdächer schlugen Flammen, als ein unheimliches Donnern den Boden erbeben ließ.

Von irgendwoher ertönte ein schriller Schrei. »Die Stiere!« Wie eine Flut aus Fleisch ergossen sie sich auf den Marktplatz. Volker sah, wie Ricchar versuchte, sich auf sein Schwert gestützt aufzurichten. Eines seiner Beine war blutverschmiert und widernatürlich verdreht. Als die Mauer gesenkter Hörner ihm entgegenbrandete, streckte er den rechten Arm aus, als wolle er den Stieren befehlen stehenzubleiben. Das war das letzte, was Volker von Ricchar sah.

Der Feuervogel aber erhob sich vom Scheiterhaufen und sprang von Dach zu Dach, jeweils ein Nest aus Glut zurücklassend, das der Sturmwind zu neuen Bränden entfachte. Plötzlich vernahm der Spielmann inmitten des Chaos die helle Stimme der Bardin.

»Vergiß mich nicht, mein Ritter. Was in den Flammen verging, wird in das Fleisch wiedergeboren werden. Auch für dich ist die Zeit nun gekommen ...«

Verzweifelt sah sich Volker nach einem Ausweg um. Das Gerüst, auf dem er stand, erbebte unter den Stößen der Stierhörner. Glut fiel aus dem schwarzem Himmel, und die Luft war so heiß geworden, daß jeder Atemzug zur Qual wurde. Humpelnd versuchte er, die schmale Leiter zu erreichen, die vom Gerüst hinabführte. Doch wie sollte er so geschwächt, wie er war, den Stieren entkommen. Überall gellten die Schreie Sterbender, und die Flammen fauchten, als schlügen sie direkt aus den Abgründen der Hölle empor. Der Tag der Apokalypse, von dem die heilige Schrift kündete, konnte nicht schlimmer sein.

Ein schwerer Stoß ließ das Gerüst erzittern. Dann neigte es sich zur Seite. Verzweifelt versuchte Volker, sein Gleichgewicht zu halten, doch seine Krücke rutschte weg. Er schlug hin und schlitterte den stampfenden Hufen der Stiere entgegen. Seine letzten Gedanken galten dem Märchen vom Feuervogel. Der Ritter, der den weißen Turm bezwungen hatte, mußte dafür mit seinem Leben bezahlen. Und was hatte Belliesa ihm zum Abschied zugeraunt? *Auch für dich ist die Zeit nun gekommen . . .*

24. KAPITEL

»Und was geschah dann?« fragte der König mit leiser Stimme. Im Gegensatz zu Hagen, der hinter seinem Thron stand, vermochte Gunther seine Gefühle nicht zu verbergen. Doch vielleicht hatte der Tronjer ja auch gar keine Gefühle, die er niederringen mußte. Mit unbewegtem Gesicht hatte er Golos Bericht gelauscht. Die drei waren allein im kalten Festsaal der Wormser Königsburg, denn der König hatte entschieden, daß niemand außer ihnen um jene Dinge wissen sollte, die in den Bergen jenseits von Treveris geschehen waren.

»Ricchar hatte seine sächsischen Söldner noch nicht ausgezahlt, und als sie vom Tod des Kriegsherren hörten, fürchteten sie, daß sie kein Gold mehr sehen würden. Sie stürmten die brennende Stadt und mordeten jene, die den Flammen entgangen waren. Drei Tage und drei Nächte dauerten das Feuer und das Töten. Die Felder rings um Icorigium lagen so dicht voller Leichen, daß man kaum zwei Schritt gehen konnte, ohne auf einen Toten zu treten. Am vierten Tage, als die Flammen verloschen, zogen die Sachsen zum großen Fluß, um von dort in ihre Heimat zurückzukehren.«

»Und wie kommt es, daß du den Mordbrennern entgangen bist?« fragte Hagen scharf.

»In meinen schmutzigen Fellen und mit meinem Bart haben sie mich für einen der ihren gehalten, Herr. Ich irrte durch die brennende Stadt und suchte nach Volker. Das letzte, was ich von ihm sah, war, wie er vom Gerüst stürzte. Dann wurde ich von den Stieren vom Platz gedrängt. Als ich Stunden später endlich wiederkehren konnte, waren beide Gerüste verbrannt. Es lagen mehrere Leichen dort, doch das Feuer hatte sie so sehr entstellt, daß es unmöglich war, zu erkennen, ob Volker einer der Toten war. Eine der Leichen jedoch hatte eine Wunde im Bein, und neben ihr lag ein verkohlter Krückstock.« Golo schluckte. Für einen Moment lang konnte er nicht mehr sprechen.

»Das heißt, du glaubst, mein Spielmann sei tot...«

Der Ritter vermochte dem König nicht in die Augen zu sehen. »Unter den Lebenden konnte ich ihn nicht finden. Sieben Tage bin ich geblieben und habe ihn gesucht, habe die Leichen in weitem Umkreis aus dem Schnee gezerrt und in ihre Gesichter gestarrt. Doch nirgends konnte ich ihn finden. Eine Meile rings um die Stadt war der Schnee schwarz vor Asche. Alle Bäume in weitem Rund hatte der Sturmwind geknickt. Das Land sah aus, als sei das jüngste Gericht gekommen... Kein Haus in Icorigium war von den Flammen verschont geblieben. Die meisten waren bis auf die Grundmauern niedergebrannt. Flammen und Eis ließen die Festungswälle an vielen Stellen bersten... Nach sieben Tagen brachten die Raben, die unter den Toten ihr Festmahl hielten, die Pest. Da habe ich gewußt, daß es sinnlos ist, noch weiter zu suchen...«

Für lange Zeit herrschte Schweigen zwischen den dreien.

Schließlich sagte Gunther. »Du hast mir treu gedient. Hast du einen Wunsch, Golo?«

»Ja, Herr. Laßt mich in das Dorf zurückkehren, in dem ich aufgewachsen bin. Ich hoffe, daß ich dort vergessen kann, was mir auch jetzt noch jede Nacht den Schlaf raubt.«

»Der Wunsch sei dir gewährt.«

Obwohl die beiden offenbar erwarteten, daß er nun gehen würde, rührte sich der Ritter nicht von der Stelle. Abgemagert, in rußgeschwärzte Felle gehüllt und mit nur halb verheilten Brandwunden im Gesicht, sah der junge Ritter aus wie der Tod.

»Gibt es noch etwas?«

»Ja, Herr!« Golo blickte seinem König herausfordernd ins Angesicht. »Ihr habt den Spielmann zurück in die Berge geschickt, weil er Euch den Kopf des Ketzerfürsten bringen sollte. Ihr hattet Angst, Ricchar würde schon bald seine Hand nach Eurem Thron ausstrecken. Zugleich habt Ihr auch gewußt, daß Volker nur mit einer Handvoll an Rittern und Waffenknechten kaum eine Aussicht auf Erfolg hatte. Ihr könnt nicht geglaubt haben, daß er siegt. War es nicht so? Doch ein Aufstand hätte den Intriganten am Hof des fränkischen Königs einen Vorwand gegeben, Ricchar um sein Amt als Kriegsherr und um seinen Gau zu bringen. Deshalb habt Ihr ihn zurückgeschickt...«

»Was fällt dir ein!« Hagen war hinter dem Thron hervorgetreten. »Wie wagst du es, so mit deinem König zu sprechen!«

Golo blieb unerschütterlich stehen. Er griff unter seinen Umhang, zog eine verbeulte, rußgeschwärzte Eisenmaske hervor und warf sie dem König vor die Füße. »Der Spielmann hat seinen Dienst getan. Das ist alles, was von Ricchar geblieben ist. Seine Leiche konnte ich finden. Sie lag nur ein paar Schritt von dem Gerüst entfernt, bei dem Volker gestorben sein muß.«

Der König hob die Maske auf und starrte auf das eherne

Antlitz seines Feindes. Für einen Herzschlag lang spielte ein triumphierendes Lächeln um Gunthers Lippen. Dann richtete er sich wieder auf, und obwohl er nur leise sprach, war der drohende Unterton in seiner Stimme unüberhörbar. »Du darfst gehen, Ritter!«

EPILOG

Der Winter war fast vorüber, und Schnee und Schlamm vermengten sich zu einem knöchelhohen Brei in den Straßen von Worms, als eines Abends eine dunkle Gestalt die Königsburg verließ. Es war Hagen. Tief in Gedanken schritt er durch die engen Gassen des Gerberviertels seinem Ziel entgegen. Ohne Volker war es still geworden auf der Königsburg. Natürlich gab es auch andere Spielleute, doch jedesmal, wenn einer von ihnen bei Hofe spielte, schien die düstere Stimmung sich noch zu vertiefen, denn bisher hatte sich niemand gefunden, der Volker ersetzen könnte. Der finstere Recke lächelte melancholisch. Sogar den Ärger, den Volker gemacht hatte, vermißte er. Hagen mußte an die vielen Liebeshändel seines Freundes denken. Duelle im Morgengrauen, hinter der Burgkapelle ... Nie hatte der Ritter einen der gehörnten Ehemänner getötet. Es war stets amüsant gewesen, seinen Fechtkünsten zuzusehen. Und die

Geschichte mit der sächsischen Edlen, die der Spielmann verführte, während ihr Mann, der Gesandte des Sachsenkönigs, bei Gunther an der Festtafel saß ... Jetzt war es viel ruhiger auf der Burg geworden und ernster. Es wurde weniger gescherzt und gelacht.

Hagen hatte sein Ziel erreicht. Mit seinem roten Fachwerkbalken und dem bunten Schild über der Tür hob sich das Badehaus deutlich von allen anderen Gebäuden in der Gasse ab. In Gedanken war er jetzt ganz bei dem Zuber voller heißem Wasser, der ihn in einer durch ein dickes Wolltuch vom großen Saal abgetrennten Nische erwartete. Es gab nicht Besseres, um die winterliche Kälte aus den Knochen zu vertreiben!

»Gott zum Gruße, Herr Ritter«, erklang eine heisere Stimme neben der Tür. »Habt ihr eine milde Gabe für einen, dem das Schicksal alles genommen hat.«

Verärgert blickte der Tronjer zu dem Bettler. Erst vor ein paar Wochen hatte er das Gesindel aus der Stadt vertreiben lassen. »Scher dich zum Teufel, Taugenichts! Ich habe nichts für dich!«

»Auch nicht für einen Freund desjenigen, der auszog, den Feuervogel zu suchen?«

Der Tronjer stutzte. Dann packte er den Bettler bei seinem schmutzigen Kittel und zog ihn mit einem Ruck auf die Beine. »Was weißt du über Volker? Heraus damit oder ...« Mitten im Satz versagte Hagen die Stimme. Diese Augen! Der Kerl stank wie ein Ziegenstall. Seine Kleider waren Lumpen. Sein blondes Haar hing in schmutzigen Strähnen vom Kopf. Das Gesicht war hinter einem ungepflegten Bart verborgen. Doch diese Augen ... Sie gehörten unzweifelhaft zu Volker!

»Du!« Hagen starrte ihn ungläubig an. »Jeder glaubt, du seiest tot!«

»Und dabei soll es auch bleiben. Volker, der Spielmann, so wie du ihn kanntest, ist am Christfest in Icorigium gestorben.«

»Unsinn! Du kommst jetzt mit mir und wirst dich waschen und etwas essen. Danach sehen wir weiter!« Ohne Widerspruch zu dulden, zerrte der Tronjer den Spielmann durch die Tür ins Badehaus.

Die Baderin kannte Hagen gut genug, um keine Fragen zu stellen, als er mit einem Bettler in ihr Haus kam. Und ein Blick von ihm genügte, sie wissen zu lassen, daß sie mit niemandem über diese Begebenheit reden sollte.

Er selbst kleidete den zitternden Bettler aus und befahl einer Magd, die Lumpen zu verbrennen, die der Mann am Leibe getragen hatte. Zwei frische rote Narben, an Bein und Arm, waren Zeugnis von Volkers letztem Kampf mit Ricchar. Auch die Hände des Spielmanns waren voller Schorf und Narben.

»Bei den Göttern«, murmelte Hagen ungläubig. »Du siehst wahrlich aus, als hättest du Ragnarök erlebt.«

Zögernd stieg der Spielmann in den großen Badezuber. Doch als er sich erst einmal an die Hitze des Wassers gewöhnt hatte, ließ er sich mit einem erleichterten Seufzer zurücksinken.

Zweimal mußte die Baderin heißes Wasser nachgießen, und ein Abendessen aus Fleisch und Brot hatte sie ihnen aufgetragen, bevor Volker an das Ende seiner Geschichte kam.

»...Als ich von dem Gerüst stürzte, wurde ich unter einem der Balken eingeklemmt. Dort war ich sicher vor den Hufen der Stiere, doch wäre ich wohl bei lebendigem Leibe verbrannt, hätte mich nicht ein junger Schmied, der bei meinen Freischärlern gekämpft hatte, erkannt und befreit. Im Keller seines Hauses hat er mich versteckt, als die Stadt brannte und die Sachsen mordend durch die Straßen zogen. Danach ist er mit seinem Weibe zu seinem Schwager, einem Köhler, der hoch in den Bergen wohnte, gezogen, denn niemand wollte in den Ruinen der Stadt bleiben, über die das Strafgericht Gottes hereingebrochen war. Den ganzen Weg in die Berge hat er mich auf seinem Rücken getragen. Er glaubte, in meiner Schuld zu stehen, weil er zu jenen gehört hatte, die kampflos die Waffen streckten, als die Armee Ricchars nach der Schlacht am Totenmaar vor den Toren Icorigiums erschienen war. In den Bergen pflegten sie mich, bis ich mich kräftig genug fühlte, meinen neuen Weg zu beschreiten.«

Hagen schüttelte nachdenklich den Kopf. »Und was soll das für ein neuer Weg sein, den du gehen willst?«

»Ich werde kein Ritter mehr sein. Für meinen König bin ich fast gestorben, und ich habe in vielen Schlachten für Gunther gekämpft. Sage ihm nicht, daß ich noch lebe, denn nur wenn er glaubt, daß ich tot sei, bin ich von meinem Lehnseid befreit. Ich will kein Ritter mehr sein ... Statt dessen werde ich als Jakobspilger nach Aquitanien ziehen, um meine verlorene Liebe zu suchen.«

»Du bist verrückt! Bleib ein paar Wochen in der Stadt verborgen. Ich werde eine Unterkunft finden, wo dich niemand kennt. Wenn du erst ganz gesund und bei Kräften bist, dann werden deine aberwitzigen Hirngespinste von ganz allein verfliegen.«

Der Spielmann sah ihn traurig an. »Das wird mit Sicherheit nicht geschehen. Ich habe stets dein Wort geachtet, Hagen, doch diesmal bist du im Unrecht. Erinnerst du dich noch an die Geschichte vom Feuervogel, mit der der fahrende Märchenerzähler Geron letzten Sommer den Königshof unterhalten hat?«

Hagen schnaubte verächtlich. »Märchen ... Nein, ich erinnere mich nicht mehr. Das ist zu unbedeutend und ...«

»Für mich war die Geschichte sehr bedeutend, denn sie wurde zum Spiegel meines Schicksals. Wie der Ritter bin ich aufgebrochen, meine Geliebte zu suchen, und merkte nicht, daß der Feuervogel auf meinem Weg an meiner Seite war. Erst besiegt und dem Tode nahe, erkannte ich ihn. Doch der

Ritter, der ich einst war, überlebte dies nicht. Er starb in Icorigium, wo auch mein Schwert irgendwo in den Trümmern der Stadt liegt. Meine Herzenskälte und meine Blindheit habe ich verloren. Weißt du, daß es auf der Flucht in den Stollen einen Moment gegeben hat, in dem ich fast einen wehrlosen Säugling und seine Amme getötet hätte? Zu weit bin ich auf meinem Weg gegangen. Der Ritter mußte sterben! Jetzt erst kann ich hoffen, daß ich die erste, glücklichere Hälfte des Märchens erleben darf und mit jener Frau vereint sein werde, nach der mein Herz sich sehnt.«

Einen Augenblick dachte Hagen an sein eigenes tragisches Schicksal, und Bitternis stieg in ihm auf. »Märchen werden nicht wahr ... Nicht im richtigen Leben!«

Volker blickte ihn mitleidig an, so, als ahne er etwas. »Erlaube, daß ich dir noch einmal das Märchen vom Feuervogel erzähle, dann wirst du meine Worte besser verstehen.«

Es begab sich zu einer Zeit, als Wunder auch einfachen Leuten noch begegneten und die Drachen in den Bergen nicht schon so tief schlummerten, daß nichts sie mehr aus ihrem Schlaf zu erwecken vermochte. In eben jenen Tagen zog ein junger Gesell aus, der in seinem Leben nichts mehr zu verlieren hatte, und hoffte, daß er es sein möge, der die Sommerkönigin finden würde, die vor langen Jahren von ihrer Burg vertrieben worden war. Und wie er so des Weges ging, da fiel ihm aus einem Nest ein kleines Vöglein vor die Füße. Aus dem Gebüsch aber eilte ein Fuchs herbei, der das Vöglein fressen wollte. Mit einem Streich mit seinem Wanderstabe vertrieb er den roten Räuber und setzte das Vöglein in sein Nest zurück. Da sprach es: »Ich will dir deine Tat vergelten, wenn du einst in größter Verzweiflung bist. Nun aber suche nach dem Muschelpfad, denn dort wirst du jene finden, nach der dein Herz sich sehnt.«

So wanderte der Geselle in jenes Königreich, wo Wasser und Land eins sind, und er fand den Muschelpfad. Doch so oft ver-

zweigte sich der Weg, daß er auch nach Jahr und Tag die Sommerkönigin nicht gefunden hatte. Und als er schon aufgeben wollte, da ließ sich eines Abends das Vöglein auf seiner Schulter nieder und flüsterte ihm. »Verzage nicht, mein Freund! Geh in die Stadt des Herrschers unter dem Hirtenstab, denn dort wirst du jene finden, nach der dein Herz sich sehnt.«

Und so folgte der Geselle den Worten des Vögleins. Bald fand er jene Stadt, von dem es gesprochen hatte, und auch die Sommerkönigin, die unerkannt an jenem Ort lebte. Doch als er sie entdeckte, wurde auch der Herrscher unter dem Hirtenstab gewahr, wen er in den Mauern seiner Stadt beherbergt hatte. Und weil er einen alten Groll gegen die Sommerkönigin hegte, ließ er sie in den tiefsten Kerker seiner Burg bringen. Den Jüngling aber trieb er zur Stadt hinaus.

Verzagt saß der Geselle auf einem Stein am großen Fluß, als sich wieder das Vöglein auf seiner Schulter niederließ. Und es raunte ihm ins Ohr. »Suche den Ritter, der das Schwert des Adlerkönigs trägt. Er muß eine alte Fehde mit dem Herrscher unter dem Hirtenstab zu Ende bringen, und er wird dir helfen, jene zu befreien, nach der dein Herz sich sehnt.«

Und so brach der Geselle auf, den Ritter mit dem Schwert des Adlerkönigs zu finden, und als er ihm endlich begegnete, reisten die beiden zur Stadt des Herrschers unter dem Hirtenstab. Und der Ritter erschlug den bösen Herrscher, und sie stiegen hinab in den tiefsten Kerker und befreiten die Sommerkönigin. Doch die Knechte des toten Herrschers setzten ihnen arg zu. Und schließlich standen die drei auf dem höchsten Turm der Stadt und waren umringt von Feinden. Da erzitterte die Luft vom Rauschen mächtiger Schwingen, und ein Vogel, dessen Gefieder glühende Flammen waren, stieg hinter dem Turm empor. Da ergriffen die Knechte des toten Herrschers die Flucht, und der Vogel sprach: »Erinnerst du dich an mich, mein Freund. Einst hast du mir das Leben gerettet und mich vor dem Fuchs bewahrt, jetzt will ich meine Schuld einlösen und dich retten. Steigt nun auf meinen Rücken, und fürchtet euch nicht, denn wer reinen Herzens ist, den wird mein Gefieder nicht verbrennen.« Und so brachte der Feuervogel die drei auf jene Insel, auf der die Sommerkönigin einst geherrscht hatte, und sie machte den Wandersgesellen zu ihrem Manne und schlug ihn zum Ritter. Auch der Ritter mit dem Schwert des Adlerkönigs blieb an ihrem Hofe und diente den beiden treu.

In der Hochzeitsnacht aber nahm die Sommerkönigin ihren Gatten zur Seite und sprach zu ihm. »Erzähle mir niemals, was einst war. Ich habe vergessen, wer ich einst gewesen bin, und mir wurde geweissagt, daß, wenn ich aus deinem Munde erfahre, was ich vergaß, unser Glück auf immer zerstört sein wird.« Und so gelobte der Wandergeselle, der ein Ritter und König geworden war, auf immer zu schweigen.

Lange Jahre lebten die drei gemeinsam, und nichts vermochte ihr Glück zu trüben. Alle Feinde, die zur Insel der Sommerkönigin kommen wollten, wurden von den beiden Rittern besiegt. Doch mit den Jahren wurde das Herz des Wandergesellen so kalt wie die eherne Rüstung, die er am Leibe trug.

Da kehrte der Feuervogel noch einmal zurück, und er erzählte dem Wandergesellen, sein Vater sei ein König und ihn habe man noch als Kind aus der Burg fortgebracht und in der Fremde ohne Kenntnis um seine Geburt erzogen. So sollte verhindert werden, daß sich an ihm das schreckliche Schicksal vollzieht, daß man dem König bei der Geburt seines Sohnes geweissagt hatte. Doch nun war der alte König krank und lag im Sterben, und er wünschte sich noch einmal jenen Wandergesellen, seinen Sohn, zu sehen.

Die Sommerkönigin aber bat ihren Liebsten, nicht von ihrer Seite zu weichen. Da sagte ihr der Königssohn im Zorn, was für eine mächtige Herrscherin sie einst gewesen sei, und daß sie sich nicht vor einer kurzen Zeit der Einsamkeit fürchten solle. So verließ er die Insel und ritt zum Hof seines Vaters. Dieser jedoch genas von seiner Krankheit, so sehr freute er sich, seinen Sohn wiedergesehen zu haben. Als der Prinz aber in das Königreich, wo Wasser und Land eins sind, zurückkehrte, vermochte er die Insel der Sommerkönigin nicht mehr zu finden. An einem Wegkreuz aber erwartete ihn sein Freund, der Ritter mit dem Schwert des Adlerkönigs. Und dieser erzählte ihm, die Königin habe die Geister der Vergangenheit gerufen und sie seien gekommen, seine Liebste weit fort in die Berge zu tragen.

Als der Prinz den Ritter bat, ihm bei der Suche zu helfen, schüttelte jener nur den Kopf und erklärte. »Dieses Mal mußt du deinen Weg ganz alleine gehen, bist du erkennst, welcher Freund dich nicht verlassen hat. Finde den Feuervogel, und er wird dir noch einmal helfen.«

So trennten sich die beiden, und die Felder verdorrten, und ein eisiger Winter lag über dem Land. Drei Jahre und drei Tage war der junge Prinz durch die Berge geritten . . .

Die Nibelungen

Die große Saga »Die Nibelungen« ist keine Nacherzählung des weltberühmten Nibelungenliedes. Jeder Roman erzählt eine neue, aufregende Geschichte um einen Helden des Epos. Gleichwohl lassen sich die Romane in die Chronologie des Liedes einordnen.

Chronologie

- **Die Flammenfrau**
- **Der Rabengott**
- Hagen kommt nach Worms und beginnt seinen Aufstieg zum Berater.
- **Das Runenschwert**
- Siegfried tötet Nibelung und Schilbung. Er stiehlt Alberich die Tarnkappe.
- Siegfried erschlägt den Drachen.
- **Das Drachenlied**
- **Der Zwergenkrieg**
- König Dankrat von Burgund stirbt. Gunther besteigt den Thron.
- **Die Hexenkönigin**
- **Das Nachtvolk**
- **Der Ketzerfürst**
- Siegfried kommt nach Worms.
- Die Helden reisen nach Island und kämpfen um Brunhilds Hand.
- Siegfried heiratet Kriemhild, Gunther vermählt sich mit Brunhild.
- Hagen tötet Siegfried und versenkt den Nibelungenhort im Rhein.
- Kriemhild heiratet den Hunnenkönig Etzel.
- Die Burgunden folgen Kriemhilds Einladung zur Hunnenburg.
- Kriemhild läßt die Burgunden von den Hunnen ermorden.

PIPER FANTASY

Bernhard Hennen

Der Wahrträumer

Die Gezeitenwelt 1

Roman. 633 Seiten. Gebunden

Drei Tage nachdem die Walfängerin Alessandra zu einer der reichsten Frauen Nantallas wurde, erscheint ein Priester: Dem Fischerdorf wurde die Ehre zuteil, unter seiner Aufsicht einen Märtyrer auszulosen, der am Ritual der *Endgültigen Askese* teilnehmen wird. Auserwählte aus dem ganzen Land sollen durch ihr Opfer – Fasten bis zum Tode – jenen leuchtenden neuen Stern vom Himmel bannen, der jede Nacht heller zu strahlen scheint.
Doch noch bevor das Opfer vollzogen wird, schlägt ein Asteroid auf der Erde ein und verändert das Antlitz der Gezeitenwelt. Auf Jahre bleibt der Himmel hinter Wolken verborgen. Flutwellen, Erdbeben und Vulkanausbrüche vernichten ganze Kulturen. Die Winter werden immer länger, und ein verzweifelter Kampf ums Überleben beginnt. Ein Kampf, in dem die Legenden der Vergangenheit Gestalt annehmen.
Zur gleichen Zeit flüchtet weit im Norden ein Nomadenvolk vor dem Atem des Winters und wagt es, den Visionen eines jungen Träumers zu folgen ...

06/1003/01/R

SERIE PIPER

Bernhard Hennen

Das Nachtvolk

Roman. 273 Seiten. Serie Piper

In den Sümpfen Aquitaniens, verborgen hinter einer Nebelwand, lebt das Nachtvolk, ein verirrter Keltenstamm mit eigenen Göttern und einer Feenkönigin. Als am Hof von Worms die Kunde eintrifft, König Gunthers Nichte befinde sich in der Gewalt des Nachtvolks, schickt man den Barden Volker von Alzey zu ihrer Rettung aus – und hofft, sich des unliebsamen Schürzenjägers auf diese Weise für immer zu entledigen. Erzählt man sich doch, daß noch nie ein Mensch lebend den schauerlichen Gefilden des Nachtvolks entkam. Doch das Schicksal nimmt einen anderen Verlauf …

05/1391/01/L

Anne Eliot Crompton

Merlins Tochter

Roman. Aus dem Amerikanischen von Joachim Pente. 313 Seiten. Serie Piper

Als Gehilfin des berühmten Zauberers Merlin gelangt die junge Elfe Niviene an den Hof von Camelot und zieht den großen König Artus in ihren Bann. Anfangs schützt sie ihn mit Hilfe ihrer magischen Zauberkräfte vor dem Ansturm feindlicher Sachsen und den nicht minder gefährlichen Intrigen aus den eigenen Reihen. Doch als sie sich ihm in einer Sommernacht hingibt, büßt sie ihre Kraft ein. In seinem schwersten Kampf ist Artus ganz auf sich gestellt …

»Diese Autorin spinnt ein überaus glänzendes Garn.«
Chicago Tribune

05/1390/01/R

Stephen Lawhead

Merlin

Magier und Krieger.
Die Pendragon-Saga. Aus dem Englischen von Frieder Peterssen. 527 Seiten. Serie Piper

Prinz Merlin, tapfere und vielseitig begabt, besitzt magische Kräfte und die Gabe der Weissagung. Sein Stiefvater erhebt ihn zum Mitregenten. Als Merlins Geliebte, die Waldprinzessin Ganieda, Opfer eines brutalen Überfalls wird, entfacht Merlin ein Massaker unter den Mördern, verzichtet auf den Thron und zieht sich in die Wälder zurück. Sein Leben bekommt einen neuen Sinn, als er ein bedrohtes Kind retten kann: Artus, der später Britanniens König werden wird.

»Lawheads süffige, actionreiche Interpretation des Artus-Stoffes ist von hoher Qualität und ein Muß für alle Fantasy-Fans … »
Brigitte

05/1175/01/L

Stephen Lawhead

Artus

Der legendäre König.
Die Pendragon-Saga. Aus dem Englischen von Frieder Peterssen. 544 Seiten. Serie Piper

Der weise Zauberer Merlin begleitet den jungen Artus auf seinem schwierigen Weg zum Hochkönig. Als der legendäre Herrscher der Tafelrunde sein Reich in ein friedliches, blühendes Land verwandelt hat, droht Artus tödliche Gefahr vom bösen Zauberer Medrant.

»Ein fesselndes Epos über den sagenumwobenen Herrscher der Tafelrunde.«
Buchreport

05/1176/01/R

SERIE PIPER

SERIE PIPER

Kathryn Wesley

Das zehnte Königreich

Roman. Aus dem Amerikanischen von Frauke Meier. 526 Seiten. Serie Piper

Als Kellnerin fristet Virginia in New York ein eher freudloses Dasein. Bis ihr eines Tages ein Hund vors Fahrrad läuft. Unversehens findet sie sich in einem magischen Paralleluniversum wieder, denn der Hund entpuppt sich als verzauberter Prinz und dekadenter Nachkomme Schneewittchens und Aschenputtels. Sein Königreich befindet sich – fernab aller Märchenträume – allerdings am Rande einer Katastrophe. Gemeinsam mit Virginia und einem blutrünstigen Wolf zieht er in den Kampf gegen kriegerische Trolle und eine böse Königin.

05/1392/01/L

Sean Stewart

Hexensturm

Roman. Aus dem Amerikanischen von Hannes Riffel. 316 Seiten. Serie Piper

Schon immer waren Toni die Hexenkünste ihrer Mutter unheimlich. Nach deren Tod hofft sie, daß die Dämonen endlich mit ihr gestorben sind. Doch ein Schränkchen, das die Tochter erbt und in dem sechs Geister hausen, birgt seltsamste Kräfte ... In diesem Roman verbinden sich Wehmut und Humor zu einer fesselnden Mischung aus Magischem Realismus und texanischer Lebenskunst. Stewart führt den Leser gekonnt über den schmalen Grat zwischen Zauberwelt und ganz heutigem Alltag.

»Erinnert an die besten Romane von Le Guin und an Tolkien.«
Booklist

05/1393/01/R

SERIE PIPER

Hans Bemmann

Stein und Flöte

und das ist noch nicht alles

Roman. ca. 1072 Seiten. Serie Piper

Lauscher ist ein Mensch, der stets in die Irre geht und dennoch immer ans Ziel gelangt. Als er einen geheimnisvollen Stein und eine Flöte erbt und dazu ein wundersames Holzstück geschenkt bekommt, setzt er alles daran, mit diesen magischen Gaben die Welt seinen Wünschen gemäß zu unterwerfen – und scheitert. Doch das Schicksal beschert ihm so manches phantastische Abenteuer, um ihn letztendlich auf seinen ganz persönlichen Weg zu führen.

»Bemmann beschwört wundersame alte Mythen, die der Held – eine Mischung aus Faust und Parzival – mit allen Fährnissen zu bestehen hat.«

Deutsches Allgemeines Sonntagsblatt

05/1479/01/L

Patricia McKillip

Winterrose

Roman. Aus dem Amerikanischen von Anne Löhr-Gößling. 317 Seiten. Serie Piper

Unheimliches geschieht in dem Dörfchen am Rand des Elfenwaldes, seit der geheimnisvolle Corbet Lynn zurückkehrte, um das Anwesen seiner Vorfahren zu bewirtschaften. Ein Fluch lastet auf ihm, so erzählt man sich, seit sein Großvater vom eigenen Sohn ermordet wurde. Nur die junge Rois erliegt Corbets magischer Anziehungskraft und ahnt nicht, welches Geheimnis sie miteinander verbindet ...

»Diese Autorin versteht es wie keine zweite, den klassischen Motiven der Fantasy neuen Glanz und Charme zu verleihen.«

The Encyclopedia of Fantasy

05/1480/01/R

Hope Mirrlees
Flucht ins Feenland

Roman. Mit einer Einleitung von Neil Gaiman und einem Nachwort von Michael Swanwick. Aus dem Englischen von Hannes Riffel. 413 Seiten. Gebunden

Skandalös finden die Bürger von Dorimare den Umstand, daß ihr Reich an das verrufene Feenland grenzt. Von dort nämlich werden die geheimnisumwitterten Feenfrüchte eingeschmuggelt. Wer davon kostet, zeigt sich empfänglich für die Wunder der Welt und stellt eine Bedrohung der öffentlichen Ordnung dar. Und nun soll ausgerechnet der Sohn eines angesehenen Kaufmanns von den Früchten genascht haben. Ist dies der Grund für sein Verschwinden? Als auch noch ein koboldähnlicher Fremder die jungen Damen der Schule für höhere Töchter ins Feenland lockt, macht sich Meister Nathaniel Hahnenkamm, Bürgermeister und Groß-Seneschall der Hauptstadt Lud-in-den-Nebeln, auf die gefährliche Reise in das Reich jenseits der Hügel. In dieser flirrenden Welt, in der die Realität ständig aus den Fugen gerät, entscheidet sich das Schicksal Dorimares.

»Von überirdischer Schönheit – ein wundervoller Roman.«
Neil Gaiman

06/1008/01/L

PIPER FANTASY

Hans Bemmann

Die beschädigte Göttin

Roman. 286 Seiten. Gebunden

Ein junger Märchenforscher entdeckt zufällig die erst kürzlich ausgegrabene Statue einer antiken Liebesgöttin. Auf rätselhafte Weise schlägt sie ihn in ihren Bann. Um so verblüffter ist er, als ihm kurz darauf eine Frau begegnet, die dem steinernen Bildwerk auf unerklärliche Weise gleicht und ihn mit ihren dunklen Augen verzaubert. Wie von unsichtbarer Hand geführt, gerät der Mann in eine phantastische, fremde Welt, in der er bedrohliche Abenteuer und lebensgefährliche Prüfungen bestehen muß. Auf der Suche nach dem Schlüssel zum Herzen der geheimnisvollen Fremden verschmelzen Phantasie und Wirklichkeit zu einer magischen Welt.

»Ein märchenhaftes, doppelbödiges, ein wahres Vergnügen.«
General-Anzeiger

06/1009/01/R